U0508617

山恋

◎

西宇 著

敦煌文艺出版社

图书在版编目（CIP）数据

山恋 / 西宇著. -- 兰州 ： 敦煌文艺出版社，
2019. 12（2022.1重印）
　　ISBN 978-7-5468-1871-9

　Ⅰ. ①山… Ⅱ. ①西… Ⅲ. ①中篇小说－小说集－中
国－当代②短篇小说－小说集－中国－当代　Ⅳ.
①I247.7

　　　中国版本图书馆CIP数据核字（2020）第030669号

山　恋

西　宇　著

责任编辑：王　倩
封面设计：魏　婕

敦煌文艺出版社出版、发行
地址：（730030）兰州市城关区读者大道568号
邮箱：dunhuangwenyi1958@163.com
0931-8773258(编辑部)

北京一鑫印务有限责任公司印刷
开本 787毫米×1092毫米　1/16　印张18.5　插页2　字数320千
2021年6月第1版　　2022年1月第2次印刷
印数：1 001~3 000

ISBN　978-7-5468-1871-9
定价：50.00元

如发现印装质量问题，影响阅读，请与出版社联系调换。

本书所有内容经作者同意授权，并许可使用。
未经同意，不得以任何形式复制转载。

目 录

中篇小说

短篇小说

山恋

中篇小说 | ZHONG PIAN XIAO SHUO

黄　雾

两个四川人是沿一条乱石嶙嶙的山路走进沟岔的。那时候正是中午，沟里起了雾。黄色的土雾填满山沟，头顶的太阳像一颗蛋黄。四川人诧异的目光在陌生的黄雾里迟缓地流动，脚底下磕磕绊绊。

"小徐，你看那雾哟!"胖胖的中年人说。

他们矮矮的身子钻进浓稠的黄雾里，俩人都嗅到一股呛人的土腥味。他们看到那雾没有升腾，也没有漂浮游移，静静地浸泡着山窝子。沟里的树木房屋和石头小溪都被搅得浑黄迷离，模糊灰暗。

他们顺沟缓缓走进去，黄尘又在脚下乱石间袅袅地腾起来。他们看了看扑得灰黄的裤管，散乱而无力地挪着脚步。

"老向，你看!"小徐突然说。

被叫老向的中年人抬起疲惫的头颅。他看到小徐生满短髭的上唇奇异地抖了抖，又抖了抖，迟迟没有跟下唇合拢。

老向随小徐的目光望去，望到了山岩下几蓬乱刺丛生的植物。植物低矮萎缩，枝条精精瘦瘦地交错在一起，末梢上稀稀落落顶着几片圆形的小叶子，从头到脚染满了尘土。

"片子!"老向说。

老向听到自己的声音有些变调，像紧贴着山沟奔跑的灰兔。小徐撒腿赶上前去，他用手在刺丛根下刨了刨，刨起一堆微微泛潮的黄土，然后，捏住枝条用力一拔，便拔出刺丛弯曲盘结的根茎。

"片子!"老向赶上去说。

小徐轻轻擦去刺丛根茎的泥土,根块便呈现出灿灿的金黄色。他抠了抠根茎的表皮,有股鲜嫩的黄汁带着扑鼻的药味咝咝地渗出来,用手揩去,两个指头再轻轻捻一捻,就看到指头间出现一层耀眼的黄粉。小徐的指头在微微颤抖着。

"真是好'片子'哟!"老向说。

两个四川人扬头向山坡上望去,蒙蒙黄雾中缀满低矮凌乱的刺丛,团团簇簇,灰里透黄。他们互相看了看,眼睛里顿时都闪着奇异的亮点。然后,他们转身向沟后头走。

走了半天,一阵阵流水的声音吸引了他们的注意力。他们好奇地探着身子向坎子下张望,只见坎下奔窜着一股明澈的溪水。于是,两个四川人就像两块灵活的石头,从坎子上飞快地滚落到沟下。

溪水的声音生动悦耳。他们探下身子,感觉到一股暖暖的水汽扑面而来。伸手试了试,两个四川人瞪圆了眼睛。

"热的?"老向疑惑地问。

"温泉!"小徐的声音里跳跃着兴奋。

老向匆匆拉开手提包拉链,从一沓纸里抽出一张粉红的小纸条,放入水里。溪水慢慢浸湿了纸条,老向又提出来,看到纸条如三月的桃花瓣一样粉红娇嫩,灼灼鲜艳。

"好水!"老向说。

"酸碱度不超标!"小徐说。

两个四川人望着溪水,目光里流动着黄色的希望。隐隐地,他们感觉十余天的奔波有了结果,就在这里,将发生一场与命运有关的事。

"一切看我眼色行事,不要多嘴多舌!"老向说。

"要得!"小徐答应。

"泡制技术要绝对保密,叫他们打下手出力气就行了,要不就扎不住脚,挣不下钱,晓得不?"老向又说。

"晓得!"小徐又答应。

"走!"老向望了望山脚下那一排排褐灰的屋子说。

仁义总听到汽车的声音像女人的哭声。沟里石碴子路上，汽车呜呜叫唤，巨大的身子左扭右摆，极不情愿地摇晃着。仁义踩了一脚油门，汽车猛地蹿出一截去，沉重的矿石压得车身咔嚓嚓直响。

"他娘的这路！"仁义心里骂道。

汽车呜呜咽咽，绕来绕去的山沟总甩不开这种哭的声音。横在车前的山影，耸立得清秀而葱翠，仁义却分明感觉到那墨绿色的诱惑背后潜藏着巨大的陷阱。他又踩一脚油门，汽车狂吼起来，像一头疯疯癫癫的怪兽撞出山外。

傍晚时分，仁义把疯疯癫癫的汽车开进白原镇。

仁义将车停到桥头马路的一侧，收拾好车门，端着茶杯走下了车。沿街的饭馆店铺，闪动诱人的灯光，仁义顺街缓缓行走着，灯光映出他额头亮晶晶的汗水。几家饭馆门口的年轻女子笑嘻嘻地向他招手，他没有搭理她们。各个门店的录音机正掀起一阵狂热的声浪，他没有回头张望，而是在一家灯光昏暗的饭馆门前停了下来，望望门框上方"风味小吃铺"的牌子，径直走进去。屋里冷冷清清，两张小方桌和几只小板凳在灯下发出黑乎乎的亮光。梳着长辫的女主人掀开里屋门帘走出来，扑闪着生动的大眼睛迎接他。他觉得那目光很是熨帖。

"大哥，你来了！"那女子用好听的声音对他说。

"有啥吃的？"他问。

"只有浆水面，本钱少，光做浆水面！"那女子说。

"下两碗！"仁义说。

那女子迈着轻盈的步子进了里屋。仁义听筷子碰得锅沿当当响了一阵，不一会儿，那女子就端出两碗热气腾腾的面。仁义低头去吃，看到几瓣葱花下，零零星星黄色的油点儿悠悠地转着圈。

"浆水面好吃！"仁义说。

女子憨憨地望着仁义并不接话。仁义浇一勺辣椒油将面条搅得通红，然后，吸溜吸溜地吸起来。这时，门外闪进一个高大的汉子，那女子又去起身迎接。那汉子对女子笑了笑，露出发黄的牙齿。女子对那汉子也笑了笑。汉子就走近那女子，笑嘻嘻地捏捏她的腰部，女子没有动。仁义眼里顿时像扎了刺。

"死狗！"仁义在心里骂了一声。

那汉子又捏捏女子的腰，女子笑着推推他的手。汉子低头看了看正在吃饭的仁义。

"这几天我没来，谁陪你着哩？"汉子说。

那女子又对汉子抿嘴一笑，没有言语。仁义喝了一口汤，将碗沉沉地撇到桌上，啪地撂下筷子，站起了身，掏出一张十元的票子，给那女子直直地塞去，女子伸手接了。

"不找了！"仁义粗声说道。

"大哥，你走好啊！"那女子的声音从他身后柔柔地传来。

仁义头也不回地跨出门去，小街道的声浪又包围了他。他踩得街道嗵嗵作响，气呼呼地奔向他的汽车。

"婊子！这女人也不是好东西！"仁义暗暗骂道。

仁义拉开车门，正欲上去，车后突然钻出一位描红画眉、丰姿绰约的女子。仁义像见了一条蛇一样瞪着她。那女子翩翩走上前，差不多就要挨上仁义的身，黑黑的眼睛死死地盯着他的脸。

"师傅，把我捎上么！"那女子说。

"又是婊子！"仁义在心里暗暗骂一句，没有说话。

那女人又往仁义跟前靠了靠，软乎乎的胸脯抵到他的胳膊上。仁义没有动。一股浓郁的脂粉味刺激着他，熏得他有些迷醉。

"大哥，捎上哟！"那女子摇摇仁义的臂。

仁义扬头看了看车上的矿石，仍然没有动。他犹豫着，恍然中望到媳妇银灯儿的脸，随即，听见一串火苗儿呼呼地上蹿。他额头的血管急速跳动了几下。

"捎上哟，大哥，我不会亏待你！"女子又摇摇仁义的胳膊。

"要搭就搭，啰唆啥哩！"他对那女子吼了一声。

汽车开出了白原镇，两束白白的灯光在车前激射，黑黑的山影和密密的树木迎面扑来。仁义的目光直视前方，车内的脂粉味使他心乱如麻。女子挨他很近，他伸手挂挡时，触到她软软的腿，女子没有躲避他，反而咯咯地笑了起来。仁义的手臂在微微颤抖。女子又往他身边挪挪身子，软软的肩紧挨仁义的右膀。仁义扭头望到了女子幽幽闪亮的媚眼，还有解开的领口后颤颤乎乎的胸脯，他的胳膊顿时像抽了筋骨一般酥软下来。他扳了扳方向盘，汽车缓缓停靠到路边。

"卸多少矿石，你说！"仁义说。

"到前头，卸上几百斤吧，反正是公司的！"女子轻轻说道。

刚说完，女子的身子如蛇一般绞缠过来。仁义感到胸口压抑，气憋得十分难受。那个热热的身子在他怀里温柔地翻腾扭曲。恍然中，仁义又像看到媳妇银灯儿在一个瘦小的男人怀里翻腾扭曲的情景。随之，仁义似乎又听见一股火苗儿在耳边呼呼作响。

"女人都不是好东西，给钱啥都干哩！"仁义说。

而后，仁义一把关掉汽车的大灯。汽车前边，是一眼望不透的黑暗。

两个四川人顺着山沟走进去，等太阳架到山豁嘴上时，他们终于站到了支书赵维正面前。烫羊湾的男男女女颠颠地跑来，围拢了他们。

支书赵维正推推耷拉到额前的帽檐儿，手捧一张皱皱巴巴的纸片吃力地看了看，半晌，又将纸片递给对面的四川人老向，核桃皮一般的脸上挤满笑容。

"你们是……想合伙泡黄连素？"赵维正又推推帽檐，疑惑地问。

"你们出资源，出地方，出人力，我们出技术，黄连素卖掉后平分利润，要得不？"老向说。

"好！"赵维正回答，"你们要给烫羊湾的年轻人教会技术哩！"他笑着要求道。

"技术不外传！"老向说，"这是规矩！你们这里水好，我们就来了。要谈不成，我们就另找合作方去！"

"也行，也行！"赵维正笑着连连答应。

"水源高不高，在啥子地方？"老向又问。

"高！"赵维正说，"是温泉。以前水热得能烫羊，就把这里叫烫羊湾。"

赵维正指指山脚下一个突兀的高坎。两个四川人探头望过去，看到高坎上凝然站立着几株叶片枯黄的白杨，树下横摆着两排乌黑而破败的房屋，有一股似有若无的雾气，在房屋的旁边袅袅升腾。

"就在那搭哩！"赵维正说，"跟前是生产队里的两间闲房，收拾收拾，你们就住里头！"

"卫生不卫生哟?"小徐问。

"多年没人住了，收拾收拾，还能凑合！"赵维正说。

老向瞪了小徐一眼，小徐感到老向的目光里有刺，他歉疚地笑了笑。随后，他扬起手中的刺丛在赵维正脸前晃了晃。

"这'片子'山上多不多?"小徐问。

赵维正接过刺丛，抖了抖上面的灰土，看到枝条微露紫黄。他又抠抠圆圆的叶子，细小的叶脉间慢慢渗出潮湿的粉汁。他提起刺丛嗅了嗅，一股浓郁的药味扑入他的鼻孔，他咧嘴笑了。

"猫儿刺！"赵支书说，"嘿，不知道这还能泡出黄连素！"他脸上笑出了道道皱纹。

围了一圈的烫羊湾人哄然大笑起来。两个四川人吃惊地望着骤然活跃的人群。小徐的目光不停地扫视着女人腮上那两团陌生的酡红，终于在一张白净而生动的面孔上停留下来。他看到白脸眉梢上挂着淡淡的笑意，手指头紧揪着胸前鲜艳的红纱巾，他的目光再也无法移动。老向回头看了看痴痴的小徐，便轻轻捣捣他的肩。小徐又从老向的目光里感到了刺扎，他不好意思地低了头。

"山上啥都不长，光长这猫儿刺。"赵支书说。

"去挖这个根，就用根泡药，晓得不?"小徐说。

"动员大家都去挖这刺根！泡药的这里，来几个人帮帮忙就对了！"老向吩咐道。

"再安排一个手脚麻利的女人来做饭！"小徐说着朝人堆望了望。

"好！"赵维正说，"你俩先安顿着住下，我让仁义叫几个人帮你俩收拾房子去!"

赵维正脚步沉沉地回到家里,感觉心上揪着一只大手,就盘腿坐到炕上点燃了烟锅。炕席被身子磨得焦黄发亮,他看到烟雾的影子映到上面,浓浓淡淡,模模糊糊,像一个朦胧而遥远的梦。

他眼前恍然出现那个吃蕃麦核面啃树皮的年代:山上成排的树木在一夜之间被剥了皮,用来烧火的蕃麦核儿都被磨成了面,吃得人全身浮肿,大便干结,有好多生命被吞噬。他面对这情景说了几句不该说的话,就被免去了大队书记。数年后的一个秋天,官复原职的他为了烫羊湾人的生计一筹莫展。此刻,他望着重重叠叠光秃秃的大山,陷入迷茫与困惑之中。

"多年来讲究个靠山吃山、靠水吃水,但这穷山恶水的地方,啥都不出啊!现今,烫羊湾里人总算等来了一个好机会。要想吃上稠的穿上新的,就一定要想办法把泡药的技术学到手哩!"他想。"但是,想从四川人手里学到技术,就如同从猴手里叼枣儿,容易吗?"支书赵维正的心绪如眼前缭绕飘飞的烟一样纷乱。

这时,儿子仁义从门里进来。仁义帮四川人收拾住房,身子被尘土扑得灰白。

"刚向四川人问了情况,干脆我们一家子过去帮忙算了!"仁义表情神秘地说。

"为啥哩?"赵维正疑惑地问。

"听四川人说,一斤黄连素要卖好几百元哩!学会技术,我们家就能很快致富!"仁义说。

"胡说!"赵维正虎着脸说,"烫羊湾里的人都看着咱一家子吃香的喝辣的,难道咱就能安安然然地咽下去?"

仁义望着他爸威严的脸,沉默不语了。

"赶紧挑几个年轻精明的人过去帮忙,最好都识字,要想办法叫大家把技术学到手哩!"赵维正对仁义挥动着旱烟锅,把每个字都咬得很重。

"我算一个!"仁义说。

"还有和平子、解放子，你们三个都是高中生！"赵维正点名道。

"庄里的媳妇儿就我上过高中，我给四川人做饭去！"站在门外的仁义媳妇银灯儿这时闯进门内说。她轻轻扯住胸前的红纱巾，望望公公，又望望仁义。

"啊呀，合适不过的就是你！"仁义的手掌在大腿上响亮地拍了一下。

仁义爸的目光久久停留在媳妇白净的面庞上，没有说话。沉吟半晌，他从嘴里取出烟锅子，在炕沿上咣咣地磕了几下，说：

"就这样定下算了！"

仁义的汽车缓慢地驶进烫羊湾。

仁义虎着脸，听汽车吼叫得十分烦躁，车下的半截铁链也随车身摇晃撞得底盘当当响。他不耐烦地拧开车上的录音机，听一位歌手正在唱他是"一只来自北方的狼"。仁义顿时感到他也成了一只狼，一只龇牙咧嘴想咬人的公狼。他实在不想回烫羊湾，一回来他就想咬人。他开着汽车走南闯北，以车为家，自由自在。还是前几天，解放子给他捎话说他爸病了，让他赶紧回来看一趟，他才慢腾腾地磨进庄里。

仁义将车开进笔直的小街道。出门跑车的几个月里，小街道又延伸了半截。另有几家正拆掉褐灰色土房，在小街的一头抬砖砌墙，安椽架檩，猩红色砖块垒得方方正正，圆溜溜的木头刨得灿白醒目。空气中弥漫一股燃放鞭炮后的硝烟味，一家刚开张的百货铺门口，挤满花花绿绿的身子。几个抢拾哑炮的娃娃，低头顾自寻觅。汽车开到了他们的屁股后头，仁义对准几个圆圆的小屁股重重地压了压喇叭。

娃娃们惊慌地抬起头，躲到路边。花花绿绿的身子齐转过来，嘻嘻地望着汽车笑。门口奔出个浓眉大眼的小伙子，跑向汽车。

"仁义！"那小伙子喊。

"和平！"仁义喊。

仁义下了车，站在和平的对面。和平西装革履，兴奋地拉拉他的手，递上一支烟。

"赵爸老早就说要把你叫回来哩，你才回来？"和平说。

"咋？刚当了支部书记，人就风光起来了？西装笔挺笔挺的，洋气了半截子！"仁义轻轻捣了和平一拳。

"你不回来，把年轻漂亮的银灯嫂子撇下，也不想！"和平笑嘻嘻地说。

仁义脸上的笑容骤然消失，他恼怒地踢了一脚路边的石头，没有说话，只是闷闷地吸了一口烟。

"我开了个商店！"和平说，"今个才开张。黑了过来喝盅酒，庆贺庆贺。你，还有解放子，咋样？"

仁义答应一声，抬头望望"和平商店"的牌子，又钻入乳白色的车棚里，随后，将汽车开进街道另一头的一个栅栏门。进门的那一瞬间，他看到站在院子里那张熟悉而陌生的脸，顿时感觉胸口被一块碎玻璃划了一下。自从那次吵嘴离开后，他就再也不想见媳妇儿那张脸了。汽车轮胎朝前慵懒地滚动几圈，他踩了刹车。

"仁义，你来了！"银灯儿走上前来。

仁义听到她的声音就闭了双眼，俯身将头埋到方向盘上。他的身子像一条死蛇。

"你乏了！"银灯儿说。

仁义还是没有说话。他下了车，用力关了车门。银灯儿望望他阴郁的神色，怯怯地低了头。仁义爸走出正堂屋门，冷漠地瞪着儿子。仁义吃惊地看着毫无病态的他爸，眼里飘游出狐疑。

"爸，你没病？"仁义问。

"哼，我还没死！你还知道回来？"他爸说。

仁义听到他爸的声音冷如冰块，目光就畏畏缩缩地躲到一边。他默默地进屋，躺到床上听厨房的鼓风机响，直到银灯儿端着一碗面条进来，才坐起身。

面条散发出袅袅的香气，仁义接过碗，看到了一颗白里透黄的蛋。蛋安详地静卧在雪白的面条上，周围漂浮着嫩黄的油花和点点青翠的葱叶。仁义抬起头，看了看银灯儿。银灯儿长长睫毛下的大眼睛正对着他，他从那眼睛里看到了自己的局促窘迫。

　　几天后，两个泡药池终于建好了。池子建在温泉旁边的杨树下，铅灰色水泥池帮高高耸出了地面，一根水管将山脚下的泉水接进去，动听的流水声就在秋风中抖动。树上不时跌下几片枯黄的杨树叶，悄无声息地落进池子，池里淡黄的水面上就浮满圆圆的叶子。夹在山岔间的太阳灰暗朦胧，迷迷沌沌的土雾里，光线流动得艰难而滞涩，好不容易才无力地映射到池子上面。沤泡多日的猫儿刺根散溢出浓浓的酸臭味。

　　仁义、和平、解放几个人手持木杈脚穿雨靴在池子中翻腾。他们将木杈深深地插进"片子"里，再用力一撬，"片子"就随黄水的搅动翻一翻身。浓稠的黄水哗哗作响，酸臭气味更加强烈。他们在那气味的刺激下肠胃翻腾，头晕目眩。

　　小徐从房里走出来。他揉着惺忪的睡眼来到池边，对池里忙碌的小伙子们咧开厚唇笑了笑。仁义他们立即停止了动作，望着小徐诡谲的笑容。

　　"徐师，这一天翻一遍，把人挣死了，啥时候算对了"？仁义问。

　　"泡半个月就好了！"小徐的回答神神秘秘。

　　"这翻腾来翻腾去的，吃力得很，我们不想翻了！"和平说。

　　"那不成！"小徐急急地说，"这叫'循环水'，里头加了稀硫酸，不循环，稀硫酸就沉到水底，上面的'片子'泡不上药！"

　　仁义他们恍然大悟，对视之后，互相传递着喜悦和欢欣。

　　"这一万斤'片子'里头加多少斤稀硫酸？"仁义又问。

　　小徐笑了笑，干咳一阵，没有回答。仁义几个互相对视着，咂摸着他的表情。这时，老向从房里出来，对小徐招了招手，小徐就舔着厚嘴唇离开池边。

　　"这'川鬼儿'鬼得很！"解放恼怒地骂道。

　　"他不说也有办法知道！"和平说，"一共买了两桶稀硫酸，看还剩多少！"

　　"噢，对了！用了一桶。那天我看着一桶是满的，一桶空了！"仁义兴奋地说。

"这就说明，一万斤'片子'里头加一桶硫酸!"和平说。

几个人舒畅地笑起来。解放轻快地捣了仁义一拳，仁义又捣了解放一拳。仁义回头去捣和平，发现和平低头望着"片子"出神。仁义缩回手臂，诧异地紧盯着他起皱的眉头。

"和平子又想啥高招着哩!"仁义说。

"和平子是'智多星'嘛!"解放说。

半晌，和平紧锁的眉头微微舒展开，眼睛里闪动出明亮的光来。仁义和解放一齐凑上前去。

"可以放抽水机搞循环水!"和平说。

"'片子'中间插一根管子，一直插到底，放抽水机把沉淀到底里的药水抽出来，再浇到'片子'上头，这样既省工又省力!"和平又说。

仁义和解放听和平说完，他俩都挥动拳头轻快地去捣和平，和平嬉笑着躲到一边。池子里，黄水被激得哗哗乱响。

"和平就是点点子多! 比他'川鬼儿'还鬼!"仁义说。

"到底是烫羊湾的'智多星'!"解放说。

这天夜晚，和平和解放去找仁义，他们想去解放子家里打扑克。来到仁义家门口，两个人站下来，偷偷地向屋里张望。他们生怕被支书赵维正撞见，不敢擅自进院。和平就让解放子学一声猫儿叫。

"喵儿——"解放子叫了一声。

半晌，仁义家大门里闪出个人影，那人影儿脚步轻快地朝俩人走来。

"仁义，学'五十四号'文件走!"解放子说。

"是我!"那黑影奔到俩人跟前，是银灯儿。

"我爸把仁义叫到上房屋里，正训着哩。你俩进去给解劝解劝!"银灯儿央求和平和解放道。

俩人低头犹豫了一阵，终于畏畏缩缩走进大门。进正房门时，俩人的脚步绊得门槛咚咚响。

进得门，见老支书赵维正虎虎地蹲在炕上的火盆后，紧盯着他俩。

昏暗的灯光里，老支书的面部表情模糊不清，坐在炕沿的仁义起身让了座，走到柜旁斜靠住柜子。

"又想打扑克去？"仁义爸问道。

"瞎转哩赵爸，不打扑克！"和平笑着说。

"哼！"仁义爸在火盆边上咣咣磕了几下烟锅说，"当我不清楚？我还没老糊涂！经常在解放子屋里打扑克着哩，当我不清楚？转哩为啥不进门，大门外头学猫儿叫唤啥哩？都身长个大了，成汉子了，没婆娘的没婆娘，没房住的没房住，不嫌丢人！想受一辈子穷？想给四川人当一辈子下手，叫人家捞钱，不嫌丢人！"

几个年轻人都低头无言。仁义爸又装满一锅烟去吸，他枯瘦的手指瑟瑟抖动，松弛的腮帮随着咂吸出现两个深窝。

"土地划到户几十年了！"仁义爸挥着烟锅子说，"可烫羊湾里的人没本事，没人做生意，也没人到外头包工去，白白受穷着哩！现今，四川人来了。人家四川人能学会的，我们烫羊湾里人咋学不会哩？"他喷出一口烟。

"都是你们没出息，碗一撂下，就知道个耍！耍！"仁义爸又说。

"烫羊湾里近千口子人眼睛都瞅你们着哩，知道不知道？"仁义爸的声音里透满气愤和焦虑。

仁义他们互相对望着。昏暗的灯光里，他们从对方脸上看出了窘态，深深低下头去，默不作声。

"明天四川人往药池里放药水，放进去就加盐哩，加多少，你们能不能知道？"半晌，仁义爸又问。

"有办法哩！"和平说，"案底下一共五口袋盐，加过后，剩下的放秤上一称，就清楚了！"

"烫羊湾里人能不能走到人前头，就看你们几个的了！"几个年轻人听到支书赵维正这样说，不由得心里头坠了一个秤砣。

吃过饭，仁义走出了屋子。他冷冷地看一眼院里的汽车，然后缓缓踱到黄昏的小街上。深黄的山野渐渐披上褐黑色衣衫，灰暗的天空下，躬身耸起一道道悲壮的脊梁。仁义抬眼望出去，小街道流动一条灯光的河，飞扬的黄尘和飘动的炊烟在灯光里缭绕，橘黄色灯光顷刻间翻滚不已。仁义嗅着空气中流散的干燥的气息，迈开沉沉的脚步穿越了翻腾滚动的灯光，走进"和平商店"。

柜台后站起穿夹克衫的解放，他如今也买了辆汽车搞个体运输，刚刚回来。仁义用力捏捏他粗糙的手，望着他亮光闪闪的额头。

"山上的猫儿刺根在我们手里挖光了，生态破坏得严重了。我到底是功臣还是罪人，我也说不清楚啊！"和平说。

"是罪人！是罪人！仁义连声嚷道。

"哎！家家都修了新房，靠我们几个了！"解放说，"烫羊湾的四大功臣就差老支书赵家爸了，就他没来！"

和平从货架上取下一瓶颜色鲜红的地方名酒"金红川"和一盒"吉祥兰州"烟，放到桌子上，又从里屋端出几碟小菜和几只小酒盅。

"我们好长时间没一起坐过，今晚上要好好喝一喝哩！"和平说。

仁义苦苦地笑了笑。通红的酒瓶盖打开后，浓郁的酒香四下里散溢开来。仁义看到白色的液体在酒盅里快速旋转着，他仰着脖子一口喝了下去

"我真不想回来，妇人捎话叫回来掏洋芋哩，没办法！"解放也干了一杯说，"从黄坝矿点拉到东棠镇，一吨矿石运费一百元哩。"

"你害了钱痨！"和平说。

"哼，你当然不想回来！"仁义说，"东棠好，东棠有钱挣，也有女人。你回来守你的肥婆娘，有啥意思哩?"

他们接连干了几杯，脸上泛起醒目的红晕。和平又斟满了酒，抽出烟给每人点燃一支，大家边吸边喝。

"不回来嘛，地撂了可惜；回来嘛，耽误了挣钱。二亩薄田，收不了多少斤洋芋！"解放子说。

"干脆把地撂了算了，不指望它养活人！"仁义说。

"本来就没剩下几亩地了！"和平说，"政府提倡退耕还林，恢复生态，大部分面积都栽了树。剩下的良田，不能荒啊！"

"不能荒就先凑合着种，但挣钱还要靠往外头跑哩！"解放子说。

"那不一定！"和平说，"虽然现在庄里的年轻人都到外头务工经商去了，但总有一天，大家有了钱，都要回来发展哩！"

"发展个啥？总不能再挖猫儿刺泡黄连素了！"仁义说。

"政府取缔泡药池好几年了，当然不能再破坏生态了！现在我们支部想带领大家，逐步恢复山上的生态，开发温泉资源，发展乡村旅游产业哩！"和平说。

"到底还是支书思想境界高。喝！"解放子说。

三个年轻人又开始喝酒。烟雾升腾起来，围绕灯泡急速地转圈，灯泡成了浓雾中昏黄的月亮。仁义望望屋子，又望望门外，被酒盅里散溢着醇香的液体激奋，连连饮了几杯。随之，他感觉一股洋洋的暖意自脚底升蹿上来，钻入他的胸腹，又爬遍他的全身。仁义又端起了酒杯。

"喝，真痛快！"仁义说。

仁义用微微发红的眼睛看着和平和解放。和平和解放也端起盅子，仁义在他们酒盅上轻轻碰了碰，又仰头干了一杯。

"和平子，你也二十好几了，不说个媳妇，叫一个五十多岁的老娘操持家务，怕不像话！又不是穷着说不起媳妇！"解放放下酒杯，突然说。

"我和老娘俩过还简单些！"和平轻轻笑了笑说，"倒是给我介绍过几个，我一看那俗气劲，就拒绝了。就是迟一点，我也要找一个有感情的！"

"哼！感情？感情能值几个钱？"仁义怪腔怪调地吆喝道，"不说这些了，他娘的，活得太窝囊了！"

和平压下了床头旁的录音机按键，随着红色指示灯的闪动，录音机里响起一个女人疯狂的声音："……爱得风风火火，爱得实实在在，爱得痛痛快快……"

"不听这个，不听这个！爱得咋哩咋哩，都是闲话！"仁义挥了挥胳膊，"放《我是一只北方的狼》！"

和平换了一盘磁带。仁义和解放都喝干了一杯，拿起筷子等待那个狼嚎的声音。咔嚓一声，和平按下了按键，录音机里终于吼出那个汉子嘶哑的声音："我是一只来自北方的狼，走在无垠的旷野中……"

仁义他们挥舞筷子打着节拍，闭上眼睛，轻轻摇晃着脑袋。筷子击得酒瓶和桌沿当当作响，不知不觉中，他们的声音也化作了狼嚎："……凄厉的北风吹过，漫漫的黄沙掠过。我只有咬着冷冷的牙，报以两声长啸，不为别的，只为那传说中美丽的草原……"

声音震得屋子里嗡嗡响。他们齐吼得脖颈上青筋暴凸，声嘶力竭。突然，仁义发出一串瘆人的冷笑。和平和解放放下酒盅，停止吼叫，惊奇地望着他。仁义此刻头埋到桌上，放声长号起来。酒盅被掀翻到一旁，清冷的液体掺和着仁义的眼泪，<u>丝丝缕缕</u>，从桌沿上挂落。和平与解放赶紧关了商店门，过去解劝仁义。

"仁义，有啥想不开的，往出来倒！倒出来就痛快了，不要这样！"解放说。

"仁义，你的心病我清楚，你要想开哩，没那事！"和平说。

仁义抬起头，在桌面上擂击了几拳头，又擂击着自己的胸脯。他有力的双拳擂得胸脯咚咚作响，和平和解放拉住了他的胳膊。

"烫羊湾里人有吃有喝有钱花了，可谁知道我赵仁义付出的代价有多少？"仁义吼叫道。

"烫羊湾里人吃的喝的，都是银灯儿放肉换下的！"仁义又吼道。

仁义的声音在屋子里疯狂地窜动，和平与解放摇摇仁义的臂，劝他平静下来。仁义慢慢止住了哭号。

"女人都不是好货！"仁义恶狠狠地嚷道。

"银灯儿不是那号人，你冤枉她了！"和平说。

"我没冤枉她！"仁义嚷道，"有人亲眼看着她跟徐师眉来眼去的，又让徐师揣哩摸哩，我咋冤枉她了？婊子就是婊子！"

"莫胡说！"和平生气地推推仁义，厉声斥责道，"有些事你慢慢就清楚了！其实银灯儿是烫羊湾第一大功臣，都要尊重她哩。你喝了两盅子酒，咋能胡说哩？"

"散了散了，回去睡觉！"解放说。

"不去不去！"仁义的胳膊胡挥乱舞起来，和平和解放都被甩到一边去了。

仁义望望桌上的酒瓶，突然一把抓在手里，嘴对着瓶子仰头一气咕嘟咕嘟地喝下。和平和解放欲上前抢夺，瓶子早已底朝了天。紧接着，他们看到仁义像一只抖空的面袋，软软地倒在桌子下面。他屁股下的凳子也随即四腿朝天，发出哐啷的响声。

药粉全部沉淀到池底以后，就开始排放废水。仁义他们一直俯在水泥池帮上，看那墨绿色液体打着旋儿从放水孔旋出去。旋出孔的废水冲击在渠边的圆石子上，蹦蹦跳跳，悠然摆动着墨绿色的身子。河坝里流散出冲天的酸臭气味。水中的泥鳅在墨绿的液体里扑腾挣扎一番，就翻起暗白的肚皮紧随废水悠荡而去。仁义他们靠着池帮，看到放水孔旁的旋儿越旋越快，最后，随着一串似老牛咂水的声音，池底渐渐显现出黄亮的药粉。

"出来了！"他们兴奋地喊道。

药粉均匀地铺在沉淀池底，像一层灿黄的金子。太阳的影子闪动在上面，发出昏黄的光晕。这时，老向手提几只尼龙袋子走过来，将袋子递给仁义。

"给！把药粉挖到这个里头，再提到灶房里去！"老向说话时面无表情，语气不容置疑。

仁义他们被老向的神情搞得莫名其妙。他们从老向扁扁的面孔上，实在看不出什么秘密来。几个人失望地对视着。

"灶房里还有啥工序？"仁义试探地问。

"让你们挖就挖吵，问啥子哟！"老向诡谲地一笑，摇动着矮小的背影走了。

仁义他们又跳进沉淀池，用铁锨铲着药粉，水津津的药粉在他们脚下扑哧扑哧作响。药粉染黄了他们的雨靴和裤管，也映得他们的肌肤黄亮黄亮。他们默然无语地铲着，额头和脖颈上一根根青色血管蜿蜒地显现出来，鼓鼓突跳。药粉全部装进尼龙袋子后，他们又一袋一袋提进散飘着浓烟的灶房。

灶房里，黄色火苗在锅底下摇晃，银灯儿坐在灶前，不时往锅底下填几块柴。火光忽闪忽闪，她的脸上一明一暗。两个四川人使劲地踩踏地上的尼龙袋子，装满药粉的袋子被踩出一丝丝清亮的黄水。黄水噗叽噗叽洒落出来，蚯蚓一般在地上爬动。仁义赶紧用扫帚扫掉。之后，他们看到四川人抬起尼龙袋子走进锅旁，把药粉倒进热气蒸腾的大锅里。

"你们出去一会子，要得不！"这时，老向对仁义他们说。

"要干啥了？"仁义问。

"加碱加碱，看啥子哟？"小徐不耐烦地扬扬手中几张紫红的小纸条。

老向瞪了瞪小徐，小徐自觉失言，低头不作声了。仁义他们看着小徐手中的小纸条，马上想起中学化学课上见到的"石蕊试纸"。仁义望望灶前的银灯儿，对她意味深长地眨眨眼睛，银灯儿心领神会地点了点头，他们几个便走出门外。

老向提出案下那只塑料袋，将袋中的石灰缓缓倒进大锅里，锅里袅袅的雾气中顿时腾起细细的石灰粉末。接着，屋子里便飘散出一股呛人的石灰味。小徐手持木棍，在满锅黏稠的黄浆中轻轻搅动着。黄浆翻腾滚动，慢慢融化了粉白的石灰末，他就将紫色的纸条伸进锅中。纸条在锅里翻腾两下就被黄浆吞没。过了半晌，他从黄浆中提出那纸条，发现浸湿的半截已经变得黑中带绿，异常醒目。他的眉梢即刻兴奋地跳动了两下。

"好喽！"小徐说。

默默观察的银灯儿看到小徐将小纸条揉成一团，顺手抛到了地上，小纸团划动一道墨绿的弧线，悠悠地落到银灯儿脚边。银灯儿的目光一直跟踪着那个小纸团。她伸出脚尖勾了勾，小纸团滚了滚。她又用烧火棍去拨，小纸团缓缓滚到她身边。老向看到她异常的举动，便对她笑了笑，弯腰捡起小纸团，抛进炉膛中去。

"捡那干啥子哟，烧掉算喽！"老向说。

小纸团燃出了墨绿的火焰。半晌，银灯儿无可奈何地望着它化为黑蝶飞出炉膛。这时，满锅黄浆沸沸扬扬，锅边不时溅出来一两滴，在地上凝结成黄黄的圆点。小徐翻着厚唇对银灯儿笑了一下，又用手指指炉膛，示意她将火熄掉。

银灯儿熄了火。老向和小徐在大梁上挂起一只白布大包，又在那包下摆好一口硕大的水缸。随后，银灯儿看到他们抬着那锅黄浆倒进大包里，大包源源地滤出浓黄的汁液。他们又用力挤压悬挂的布包，银灯儿便听到汁液在缸底激溅起一串美妙的声音。大包空瘪下去以后，老向掏出一支温度计在缸里试了试，接着，又提过一桶盐酸溶液倒了进去。小徐轻轻用木棍在缸里搅拌了半晌，又抽出一条试纸浸到缸里。等他从缸里抽出纸条，原来的紫色已经变成深红。银灯儿望着变了色的纸条，即刻想起血的颜色。

第二天清早，仁义畏畏缩缩的身影在他家门口徘徊着，徘徊了一阵，他鼓足勇气走进栅栏门。他长吁了一口气，夜晚的酒味还残存在他的舌苔上，脑袋还有些迷迷糊糊。他拖着疲软的身材，摇摇晃晃地走过停放汽车的庭院，站在耳房门口。就在举手推门的瞬间，从窗玻璃中又望到银灯儿那张充满期待和忧郁的脸，他犹豫了。随即，他又听到呼呼的火苗声，仿佛又看见瘦矮的四川人贪婪的厚嘴唇在窗户上一闪而过。他骤然感觉胸内刮起一阵狂风，欲转身离去。

"婊子！"他在心里暗骂了一声。

仁义转过身，愤然的目光在院内毫无目标地游动一圈，又落到墙角那丛妖冶的大丽花上，紫色花朵硕大而绚烂，浓绿的叶子拥簇着，散发出扑鼻的气息。他突然觉得那花朵就像一张荡妇的面孔，正摆出轻佻的姿态迷人魂魄。他讨厌地扭转了头颅。

之后，仁义走下台阶，越过汽车向院外走去。他的脚步惊动了正堂的老爸。听到他爸咳嗽一声，拖动着苍老的脚步赶出门外，仁义的心骤然紧缩了。

"又哪搭去哩？"仁义听他爸说，"几个月不回来，回来又夜不归宿，究竟为啥哩？"

仁义没有搭理，仍然向院外走。他听到他爸手中的拐棍捣得水泥台阶当当响，就像一只空缸里丢进几颗圆溜溜的小铁丸。

"站下！我问话哩，你耳朵聋了？"仁义爸狂吼道。

仁义在他爸愤然的质问中停下脚步。他回过头，望望父亲微微抖动的花白胡须，又望望耳房上斜映着树木枝条的窗玻璃，极不情愿地走进正堂。

"你说，为啥哩？"他爸跟进门问。

"不为啥！"仁义冷冷地回答。

"不为啥还夜不归宿？"他爸问。

"夜晚夕喝酒哩。"仁义回答。

"咋不回来睡哩？"他爸又问。

"我喝醉了！"仁义懒懒地说。

"喝醉了也要回来睡！"他爸抬高了声音。

"我赵仁义好歹还算条汉子，不愿意靸别人穿过的破鞋！"仁义突然狂吼起来。

"好哇，我知道你！"仁义爸的嘴唇抖动起来，他的手指一下一下地点着仁义的额头，喘着粗气说，"打早哩我就看出你、你的意思，依你说，银灯儿不守妇道，有啥凭据？"

"有人亲眼看着哩！"仁义拧着脖子回答。

"你说的我都清楚！"仁义爸说，"银灯儿有分寸哩，没胡来！实话给你说，我私下里给银灯儿安顿过，叫她缠住四川人，把精制黄连素的方子套出来哩！银灯儿是为了烫羊湾里人能吃上一口稠的，她有功哩！你再胡嚼舌根，看我不把你的腿放断！"

仁义爸扬起拐杖晃了晃，仁义连连后退几步。老汉愤然瞪着仁义，急促地喘着气。仁义恼怒地扭扭脖子，转身向屋门走去。只听门槛沉重地响了一声，仁义就气冲冲地走到汽车旁。

"你死去！再莫回来，就当我没你这样的儿！"仁义听他爸在身后吼道。

仁义拧开点火开关，让汽车放开嗓子号叫了几声，然后，踩一脚油门冲出栅栏门，一股蓝烟抛在院子里，耳房里传出银灯儿伤心的哭泣声。院里那烟在疾迅地翻腾滚动……

精粉出了锅，四川人便把它铺到炕上，让银灯儿烧热炕去烘干。银灯儿整整一天守在炕眼前扇风点火。她手里的簸箕上下翻飞，将一股狂风呼呼地掀进炕眼，浓烟从烟道里滚动而出。

"银灯儿，好喽好喽，不要扇了！"这时，老向出门喊道。

银灯儿随着老向进门，立刻嗅到一股浓烈的药味。她的目光落到满炕药块上，砖块状的黄连素已经烘干了水分，整整齐齐排列在炕席上，映出一片灿黄的光亮。银灯儿的神情骤然被那光亮刺激得异常兴奋。

"干了？"银灯儿问。

"干了。"一旁的小徐回答。

"成了？"银灯儿又问。

"这个样子就可以卖钱喽！"小徐说。

银灯儿匆匆上前，轻轻抚摸着炕席上金砖一般的药块，脸上顿时绽开一朵诱人的金菊。一旁的小徐却目光如鱼，围绕独自兴奋的银灯儿游动不已。他看到一件浅色的毛衣下，银灯儿圆圆的身子颤颤悠悠的，前胸的部位欢快地跳动着，他胸内即刻飘拂出一股黄色的火苗儿。他咽下一口唾沫，又朝银灯儿跟前挪了挪脚步，老向粗糙的瘦手这时却拍拍他的肩膀。

"去找麻袋吵！"老向对小徐说。接着，他扭头对银灯儿吩咐："快去喊仁义他们，来把药装好，明天我就要上路喽！"

银灯儿出门而去，小徐留恋地望望她的背影。老向上了炕，将金黄的药块一块块搬起，又整齐地码起来。药块光滑晶亮，老向的身影在上面闪闪烁烁。老向不停地搬着码着，像在专注地修建一座黄色的金塔。

"我走了，你龟儿子可要小心些！"老向说。

小徐抬起头，舔舔厚嘴唇，惶惑地望着老向。

"别当我没有看出来，这些天你的眼珠子一直跟着她转，小心吃亏哟！"老向又说。

小徐嘿嘿地笑了笑。

"你笑啥子？我就怕你一时冲动，做出啥子荒唐事情，钱挣不成，人也走不脱！"老向脸冲着小徐说。

"我晓得！"小徐笑着答道。

"你让仁义他们赶紧泡好'片子'，搞'循环水'，他们问啥子，你都莫要讲出去！"老向说。

"晓得！"小徐回答。

门外响起杂沓的脚步，老向抬头望望窗外，闭口不言了。支书赵维正和儿子仁义匆匆进了门，在满炕黄亮的药堆后面，看到老向黄得生动的面孔。

"向师，好几麻袋药哩，上车，下车，都不容易！我的意思，明天叫仁义跟你一搭去。仁义是年轻人，比你手脚麻利些！"赵维正试探着说。

"你的意思是……"老向圆瞪着惑然不解的眼睛说，"是对我不相信？"

"不是的不是的！"赵维正连连说，"我是说你走时背着药，来时又要进料，吃力得很，叫仁义跟上你帮忙哩。再说一搭有个伴儿，就多一分照应，我也就放心了！"

"算喽算喽，人多花钱多，我一个人去就对喽！"老向说。

赵维正赔着笑脸靠近炕沿，他的手在磨烂了边的口袋里抖抖地摸索一阵，掏出半包压瘪的"凤壶"烟。仁义靠前一步，推了推他爸拿烟的手。

"不成！要去我俩都去！你一个人去，买了多少价，我们咋知道哩？"仁义说。

老向双手如碰到了烧红的烙铁，在药块上倏地缩回去。他抬起头，像望一个陌生人一样，死死地盯住仁义的面孔。仁义的目光没有退缩，老向从那目光里感觉到一股灼人的热量。赵维正愣怔片刻，忙抽出一支烟递给老向，他的笑声也和畅而响亮地传过去。

"要走就走哟！"老向低头接过了烟。

仁义翻车的事是解放子传进庄的。解放子风风火火地将汽车开进庄，给烫羊湾里人带来了这一不幸的消息。烫羊湾的老老少少一齐注视着解放脸上的汗痕和扑满黄尘的头发，像听人叙说一个令人恐怖的噩梦，愣张大嘴说不出话来。解放说，仁义这几天一直不高兴，一句话也不说，把车开得飞快。他还说，出事以前，他看到仁义在白原镇一家"风味小吃铺"里摇摇晃晃地走出来，很远就闻到一股扑鼻的酒味。他劝仁义在白原镇住一晚上，不要进沟了，仁义却对他摆摆手说："住屁哩不住了！进沟装上矿再返回到白原镇正是半夜里，那阵子被窝也有人暖热了，再睡不迟！"就钻进汽车开跑了。解放开车紧赶，到了小岭儿上，突然看到仁义的汽车左扭右摆起来，终于没有稳住，一头栽下路基……解放说完，众人已骇得屏声敛息。

"和平子你说，你是支书，你说咋弄哩！"解放眼盯着和平急促地喘气。

和平在人群里缓缓抬起沉重的头颅，他揩了揩眼角的泪，轻轻说道："事到如今，再瞒也瞒不过了！老成人出面给赵家爸和银灯儿说去，年轻的赶紧抬仁义的尸身走！赵家对烫羊湾里人有恩哩，仁义的后事要烫羊湾里人大家操办哩！"

众人一齐沉沉地点点头。

仁义家院里人山人海。妇女们都紧围着撕心裂肺的银灯儿，银灯儿的哭声凄惨哀恸，悲伤欲绝。几个长者扑进了正堂，看到仁义父亲仰躺在地，面白如纸，气若游丝，他们赶紧围拢过去，狠劲掐住仁义父亲的人中，锐声呼叫。此刻，院里的婆娘媳妇都难以自持，失声痛哭起来。赵家顿时悲声一片，笼罩山窝子的黄雾也被搅得迷蒙苍茫起来。

老向和仁义离开烫羊湾不久，和平与解放就开始安装机子，试验用抽水机搞"循环水"。机子安装好后，解放发动起了柴油机。随着机子隆隆的吼叫声，池边的抽水机便将池底的药水抽了出来。一根搭上池帮的胶皮管子兴奋地抖动一阵，看到药水顺满池的猫儿刺根表层漫过去，又渐渐渗入到池子底层。解放激动地抛开柴油机摇把，对一旁的和平嘿嘿傻笑起来。

"成功了！"和平说。

"成功了！"解放兴奋地擂了和平一拳，大声喊道。

"幸亏村上把柴油机和抽水机保护得好，土地划到户时没叫人抢了去！"和平说。

"就是，现在一天发一次机子，把池底的药水抽出来，来回倒腾就对了，省事多了！"解放的声音都有些变调。

小徐踽踽地走过来。他莫名其妙地绕着池子转了一圈又一圈，望望正在运转的机子，顿时脸色发青了。

"要得！"他说，"这是哪个想的法子哟！"

"'智多星'和平子！"解放回答。

小徐扭头看看一旁的和平，不自然地咧嘴笑了笑，再没有说话。这时候，他看到和平的大眼睛炯然注视着他，目光似乎要洞穿他的心肺，他连忙低头离开了。他的脚步惶然而局促，在胶皮水管上绊了一下，又在路旁的柴油机摇把上绊了一下，险些跌倒。

吃完晚饭，和平和解放来到仁义家。赵维正听他俩说完白天的事情，脸上现出了难得的笑容。

"现今，想办法弄清楚精制时的酸碱度，我们就可以试着弄了！"和平说。

几个人都默不作声，苦思冥想着办法。半晌，赵维正瞅瞅倚柜而立的银灯儿，吩咐道："明天你把徐师叫到屋里来吃饭，看能不能把话套出来！"

银灯儿扑闪明亮的大眼睛点点头。赵维正苍老的目光在儿媳脸上停留了很久很久，突然声音悲怆地说道："狗狗娃，烫羊湾里人眼都瞅到你身上了！"

和平和解放唰地抬起了头，他们从支书赵维正脸上看到了一种迫切和焦虑，不约而同感觉到湿漉漉的潮水漫上了胸腔，身子一味地下沉下沉。他们用仰望大山的目光望着老支书和银灯儿，直望到银灯儿脸颊绯红，眼睑低移，胸脯微起微伏。

"我清楚。"银灯儿声轻语缓。

第二天，当银灯儿出现在小徐面前时，他像看到一面灿灿的明镜。银灯儿卷发齐肩，细眉高挑，腰身柔柔地迎上前来。小徐目瞪口呆地望着她，嗅着她身上散发的清香的气息，感觉到少有的眩晕和冲动。他随银灯儿跨进了赵家的门槛。

赵维正摆好一桌丰盛的菜肴等待小徐。小徐被热情的银灯儿邀请到炕上，与赵维正对饮起来。银灯儿站在一旁，殷勤地劝他喝酒吃菜。他目光灵巧地在银灯儿白净的脸上滚来滚去，感觉银灯儿两腮的酒窝里盛满了蜜意。

数杯下肚，小徐灰白的脸颊上泛出红晕，他咂咂亮晶晶的厚唇，对银灯儿古怪地笑了笑。突然，他看到银灯儿两腮的酒窝变成四个，他诧异地揉揉眼眶，再看还是四个，甚至连银灯儿也变成两个银灯儿，就笑得更加古怪更加瘆人。这时，他看到赵维正摇摇晃晃地溜下炕，出门而去。银灯儿靠近他又来搛菜敬酒，便在一股强烈的清香中沉醉。他只觉得头颅放大又放大，身子悠悠忽忽，如同飘进了云彩里。他不禁快意地笑了笑。他听到自己的声音充满了超脱和愉悦感。伴随这种感觉，他的双臂就势将银灯儿软软的身子搂进怀里，直搂得银灯儿喘不过气来。

"小心……小心人来了！你说，精制时酸碱度达到几就对了？我叫和平他们自个弄去，再来陪你！"银灯儿急喘喘的声音在小徐耳边响起。

"进锅是……'八'，缸里为……'二'！"小徐有气无力地说。

"好好，我说去！"银灯儿欲从小徐怀里挣脱出来。

银灯儿的软身子在小徐怀里扭来扭去，小徐感觉正随一朵云彩忽起忽伏，越发紧搂不放。突然，朦胧中，他看见窗外人影一闪，赶忙松开双臂。

和平经过一番认真地思考，来到银灯儿家。仁义出事已经数月，但赵家院里还是清冷而寂寥，昔日明净的窗玻璃上，落满灰白的尘土；墙角那丛经了霜杀的大丽花，蔫软委顿，破败不堪；两只鸡正在窗台上啄食几疙瘩硬干的馍块，见和平走进栅栏门，惊恐地飞下窗台，满院子逃窜。和平推开虚掩的正堂门。

赵维正从枕头上抬起花白的头，他的眼窝深陷，颧骨高耸，明显地苍老了许多。看到和平进屋，他吃力地欠起身子，然后，是一阵猛烈地咳嗽。

"我试着越来越不中用了，头晕得走路都打绊哩，只怕要跟上仁义走了！"老支书有气无力地说。

"赵爸，你莫胡说！"和平说，"事情已经到这一步上，要想开哩。烫羊湾里人的光景红火了，大家都惦记你们一家人着哩！"

"哎！"赵维正叹了一口气说，"说到底，还是政策好，没有好政策，谁就是有日天的本事，也红火不起来！老辈人传说，祖先们从山西大槐树底下逃荒出来，到这里扎了脚，就因为这里有一眼寒冬腊月都冒热气的泉，但没人知道用它，只有守着它受穷。结果后来，一眼泉就叫烫羊湾里脱了贫！咳咳咳咳……"赵维正又一阵咳嗽。

"你没有只顾自家的小光景，想的是全庄人的大事。你现今有了难，庄里人心上都不好受，都要替你分忧解愁哩！"和平说。

"就这么过……一辈子都磕磕磨磨过来了。"老支书慢腾腾地说。

"你就好好歇缓着，地里的活，我安排人给你干。我想成立一个互助小组哩，组员各家各户抽，谁家有难，就支援谁家！"和平说。

"那是好主意！像王寡妇、刘老汉家，都要有人帮。我的我自个儿做！再说我做惯了，还闲不下来。我歇几天就动弹，不麻烦大家了！"老支书说。

"赵爸，前几天乡政府开会，传达了中央精准扶贫的精神，要求烫羊湾里发展新产业，在两年后收入翻一番，让所有村民实现小康哩。我当时就上报了发展旅游产业的项目。过几天，我约好跟一个大老板见面，让他来考察烫羊湾的地热温泉资源，再投资建个度假村，庄里人可以到度假村就业，没有就业的建几个农家乐，就把庄里人都带动起来了！"和平如数家珍地说。

老支书顿时来了精神，紧盯着和平，连声说道："这思路好啊！泡黄连素让大家挣了些钱，但对生态破坏太严重了。政府取缔了泡药池子，庄里人都外出打工去了。旅游产业一搞起来，把大家都叫回来，一起在烫羊湾里干！"

"对！配合中央精准扶贫的政策，几年下来，烫羊湾里就有个大变化哩！"和平信心满满地说。

老支书突然愧疚地说："唉！前几年我们为了让烫羊湾里人摆脱贫困，干了些荒唐事！以后在你手里，要带领大家把生态好好治理哩！"

和平说："赵爸，环境恶化现象由来已久了！现在提出'既要金山银山，更要绿水青山'，我们两委班子要响应中央号召，从恢复生态入手，开发地热资源，发展旅游产业哩！"

老支书频频点着头说："好好干，烫羊湾里多少辈人的愿望在你手里就要实现了！"他的目光中流淌着蜜意。

"银灯儿咋不见？"和平突然问。

"地里去了，有些苞谷还没掰哩。"老支书回答。

"我想叫她到我商店里帮忙，不知道去不？"和平说。

赵维正惊喜地抬起头，望着炕沿边上的和平。

"仁义刚出了事，银灯儿心上不好受，有个活计干着，慢慢就忘了伤心事情。我腾出身干些村上的工作，商店的利我跟她分成，看能成不？"和平又说。

"莫说分成不分成了！"赵维正说，"给她安顿个事情干，就能慢慢洗净她心上的泥气子，你是好意！银灯儿是个好娃，等她缓过这一阵子，以后遇见个好人家，再报答你！"

"再莫说了，赵爸！要说报答，全庄里人都要报答你一家人哩！"和平说。

当和平告别了赵维正行走在小街道上时，这个烫羊湾年轻的领导人感到了从未有过的充实。他的双脚迈得轻快而有力，沙石子路面被踩出一串悦耳的声音。他抬头望出去，浑圆的太阳正在中天辉煌，阳光刺透了山窝子里迷茫混沌的土雾，黄褐色尘埃正在疾迅地缭绕飘散。

老向带着仁义离开天府之国那座有名的山城时，就隐约产生了一种不祥之感。在山城那家高楼耸立的制药厂里，他以货主的身份跟厂方有关人员讨价还价，仁义也寸步不离他，甚至有几次厂方人员根本就没有看到他猥琐矮小的身子，而是直接跟洒脱精干的仁义协商。老向有些恼怒了，愤愤地盯着仁义，想发泄发泄不满和怨恨，却被仁义眉宇间的英武之气所威慑，话到嘴边又咽了回去。后来，他看到仁义在厂方人员递过的供货合同上签了字，然后，用审视的目光望着他。他顿时脸色乌青，气结心头。这时候，他就产生了那种不祥之感，并带着这种恼人的感觉在一个灰暗的夜晚郁郁地回到烫羊湾。

晚上睡下，老向难以入梦。他听到屋外烫羊泉用徐缓潺潺的调子唱出苍凉凄伤的歌，使他满腹的心事纷乱如麻。他便披衣坐起，窸窸窣窣点燃一根烟抽。小徐也在一旁沉重地翻着身子。

"我们两个怕是待不下去了！"老向轻轻说道。

"你说啥子？"小徐问。

"这一回卖药，仁义把所有门道都摸得一清二楚，还跟制药厂签了供货协议，我们没得机会喽！"老向说。

"龟儿子就不该让他去！"小徐咬牙切齿地骂道。

"没得办法！"老向说，"我走以后，他们有啥子动静吗？"

"有。"小徐说，"他们发明了用抽水机搞循环水！"

"是不？"老向一惊。

"还有！"小徐又说，"和平正在这房子后面挖泡药池，看样子想自己搞喽！"

"噢，还有这回事情？"老向又吃了一惊，"他们晓不晓得精制的法子？"

"可能……晓得了。"小徐含混地回答。

"啊？你给他们说的？"老向追问。

"有回银灯儿叫我去吃饭，我喝醉了酒，不晓得……说漏了嘴！"小徐吞吞吐吐地说。

"龟儿子，坏事了！"老向吼道。

"他们晓得技术我们就得滚！"老向说。

第二天，老向矮小的身影晃荡在泡药池边，他看见搭到池帮上的水管正在欢快地喷吐浓黄的药水，便感觉隆隆的柴油机声如一只黄色的马蜂直钻入耳。他匆匆离开池边，绕过杨树，走到房子后面去看和平新挖的泡药池。

新挖的泡药池足有原先的两倍大，和平和解放正在池中搅和水泥。他们专注地搅匀水泥浆，又一锹一锹扛进一只灰浆桶里，随后，提到池帮前去抹。

"这么大的药池，能装两万斤'片子'！"老向说。

"就是按两万斤计划的。"和平说。

"自己能泡?"老向问。

"慢慢试哩！"和平笑了笑。

老向也笑了笑，和平听到他的笑声有些刺耳。老向抬腿离开的时候，脚步迟钝而散乱，身子空虚无力地摇晃了几下。这一刻，老向想他该考虑自己的退路了。

和平好不容易才把银灯儿请到商店去帮忙。银灯儿苍白而俏丽的面孔从此出现在"和平商店"的柜台后。前去购货的人都看到她那张忧郁的白脸上浮满了憔悴，圆圆的大眼中消失了往日的神采。她常常坐到桌后那把背靠椅上，注视着对面山头迷蒙的黄雾，久久凝然不动。和平去店里时，她只是对和平微微地咧咧嘴。这种日子维持了不到一月，终于有一天，银灯儿交出钥匙和账本，离开了"和平商店"。

和平清清楚楚地记得银灯儿离开前那天下午的情景。当时他正往商店里搬货，刚把一箱箱啤酒和沙棘饮料搬进门，放到柜台上，门里进来一位买货的外地女人。她站在柜台前，扫视着货架上满满当当的货物。银灯儿忙把纸箱抬下柜台，在地上一箱一箱地码齐。

"我看看那个!"突然,外地女人指了指货架。

"啥?"和平抬着纸箱进门问。

"袜子,让你媳妇取一下!"外地女人又说。

柜台内的银灯儿顿时像被箱子压了手指,倏地从箱下抽回了胳膊,惶然地抬起头,投眼去望和平。刚好碰到和平的目光,她又赶紧慌乱地将眼移开。和平感觉胸脯上像有人擂了一拳,手中的纸箱不由跌落到柜台上,枣红色柜台沉重地响了一声。

之后,和平注意到银灯儿的手臂一直在发颤,笔在她手下抖抖索索,账本上半天也未写出一个字。和平又看到她眼角泪光闪闪,长长的睫毛扑跳不已,和平耳边就顷刻奏响一支忧伤温热而腥甜的曲子,一直到银灯儿交出钥匙和账本,那支曲子仍然幽幽怨怨地悠扬着。他就在这种感觉中目送银灯儿走出"和平商店"。

以后,和平一个人常常坐到柜台旁,望着对面山头迷茫的黄雾。他发现那雾其实并不是雾,像大山吐出的不会飘浮游移,也不会缭绕升腾的黄气;虽然吐出了,却似乎根还在里头,只好相依相连,若即若离……每当这时候,他就恍然听到那支忧伤却温热腥甜的曲子在响。久而久之,他觉得那曲子成了他生活中的一部分。无论是睡觉,还是地里干活,那支曲子始终伴随着他却困扰着他,他为这平生第一次感觉到的困扰而惶惑。终于,他决定实现那个使他魂不守舍的梦。

山窝子被太阳映黄的一个中午,和平走进了银灯儿家的栅栏门。他先到仁义爸的房里看了看,没有人。就在他跨出正堂的时候,他看到了站在院当中的银灯儿,她的圆眼睛惶惶地跳动了一下,随即,那支曲子又悠悠地向他飘来。

"银灯儿,我……又来请你了!"和平说。

"不!你的好意……我心领了!"银灯儿说。

"叫你跟我……走哩!"

"不!你,还有烫羊湾里所有的人,都同情我,我……心领了!"

"这不是同情!"和平平静地说。

银灯儿望着和平的脸,欲言又止。

"这不能说是同情!"和平说,"这是……爱!"

和平看到银灯儿愣怔了片刻,之后,转身跑向她的耳房,门扇哐啷地关住了,一阵嘤嘤的哭声传了出来。和平久久地站在原地。

以后的几天,和平再没有看到银灯儿那张苍白的脸。只是到晚上,他才能走近她。那脸对他凄惨地笑一笑,却又倏忽消失了。他四处寻觅,那脸又隐隐地显现出来。他要靠上前去,对方却疾迅地躲开。他急迫地呼唤几声,硬是喊不出声音。他焦躁地挥挥手臂,浑身却如捆了绳索。他强力挣扎着、扭动着,终于坐起了身子,茫茫然然睁开眼睛,看到了朦胧中的窗户、衣柜,才知道是一场梦。他就披上衣服,坐到天亮。

这天早上,仁义爸来商店坐了一会,和平问起银灯儿的行踪,仁义爸说银灯儿近日像有心事,不哼不哈的,一早就捎上锄头上了白嘴梁。等仁义爸走后,和平感觉坐立不安,在地上走动几个来回后,就匆匆向白嘴梁走去。他的脚步充满了自信。

和平攀上了弯弯曲曲的盘山道。山道上,乌黑的羊粪蛋在他脚下噌噌地碎裂开。他清晰地嗅出空气中流荡的那股感人肺腑的气息,冲动得快要发疯发晕。当他攀上山道顶端的一个湾时,他听到体内什么部位亢奋地响了一声:红衣黑裤的银灯儿正面对一片褐色的洋芋藤挥动长锄!他看到银灯儿的动作很有力量,随着长锄的起落,一颗颗硕大的洋芋蛋从黄土中探出身子,又在她手下活泼轻快地跳跃翻滚。

和平朝前走了走,洋芋藤唰唰响了几声。银灯儿转过头来,惊奇地注视着他。和平站在洋芋地的另一头与她对望着,看到她在昏黄的山岚中楚楚动人。

石　怨

　　那一刻，雕子很兴奋，他抱住睡在身旁的妇人连亲了三口。雕子的妇人荷包儿睡意正浓，她推了推雕子，说："死价，你！"雕子说："嘿嘿，不死！不死！"说着就朝荷包儿粉嫩的腮帮子伸过嘴去，一股口臭味从荷包儿耳旁散出来，使她顷刻间翻肠倒胃。荷包儿说："臭烘烘的，过去！"雕子还是不甘罢休，竟然手脚并用，直逼得荷包儿东躲西闪，喘不过气来。

　　荷包儿嫌厌雕子。从雕子到荷包儿家去相亲，荷包儿看见雕子满嘴黄牙时就嫌厌他。媒人问荷包儿："你跟他啊不跟？"荷包儿闭着嘴死不开口。荷包儿大问荷包儿："问你话哩你死了？跟他啊不跟？"荷包儿就说："要跟你就跟去，反正我看不上！"荷包儿大就手指颤颤地要打荷包儿，说："你跟也要跟，不跟也要跟，由你就上天了！实话给你说，我已经接了人家的一千元彩礼，把事情应承下了！"……荷包儿就成了雕子的人。荷包儿却从不正脸跟雕子睡觉。

　　雕子还在动手动脚，荷包儿只给他一个冰凉的脊背。雕子就抓住荷包儿滚圆的肩，死死地扳，荷包儿硬是不转过身来。扳疼了，她就说："你疯了？不吃饭不成，不弄那还不中用？"雕子说："嘿嘿，嘿嘿，有个好话哩。"荷包儿来了精神，说："啥话？"雕子说："你不转过来我就不说！"荷包儿就转过身来，将两只圆圆的乳凑到雕子肌块分明的胸脯前，睁着亮亮的眼睛等着雕子说话。雕子不说话了，荷包儿捣了他一下，说："你死了，说呀！"雕子说："嘿嘿，嘿嘿，我今儿个在圆坡子上翻地时，发现了一个……新情况！"荷包儿说："啥情况！"雕子说："正耕着哩，石头把铧打了。我害气，撂下犁，想把石头掏出来，一掏，你猜掏出来了个啥？"荷包儿顿时兴趣大增，她两只圆乳在雕子手里骤然一跳，说："金砖！"雕子嘿嘿一笑，说："你在做梦娶媳妇哩，想得很美！掏出来的，还是一块石头。"荷包儿蔫了下来，失望地叹了一口气，说："咻你算放了一个屁！"然后，转身要去睡，雕子急忙扳住她的肩膀，说："哎哎，你莫急嘛。咻不是一般的石头，咻是……矿石！"荷包儿的圆乳又在雕子手里一跳，说："真个？"雕子说："真的，黑红色的，掂在手里沉甸甸的，一砸，里头还明灿灿的。顺茬再往地底下掏，都是咻号石头。我前几年到黄渚关矿山上背过矿，认得！"荷包儿惊喜地说："啊呀你，咋不早说哩！"她的胖拳头在雕子的胸脯上擂了几下又说："咋弄了，你？"雕子说："我埋了。"荷包儿说："认下地方了没？"雕子说："我打了记号，谁都不知道的。"荷包儿说："明早起领我去看看。"雕子说："对！"接着他的身子就如蛇一般缠住了荷包儿。

圆坡子上仅有雕子的三分地，土质是那种连草都长不高的红斑斑土。那年雕子和他哥刚子分家时，刚子问婆娘月娥子，圆坡子上咻三分地咋弄哩，月娥子说，给老二算了！那三分地就给了雕子。那时荷包儿刚迎进门，她对雕子说，你看你，尽收拾连草都不长的红土子地。雕子说，糊里糊涂种上算了，好坏人家是老大。这地就种到了现在。

荷包儿跟着雕子来到圆坡子上，在地中间，雕子找到了那块当标记的土坷垃。他搬开土坷垃，顺那疏松的红砂土往下刨，就刨出一块暗红色的石头。

雕子拿起那石头，对荷包儿兴奋地说："你看就是这！"荷包儿感觉眼前一亮，说："真个！"漂亮的双眼中透出了亮晶晶的光。她抡起镢头背，在那石头上使劲敲了敲，石头发出响亮的金属撞击声。荷包儿说："嘻嘻，真个。"雕子说："你看里头，还明灿灿的。"荷包儿俯下身去，看到镢背敲过的地方，砸出几个暗红色的小坑，小坑隐约闪亮。荷包儿白净的圆脸上便出现两个动人的酒窝，她说："嘻嘻，真个明灿灿的。"雕子说："是矿！"荷包儿说："是矿！"雕子说："要发洋财了！"荷包儿说："真的要发洋财了！"雕子看到荷包儿腮上的酒窝儿越来越圆，双唇间还闪现出两排细碎整齐的糯米白牙，他感觉到荷包儿从没笑得这样好看过。荷包儿说："赶紧挖，你说哩！"雕子点了点头，荷包儿问道："这一斤能卖多少钱，你知道不？"雕子眼盯着荷包儿，支支吾吾，故意沉吟不语。荷包儿急迫地催问："我问你矿石的价钱哩，你看我的脸咋哩？"雕子笑而不答，荷包儿迫不及待，捣一把雕子，说："多少？你快说！"雕子舌头舔了舔黄牙，满脸神秘的样子。"前几年我到黄渚关背矿，就有些贩子拿上现钱收着哩。"他说，"我都偷捡过几回，这摊钱得很！"荷包儿又急不可耐地捣了一把雕子，说："看把你能的，知道个矿价就能上天了！"雕子又嘿嘿一笑，说："妇人家头发长见识短，我害怕你……给别人说漏嘴哩。"荷包儿生气地挥了挥胳膊，说："你把我当外人哩，不想给我说，你想给谁说就给谁说去！"雕子连忙扯住了她说："嘿嘿，说哩说哩，一斤一角！"荷包儿又展现笑脸来，惊喜地问："就这石头，一斤能卖那么多钱？"雕子说："这还是矿贩子开的价，贩到北道去，怕比这价钱还大！"荷包儿漂亮的眼内又闪现出光彩。"我的娘娘！"她叹道，"赶紧挖！"雕子这时却皱起眉头，"拿啥挖哩？"他说，"炸药雷管，要啥没啥！往进挖还要打洞子哩，拿啥挖哩？"荷包儿说："要不就把猪先吆上卖了？"雕子低头思量了半晌，说："把猪卖了，买些炸药雷管儿，能弄一阵子，单害怕撂了本钱又见不了矿！"荷包儿说："咋，你是说……不敢弄？"雕子又低头思量了半天，说："弄哩，舍不得娃娃套不住狼，成哩不成先试一试再说！"雕子又说："还要别人莫知道哩，知道了，没好事！"荷包儿说："对，悄冥冥的！"

第二天傍明时，雕子套好架子车，荷包儿吆出猪来，雕子在猪的前后腿上都拴上绳子，然后狠劲一拉，猪跌倒在地，嗷嗷号叫起来。雕子怕人听见，对荷包儿喊："快寻半截儿绳去，把猪嘴绑住！"荷包儿就找出了绳，绾了个活扣儿，套到猪嘴上，两头死死地扯紧了。猪哜哜地低吼几声，被雕子和荷包儿拖到了车上。雕子说："再拾两麻袋洋芋去，也捎上卖了。"荷包儿说："咋，这……还不够吗？"雕子说："够屁哩，跌到咻里头，潭大海深的事，指望一头猪的钱能咋？说不定，后头还要抬家具溜瓦片哩。"荷包儿犹豫了半晌，说："我的老天爷！"慢腾腾地去拾洋芋。

路上望不到几个人影，天色还暗淡，褐灰的路面模模糊糊。雕子前头拉，荷包儿后头推，车轱辘碾得尘土扑扑响。已到了秋季，风茬子很硬。可十里山沟走完，荷包儿已热汗涔涔。这时，遥远的东天上渗出了血红。雕子长出了一口气，扭过半面绯红的脸，对荷包儿说："我哥听信妇人的话，心私得很！咻时候嫌红土地不长粮食，硬给我塞哩。"荷包儿说："他要知道红土子地有矿，咋都不分给你！"雕子说："幸亏要了咻地，要依你，说啥都不要，就没发财的机会，女人家到底是眼光短浅些！"荷包儿说："就你能就你能！你又不是神仙，咋就知道咻里头有矿哩？"雕子说："这就叫'横财不发命穷人'！"荷包儿露出了糯米牙，扑哧一笑。

又绕山梁走了十里，才顺坡而下，下坡就是进城的大路。雕子和荷包儿要在这大路上走二十多里才能进城。这时路上的人很多，都朝县城的方向流动。有好多年轻人骑了自行车，后座上带着一个女子，在人流中穿梭。荷包儿捣捣雕子的背，说："啧啧，看人家，神气的！"雕子不以为然地笑一笑，说："坐个烂自行车，神气屁哩，等我挖出了矿，掏钱雇汽车你坐！"荷包儿说："死谝！还没见一块矿哩，看把你能的！"雕子说："不能不能，可谁也没用铁圈把我雕子的头箍住，人嘛，三十年河东，三十年河西哩！说媳妇的时候你硬不跟我，现今，怕撵都撵不走你！"荷包儿说："好好好，你有本事，就显出个黑白来，让我也过几天好光景呀！"雕子说："你瞅着，我非翻身不可！"说着车子就飞快地奔跑起来了。

城里人更多，背篼挤满了街道，雕子和荷包儿好不容易赶到集上，卖了猪，又卖了洋芋，就拉着架子车向县化工厂走。

化工厂就在城郊那绿树成帷的小山包下。荷包儿没来过这里，那山上绿荫间的褐灰色飞檐吸引了她。她看到一条小道依山而上，直伸入浓荫深处，就问雕子："山上咿是啥房？看气派的！"雕子说："是萨爷庙。听说萨爷灵得很，磕头烧香的人密匝匝的。"荷包儿就说："你买炸药雷管去，我上去磕个头，让老人家保佑你我打出矿来。"她顺着小道上了坡，雕子拉车进了化工厂的大门。

荷包儿磕完头下山，不见了雕子，架子车静静地躺在院里。荷包儿挨门儿去寻，几个女子从门口探出了头，用画得乌黑的双眼好奇地望着她。老远地，荷包儿就闻出一股香气。她朝前赶几步，听到其中一个女子恶声恶气地问她："你寻谁哩？"荷包儿说："我寻我的掌柜的哩，他来买些炸药雷管儿。"那女的说："你说的那丑里吧唧的年轻人，是个'生柴棒'！"荷包儿红了脸，又问："咋哩？"那女的答："买炸药雷管儿要证明，他没！我们不开票，他还骂人哩，现今叫我们的保管收拾着哩。"那女的朝对面房里指了指，荷包儿急忙奔过去。

赶到门口，荷包儿听雕子在里面嚷："你打！你打！"另一个声音说："打就打，你敢咋？"就听见拳头在雕子身上嗵地响了一声。雕子又嚷："你把我打死！打不死就不是你大的儿！"那人又说："打死就打死！"荷包儿一把推开了门，那个挥舞拳头的年轻人转过脸来，目光顿时沉重地落到她身上。"……是你！"荷包儿惊叫了一声，"马向前！"那马向前便惊疑地眨了眨眼，接着便收了拳头，换上一张嬉笑的脸："是……荷包儿？"荷包儿说："是我。"马向前亲热地招呼荷包儿坐下之后，指着蜷缩在墙角的雕子说："我正收拾这个'乡棒'着哩，他要买炸药雷管，连规矩都不懂，还张嘴骂人哩。"雕子从墙角挪过来，申辩说："我没骂人，他们说我是'乡棒'，我只说一句'乡棒是城棒的先人'，他就打开人了！"马向前说："还说没骂，小心我再拾掇你两下！"荷包儿说："他是我男人！"马向前问："你说啥？"荷包儿又说："他是我男人！"马向前愣住了，他上唇那撇小胡子不自然地跳了跳，脸上红一阵白一阵。半晌，他说："你咋不早说哩，你看这、这、这……我一点都不知道。"荷包儿说："你能嘛，你能打人就再打几下！"马向前不好意思地笑了笑，说："不知不降罪。"荷包儿让雕子去看看车子，雕子出了门，荷包儿对马向前说："其实你也是乡里人，我男人骂的是那些婆娘，有你显得啥能哩?"马向前说："一个单位的人嘛，总不能看着挨骂；再说，我也不知道那是你男人，谁相信这么漂亮的你，会找那样的男人哩!"荷包儿叹了口气说："我的命！咻次我到王家坝看戏认了你，糊里糊涂地跟上你到荞麦地里，叫你耍了一场，回去就天天等你来娶我哩，谁知道你骗了我，我只好跟了雕子。"马向前说："谁叫你那么性急的，后来我打听到你出嫁了，就死了心。"荷包儿说："谁知道你安的啥心!"马向前的目光这时开始顺她的脸庞往下滚动，荷包儿见马向前神色不对，就站起身来。马向前色眯眯地说："你还跟咻时候一样秀气!"便抓住了荷包儿的手。荷包儿甩开他的手，说："你也不看个时候，我的男人在窗子外头站着哩，快给我开炸药雷管去，下一次来再说!"马向前就颠颠地跑出了门。

　　回去的路上，雕子问荷包儿："你咋认得那个人哩?"荷包儿沉吟了半晌，撒谎说："我舅庄里的，小时候一搭耍过。"雕子说："今个你算立了个头功，不过，出头露面的事，今后你女人家少弄!"荷包儿说："咋哩，不放心我? 你就莫要我出门，有本事你就跑去嘛!"雕子就低下了头。

　　雕子在圆坡子上掘出个大坑，他把红土翻起来，绕地边筑一道高堤，人钻到堤后，在那零乱的红石间敲敲打打。圆坡子前头的那座小山包隔了庄里人的视线，而红土子地的那道高堤，又刚好将雕子和荷包儿隐蔽起来。

　　正午时分，天空没有一丝云，红辣辣的太阳正对着圆坡子，把红土子地烤成了一口铁鏖锅。荷包儿掌着钎，汗水贴住她的头发，又从她嫩白的脖颈上滚下来。雕子挥舞着大锤，汗洇透了他的旧蓝褂儿，他便脱了汗衫，露出肌块分明的胸和臂。荷包儿望着雕子的宽肩细腰，望着他那蹦蹦跳跳的肌块，惊得说不出话来。雕子说："看啥呀你，又不是没见过。"荷包儿一笑，说："真个是头一回细看。"雕子说：

"晚晚夕精身子，一搭睡着哩，你就没看够！"荷包儿说："黑了有啥受看的哩，七扭八歪的，恶心死了！"雕子就夸张地抡起了大锤，让荷包儿看。他的胳膊上汗光闪闪，看得荷包儿燥热不安。荷包儿拉了拉领口，雕子说："也脱了算了，你！"荷包儿又一笑，只解了胸口的两颗纽扣。雕子将大锤砸下去，抬头时恰看见荷包儿高乎乎的胸脯突突颤了几下，再从她敞开的领口往下看，那两砣软肉正在生动地跳动着，他感觉胸内也有一只大锤在砸。他胳膊软了，抛开大锤，扯住了荷包儿的胳膊冲动地说："你也脱了！"荷包儿抬臂擦擦腮上的汗，柔声说道："快打你的炮眼子！"雕子说："我要你脱衣裳哩。"荷包儿笑道："死价，你！"雕子咽了口唾液说："快脱！"荷包儿还是不脱，雕子就扑上去，将荷包儿压倒在身下，荷包儿咯咯地笑起来。雕子的大手急躁地在荷包儿身上撕扯着，她连声说："把你急死价，有人哩有人哩！"雕子喘喘地说："没人没人！"这时候，阳光便在雕子淡黑的脊背上欢快地跳闪起来，他头一次感觉身下的荷包儿如同一只活泼的小兔。

就在这天的黄昏，雕子和荷包儿炸响了第一炮。装好了炮眼，荷包儿扛起大锤钢钎，跑下了山包。雕子点燃了导火索，看见一股青烟散发出来，融进暮色中去。雕子便快步跑下山坡。刚刚翻过小山包，他的身后就传来一个沉闷的声音，他感到脚下的小路隐隐约约地抖了抖。他回过头去，看到圆坡子上空被一团迷雾紧紧包裹得昏黄暗淡，模糊朦胧，便满怀欣喜地赶回了家。

第二天一早，雕子和荷包儿扛着大锤钢钎去了圆坡子。大坑里躺满了暗红色的石头，雕子和荷包儿欢叫了几声，就把那散乱的石头搬到一起。这时候，圆坡子上空铺开一层霞光，如石头的颜色一样，映得开膛破肚的山坡坡红光艳艳。

把炸碎的石头抬到一起，雕子又操起大锤，荷包儿揩揩眉角的汗水，拖着疲倦的身子重新拾起钢钎来。圆坡子上又响起了叮叮咣咣的响声。这时，同庄的碎蛋子吆着一群羊从土坎后面钻出来。看到雕子两口子古怪的举动，他便诧异地问："雕子哥，丁里咣当的，挖地道哩？"雕子和荷包儿听到声音敷衍地笑一笑，雕子说："挖啥地道哩，是想……挖些石头哩。"荷包儿附和道:"想把猪圈墙垒一下哩,挖些石头。"碎蛋子眼睁得溜圆,盯到那堆红石上,说:"看雕子哥哟,河坝里青杏儿石滚得跟羊一样,又近近儿的,你不砸去,硬要弄这活哩?"雕子支支吾吾说不出话来。碎蛋子拾起了一块红石,在手里掂了掂,又细细地看看那石头的纹理,便咚的一声丢在石堆子上。"哼!"碎蛋子冷笑了一声,"哼哼!"他又古怪地冷笑了一声,便转身去撵他的羊。雕子被他的表情弄得惴惴不安,忙朝碎蛋子刮得乌青的后脑勺喊:"碎蛋子兄弟,你莫乱说,噢!"碎蛋子又转过脸来冷笑了两声。

碎蛋子走后,雕子当的一声摞下了大锤,一屁股坐到乱石间,说道:"这一下事情瞎瞎的了,还弄屁哩!"荷包儿问:"咋哩?"雕子说:"碎蛋子这人嘴不牢,是非多得很!"荷包儿说:"不管他,先弄着,反正迟早叫人要知道哩,边走边看!"雕子说:"要是我哥知道了,怕有麻烦哩!"荷包儿说:"有啥麻烦哩?咏时候他嫌红土子地不好,硬给你塞哩,现今他想咋?没门儿!"雕子支支吾吾道:"怕不好说,人家是老大。"荷包儿生气地说:"你是屎捏的,他老大咋哩?老大比谁都心私!"雕子低头不语,荷包儿提起大锤,捣捣他的胳膊说:"快弄!"雕子慢慢腾腾地接过了大锤。

一夜之间,话就走了风。荷包儿到堎坎外面去解手,刚走到地埂下,就发现坡底下来了一个人。她慌忙提上裤子,奔到堎坎后面,对雕子说:"哼,爷爷还没塑好哩,拔胡子的人就来了!"雕子一惊,问道:"谁来了!"荷包儿大声吼道:"你哥!"

刚子趾高气扬地走进红土子地。霞光映着他瘦长的脸,脸上的那片青痣十分醒目。雕子胸内惶惶地跳动了几下,就听刚子扯着长腔问道:"我咋不知道哩!"雕子说:"我也不知道!耕地哩,耕出来了,就想挖着试一下。"刚子背着手,淡淡地说:"好嘛!"他走到那堆红石边,用脚踢了踢,又说:"好嘛!"他蹲下身去,捡起一块,在阳光下翻看着。"嗯!"刚子边看边说,"就是的!"他抛了红石,站起来拍了拍手上的土。雕子望着他哥的瘦脸,看到那片青痣不自然地跳了一下。刚子仰起脸来,问雕子:"到底成色咋样?""还不知道!"雕子说，"挖着耍的，成色咋样不清楚！""不清楚你挖啥哩？"刚子拉下脸来说，"咿是胡耍的？赢了，好说！输了，咋弄哩？"雕子说："先糊里糊涂地弄，反正这一向也闲得很！""哼！"刚子脸又一沉，"你力气多，你弄嘛。"刚子说。雕子再无言语。刚子又到打炮眼儿的地方看了看，用钢钎捣了捣那泛着猩红色亮光的岩石，慢腾腾地说："我拿上一块子，过几天到城里请个行家观点观点！"站在一旁一直一言不发的荷包儿这时候硬邦邦地说："我说就不请人观点了，糊里糊涂地弄算了！"刚子愣愣地望着她，雕子捣了捣荷包儿说："好嘛，哥请个人观掂观掂，好得很嘛！"荷包儿生气地盯住雕子，还想说话，雕子却暗暗地捣捣荷包儿，并狠狠地瞪了她一眼，荷包儿再未张嘴。

刚子又转了几圈，揣着两块石头离开了红土子地。

刚子一走，荷包儿就坐到乱石间吵嚷开了。"咋样？"她说，"我说爷爷还没捏好哩拔胡子的就来了，就是啊不是？"刚子说："啊呀！人家也没说啥嘛，只是看一看，看一看有啥不对哩？"荷包儿说："哼，看一看，他是夜猫子给鸡拜年哩——没安好心！"雕子说："你咋能说咿号话哩？他现时又没说啥话嘛。"荷包儿又说："哼，等着他说啥话就迟了！你说，他要收回这红土子地哩，你答应不答应？"雕子说："不答应！"荷包儿说："好！他要合伙开采矿石哩，你答应不答应？"雕子说："也不答应！"荷包儿说："咿就对了，到时候我就看你的了！"

晚上回家，荷包儿浑身散了架，好不容易吃完晚饭，她就扭身上炕，让雕子给她捶背。雕子嘿嘿地上了炕，骑上荷包儿柔柔的后背，轻快地用拳头捣着她的双肩。窗户大开着，方格的亮窗里，映入月亮的清辉，荷包儿浑圆白嫩的肩头像镀了一层水银，粼光熠熠闪闪。雕子捶着，渐渐地，目光迷乱，情难自抑，就势俯下身去，牙在荷包儿后背上乱啃，荷包儿疲软的身子被他弄得生疼，便狠狠地捣了他一肘子。这时，篱笆大门吱地响了一声，接着便有人啪嗒啪嗒地走了进来。荷包儿说："谁来了？你听。"雕子慌忙起身，从窗格里头一望，望到月光下的刚子那张瘦长的脸。"是我哥！"雕子说。荷包儿一怔，忙扯过墙角的衬衫套上。刚子在院当中响亮地干咳一声，走进了门内。

看见刚子，荷包儿只在炕上挪了挪身，背靠墙角坐下，没有下炕。刚子见弟媳妇没动，只好屁股担在炕沿上。雕子怕荷包儿插言，说岔了嘴，忙提示性地咳嗽几声。刚子开了腔："咿石头我细细地看了，还有些名堂哩！"雕子说："能弄成？""弄成是能弄成。"刚子拖着长腔说，"就怕你一个人力太单！"雕子眨眨眼，疑惑地问："你的意思是——"刚子威严地咳嗽一声，接过他的话头说："伙开！""伙开？"雕子又滴溜溜地转眼睛，刚子点了点头。荷包儿急匆匆地说："我家人力不单，不愿意跟谁伙开！"听到荷包儿硬邦邦的声音，刚子吃了一惊，他干笑了两声，望着坐在炕沿另一头的雕子。雕子含混地"嗯啊"了一声，就低下头去。刚子一时来了气，对雕子说："你看你，一个男子汉，说话嗯嗯啊啊的，啥意思嘛！"荷包儿又插言："我家不想伙开，能忙过来！"雕子连忙又干咳几声。刚子说："红土子地是分到我的名下的，不伙开，想吞独食？""算了，算了！"荷包儿打断刚子的话说，"不提红土子地还不惹人伤心，一提咿地，谁都知道你安的啥心！""安的啥心？"刚子问。荷包儿说："安的不要天良的心！坝里的地咋不给哩？""好好好，"刚子一摆手，说，"把坝地给你家一块子，能行不？""不成！"荷包儿厉声说道，"老早咋不给哩？知道红土子地里有矿就打主意来了。"刚子恼怒地站起身来，说："我不跟你吵嘴！"他指了指雕子，"你的家到底是妇人当着哩还是你当着哩？"雕子一言不发，刚子胳膊一甩，愤愤地走了。

雕子起身去送刚子，见刚子已经走远，便又回来。荷包儿还在念叨："我就知道他没安好心，迟早要打主意哩。"雕子说："你也太恶了，几句话把人家说得下不了台。"荷包儿气呼呼地瞪着雕子，说："跟了你，算我倒了八辈子的霉！"雕子嘿嘿地干笑。

第二天，圆坡子上又来了一个人。看见那人蓬乱的分头和斜披在肩头的制服，雕子就从心底里泛出了一种怪怪的感觉，他的腿肚子也抖动了一下，抬眼望望面色绯红的荷包儿，赶忙迎上去，远远地招呼那人："村长！"村长抖着肩头的蓝制服对雕子点了点头，算是答应，尔后，目光轻快地在荷包儿身上溜了几圈。荷包儿挺直了身子，望着村长的脸。她的目光很柔和，眼角溢出晶晶的亮光，瞅得村长满心慰帖。村长对她咧嘴一笑，荷包儿胸内就随村长那熟悉的一笑惶惶地跳了跳。她想起那个夜晚，春台子戏正吼得撕心裂肺，满场子密匝匝的人头都瞅着台上跳跃翻腾的人影。她忽然感到身后有个重重的身子逼来，随即一只大手像一条蛇，顺她的腰间颤颤地窜向她的胸脯。荷包儿大吃一惊，慌忙向左右望了望，就望到了村长这样的笑。在这样的笑里，她随着村长糊里糊涂地走到一个地坎子下，又糊里糊涂地躺到地上时，村长背上却落下了很重的几棒。她急忙翻身站起，一把抱住了手持木棒的雕子，村长抽身逃脱。黑夜里，雕子只看清被打者背上的那件制服和他光光的后脑勺，问他是谁，她死也不说。事后，她回忆起来，一切都是模模糊糊的，只有那一笑，使她耳热心跳……村长又对荷包儿咧嘴一笑，荷包儿笑嘻嘻地说："村长，啥风把你刮来了？"村长止住了笑，"想来就来！"他说，"庄里的人都传言着哩，说雕子挖出了矿，还真个挖出了矿！"雕子说："嘿嘿，试着哩。""哼哼！"村长冷笑一声，提高了嗓门说，"试也要有个试法哩嘛，你不知道？"雕子说："嘿嘿，不知道！"村长厉声说："给谁打招呼了？"雕子说："嘿嘿，没哩。"村长双手一摊，说："看看看，不懂试法嘛，咋能胡试哩？"雕子说："嘿嘿，想试一阵子再给领导说哩，嘿嘿！""咧还能成？要下个村委会是干啥吃的？"雕子说："没记起，嘿嘿，没记起。""呃，"村长阴着脸，说："你雕子人太大了嘛，把村委会都没放在眼里！"雕子露出黄牙嘿嘿地笑，一旁的荷包儿嘻嘻地摇过来，说："看村长唦，迟早要给你说哩，这庄里，谁敢把你不放在眼里？"村长背过脸去冷笑了两声，荷包儿又说："现时给你说，还有些早，雕子说打出了矿，还要给你分一股儿哩。"她说着，对雕子挤了挤眼。雕子赶忙凑上前说："就是的就是的！"他对村长连连说道。村长又转过了脸，"莫忘我就好嘛！"村长缓缓地笑了起来。他又围绕矿石转了几圈，对雕子说："先弄着，有啥事情就寻我！"然后一摆手，走下了坡。

看着走远的村长，雕子转过头来，对荷包儿说："我一看咿号样子，心上就怪不拉拉的气，不知道是啥原因！"荷包儿说："快弄你的，有啥气的哩？这些人，你敢得罪？"雕子说："我是说，他的背影儿贼溜溜的，我像在啥地方见过！"雕子的目光盯住了荷包儿，荷包儿脸一红，赶忙低下头去。"不弄你的，尽操闲心！"荷包儿说着俯身拾起钢钎来。

雕子和荷包儿收工回家时，天空已铺满了晚霞。雕子和荷包儿下了坡，走进那片白杨林，看到刚子和妇人月娥子这时正坐在树下歇缓，一背篓洋芋紧靠着她的背。荷包儿径自上前招呼道："大嫂子，挖洋芋去咧？"月娥子鼻孔里答应了一声。荷包儿望望背篓里的洋芋，又说："洋芋还长得大！"只听得月娥子冷笑一声，阴阳怪气地说："洋芋大是大，就是心朽了！"听到她将"心朽了"这几个字咬得很重，荷包儿站下了。"你说啥？"荷包儿问道。还未等人家回答，雕子就急急地赶上来，捣捣她，两人走出了树林子。

这天，雕子对荷包儿说："眼看炸药没了，把碎蛋子叫上，吆上骡子，你跟他进城买一回去！"荷包儿问："你咋不去哩？"雕子说："我一见姓马的咿小子，头皮就发麻，你跟他是老熟人嘛。"荷包儿又问："你放心得下？"雕子说："放心！放心！你要跟人走了，矿卖了，我一个人享受哩！"荷包儿说："把你想得美！早时候不撵我走，现今有了矿，就想撵？"雕子说："嘿嘿，说得，说得，谁舍得撵你？"

荷包儿就跟碎蛋子上了路。

走到进城的大路上，有好多汽车往城里的方向开来。荷包儿看到汽车走过，扬起的灰尘一散尽，大路上便遗下点点滴滴灰色泥浆。再有汽车过来时，荷包儿仔细一看，见车里拉满了泥浆，一摇一颤，那泥浆就从车厢缝隙里漏出来，遗到路上。荷包儿笑着说："城里人怪得很，拉这淤泥能吃嘛能喝，你说！"碎蛋子说："咿不是淤泥，是矿粉！听人说，把矿石挖出来，再放到机器里磨细，就成了这！"荷包儿诧异地问："矿磨成了这样子，拉去再咋弄哩？"碎蛋子说："拉去就冶炼哩。"荷包儿更加诧异了，问："像我家挖出的咻矿石，红的也能磨成这颜色？"碎蛋子摸着脑壳说不清了。荷包儿又问："怕不是一个矿吧？"碎蛋子又说不清了。

到了化工厂，马向前的门锁着，荷包儿到处打问，没有人知道，上次跟雕子吵过嘴的几个女的看见了她，将几颗画红描眉的头颅挤在门口，嘻嘻地取笑她。"狗日的，过上一半年，你再看你老娘来！"荷包儿在心里暗暗骂道。

等了半天，不见马向前的影子。荷包儿抬头一看，太阳已经挨近了西面山梁。正待离去，化工厂院里忽然飞进一辆自行车来，那车子飞到仓库门前停下了，车上跳下一个人，正是马向前！荷包儿像盼到了救星，赶忙奔上去说："马向前，我当你死了哩！"马向前抬起头来，唇上那撇短胡髭跳动了几下，目中透出了欣喜的光。他说："转了一天，刚回来！"荷包儿问："干啥去咧？"马向前叹了一口气，说："你不知道，这厂里生意不好，两个月发不出工资了，我不倒腾倒腾，没法过！"荷包儿立刻想到嘲笑她的几个女子，她轻蔑地撇了撇嘴。马向前问道："咋，你又开炸药哩？"荷包儿点点头。马向前又问："到底弄啥着哩，一回又一回地开炸药？"荷包儿说："炸石头！"马向前说："怕不是炸石头吧！"荷包儿笑了笑没有开口。马向前又说："今晚夕走不脱了，开票的人下班了，要明早上才来哩！"荷包儿赶忙问："咻咋办？"马向前诡谲地笑了笑说："住下！"荷包儿说："还有碎蛋子哩。"马向前说："让他住店去，你住我这里算了！"荷包儿红了脸，低下头，嗫嚅道："你这号人……咻时就被你白要了一场，把人骗了，这时候又想要？"马向前说："你不答应就算了，我也帮不了你的忙，你找别人帮忙去！"说完要走。荷包儿急了，扯住他的胳膊说："向前哥你莫走嘛，到了这里我人生地不熟的，不听你的，听谁的哩？"马向前一听，笑着站下了。他吩咐荷包儿打发了碎蛋子，再带她去吃饭。

把碎蛋子安排到小店里，又跟马向前到杠子面馆吃了两盘杠子面，天已黑下来了。

进了化工厂那间房子门，马向前就一把搂住了她，嘴挨到她的唇上去亲。荷包儿连连躲闪，说："不亲不亲，脏得很！"马向前就把她抱到了床上，正想开灯，荷包儿一把扯住他，不让他开。马向前就三下两下脱了衣裳，扑到床上去。荷包儿这时鼻腔很酸很涩，她沉重地说："马向前，你可不能把这事情说出去！"马向前含含糊糊地答应一声。荷包儿又说："我买炸药的事你也莫乱说！"马向前忙问："怕啥哩？你炸石头的事嘛。"荷包儿叹了一口气，说："唉！给你说实话哩，我家的地里挖出了矿，买炸药是为炸矿哩，撂了好些钱了，不知道能弄成不。"马向前连忙说："啊呀，你咋不早说哩！我正贩矿着哩。"荷包儿惊问："真的？"马向前说："真的，你下一回带一疙瘩，我看究竟咋样？"荷包儿高兴地连捶了他几拳。半晌，荷包儿鼻腔里又酸涩起来，"唉，雕子要是变成你就好了！"她在马向前耳边轻轻地叹息道。

见荷包儿回来，雕子给荷包儿说，就在她进城的这两天，他哥刚子闹腾过两回，说要跟他伙开，他还未开口，刚子就发了火，骂他是女人当家，他说女人当家就女人当家，气得刚子一跳三丈高。荷包儿听完，说："明明讹人哩，凭啥要跟他伙开哩？"雕子说："就是不伙开！"荷包儿对雕子说："你要刚强些哩，他不过就是你哥嘛，怕啥哩？"雕子说："不怕不怕！"

说着荷包儿就让雕子先上圆坡子去，她要先担回水。荷包儿走到了水泉湾，远远地就看到水泉边蹲着一个肥硕的女人，背影很像刚子的妇人月娥子。荷包儿想避开那满脸横肉的婆娘，但犹豫了片刻，还是担桶走上前去。快走近那胖婆娘时，婆娘望了她一眼，接着又转回去，将前半身深深地探入了水泉，朝走近水泉的荷包儿撅起一个肥硕圆大的臀。荷包儿正在诧异，就听水泉里哗哗地响了几声。等那胖身子从泉边站起时，荷包儿看到泉水已被搅得浑浊不清，几团醒目的唾沫正在水中急速地转圈儿。荷包儿霎时间被一种挑衅所激怒，她声嘶力竭地怪叫一声，咚地放下了水桶，抬眼直视月娥子。

月娥子就站在水泉的另一头，挂着水担，嘲弄般望着直喘粗气的荷包儿。她腮上的横肉跳动了一下，半晌，鼻孔里喷出一个冷冷的声音："哼！"荷包儿这时身子颤颤地抖了几下，她咬咬下唇说："你把水弄脏咋哩？"月娥子扁担在地上撅了撅，气鼓鼓地说："想弄脏就弄脏！"荷包儿气愤不已，手指月娥子说："你——泼妇！"月娥子顺手抛了扁担，像一团肉般滚动过来，撕扯荷包儿，"你泼妇！你泼妇！"她尖声叫骂起来。荷包儿趁势扑过去，与月娥子撕扯到一起。月娥子抓住荷包儿的脖子，狠狠地抠了一把。荷包儿感到脖子上火辣辣的，一摸，见了血，便捏住月娥子的软腰拧了一把。月娥子尖叫一声，又来抠荷包儿的脸。荷包儿拨开她的胳膊，顺手抓住她的领口，吱的一声，月娥子胸前开了一个大口子，白花花的肥肉露了出来，那两疙瘩羊脖子一般的软肉灵活地欢跳着。接着，月娥子的身子便如一口袋粮食一样栽倒在水泉旁。荷包儿就势抓住她的头发，狠狠地向水泉里按下去。"脏水你喝！你喝！"荷包儿一边按着那头一边说。淹得月娥子早憋不住了，咕咚咚连喝了几口脏水，荷包儿才松开了手。月娥子从水中抬起头，就跪在那泉边放声大哭。荷包儿又朝她高撅的肥臀上狠踢了几脚，便担着水桶离开了泉边。"哎哟哟，刚子——你死啦！快出来看来，你的妇人叫人打死了！哎哟哟，庄里人——都来看来，遭下人命了……"月娥子撕心裂肺地哀号起来，

　　荷包儿回家放下桶子，就直奔红土子地，把才发生的事对雕子说了。雕子便撂下钢钎，坐到石堆上，一言不发。过了一阵，坡下探出刚子的头颅，只见他手提一根顶门杠，风风火火地从坡下爬上来。荷包儿望了望雕子，说："不要害怕，雕子！"雕子慢腾腾地从地上站起来，捡起那根钢钎，提在手上，死死盯着坡下。

　　刚子走进红土子地，见到凶神一般的雕子，兀自吃了一惊。他站在石堆旁，用手掀了掀搭在眉角的帽檐，粗气长喘。"你说，你妇人为啥打我妇人哩？"刚子说，他眉角那片丑陋的青痣正在闪闪发亮。"打的是讹人的人！"雕子扬了扬钢钎，气咻咻地说。"要打你也来打，把我打死！"刚子说。"打的是讹人的人！"雕子提高了声音。刚子当

的一声丢了顶门杠，紧赶几步，一头撞进雕子的怀里，连连说："你打！你打！"雕子猝不及防，被撞得后退了几步，好不容易稳住了身子，他便丢开钢钎，跟刚子扭打在一起。荷包儿站在一旁，看着两个人你揉过来，我推过去，无从下手。忽然，刚子腾出手来在雕子脸上响亮地扇了一巴掌，说："你妇人当家，败坏门风！"雕子也腾出手在刚子胸前沉重地捣了一拳，说："你倚大欺小，不是好货！"刚子便又扇了雕子一巴掌，雕子也就又捣了刚子一拳。这时，刚子脚下一绊，跌倒在石堆上，他恼怒地爬起来，抓住了雕子，气愤不已地骂："我日——"雕子扭住刚子的领口，追问道："你日谁哩，你说！"刚子自知失言，吞吞吐吐，情急之下，跺脚骂道："我除过我的半个娘，日你的半个娘哩！"雕子也厉声骂道："我除过我的半个婆，日你的半个婆哩！"刚子气得脸如紫茄，顺手操起地上的镢头朝雕子狠狠砸去。雕子躲避不及，头上立时皮开肉绽。荷包儿见雕子跌倒，尖叫一声，拾起那根顶门杠，趁刚子不备，扫向他的眉角。刚子号叫了一声，手紧捂眉角那片青痣，跌倒在石堆上。

刚子的伤势不重，只是眉角撅起个青疙瘩。雕子的后脑勺却翻开了一道口子，到卫生院缝了三针。就在那天晚上，刚子跟月娥子商量了一夜。第二天，月娥子便提着家里的二十个鸡蛋，溜进社长土改子家。社长就是原来的生产队长，土地承包到各家以后，生产队改成了生产合作社，当了十年多生产队长的土改子走路再也挺不起胸来。这次，月娥子来求他，他又尝到了当年被众人抬举的滋味。"我管去！"土改子听完说，"这雕子两口儿太过分了，给谁连个招呼也不打，就胡闹哩！明明红土子地是包给你刚子的嘛，哎，我亲眼看着划的，我还能不知道？我管去！"

土改子走进雕子家时，荷包儿正扶着雕子从厕所里出来。雕子头缠绷带，满脸惨白，见土改子从篱笆大门里走进来，勉强咧开嘴笑了笑，又有气无力地说："土改哥，你来得好！"土改子忙过来扶着雕子进门去。"你看弄得，哎，弟兄两个嘛，你看弄得！"土改子一声连一声地说。这时，一旁的荷包儿嘤嘤地哭起来。哭完，她揩了鼻涕和泪水，说道："土改哥，你要给我家做主哩！你是社长，你要给我家做主哩！"土改子说："做主就做主，我还有说的哩！"荷包儿又响亮地擤了把鼻涕，只听土改子慢悠悠地说："唉，事情弄成这样了，才记起我这个当社长的了，早的时候，咋记不起？你给谁打个招呼哩？"雕子和荷包儿默然无言了，土改子又说："唉，不是我说你家，寻着寻着闯麻搭哩嘛！唉，土地承包了，还有个集体在哩嘛，总不能越过集体行事！"雕子说："土改哥，我怕打不出矿，说出来丢人得很。要真打出矿来，谁敢越过集体行事？我想，到时候，还有你一股儿哩。"土改子说："你雕子是老实人，我信你的话哩，不过你越过你哥刚子，怕也不对！"雕子说："啥？有他的啥哩？"土改子说："红土子地是划到他的名下的，就是分了家，你也不能把账算得太清，唉，弟兄嘛，总是弟兄！"荷包儿一旁说："没他的，谁说也不中用！"土改子见雕子两口儿态度强硬，怕顶起来下不了台，便低头不语了。半晌，他敷衍道："亲兄弟嘛，不要这样！"说完就起身走了。

土改子走后，雕子垂头丧气地躺在炕上，长长地叹息一声，说："羊肉没吃哩，反倒惹了一身膻气！这也打主意哩，咄也打主意哩，看来，弄不成了！"荷包儿说："你莫发愁，我有一个主意哩。"雕子问："啥主意？"荷包儿说："给村长说！我就不信他土改子还比村长牛！"想起那个留着分头，披着蓝制服的村长，雕子心里又涌出一股怪酥酥的感觉，他缓缓地说："咄人……咄人我咋看不惯！"荷包儿说："就你能！人家好歹是个村长，你有啥看不惯的哩？"雕子说："我也说不清为啥看不惯，恐怕……你清楚！"荷包儿厉声说道："我清楚啥？你有本事你就弄，莫胡嚼舌根！"雕子摆了摆手，无可奈何地说："好好好，听你的！把他请来，杀上一只鸡，招待得好好的，再给他说。"

做好饭，荷包儿请来了村长。村长还是披着那件蓝制服，进了门，肩膀一抖一抖的。雕子一看到他，就感觉胸内像被啥东西划了一下。他古怪地咧嘴一笑，忙招呼村长上炕就座。村长的眼里注满了笑意，不停地望着荷包儿殷勤的背影。荷包儿穿一件粉红色上衣，搭配着腿上的藕荷色直筒裤，步履轻盈地飘出飘进。不多时，村长眼前的饭桌上就摆好了几盘香气腾腾的菜肴，还有一瓶大红色酒瓶的金红川酒，惹得他馋涎欲滴。"到底不一样了嘛，"村长说，"这当了企业家到底就是不一样嘛!"雕子愁苦地叹息道："唉，不一样啥哩，你不知道我家的难场!"村长不以为然地说："就是刚子闹腾的事情嘛，荷包儿给我说哩。"雕子说："还有哩，老大正闹腾时，土改子又打主意来了!"村长说："荷包儿都说了，莫管，有啥话我给他说!"雕子听到一句安心话，高兴地斟满了一杯酒，对村长殷勤地说："喝!"

喝了几杯，荷包儿又过来敬酒，村长正在兴头上，连连干了几杯。荷包儿笑脸盈盈地不停劝着酒，村长的一双醉眼就盯住了她两腮圆圆的酒窝，渐渐地，那酒窝恍然成了四个，一揉眼，又成了两个。这时候他就感到荷包儿的声音轻柔如云朵，在他的肺腑深处飘荡。他又恍然回到戏场旁那塄坎下的情境中，不由咧嘴一笑。他瞟一眼雕子，只见他浑身微微地颤抖了一下，之后，便摇摇摆摆地走出门去。"我的贤妹娃!"他抚摸着挨近身旁香气袭人的荷包儿轻轻说道。

村长虽然狠狠地警告过刚子，刚子却总是咽不下那口气。"咪骚婆娘，把村长拉上转着哩。"他对月娥子咬牙切齿地说。"难道再没有办法治他了?"月娥子问。"有办法哩，非把他的摊子倒腾垮不可!"刚子说。月娥子看到他说这话时，眉角那块青痣发着幽幽的亮光。

行动是在晚上开始的。这夜晚，月色朦胧，寂然无声。刚子和月娥子背着背篓，捎着镢头、铁锨，偷偷摸摸地来到圆坡子下。他们先在坡下的白杨林中挖好一个大坑。然后，将红土子地里的矿石一趟一趟地背下来，埋到坑里。当刚子两口儿背完最后一回矿，一声鸡啼隐隐约约地传来了。他们手忙脚乱地填好那坑，就溜回了家中。"哼，我叫他得意!"刚子舒坦地躺在热炕上美滋滋地说。"他再打出矿来，我们再埋，我看他有多少力气!"月娥子愉快地翻动着肥身子，也笑嘻嘻地说道。两个人遂欢快地滚作一团。

休息了两天，雕子强忍着伤痛摇摇摆摆地来到圆坡子上。当踏进红土子地，看到那片空荡荡的红土时，他顿时呆立在地，久久不动。接着，他睁大了眼去细看，那堆矿石真真切切地没了，他不由双腿一软，沉重地跌坐到红土子地上。"这日他娘的，我的矿石做啥了嘛！"这时，他伤心地说道。"我的矿石！"他又突然发疯般吼了一声，眼泪接着滚了出来。

随后走进红土子地的荷包儿也意外地愣住了。半晌，她号啕着哭骂起来："我挖矿石又没挖你家的祖坟，噢，噢，噢……你为啥眼见不得穷汉家吃白面哩？噢噢噢……"说完，她又吼起来，声音悠悠地旋起来，在圆坡子上空缭绕飘荡，使空旷寂寥的圆坡子陡增了一缕诗意的悲凉氛围。荷包儿忽然抬起身，歪歪斜斜地往坡下走，雕子赶过来，挡住她说："不下去了！"荷包儿抹一把眼泪抽噎着说："我要去哩，我要把狗日的千刀子剐万刀子剁了呢！我到屋里点一对儿蜡，再跪到院里咒他去，你莫阻挡！"雕子扯住了她，说："算了，难听得很！弄不好，还让人听了笑话哩，咒一顿，贼也不会把矿石送过来！"荷包儿抽噎了一会儿，问："你是说……把这一口气咽了？"雕子说："我是说已经偷了，就权当喂了鳖娃，我再跟你打，打下了守着，看他谁再敢来打主意？"荷包儿顿了顿，推了一把雕子，叹一口气说："蔫熊！"便又转过脸去抹眼泪。雕子强装出一副笑脸，过来哄她："走，打走！""命里该我多少，它还剩多少哩，偷走的，让贼吃药去。"荷包儿响亮地擤了一把清涕。

圆坡子上的大锤又悠然地响起来。不几天，红土子地里就又堆起一堆矿石，在太阳下泛着猩红的光，雕子和荷包儿望着那矿，凄苦的神情中又闪现出几丝欣慰来。"我叫他狗日的再偷！"雕子对荷包儿说，"我搭一座草棚，晚上就睡到这里守住，我叫他狗日的偷来！"于是，红土子地里就出现了一座蓄麦秆儿搭起的草棚。

再往下打，就愈来愈难，抡起大锤，狠劲一砸，有时便会震落头顶的碎石。雕子和荷包儿在这个小小的坑道里打得提心吊胆。这天雕子和荷包儿正在打眼，忽然听到有人喊道："雕子，快出来！"俩人放下工具，诧异地走出坑道去。

村长领着几个人站在石堆旁，其中一位正笑眯眯地注视着钻出洞口汗流满面的雕子。村长指了指那人对雕子说："乡长看你来了。"雕子听到是乡长，胸内咯噔一跳，连忙对乡长哈腰点头。村长又指着雕子对乡长说："这就是雕子！"乡长伸出双手迎上前来，和蔼地说："噢，这就是农民企业家雕子？"慌得雕子又连连点头哈腰，同时连连在身上揩着脏手。"脏的，脏的！"他颤抖着嘴唇说。乡长好像满不在乎，拉住雕子的手使劲摇起来。雕子粗糙的手掌如一只胆怯的小兔，抖抖地卧在乡长两手间，随着乡长的手臂摇晃。等他抽回胳膊，那只手掌里热辣辣的，像起了汗，乡长手上软绵的温热仍然留在他手上。"干得不错嘛！"乡长对他说。"胡弄的！胡弄的！"雕子连忙说。"哎，咋能说是胡弄的？"乡长说，"正儿八经的企业家嘛。我们乡搞企业的农民少，到年底，推荐你到县里参加农民企业家表彰大会，咋样？"雕子慌慌地摆着手说："咿不敢！咿不敢！"乡长笑了起来，他拍了拍雕子的肩，说："怕啥哩？当上了企业家，就要学胆大些，莫让人笑话，说我们上不了大场面！"雕子附和着干笑了两声。乡长又问："效益咋样？"村长忙回答："矿石还没卖哩，前段时间打出了一堆，叫贼偷了。现今打的还不够一车！"乡长责怪道："咋能叫人偷走呢？保卫工作没做好嘛！"村长说："现今搭了个草棚，晚上守着哩。"乡长看了看草棚，说道："嗯，好着哩，好着哩！"就走到坑道边。他朝里看了看，和蔼地拍着雕子的肩，语重心长地吩咐道："好好干呀，雕子同志！"

雕子的大锤声还在圆坡子上回响。刚子在圆坡子底下的地里割荞，听到那咣咣的大锤声，胸中像有小虫在爬。他望着那块破烂的红土子地，眉角的青痣突突地跳了几跳，便转身回了家。"哼，我沾不上边，我就叫你也活不成！"刚子一进门，就悻悻地说。月娥子听到刚子的声音，就说："再偷他的！"刚子摆摆手，说："偷不成了！他搭了间草棚，晚晚夕守着哩。"月娥子问："再有啥办法哩？"刚子咬了咬牙，说："有两步棋，一步叫'引狼入室'，一步叫'借刀杀人'！他没合法手续，先告状去，非倒腾垮不可！"月娥子问："到哪搭告哩？""到县上。"刚子眼睛血红地说。

这边雕子两口儿还在硬撑着打矿，天却下起雨来。这年的秋雨很大，疯疯癫癫下了几天，红土子地里积满了水，淹了洞口。雕子把草棚迁到高处，日夜和荷包儿守着那矿，雨好不容易停了，红土子地里的积水却迟迟不退。雕子和荷包儿白天望着那一潭死水愁眉不展，晚上斜躺在草棚里，唉声叹气。

这夜晚静得出奇，连蟋蟀的声音都消隐到地层深处去了，偶尔一阵风来，吹得草棚上的荞麦叶子唰唰作响。荷包儿不由感到心惊肉跳，难以入梦，捣了跟前鼾声呼呼的雕子一肘子，说："哎，死猪，我害怕得很，你起来出去看一看！"雕子从睡梦中惊醒，坐起身，揉着眼，迷迷糊糊地问道："你说咋哩？"荷包儿又说："今晚夕，我觉得不对劲，外头常唰唰地响啥哩，你看一看去！"雕子听了一会儿说："神经病嘛！"说完，他又要躺下，荷包儿拦住他说："你提地里的大锤钢钎去，我今晚夕害怕得很！"雕子便伸伸懒腰，披了衣裳，极不情愿地走出草棚。

雕子朝天空望了望，没望到一颗星星，遥远的天边有一大片乌云张开翅膀恶狠狠地扑了过来，像要吞掉他。雕子突然感到头皮一阵发麻。他响亮地干咳了几声，努力镇定下来，又低头辨路，朝放大锤钢钎的地埂边走去。这时候，只听到几步之外的地埂下啪啪地响了一声，他站下了。雕子疑心自己没听清，竖起耳朵，静静地捕捉着，那边又啪啪地响了一声。雕子胸内惶惶鼓动起来。他再一次响亮地干咳几声，随即厉声问道："谁？"没有听到一丝声音。他又问了声："谁？"半晌，还是没有声音。他朝地埂边抖抖索索地走去，猛然看到地埂下迅速腾起两个黑影，直直地向他逼来；同时，两把硬硬的物件抵住他的胸口。雕子大吃一惊！

雕子的双腿瑟瑟抖动起来，两个硬物顶得他胸口生疼。天很黑，雕子看不清黑影的面孔，只觉得黑影喷出的气烤得他两旁腮帮子火辣辣的。"听说你是个企业家，求你帮点盘缠！"这时雕子听其中一个说。那人的嗓门很粗，像有些嘶哑。"我两个做生意赔了本，你腰缠万贯的人嘛，给帮衬帮衬！"另一个说，声音有些尖细。雕子嘴唇哆嗦着，半天说不出话来。其中一个忽然抡起了胳膊，朝雕子腮上啪地扇一巴掌，雕子捂住了脸。"答应不答应，你给个声气？"那嘶哑着喉咙的人说。雕子的双腿抖得更凶，他结结巴巴地说："矿……才开始打哩……我……穷干的！""胡说！"粗嗓子的吼道，"你拔一根毛比我们腰都粗，能说穷干的？"那人手中的硬物抵得更紧，雕子感到胸口猛然像扎进一块玻璃，疼得他"哎哟"叫一声，"真的没，谁哄你，就是……驴日下的！"雕子的声音里带了哭腔。"不信！"粗嗓门说。"就是的，不信！"尖嗓的也说。"不信你搜嘛！"雕子战战兢兢地说。"走！"粗嗓门的推了推他，他们扑嗒扑嗒地向草棚走去。

走近草棚，只听里边的荷包儿咳嗽一声，问道："雕子，有啥哩？"雕子刚要回答，嘴被跟前的一个捂住，另一个则猫了腰，贼贼地蹿进草棚。荷包儿听到声音不对，正想起身，就有一把尖刀抵在她胸口上。"啊！"荷包儿惊叫了一声。"不准动弹！"那人对荷包儿说。外面的一个这时把雕子推了进来，让他并排跟荷包儿坐下，然后，一人逼住一个。"到底寻不寻？你说！"粗嗓门的说。"真的没，饶了咿，师傅！"雕子哀求道。荷包儿嘤嘤地哭起来，哽哽咽咽地说："虽然背了个打矿的名，还没见一分钱哩，连猪也卖了，洋芋也卖光了，过几天，炸药用没了，就只得溜瓦片、抬面柜，谁知道矿石啥时候才能变成钱？呜呜……"荷包儿说不下去了。"矿真的没卖？"粗嗓门的问。"唉，师傅，真的没卖成钱哩！"雕子说，"屋里除了两个柜，连值钱的家具都没，不信你跟我看走。"粗嗓门的又说："胡扯啥哩，跟上你还能寻得到？身上有啊没？"就伸手去掏雕子的衣兜。另一个执刀的对荷包儿下了手，他的手很重，专拣荷包儿软处捏，捏到胸脯上迟迟不肯挪开。荷包儿歪了歪身子，想甩开那手，却感觉那人如蛇一般缠过来，紧紧地箍住了她。荷包儿说："身上没啥，你过去！"那人胳膊箍得更紧。粗嗓门的在雕子身上掏了半天，没掏出东西来，就对雕子说："有人说你卖了矿，好几万元哩，看来你比我还穷！"雕子说："谁说的？"那人说："不认得，只说你有钱，他清楚的！"雕子说："矿要卖了，有钱大家花哩，贪财没好报！"粗嗓门的收了刀子，拍了拍雕子的肩说："就算你说得好，今晚夕打搅你了！"他回头招呼另一位，只见那个正箍住荷包儿不放。他踢了踢那人的腿，说："看你，生意做赔了，还有咿兴趣哩，赶紧走！"声音尖细的兴致正浓，他浪言乱语地说："大哥，没捞下钱，不能白来一趟，这妇人软绵得很！"粗嗓门的又踢了那人一脚，说："你屋里缺的是钱财，妇人好歹有一个哩，就不要损咿德了，快走！"声音尖细的就松开了荷包儿，懒懒地站起身。雕子扑通一声跪到地上，连磕了几个头，说道："好人啊！好人啊！"粗嗓门的说："就算我两干了个鳖活计，不该弄这活来的，你莫计较哩！"雕子说："都为一张嘴哩，我不计较。"那两个黑影便闪出了草棚。雕子回过头来，看到呆坐一旁的荷包儿这时软软地倒了下去。

那次遭劫吓晕了荷包儿。几天后，红土子地里的水旱下去了，但想起那晚的事，荷包儿始终心跳肉战。"我知道勾引抢贼的是谁。"她对雕子说。雕子对她摆摆手，说："就不提了，我们赶紧打！"荷包儿说："有人放害哩，弄不好还要把命都搭上哩，我说不要打了！"雕子说："不打正中了我哥的心意，我争口气也要打出个名堂来，让人看一看，我雕子绝不是屎捏的！"荷包儿心有余悸地说："再招来了抢贼咋弄哩？"雕子说："不怕，我借一杆土枪，谁真抢来我就要谁的小命儿！"荷包儿再未阻挡。雕子果真借来一杆土枪，晚晚睡觉就摆在头边，每有风吹草动，便放它几枪。圆坡子上就时常想起嗵嗵的土枪声。在静静的夜晚里，那土枪声亮亮地传到坡下去，将庄里人的睡梦惊醒。这时候，刚子和月娥子就心里难安，坐卧不宁。月娥子对刚子说："你听，示威哩，枪打得嗵嗵的！"刚子说："哼！你让他打，我看他雕子威风不了几天！"月娥子咬牙切齿地说："就是的，他难受的时候还没到哩！"刚子说："'引狼入室'不成，就来个'借刀杀人'！"

雕子当然没有想到还会有这一天。中午时分，有人把他从坑道叫了出来。他钻出坑道，就看到石堆旁站着两个人。那两个人都穿褐灰色的服装，戴褐灰色的大檐帽，如同公安局的警察。雕子不由得吃了一惊，他诧异地走上前去。只听其中的中年人说："你是这矿的主人？"雕子眨巴了两下眼睛，点点头。那人又说："你这是非法开采，你知道不？"雕子没有明白，疑惑地摇了摇头。那位年轻人走到他跟前，指着他说："你把开采许可证拿出来！"雕子下意识地掏了掏衣兜，又抽出手，不好意思地咧嘴一笑，说："没啊！""我俩是矿管局的！"那年轻人说，"听人说你在搞非法开采，封你的坑道来的！"雕子似乎听出了名堂，他试探地问道："你是说……不许开采！"那年轻人不耐烦地摆摆手，说道："你啥都不懂嘛！"便生气地走到一边。雕子又不好意思地笑了笑。那中年人走过来，拍了拍他的肩，说："年轻人，你不懂，开矿要先办好证件哩，没证件不让开！"雕子问："啥证件？"那人说："要办四个证件，一是开采许可证，二是安全许可证，还有工商管理证和税务管理证，四证齐全才能开！"雕子咧嘴一笑，说："嘿嘿，不知道嘛！"中年人说："你不知道的事多着哩，除了这四证，还要交环境保护费、林地补偿费，这些你交了没？"雕子说："没啊！"那年轻人过来将中年人拉开，说道："不要对牛弹琴了，叫他马上停下！"雕子心里便凉了半截儿，直直地愣在那儿。那两个矿管局的在坑道边望了望，就拔腿朝坡下走去。荷包儿见人要走，捣了捣雕子，说："还愣啥着哩，死人，赶紧再求一求去！"雕子这时才回过神来，他颠颠地跑上前，拉住了那个中年人，连连乞求道："爸爸，爸爸，你莫走哟，爸爸！你听我说，我们庄稼人，弄一趟不容易哩，你就饶了哟，爸爸！"中年人还未开口，那年轻人就推开雕子，呵斥道："过去过去！不管你懂不懂，政策该咋样就咋样，交钱办证，办了再打！"说完，他走了几步，又回头对雕子说："听下，你再打就没收矿石，还要罚款哩！"

雕子望着那两个褐灰的背影，眼泪哗哗地洗过脸面。荷包儿走近了他，也流着泪，对雕子说："我再寻一回村长去，看他咋说！"雕子突然发了怒，"算了！"他吼道，"他要管，早就来了！明明矿管局的人他该陪着来的，却有意避开了，你说他给你能帮啥忙？"荷包儿问："你说，咋办哩？"雕子抹了抹眼泪，"把这些矿卖了，交钱办证！"一句话提醒了荷包儿，她也抹抹眼泪，对雕子说："哦！我几乎忘了，马向前贩矿着哩，我寻他去，叫他帮忙把这些矿卖了算了！"雕子望了望她的脸，什么也没说。

荷包儿带着几疙瘩矿石，进城找到了马向前。她对马向前说了采矿过程，马向前说："没有本钱嘛，能打矿？光办手续要花几万元哩，把各关节的人弄不通，人家能让你打？"荷包儿说："我带着几疙瘩矿石来了，想把打出来的都卖了哩！"就拿出矿石交给马向前，马向前接过矿石，在手里掂了掂，又细细地看了看说："矿倒是矿，但不像锌，颜色也不对，好像氧化了！"荷包儿赶紧问："是啥矿？"马向前说："是啥矿我也说不清，品位也不清楚，化验一下就知道了！"荷包儿便央求道："向前哥，就麻烦你帮一把！"马向前说："化验结果明天才能出来，你要住下等哩！"说罢盯住了荷包儿的脸。荷包儿不由得鼻孔一酸，低下头去，说："住下就住下！"

第二天，化验结果出来了。马向前拿着化验单，嘿嘿地冷笑道："简直是瞎胡闹！"荷包儿赶忙问："你说啥？"马向前把化验单塞过去，冲荷包儿说："你自己看咻！"荷包儿说："我不识字，你说我听！"马向前说："是氧化了的铁矿，从化验单上看，只有几个品位，弄不成！"荷包儿着急地问："咋弄不成？"马向前冷笑一声说："铁矿本来就没铅锌矿贵重，你弄的这还是氧化了的，品位又低，要下能做啥？"听完这话，荷包儿鼻梁上渗出了汗珠，她又问："你是说，这便宜些也没人要？"马向前说："白送也没人接收！好矿都是灰色的，我一看这颜色就知道氧化了，不摊钱了！白送给谁？拉到厂里还要花运费哩！这些怕连运费都抵不住！"荷包儿恍然想起那次跟碎蛋子进城时所见的遗在路上的矿粉，顿时感到眼前晃过一道炫目的闪电，"我的娘娘哟，这下倒糟了！"她喃喃说道。

荷包儿说不清她是如何走到庄里的。她只感觉头晕目眩，双腿也十分的沉重。从太阳还未升起，一直到红日西沉，她走了整整一天。走到庄边石嘴子下，她实在抬不起腿来，便坐到一块石头上喘息。这时候，太阳已经彻头彻尾地扑入了群山的怀抱，仅在西天上扯出一缕血红的颜色。庄里的房屋影子被一团酱紫色的雾气包裹，已隐没到一片迷茫恍惚之中。荷包儿听到几声稀疏的鸟啼从崖头枯枝败叶间溅落下来，便欲发激起她内心的悲凉。她真想哭几声，眼里却没有泪流出来；她又想躺在那冰凉的石头上摊开身子，好好歇缓歇缓，却听到远处隐约传来熟悉的咳嗽声。"雕子！"荷包儿有气无力地唤道。那边响起了雕子喜出望外的答应声。荷包儿挪了挪身子，想迎上前去，双腿竟僵硬得迈不开步子。"雕子！"她又唤了一声，便看到雕子匆匆奔到跟前。"先人，你把我急死了！"荷包儿听雕子说。她疲软无力地靠在雕子肩头，眼泪一串一串涌了出来。"雕子……我俩的命不好！"荷包儿声音微弱地在雕子耳边喘息道。雕子的身子震动了一下，就如木头桩一样呆立在原地。半晌，荷包儿感觉雕子的热泪滴满了她的脸。她刚想张口说话，雕子却搂紧了她的肩，连声说道："你莫说了，你莫说了，我啥都猜得出来！"

等雕子从圆坡子上拆了草棚，往家里搬东西时，他破产的事已在庄里传得沸沸扬扬。刚子和月娥子听到意料之中的事，却出奇得静下来。几天后，刚子见雕子连大门都未开，便不免要想那事。这晚上，他翻来覆去地睡不着，就对身边的月娥子说："说实话，老二怪可怜的，原先他只想一家子发财，招人讨厌了；现今他破了产，我想来想去觉得良心上有些不安然。"月娥子说："吶时候，我也看他俩太气人了！现今，他栽了跟头，又跟我家扯平了，怕就老实些了！"刚子叹了一口气说："毕竟是一祖之后，再见了雕子两口子，不要生他们的气了，要搭话哩，你说哩？"月娥子说："你我总是当哥哥嫂子的嘛！"

雕子和荷包儿茶饭不思，睡在炕上几天来不声不响。这晚上，荷包儿就开口说道："唉，以往有些事，我觉得对不住你！"雕子"嗯"了一声。荷包儿又说："以往我总是不爱你，有二心哩，你能原谅我不？"雕子轻轻抚摸着荷包儿说："看你说的，我咋不原谅哩？"荷包儿便说："其实，村长跟我……有说不清哩。为买炸药的事，我跟马向前……也有说不清哩。我不是个好人！"雕子摇了摇荷包儿的身子，说："你莫说了，我都亮清的，我原谅你哩！"荷包儿抱住了雕子的腰，说："我以往不是个好人，往后，我要跟你好好地过哩！"雕子又摇摇荷包儿说："你莫说了，我相信你的。"荷包儿就咬咬雕子的肩说："雕子哥！"雕子便搂住了荷包儿光滑如鱼的身子。良久，雕子又说："咻时候，我哥寻麻烦哩。我和你也对他两口子太狠心了，现今事情过了，我两个就不要太计较了，你说哩！"荷包儿说："不计较，过了就过了！"雕子说："见了他两口子打个招呼，逢年过节再走动一下，你说哩？"荷包儿又说："对的，对的！"就在这时候，雕子和荷包儿听到了一声嘹亮的鸡啼。

深　处

上　篇

一

年轻女理发员的纤纤细手在他头上作弄着，"吹风不吹，你?"

他顿了顿，尔后，沉沉地点点头。

"吹!"他说。

纤纤细手又开始在他头上动作。吹风机使他的乌发奇异地蜷曲翻转，之后，头发在额前潇洒地飘出了一绺。

镜子里立时现出一张年轻的脸。王超简直不敢相信那明眸皓齿属于他二十六岁的年龄。浓黑的剑眉跳荡一股英气，与之相搭配的，是高挺的鼻梁和上唇那条时髦的短髭;一双明眸，比先前更加深沉;紧绷的嘴角和舒展的眉宇，生动地显现出刚健精明的个性和一股成熟男性的气息。这使他对自己的未来充满了信心。

王超起身离开理发店，就跨上了大街。

昨天王超在野猪梁得到了吴三愣捎去的消息，说他大哥吴贵林要见见王超。当时王超便感觉到了这次见面很可能关系自己命运的转变，于是见面前他要进行精心准备。

王超的步子迈得很有力，踩得水泥板路面叮叮当当响。这里是黄牛关的街道，离他和吴三愣看守钻机的野猪梁有十五里路，离王云山民工队驻扎的祁家沟也有九里。早先这里不过是个小村落，几十户人家夹在大山缝隙里傍着河水而居，近几年这个小村子却发展成了一条小街道。王超走进了一家经营百货的小楼。

他站在悬挂的一套深灰色西服前，手指紧攥衣兜的几张纸币，似乎听到了他大苍老的声音："超娃，这几十元你带上做盘缠，要装好，莫撂哩，混不下去就赶紧回来，啊？"他顿时感觉喉头被什么东西堵住，转身欲走，脚步却沉重得不能挪动。半晌，他的腮帮上鼓起棱棱的一道，"买！"他下了决心。那只紧捏的手从衣兜里抽出后，纸币上已经水光闪闪了。

套上西装，他的肩膀陡然加宽，胸脯也陡然地抬高，他朝着小街的尽头走去。那里，一幢五层大楼白得耀眼，"二〇七地质勘探大队"的黑字醒目而分明地召唤着他。他进楼叩开一分队队长吴贵林的房门。

"吴叔！"王超谦恭地称呼道。

"你……就是王超？"五十出头的吴队长腆着大肚子笑眯眯地问他。

王超点点头，走进门去。

"抽烟！"吴贵林抛出一支烟。

"不会，吴叔。"王超礼貌地摆摆手。

"人才，人才啊！"看到王超双眸内闪烁着一股逼人的灵气，吴贵林赞叹地说。他悠悠地吐出一口烟，和蔼地打量着王超。

"您过奖了，吴叔。"王超微微一笑，两道剑眉跳了跳。

"听我三弟说你考大学只差一点五分，我不信民工队里还有你这样的人才。年轻人，好好干，以后会有出息的。民工队里那样熊包的人都能发家嘛，何况你？我也是读书人，在我们东北老家上过中专，在这大山沟儿里很少遇到脾气相投的人，总觉闷得慌，常来我家玩儿，怎么样？"吴贵林慢悠悠地说。

王超礼貌地点着头。

"我的孩子在黄牛关中学读初二，学校教学质量太差，你常来帮他辅导辅导英语，行不？我过去学的是俄语，只好请你帮忙了！"吴贵林又说。

"我尽力而为，吴叔。"王超答应说。

"你先守机器，下来我跟王云山谈谈，让你去当民工队的会计，摊子大了，他又是粗识字，顾不过来啊！不过，王云山那人心眼小些，对谁都不放心，你小心一点就是了。"吴贵林笑着说。

王超用感激的目光注视着吴贵林，说不出话来。

二

王超又回到野猪梁的钻塔里，他躺到搭在钻塔横梁的铺板上望着塔顶，像望一口幽深的枯井。

在这座钻塔里他刚送走了一个冬天，勘探队工人开钻前，他要一直守下去。虽则民工队账簿上记着他和"吴三愣"两个看钻人的名字，但更多的时候只有他一个人在。想起其他民工正在地盘工地抢锤舞锨，他深深感激起当民工队头子的远房堂兄王云山来。

然而，片刻之后，他的胸臆间又被一种惶惑和负疚所占据。他想起了离家时的那个黎明，他大从立柜子里摸出钱交给他，之后就坐下吧唧吧唧地咂吸着旱烟。他娘端来几颗熟鸡蛋，抖抖索索地装进他的黄挎包。"唉！我娃是苦命人。"他娘轻轻叹息道，"考学哩，养鸡哩，都没弄成，没过上一天好光景，现今又要……"他娘的声音像断了弦的板胡。他大在炕沿上磕了磕烟锅，咳嗽一声，说："能遇上个好人也好，你云山哥叫你时说要在活路上照顾你哩，看能成不，能成就跟上你云山哥好好干，屋里有我哩，听下了没？"他轻轻答应一声，缓缓地出门，身后他娘又叹息道："唉！我娃是个苦命人……""大，娘，我要是挣不下钱，就不回来见你们！"他在心里说……想起这些时，他猛然坐起身子，拳头在铺板上砸出一个沉闷的声音。

树林子里传来一阵咳嗽声，是夜游的吴三愣回来了。吴三愣昨天下午进山给王超带来了好消息：王云山答应让他去当民工队的会计，吴贵林叫他准备一下就去接手续。

"回来了，吴大哥！"看到吴三愣笨重的身影在铺板另一头晃出来后，王超问道。

"哈哈哈哈，今儿晚上玩得痛快，妈拉个巴子！'野芍药'的男人真他妈是个'白货什'，只会像死猪一样睡觉。哈哈哈哈，痛快！痛快啊！"

"又'挂'了一个！"王超问。

"哈哈哈哈，新嫁过来的，长得真他妈俊，都叫她'野芍药'，我们东北就没有那样的女人。哈哈哈哈……"

吴三愣的声音越来越低，吐出一串含混不清的话后，王超便听见钻塔里响起如雷的鼾声。

王超睡意全无。他此刻觉得没有白结识吴三愣一场，吴三愣为他靠近吴贵林铺设了一条路，他原想通过吴三愣攀上吴贵林，再慢慢地让他帮忙另揽一摊子活，却没有想到吴贵林初次见面就主动提出让他去当民工队的会计。王超搞不清吴贵林这么快就信任并扶持他的用意，但他决心紧紧抓住这个机会。他想着，眸子间便燃起了两点星火，熠熠生辉；渐渐地，整个面部似乎都被烧成了红色。他霍地起身离开了钻塔。

他迅疾地穿越树林子，向野猪梁顶攀。他脚步轻捷得如同一只猴子，直攀到梁顶的茅草丛里才直直地站住。这时候，一个彤红的世界拥抱了他。他高高地举起了双臂。

"我不服——"

"我不会输——"

王超声嘶力竭地吼了两声，大山远远地荡起了他的回音，他感到胸脯的热血喷洒到了脚下。

回到钻塔时，王云山派来的人在等他，是王超的儿时好友二娃。

"领导人叫你回祁家沟哩。"二娃说。

"做啥哩？"王超问。

"领导人要给你交手续哩。夜晚夕他屋里灯亮到了天明。多一个会计，就多了个牵扯他的人，他在账上不敢胡日鬼了，心上咋不难受哩？他整过我，我巴不得你早一点当上哩！"二娃说。

三

纸糊的花格窗户里，斜映着一片亮光，王云山瘦削的脸被亮光刺得惨白。他仰躺在床上，时而清醒，时而迷糊，一些过去的日子，如水波中的月亮在脑中跳跃……他想起了那口黑咕隆咚的地窖。他躺在地窖的草窝里，望着窖口苞谷秆儿缝隙里透进的那线模糊的天光，为不人不鬼的日子而黯然神伤。这时候，窖外响起一阵杂沓的脚步。随即，他听到民兵连长那破锣一般的嗓子吼了起来："王云山躲哪搭去了？有人看着他夜晚夕回来了！"他娘畏畏缩缩地说："没，没来，都胡说的。"民兵连长又吼道："回来就赶紧叫出来，窝藏搞资本主义的人犯法哩，听下了没？"他娘颤颤地回答："听下了。"那伙人响亮地踢了踢窖口的苞谷秆儿，离去了。他又想起毒日如火的梯田工地，一块沉重的木牌挂到他的脖颈上，他的身子成了一张弯弓。他听到大队主任领头高呼了一声："打倒黑包工头子王云山！"众人便在他身边应和出一阵雷鸣般的声音……"熬到这一步太不容易了！"这时候，王云山想，"要是遇不到好形势，这一辈子都翻不了人身啊！"王云山挺身坐起，踩着遍地的烟头出了门。

王云山瘦小的身材在院子里晃荡着，民工们都上了地盘工地，院旁的厨房里，散跑出一片白烟，阳光下那烟满山谷乱窜，尔后，浮在野蒿、茅草、葛条身上窜进树林子。王云山眼前又闪动出深色的记忆：早先，野兽的粪便催得这里的一片野草发疯一般猛长，他便在野草丛中搭起了窝棚，夜晚里，十几人便睡在窝棚里。几年后，窝棚的地方出现了三间石棉瓦房，他也搬进了隔好的单间里。终于，他的木箱里锁进一张人人议论的存单，他感到他的事业正走向一座辉煌的巅峰，然而就在这个时候，吴贵林从斜刺里猛插进了王超这一杠子来……

山顶的小路上出现了两个人影，王云山从树叶间看到那两个身影后，感到眼前的松枝不安地跳荡了一下。那两个人走近了他。

"哥！"王超远远地喊道。

"来了！"王云山不自然地笑了笑。他望着王超年轻的脸，胸臆间泛起一股酸涩。"走，交账去！"他对王超说。

一进屋，王云山就从褐色的木箱里拿出一大沓表册递给了王超，王超逐一翻看着。

"这是现金流水账。修一个地盘多少钱，是按土方石方算好的；花了多少人工，账上也记得清清楚楚的。扣除伙食和其他开支，剩余的按工分一摊，算出工值，再按工值给民工发钱。有时候一个工分也摊四五元哩。"王云山说。

"这其他开支里头都包括啥？"王超指着账本问。

"我跑外头办事要花销哩，包活路还要'敲门子'哩，有时候还要处理伤残事故哩，这些都算'其他开支'，杂七杂八地一加，有一大疙瘩哩！"王云山又说。

王超答应一声，皱起了眉头。

"会计你来当我还放心，其实我原来叫你时就这样谋划着哩，都是自家兄弟嘛！今后你把账记好算好就对了，其余的路子有我跑哩，像签合同、提款，这些事情都损精神得很，我咋好意思叫你出头哩。"王云山笑了笑，说道。

王超品味着这话里的弦外之音，疑惑地望着王云山。

四

王超又走进了勘探大队大楼。他在吴贵林房门上很响地扣了扣，门口便现出那张和蔼的脸。

"手续接了？"吴贵林问。

"接了，吴叔，全靠你照顾了！"王超说。

"也没有啥！我给王云山说，他心上再不愿意也不敢推辞，他还要依靠我哩！"吴贵林说。

"大恩大德，没齿难泯！"半晌，王超对吴贵林重重地说。他眼里闪动着烁烁的亮光。

　　吴贵林笑了。他用那只肥胖的手掌在王超肩头拍了拍，说："好啦好啦，就是跟老粗不同，说话都有水平啊！五号地盘的款子拨了，叫你是让你去找朱会计提款，我跟他谈过，除你之外，别的谁提都不给！"

　　王超的表情骤然凝滞了，他惊奇地望着吴贵林。

　　"交手续时，王云山给我说过，我只管账，提款和签合同的事由他办。若我去提款，吴叔你看这……"

　　吴贵林顿时严肃起来，来回踱着步，口气坚决地说道："别管他，你去提你的款！今后要把款子的大权攥到你手里，有啥事儿就告诉我！"

　　王超骤然察觉到吴贵林和王云山之间似乎埋藏着深深的成见，他被这种不知缘何而生的成见弄得晕头转向，一种左右为难的神色浮上他的面颊。

　　"咋样，有难处吗？"

　　吴贵林转脸问王超，王超只是笑了笑，没有答复。

　　"同庄人的情分，拉不下面子是吗？"吴贵林又说，"我扶持你，是看到你英雄落难，想帮你一把，不是图你的啥，想不想干，你考虑考虑吧！"

　　王超眨了眨大眼，对吴贵林微微点了点头。

　　"其实，不管王云山与吴贵林有啥成见，都与我无关，相反我还能利用他们的矛盾，来达到我的目的。但我毕竟跟王云山是同一祖宗，这个狠心下得了吗？"王超暗自思忖着。

　　他的思绪骤然又回到了那个充满欺骗的多雨的秋天。许多肥头大耳的人物都来亲切地扶持他这个"养鸡大王"，一只又一只鸡成了餐桌上的牺牲品。酒足饭饱之后，油光闪闪的嘴里说些空话，就回去编织他们的材料，也编织他们的梦幻了。之后，王超成了这些人许多材料中常见的典型，他被材料吹得发紫，那些人却心安理得且面不改色。他为了名副其实，一味地发展又发展，谁料在这个秋天里，他的鸡儿全军覆灭个个归西……王超猛然彻悟欺骗和狡诈对于成功的真正意义，王云山成功的背后不是也充满了欺骗和狡诈吗?"哼!情分卖不成钱,要那情分干啥哩?"想到这里,他又望了望吴贵林那和蔼的面孔,顿时受到某种力量的鼓舞。他决定横下心去,闯一闯王云山为他设置的禁区,把民工队的现金大权牢牢地抓到手中!

第二天,王超提出了巨款。之后,他从商店购出了一大包沉甸甸的礼物,再次叩开吴贵林的房门。

<h1 style="text-align:center">五</h1>

王云山终于等来了王超。

王超是被吴三愣的"雅马哈"捎回来的。王云山看到他俩坐在摩托上,奔进了沟口,灰尘在身后拖出一条长长的白色尾巴,一直拖到了民工住房的坎子下面。

接着,王超就从坎子下走了上来。王云山望着神情平静的王超,心里像有一条蛇在翻腾。

"吴队长叫你做啥哩?"王云山试探地问。

"给他的娃娃补习外语哩。"王超狡黠地回答。

王云山疑惑地望着王超,似乎要从他脸上看出什么隐秘来。

"吴队长让我把款也提了哩。"王超轻轻说。

王云山敏感地扬起了头,像望着陌生人一样望着王超。

"提了?"半晌,王云山无力地问。

"提了。"王超冷冷地说。

王云山再没有说什么,矮小的身材蔫蔫搭搭地晃进屋子里去。王超感到此刻的王云山就像一只斗败的小公鸡。他望着王云山的背影,陡然被那个猥琐的身子弄得一阵凄然。"当真要狠下心撕破脸了?"这一刻,王超冷不丁冒出了这样的想法。

晚饭后,房前的光地上坐满了闲谝的民工,他们屁股下垫着破鞋,衣裳斜披到肩头,放纵地说笑着。

"来来来,他二爸,划拳喝凉水吵!"

王超听清是二娃的破锣嗓子在喊。这时，他怅怅地躺在铺板上。

"二娃二娃，凉水来了，快划来！"

民工王宝儿又在喊，紧接着，划拳声响亮地吼起来。王超无可奈何地摇摇头，起身出门。

王超走下土坎，踏上了沟底的小路，这时，他的迎面扑来了一个蛙鸣的世界。蛙鸣的浪潮是从沟底掀起的，就在沟底晃动的苇草下面，有成千上万只白色的腹部正在鼓动。他想起了几百里外的家乡，在那条流淌着月光的小河边，他曾度过多少难忘的夜晚啊！晚风把他的笛声和蛙鸣一起送上群星璀璨的天幕，他的心却化成河中永沉不浮的石头。十余载寒窗苦读，他没有像河水一样流出大山深处，却要像淤泥里的石头一样被埋没了，只能面对明月清辉洒下一串串酸楚和悲哀。每当这时，他的笛声便成了奔突的野马，将蛙声践踏得东逃西窜。终于有一天，这野马也将河边小树林里一个女子俏丽的身影践踏得飘忽不安。后来有一日，那女子被一群人簇拥着骑马出了村子，用一双好看的泪眼留给他无限的凄婉……"她老早说过我不是简单人，我决不让她失望！"王超暗暗说道。这时候，他又想到那个纠结在心内的问题，"既然到了这一步，就要狠下心走到底哩！"他想，"前怕狼后怕虎的，太没出息了，只要能把大权揽到手，跟他王云山撕破脸就撕破脸，反正有吴贵林当后台撑腰哩，怕啥哩？"王超不禁为他一度出现的负疚感深感惭愧，他觉得自己应拿出干大事的派头来应付一切，不该陷入细枝末节的纠结中，古人也说过"大行不拘细谨，大礼不辞小让"嘛。王超如释重负地长喘了一口气，又踱回那个院子去。

六

王云山离开了祁家沟，两天以后，才出现在沟口。那阵子，民工们正在树林子里用餐，长发过耳的头颅齐埋在碗内，拱动之中，将一碗糊汤泡馍馍吃得吧唧吧唧直响。后来，二娃从碗上抬起了头，他看见王云山如一条游狗一样从沟口荡进来，屁股后拖着个慵懒的身影。

二娃"唔"了一声，向众人示意性地扬扬下巴，众民工从碗上抬起了头，一齐朝沟口望去。

"领导人两天没闪面了，看样子精神也不好，怕心上有事情哩。"王宝儿说。

"一个人的饭两个人吃了，他心里咋没事情哩？"二娃子接着说。

民工们慢慢品味着二娃话里的意思，二娃望着大家诡秘地笑了笑。

"我说没那么容易的，王云山也不是简单人，谁还本事大得很，猴手里想把枣儿叼去？"一个叫瘦娃的年轻人说。

听人说这瘦娃是王云山的啥亲戚。

"对的，对的。"有人附和着瘦娃的话。

"哼哼！"二娃冷笑一声，"摊子大了，一个不识字的人咋能哩？你本事再大也不如有知识的人！现今知识分子贵重，出门都被人高看一眼哩，不像你和我，就是有人把摊子白送过来，敢不敢揽？"

民工们默然无语了，又在品味着二娃的话。这时，王云山从坡底缓缓地爬上来，两只被尘土染白的裤管无力地甩动着，脚步扑嗒扑嗒作响。

"你黄牛关提款去哩？"

瘦娃从树丛里站起来，招呼王云山道。

"款子让狗叼脱了，我把狼叫到锅里痾屎哩，有啥说的哩？"王云山恶声恶气地说。

"咋，有人替你把心操了？"二娃问道。

"哼，有人还想把我挤走哩，不光是替我把心操了。"

王云山愤愤地抛下一句话，走了。

二娃贼贼地溜进民工房，王超疑惑地瞪着他。

"领导人来了。"二娃对王超说。

"啥时候？"王超问。

"刚才，他气呼呼的，说款子叫狗叼脱了，说你想把他挤走哩。"二娃子又说。

王超嘴角绽开一个诡谲的微笑，走出门去。

王超推开了王云山的房门，浓浓的烟雾包围了他。躺在床上的王云山，正慵懒地叼着一支香烟，向他投来冷冷的白眼。半天，他极不情愿地坐起身来。

"超娃子，你凭良心说，我对你咋样？"王云山突然问道。

"好着哩。"王超笑了笑。

"那你咋能打我的主意哩？"王云山愤愤地问。

"你说的啥？"王超故作吃惊地说。

"我说你没良心，当面是人，背后是狗！你是我叫来的，看着你可怜又在活路上照顾你哩，你咋能狗仗人势，中间里插一杠子把我架空哩？"王云山的头发都在激愤地颤抖。

"我……没嘛，我不过管管账，管管钱，咋能就把你架空哩？"

"你没？吴队长和朱会计都说以后提款只认你的章子，这为啥哩？你到底安的啥心，你说？"

王超胸内咯噔一声，随即，他面前映出吴贵林那张和蔼的脸来。顷刻间，刚刚出现的虚弱感无影无踪烟消云散了，王超感到是那张和蔼的脸给了他力量，他神情平静地注视着激愤不已的王云山，显得十分心安理得。

"哼！"

王云山狠狠地喷出个鼻音，之后，那矮小的身材便拂乱王超眼前缭绕的烟雾，走了出去。

"王云山到底咋得罪了吴贵林？"这一刻，王超又想起了这个难以解释的疑问。

七

地盘完工后，吴贵林带个年轻的工程师前来验收，王云山和王超便陪他们来到平平整整的工地上。王超手拿皮尺，量了量地盘的宽度，然后，他锐声喊道：

"十五米四！"

皮尺如一条蛇，在王超手下活泼地翻卷，他熟练地卷动着，惹得长满了络腮胡子的年轻工程师不时对他露出微笑的白牙。王超从那白牙上看出了一种赏识意味，将读数的声音又喊高了几度。

"验收了，就马上把机器搬上来让工人开钻，下一个地盘回去签合同，咋样，老王？"吴贵林从石头上挪起肥胖的身子，拍拍本子上的尘土，对坐在树下始终一言不发的王云山说。

王云山猛地抬起头，看了看吴贵林笑眯眯的眼睛，胡乱地应付了一声。

"好啦，走吧，下去签合同！"

几个人都从树底下站起来，从地盘上摇晃而下。

民工们都去搬抬钻机了，院子里寂然无声。王云山打开门，几个人鱼贯而入。

"签字！"

吴贵林对年轻的工程师扬扬下巴，示意他拿出合同来，那工程师便拿出合同铺到了桌上。

"签吧！"那工程师说。

王云山往前走了一步，又停了下来，目光下意识地在吴贵林和王超之间扫视着，王超赶紧低下头去。

"还是小王签吧，高中毕业生有水平嘛！"吴贵林突然说。

王超骤然抬起头去看王云山，王云山的目光如刀一样刺向了他，他的脚迟疑地迈了迈，又立在原地不动了。

"哎呀，快点，谁签都一样嘛！"年轻工程师在催促王超。

吴贵林注视着王超，王超鼓足勇气走了上去。抖抖索索地签了"王超"两个字后，他感到自己又经历了一场严峻的考验。在这场考验里，身后的吴贵林又一次给了他勇气和力量。他觉得自己已彻底击败了那个传统的自我，从一条狭长的磕磕绊绊的小巷里走了出来。"这不能不说是一场竞争，然而，痛苦悲壮的一幕已经过去，我终于抓住了这个机遇，赢了这一场！"王超暗自想道。他重重地将钢笔掷到了一边，等抬起头时，王云山矮小的身影已从屋内消失了。

整整一天，王云山去向不明。

第二天下午，厨师何四将两碗浆水面端到王超的眼前。

"他超娃哥，你吃。原先这单另做的饭该王云山吃，现今，该你吃了！"何四说。

王超低头看了看那碗面上黄黄的油花，舌苔上浸出了丝丝馋欲。

"谁说该我吃哩？"王超问何四。

"民工都私下里议论着哩，说王云山单另寻活去了，这摊子要给你撂下哩。"何四说。

"他联系到哪搭了，你知道不？"王超接过浆水面，问。

"都说他勘探大队里有熟人哩，可能寻那人去了！"何四说。

王超挑起宽宽的面条送进嘴里，他听到面条下咽时打击得喉头乒乒乓乓响。

"他超娃哥，我们还算远路的亲戚哩，我不打算跟王云山走，你还是让我做饭，能成不？"何四又问。

王超笑了笑，何四端着碗离开了屋子。王超仰躺在床板上，思谋着对策。渐渐地，他的眼里一片凄迷。

他似乎面对一本书。第八次参加高考翻开书本时，他眼前一片凄迷，同时伴随一个刺耳的声音："抗战八年，打败了日本人。王超考了八年，连大学的边儿都没沾，他考大学比抗战都难，真无能！"那个曾是同班同学而后又当了他数学教师的年轻人说。他说这话时，金丝边眼镜后的目光像一把刀，让王超的胸中燃起了一把火！他眼前不断闪现着那副金丝边眼镜，狠狠地骂道："日他妈！同班时你常向我请教哩你就忘了！要不是巴结班主任评你个省级'三好学生'，照顾你两个分数段，你还能考上？当时我高考成绩比你高六点五分哩你忘了？你看着，我不考大学照样有饭吃哩！"一气之下，他背起铺盖卷回了家……这些情景更激起王超浑身的力量，他一骨碌坐起身，在地上疾速地踱着步子。"我要让所有瞧不起我的人都看一看哩，我姓王的绝不是屎捏的！"王超暗暗说道。这时，二娃子轻快地跑了进来。

"王云山回来了，这阵子正和几个民工在他屋里鬼鬼祟祟地说话着哩，那几个都是他的亲戚。"二娃子俯身对他说。

"看走！"王超犹豫了一下说。

出门后，他就碰到王云山凶凶的目光。王云山扛一卷铺盖，身后跟着五六个民工，身上同样背着铺盖。王超和二娃站下了，王云山他们也站在原地与王超对视着，喉咙里是一声声粗重的喘息声。

"哼！"半晌，王云山愤愤地望着王超说，"超娃子，看在老先人的面子上，我把摊子给你让了。你听下，是我给你让了，不是我无能，守不住老本！"

"我根本就没那意思，你是不是……多心了！"王超不自然地笑了笑，解释道。

"不说了不说了！你安的啥心，我心里一清二楚的。其实，你也是狗仗人势，要不然你还没本事夺走我的饭碗碗！我们骑上毛驴看剧本哩，走着瞧！"

王云山不耐烦地摆手打断王超的话，带着那几个人走了。几个人身材摇摇晃晃，拂动了傍晚的烟霭。

下　篇

一

从吴贵林家里出来，王超耳边不断萦绕着那番话语。吴贵林说："王云山走得好，他现在不走，以后还是非走不可！反正他在我的分队里干不长。大队部有他的熟人，给他另揽了一摊子活。现在他要跟你竞争了，你要好好干，干得好就能发大财！听说你养鸡还欠了几千块钱的外债，那几千块算啥呀？只要你靠近我，便宜有你占的！"听了这些话，王超频频地点着头。"我一定要好好干，干出点名堂哩！"他对吴贵林说。

这一刻，王超又紧随吴三愣，在这条叫"套口子"的小巷里游荡，套口子以稀奇古怪和五花八门迎接着他们。一家客店门口,有位妖艳的女郎对他粲然绽开笑颜,那乌黑闪亮的披肩发和红得滴血的嘴唇着实令他心悸。几位长发过耳的小伙子还有意撞了撞他的肩膀,说他是"一条北方的狼",他觉得自己在黄牛关这条不足百米的小巷是像狼一样在穿行。

"哎,老三,你狗杂种这几天咋不闪面了?"

声音从一扇乌黑的门后传出,随之,闪出了一个穿着夹克戴墨镜的黑脸大汉。

"有事儿,哪有工夫陪你们这帮人儿!"吴三愣说话时斜着脖颈摆出一副慢条斯理的样子。黑脸大汉一条胳膊缠住他的肩膀,轻拍他的背部说:

"今个别想再走!你那天捞了五百,就想溜?走,再去试试!"

吴三愣扬扬满是胡须的下巴,拉拉王超的胳膊,说:

"走就走!爷们儿怕你咋地?东风吹,战鼓擂,现在谁也不怕谁!走,小王儿,见识见识去!"

"做啥去哩?"王超问。

"进去你就知道了。"吴三愣说。

王超诧异地望望门框上方的木牌,他看到"杜家小店"那几个字,目光里便浮起了一层疑云,他不想进去。吴三愣又拉了拉他,好奇心便促使他挪动了脚。

"吴老三,快来搓几把!"

一个腮帮子上刀疤痕十分醒目的人把吴三愣和王超叫到了一条空凳上。

"这位是?"刀疤脸指了指王超。

"是王老板,这回要搓你个稀里哗啦!"吴三愣说。

接着,吴三愣的大手埋进麻将里开始搓动,塑料小块发出的陌生的声音深深刺激着王超。"赌博!"王超猛然想到一个可怕的字眼,于是,他坐立不安了。他的手指在提包提袋上不断地滑动,直到刀疤脸伸着懒腰站起身,才觉得指头上已经热汗涔涔。

吴三愣将脸前一堆纸币胡乱地塞进了口袋，王超顿时瞪大了双眼。吴三愣嘴角微微上挑着，眉毛间跳荡着难以掩饰的得意。

　　"吴老三，又叫你这个家伙捞了。下回可要来哩，不来就端了你的老窝，听下了没？"刀疤脸说。

　　吴三愣打了个响指，摇摇晃晃地向屋外走去。

　　"这事情再干不得，犯法哩！"王超对吴三愣说。

　　"没事儿没事儿！"吴三愣大大咧咧地摆了摆手。

　　他们又走进了小巷。小巷里行人如织，王超和吴三愣随着人潮缓缓地流动到了一处广告牌下，王超的眼睛立时被广告牌惊圆：那上面的年轻女子正醒目地展示着她粉红色的身子，那瀑布般长发遮掩的地方，激发着人们粉红色的欲望。

　　"好录像，去看看，小王儿！"

　　吴三愣在他耳边怂恿。广告牌上，粉红色肩头的两行小字使王超不禁怦然心动：西方艳情片《欲海情魔》。王超不由自主挪开了步子，与吴三愣一起撞开了那块充满诱惑的黑色门帘。

　　"来来来，老哥，赏口饭吃！"

　　黑门帘后，有人拍了拍王超的肩。王超吃惊地回头，看到一张长发过耳生满粉刺的瘦脸，"瘦脸"手里拿着几只黑盒子。

　　"惊险录像带子，你拾掇下，给哥们儿一口饭吃，咋样？"粉刺脸说，黑盒子在王超面前晃了晃。

　　"连放像机都没，我要那干啥哩！"王超摇摇头。

　　"你没放像机，谁相信哩？莫当我不清楚你的身份！"他抓住了抬脚欲走的王超。

　　"干啥干啥？妈拉个巴子的，少来这一套！"

　　吴三愣猛扑过来，他粗壮的指头直戳粉刺脸的胸脯，粉刺脸摇摇晃晃，连连后退几步。

　　"嘘——"

　　粉刺脸双唇间突然扯出一声尖亮的呼哨，门帘下随即闪进几条恶恶的身影。吴三愣和王超被那帮人团团围定，动弹不得。

"咋哩？吴老三，从你碗里扒一口饭吃，就这么难呀？"

王超看清了说话人脸上的那条熟悉的刀疤，再左右一看，见都是刚在客店里见到的几位，他的心尖上不禁掠过一道寒意。

"咦？是你个狗娘养的，怎么欺负人儿？"

吴三愣看清了刀疤脸和其他几位的面孔，高声吼骂起来。刀疤脸冷笑了一声，王超连忙扯了扯吴三愣的胳膊。

"说，多少钱？"王超问。

"不多，每盘一千，共三千。看在哥们儿的情分上，少二百，两千八！"刀疤脸说。

王超的手摸摸索索探进提包里去，掏出了几沓齐齐整整的钞票。

二

从黄牛关回来，王超就将自己关进了小屋。他回味在黄牛关的所有经历，内心被痛苦死死地咬噬着，难以平静下来。仅仅几天，他的眼睛就熬得通红通红。

王超后悔那天不该唐突地跟着吴三愣乱闯，丢了钱不说，更可怕的是，吴三愣为了赌回那一口气，每天都要去那家客店里赌，结果钱没赢来几个，反而又赔进去不少。王超怕吴三愣越陷越深，劝他认输算了，吴三愣却瞪着牛眼硬是不听。输了钱，吴三愣就伸手问王超要。王超想到吴家弟兄对他的情义，只得又给他借钱。拿走了钱，王超就替他提心吊胆，坐卧不宁。

王超还听人说王云山撤到清水沟后，仅仅两个月，就又聚起了一帮人，现在，王云山的摊子里不仅工值比他高，而且还有了一台大彩电。他还听人说王云山有时亲自去工地上领工，并扬言要拉走他手下所有的人，挤垮他的摊子。"我就不信你有那么大的能耐！"此刻，王超想，"我能抢得来摊子，就能守住摊子，不怕你用啥手段！"

"他超娃哥，吃饭！"

何四端着一盘菜走进门，王超望了望那盘肉片炒白菜一眼，立刻有油腻的涩味涌上喉头。他刚咬下一块蒸馍，就听到有人跨进门来。

"哈，正好！我肚子早就饿得咕咕叫了。"

吴三愣走进来，他接过王超递去的竹筷，匆匆地伸向盘子。

"这几天手气咋样，赢来了没？"王超连忙问。

"不行不行，那帮人儿贼精！那次带去的两千又滚到里头了，那帮人儿贼精！"吴三愣摇摇头说。

吴三愣的话像石子一样狠狠敲击着王超的心，王超挥了挥手，何四默默地走出门去。

"你不听我的劝告，说能捞回来，这一下咋办？工值上不去，眼看王云山的工值比我们高了，民工走了咋办？每一账还要给吴贵林大叔分一股哩，没啥给咋办？"王超焦急地说。

"想法儿呗！"吴三愣说。

"有啥办法哩？"王超又问。

"黄牛关的白麻子跟我讲好了，他想下广州贩点黄的，他让我投资点钱，一次就能捞这么多！"吴三愣在王超面前竖起一个指头来。

王超刚想说话，有个人影挤进门口，遮住了投射进门的阳光。王超和吴三愣抬眼望去，只见来的是王云山手下的一名民工。

"超娃子你在哩？领导人叫我传话来哩，祁家沟的两个民工到清水沟去看电视，挨了打，现今，都送被去黄牛关的医院里了！"来人喘喘地说。

王超像看到了一个恶魔，他眼里透出了吃惊与愤慨。吴三愣手中的筷子猛然拍到桌上，断成了两截，他霍地站起身。

"妈拉个巴子的，打的是谁？"吴三愣对来人吼道。

"一个叫二娃，一个叫……偏头。领导人让、让我给你们道个歉哩。"来人抖抖索索地说。

"回去给王云山说，老子晚上要见见他，让他清醒清醒！"吴三愣又对来人吼。

来人惊慌地走了。王超的脸膛在阳光下显得通红，他一屁股坐到了床铺上。

"岂有此理！"王超愤愤地说。

三

王云山又想起那个喊声大作拳脚交加的夜晚。当时，他和民工正看到电视上出现一片叫"野猪林"的林子，两个黑衣公差绕过大树对准树下带着刑具的汉子挥起了哨棒……突然，他身后旋起一阵狂风，他转过头，看见人群的旋风将两个人影旋倒后，又如潮水一般覆盖了过去，杀猪般的号叫立刻响了起来。他用力拨开一个个身子，看清两个黑影是祁家沟的民工二娃和偏头。王云山知道这下闯了祸，因为他了解吴三愣的脾性。在他即将东山再起的时候，他不想激化矛盾扩大事态。他甘愿再一次忍辱负重，了结这场干戈之争。然而，对付吴三愣，他不得不准备好另一手。他安排民工备好了棍棒，熄了灯，都藏到民工房，以防万一；而他只叫民工瘦娃做"替罪羊"，等待吴三愣。

瘦娃此刻就站在墙角，灯光映着他灰白的面孔，桌上摆着一只油光闪闪的烧鸡，瘦娃的眼不时地落到那烧鸡上。

门外终于传来纷乱的脚步，王云山赶紧从门里赶出来，对领头的吴三愣和畅地笑了笑。

"啊呀，老三，请不到的客来了！"王云山招呼道。

王云山的手伸向了吴三愣，吴三愣将那手狠狠地甩到了一边，"少来这一套，爷们儿软硬都不吃！"

"对的对的，我和你一搭几年哩，你的脾气我清楚，你先进门，听我慢慢地说！"

吴三愣如一条角斗的公牛，气呼呼地跨进门后，在凳子上狠狠地坐了下去。王云山赶忙递上"红塔山"香烟，又给他划着了火柴。

"妈拉个巴子的，你把话说清楚！"吴三愣凶凶地说。

"好好，你听我说。"王云山又斟满一杯酒放到吴三愣面前，指着瘦娃说，"都是这狗日的惹的事，让他说，说不清楚你就把他捆走！"

"那晚夕看电视，二娃和偏头往我跟前挤哩，我说你俩是不是祁家沟派来的探子，他俩就骂开我了，我就……打哩，本来我不想动手，他两个骂人哩。"瘦娃的声音像一只蚊子在飞。

瘦娃话音刚落，王云山就从座位上迅疾地站起。瘦娃的头刚动了动，就有一股凉风迎面刮来，随即，一只巴掌在他的瘦脸上响亮地炸开，他像一截口袋栽倒在地，好不容易才撑起了身子。

"还嘴犟哩，你有理得很！老三，我寻绳，叫你的人把这碎杂种捆了，送黄牛关派出所里去！"王云山怒吼着提过一根扎绳丢到吴三愣脚下，吴三愣看看那扎绳，就抬起头来，指头轻松地敲击着桌面。

之后，王云山和吴三愣开始默默地抽烟。

"这事我有责任哩，我道歉。二娃和偏头的医疗费我付，住院时我开工钱，能成不？"良久，王云山说。

吴三愣的指头又开始在桌面上跳跃。王云山撕下烧鸡大腿塞给他。啃完鸡腿，他捧了骨头，然后打着饱嗝站起身。

"老王，看在老交情上，今儿放你一回，以后出啥事儿，别怪我不客气！"吴三愣挥挥手说。

"是我不好，是我不好。"王云山连连点头。

送走了吴三愣他们，王云山如释重负地喘了一口气，之后，又冷冷地笑了一声。

王云山走进屋子，倚墙而立的瘦娃从烧鸡上收回了目光。王云山凄然地望了他一眼，撕下鸡腿递给了瘦娃。

"委屈你了，你去给大家说，人走了，都收拾了睡！"王云山轻声说道。

四

王宝儿和几个民工私下里议论要投靠王云山的消息是何四告诉王超的。何四那天对王超神秘地说了这件事，王超一怔，半天说不出话来。他让何四把王宝儿叫来。良久，壮壮实实的王宝儿走进门，王超急忙热情地招呼他坐下。

"老伙计，听说你们想到清水沟里去哩！"王超和颜悦色地说。

"啊?"王宝儿一惊，"你咋知道的？听说清水沟工值高，我们几个正商量着哩。"

"没有不透风的墙嘛！"王超一笑。

"那就把话挑明了说，人家工值高，我们摊子咋上不去哩？"王宝儿顿了顿，说。

"几元?"

"六元，我在黄牛关街上亲耳听瘦娃说的。"

王超顿时皱紧了双眉。仅仅几个月，清水沟就把工值提到了六元，他的工值却一直是四元左右，而且还没有现钱给民工发，他真不知道如何是好。王超又一次感觉到竞争的残酷性，暗暗思忖着摆脱穷途末路的对策。

"哄人的！"良久，王超说道，"你想，瘦娃是王云山的亲戚，能不替王云山说些拆祁家沟台的话？老实说，他清水沟能开四元就了不起了！"

"瘦娃的话不可信，那为啥人人都说清水沟的工值高哩?"王宝儿反问。

"我想……把钱抽出来买个放像机和大彩电哩，要不，也上五元了。你看，录像带都有了！"王超语无伦次地说着从抽屉里翻出那几盒录像带来。

"穷开心！"王宝儿说。

"啥叫穷开心，看你说的话?"王超生气地说，"清水沟跟我们竞争着哩。人家买了电视机，我们没有能成？逼到这一步上嘛。至于工值，下一账就浮动了，你急啥哩?"

"好好，就等下一账，到时候再看！"王宝儿推门而去。

几天后，王超果然买来了放像机和大彩电。祁家沟的民工自然多了一分乐趣，也多了一分留恋。晚饭过后，他们一齐聚到院里，被电视上刀光剑影的拼杀和拳来脚去的厮打弄得神情亢奋。那几日，民工们沉浸到录像节目曲折离奇的情节中去了，工值方面的怨恨暂时被忘得一干二净。王超见这一招奏效，让吴三愣又搞回了几盒录像带。这几盒一放，尽是粉红色身子以及男女苟合之事，祁家沟的民工眼界大开，一时间，想走的又都收了野心，暂时不提走的事了。

五

下雨了。

沟底的溪水，成了哭哑喉咙的冤妇的呜咽，房顶上，像有一群野猫在踩着瓦片欢跳。王超的心内被搅成一团乱麻。

这一月的工值仍然没有涨上去，甚至于从往常的四元落到三元八角，王超不敢将这个数字公布出去。"没有办法啊！民工的情绪太低，影响了工程进度。额外的开支也多，也影响了工值，吴三愣借钱哩，给吴贵林还要分一股子哩，这些都没法给民工开口，咋办哩？"王超想道。这几天里，他不时听到有人要去投清水沟的消息，便愁得茶饭不香、寝食难安……

茫然之中，窗外叮叮咚咚的雨滴声将他带到了那年绵绵的秋雨中去。秋雨使他家乡的大山腾起层层忧郁的云朵，也使他心内腾起忧郁的云朵。他面对被一团死气笼罩的鸡笼子，看到几百只鸡儿被秋雨打蔫，在死气里奄拉了双翅，眼里便泛出绝望的死灰。鸡屁眼里终于喷射出一股股稀屎，鸡儿在稀屎里一只只地萎靡。这时候，他就开始把死鸡一只只提到院外一个坑里。终于，所有鸡儿全都躺到里边，他便沉痛地掩埋了它们。他站到埋平的坑前，仰起脸来，看着被雨点儿装饰得苍苍茫茫的天空，发出一声撕心裂肺的怪叫……

这时，有人敲门，王超从床上起身，看到二娃匆匆走进门来。

"咋搞着哩，超娃子？大家都问钱着哩。"二娃说。

"啥钱？"

"工值。"二娃说，"都有意见哩，叫我问一问来，说清水沟的工值涨到七元了。"

听到这话，王超胸内燃起了一把火，他霍地下了床。

"不想干都走！相信清水沟人的话都走嘛，不走做啥哩！"王超生气地说。

一直靠拢王超的二娃没想到王超会对他发火，想起儿时的交情，想起多少次对王超的帮助，二娃顿时也来了气。

"账结了就走哩，想干的也不多！"二娃说。

"不结！想走的一律不结账，要走就走！"王超挥了挥胳膊。

"当真?"二娃问。

"要走就走！"王超又挥挥胳膊。

二娃愤愤地离去了。

吃饭的时候，何四端着饭走到了王超门前，这时，屋里传出吴三愣气呼呼的声音来，何四便小心地躲到门外，听吴三愣胡骂蛮吼：

"二娃真他妈拉个巴子的不知好歹！你这主意好，我就去教训教训他，看他再敢不敢煽动人心?"

"再没办法了，你替我整整去！"是王超的声音。

接着，吴三愣便从门内扑出去，直奔隔壁民工房里。何四还在惊呆之中，就听到二娃凄惨地叫喊起来，他骤然觉得那声音划痛了他的胸脯。

二娃的叫唤持续了半晌，满脸诡谲的王超从门口闪了出来，又慢腾腾地迈进民工房去。

"算了算了，老三，二娃也是一时糊涂，上当受骗了！我知道他不想真走，算了！"王超假仁假义地劝解着吴三愣。

听到这里，恍然醒悟的何四双腿颤抖起来，菜汁从碟子里溢出去，丝丝缕缕洒落到地下。

六

王云山好不容易算完了账。他合上笔帽，轻轻地嘘出一口气。就在这一账里，他一咬牙，将工值提高到了八元。为了击败他的对手王超，他想豁出命去！这几个月里，为提高工值，王云山费尽了心机。

他先是亲自上地盘领工，后是划开地皮按方计价，发工资又是一次结清，不打折扣，而他本人，只领一个壮劳力的工资，从不像往常那样东抠西扣。于是，清水沟的工值月月上升！听人说祁家沟近几月里经常付不清钱，工值又一直停留在四元以内，民工怨声载道，他便暗暗感到期待已久的那一天快要来到了。"哼哼，王超想错了，他以为买一台录像机就能争过我，现今，我要叫他看看我的厉害哩！"王云山激动地在心里喊道。他踱出门去。

深秋的阳光从山顶上洒下，在林子里映出和谐的斑点。突然，对面林子里有个黑色的影子晃了晃，"是他！"王云山即刻想起一张熟悉而苍老的面孔。

"何四爸，你做啥着哩？"王云山招呼道。

树后传来两声干咳，随即，闪出何四穿着黑袄的身子。

"嘿嘿，我，我……在祁家沟不想做了。"何四说。

"咋哩？超娃子对你好着哩嘛！"王云山说。

"唉！他云山哥，你不清楚，王超和吴三愣都心术不正，那摊子快烂场了！"

"咋哩？"

"工值连四元都上不了，太低了！二娃问了几句，王超就支使吴三愣把二娃捶了一顿……"

"民工都咋说哩？"

"都议论纷纷的，想走，王超不结账，还指使吴三愣打人哩，我是偷着跑出来的。"

"哼哼！"王云山冷笑了一声。

"他云山哥，算我眼瞎了，没认准人，你莫责怪我，我给你好好干，能成不？"何四乞求道。

"何四爸，我等的就是这一天，就是祁家沟的民工连窝子端过来，我都收哩，你知道不？"王云山说。

何四讨好般笑了笑，王云山拍拍何四的肩，安顿他去灶房里帮忙，何四感激地望了一眼王云山，便扛着铺盖卷儿向那排牛毛毡房走去。

王云山凝然不动了。这时候，他反而生出一种悲哀来。他知道，那是替王超产生的悲哀。虽然王超的垮台是他希望的，然而这一刻真正到来时，他又是那么惶惑，那么悲哀。"吴贵林，一切都倒霉在你身上！"王云山暗暗地骂道。

七

何四溜走以后，又有两个民工离开祁家沟。他们都没有结账。王超情急之下，走了一趟黄牛关，吴贵林还是那副笑眯眯的神情，对他声轻语缓地说："啥事儿都不能性急，慢慢来嘛，王云山的工值也不会一直那么高，你想嘛，难道他不愿多捞几个钱儿？他暂时工值高是为了挤垮你，你呢，就要用心来对付他了，多动动脑筋，俗话也说'打江山容易，守江山难'嘛，是不……"王超觉得吴贵林也没有多少办法，就失望地回到祁家沟。

回来他就和吴三愣喝闷酒。

"真他妈憋得慌，好长时间没有见过'野芍药'了，没钞票啊！"酒喝到几成，吴三愣说出一句酸话。

"咋办哩，老兄？"王超说，"你提走了好几笔款，害得我们焦头烂额啊！这样下去，民工都走了咋办哩？"

"妈拉个巴子的，谁走我捶谁！"吴三愣说。

"那不是好办法，原先管事，现今万用不得，'众怒难犯'嘛！"王超说。

"反正白麻子也快来了，他拍过胸脯，答应五五分成。"吴三愣说。

"那我的摊子就全靠白麻子搭救了，他咋还不来？"王超问。

"明天我、我去看一趟。"吴三愣舌头有些僵直。

王超点点头，吴三愣这时眼红得像要流血，身子摇摇晃晃，如风中的蒿草。

"小王儿，我今儿实话给你、说，王云山那妈拉个巴、巴子的不是人！他一直狗、狗眼看人低，只认章副大队长，不认我大哥！那姓章的原来是、是一分队的书记，为争副大队长，跟我大哥不和；后来那小子提了，王云山还抱住他的腿不放，我大哥就想找一个厉害人，挤走他，控制住民工队，这样我大哥就……选中了你。你可不能忘了我、我大哥，不能忘了我，啊？"吴三愣突然醉态十足地说。

说完，吴三愣就手提裤腰跌跌撞撞扑出门去。王超猛然意识到吴三愣说出了一个重要的问题，醉意顿时消退得一干二净。他根本没想到吴贵林对王云山的成见是因为中间有一个章副大队长，更没想到吴贵林扶持他与那个从未见面的章副大队长有关，这真是一场有趣的人生游戏啊！王超这时突然感到他在这场人生游戏中扮演了一个可悲的傀儡的角色。受人作弄和被人利用的感觉霎时间充塞了王超整个心胸，他似乎要在这种感觉里走向窒息，走向崩溃……

第二天，地盘工地上被一种奇怪的气氛笼罩着，王超的突然出现使众人都感到沉闷和压抑。阳光慵懒地照着王超紧锁的眉头，铁锹和钢钎的声音响得杂乱无章，民工们偷眼望望王超的神情，黯然无话地搬动着巨石。

"点炮！"

二娃装好炮眼，王超朝众人挥挥手。民工们隐入树林子又爬向一个突兀的石顶。几十双眼睛向地盘上望过去，只见那条袅袅上升的烟带子狠劲一蹿后，就被齐齐掐断了。半晌，他们没有听到那声震耳欲聋的声响。

"二娃看去！"

王超对二娃摆摆头，二娃怯怯地望望王超的脸，向那褐红色的地盘颤颤巍巍地攀去。树林子摇摇晃晃了半天以后，工地边上晃出了二娃畏畏缩缩的身影，他慢慢地靠近了炮眼。

二娃操起了钢钎，石顶背后所有的民工都听到钢钎在石头上咣咣地敲了起来。响了几声，地盘上突然腾起一股巨大的烟柱，二娃矮小的身影顿时被埋没到烟柱中，随即，深山发出一声震人心肺的长啸。

八

汽车是在一片哭声中离开祁家沟的。二娃乌黑的棺材沉睡在车上，祁家沟淹没在民工的呜咽声里。

王超没有哭声，只在流泪。他呆呆地坐在地上，面对着二娃乌黑的棺材，泪水流成了一条小河，老实巴交的二娃子大阻挡了王超递去的一千元钱，说："我就是有座金山银山，也不如娃在!"说完，泪下如雨。他又对众人说："这是我娃的命!"然后就像条老狗一样爬上汽车。汽车伴随着一片呜咽，轰隆隆地开始晃动。

王超还在流泪，他似乎看到儿时的二娃笑脸盈盈地走过来：二娃那肉肉的大头上一双小眼透出明亮的光，矮墩墩的身材走动时就像一团肉球滚动……终于，王超发出一声撕心裂肺的喊叫，之后，他看见众人潮水一般涌到他的身边，将他团团围定。

"咋弄哩，你说!"有人说。

"我……对不起大家。"王超有气无力地说。

"屁话! 屋里都有妇人娃娃哩，这几个月的工资咋弄哩?"又有人质问。

"都……花到二娃的事情上了，要等吴三愣从广州回来，再给大家结账。"王超说。

"闲了!"有人响亮地喊道，"黄牛关传说着哩，说吴三愣和白麻子到广州贩黄金，被公安局抓了!"

"啊?"王超惊呆了。

这时候，王超感觉像有一把利刃狠狠地刺进他的胸口去，刚刚站起来的身子摇晃了几下，便又跌倒在地。

"闲了，打狗日的!"有人喊。

"打打!"有几个人应和道。

王超软软地瘫到蒿草上，他知道自己不可饶恕，于是双膝跪倒在蒿草里，向众人连连顿首。

"各位父老乡亲，我罪该万死，你们想动手就动手，我罪该万死!"王超说。

"动手就动手!"有个年轻人说。

那年轻人说着就抡起拳头走上去,这时,旁边闪出了一个中年汉子,他拦住那年轻人。

"算了算了,都是同乡,大家饶了他算了!这娃娃本来命不好,考学哩,养鸡哩,都没弄成,现今这摊子散了,饶了他算了!"中年汉子说。

那血气方刚的年轻人跺了跺脚,好不容易才收了拳头。众人愤愤地瞪着面色灰白的王超,都不说话,过了好长时间,便默默地散去了。

"都莫走咻,摊子还能弄好,就算我欠了大家的,以后再想办法补!"王超冲着众人的背影哀求。

没有人答复他,甚至没有人回头。"完了,一切都完了。"他唠叨着,自言自语,目光无意中触到了那座壁立千仞的石崖。于是,他支撑起身子,摇摇晃晃地向那里走去……

"大、娘,儿子没有尽到孝心,还不如死了。我走了,你们就自己照顾好自己吧!"王超暗自痛苦地呼唤道。

就在王超抬起头来的一瞬间,他看到对面树林子里走出了一位矮小而熟悉的身影,是王云山!只见他麻利地穿越野酸刺和葛条藤,朝着王超快速地走来。"他来干啥?"王超心内骤然画了个大大的问号。他疑惑地僵立在蒿草间,久久地注视着那个身影……

这一刻,灰飞雾散。秋阳睁大和蔼的眼睛,用目光抚摸着大山深处,重重叠叠的大山顿时红光满面,神采飞扬。

翻 身

那时候，老掌柜刘文华正坐在院里看夕阳。

对面山岔里，夕阳正在艰难地坠落，跋涉了一天，从这面山头到那面山头，它似乎已耗尽了气力，那一片霞柔弱地映射着，又渐渐地收缩，黯淡下去。从那副圆砣儿茶色石头镜后，刘文华看到太阳像颗腌透的蛋黄，酱紫色光晕含混模糊，院里的梨树，崖头落下的红嘴鸦的叫声，还有庄子上空扯起的一缕缕炊烟，也于是迷迷蒙蒙。

哼子就是这时候跟随管家老发走进刘家大院的。

刘文华听到大门扇响了一下，有人走了进来，但他没有转身，依旧看夕阳。墙角的大黄狗凶凶地开始叫，被领头进门的一位喊住了，进门的两位就径直走到刘文华跟前。

"老爷，来了！"老发俯下身子。

"呃。"刘文华慢慢地扭过头来。

刘文华就看到了面前的哼子，看到哼子大如牛卵环睁的豹眼和宽厚的嘴唇，看到哼子扁平的鼻梁和敞开的暗白色衣襟后头一棱棱的酱紫色腱子肉。刘文华的茶色石头镜上闪过一道光。

"你就是哼子？"刘文华问。

"嗯。"哼子胸腔里翻出一个声音。

"杨家河里人？"

"嗯。"哼子答应。

"翻过三十岁了吧?"

"嗯。"

"呃,来就好好弄,屋里活也不多,经管牲口,担水劈柴,还有地里的零碎子……"

"嗯。"

"农忙时雇短工哩,反正活路不多!"

"嗯。"

"要听老发的,做活路由他给你安顿。"

"嗯。"

哼子呆板而机械地答应道。这时,站在太师椅后的一个丫鬟咧咧嘴,闪出两颗尖尖的虎牙窃笑。哼子抬起沉重的头颅去看那丫鬟,那丫鬟便用手掩了嘴瞪着哼子,哼子看到她的黑眼仁像两只亮亮的蝌蚪。

看着,那蝌蚪忽然变得又圆又大,惊恐地向哼子背后望去。"天爷!"哼子听她惊叫了一声,就扭头去看身后,那只大黄狗这时偷偷地扑来,前爪快搭到他的肩上了。哼子吼一声,甩了甩肩,他肩上污脏的铺盖卷随即晃荡一下,撞到黄狗脖颈上。大黄狗虎虎地龇龇牙,一口叼住了铺盖卷。哼子又甩甩肩,黄狗紧叼铺盖不放。吱的一声,黄狗的利齿在铺盖卷上撕破一道,破口处即刻露出一团乌黑的棉花,生动地颤抖着。

哼子又狂吼一声,松开了肩上的铺盖,扭过身子,双手疾迅地紧攥了黄狗的利爪,之后,抬臂挥出去,大黄狗在他手里如一件破烂的衣裳,划着黄色的弧线飞过院子,又轻快地落到墙角,溅起一串痛苦的哀号声。

几个人都望着老掌柜的脸,刘文华缓缓移过目光,又去看那将落未落的夕阳,他的神情平静得让人发怵。夕阳的身影在对面山岔间跳了一下,又跳了一下,沉重地跌落到山背后去了。刘文华眼镜片上的那点亮光倏忽消失了。

"去吧!"刘文华朝老发和哼子挥了挥手。

哼子拾起了铺盖卷,胳膊抡了抡,铺盖卷又晃荡在肩头。哼子跟老发向墙角那个小土门走去。走进那圆顶的小土门时，哼子又扭头看了院里的丫鬟一眼，那丫鬟还在惊悸地瞪着他，她的脸很白很白。

后来，哼子知道那丫鬟有个很好听的名字，叫蛾儿。

哼子就在刘文华家住了下去，成了刘文华的长工。

刘文华在簸箕湾里算头号富户，湾里百十户人家全租种他家的地。后山，前山，还有当湾里，大部分地姓刘。刘文华唯一的儿子在外头部队上干事，从不回家，家里只有老态龙钟的刘文华和他病恹恹的婆娘，再就是管家老发和丫鬟蛾儿。因为人少，刘文华家的三面大房和偌大的院子就显得冷冷清清，夜深人静时，刘文华衰老的咳嗽声就在满院子里响。

哼子住在刘文华家菜园里的牲口房里，从墙角的圆顶小土门里进去，就是那四四方方的菜园子。牲口房建在菜园子的一角，背靠着那三间北房，共两间，哼子住一间，那匹枣红色大骡子拴在另一间。

哼子躺在小土炕上，门缝椽缝里挤进一道道白白的月。那匹枣红色大骡子响亮地嚼着草料，突突地喷着响鼻，脖颈下的铃铛声也不时清脆地蹦跳起来。哼子就嗅着牲畜那股特有的粪味草味，躺在小土炕上遐想。

"夜晚夕还在杨家河咘茅草房里哩，今晚夕就睡这搭了，说来就来！"哼子想。

哼子不拉家带口，哼子的日子只是牵肠挂肚。今天，这家叫："哼子，给我背一天粪！"他去；明天，那家叫："哼子，给我耕一天地！"他去。然后，他饱饱地吃一顿，就回到他的茅草房里，美美地睡到天亮。那天，哼子抬起身，揉眼一看，日头进门，他的肠胃翻腾出一阵饥饿，他就挎一只破背篼，提着镢头到盘山湾里刨洋芋。他在别人挖过洋芋的地里刨，半天一颗，半天一颗。这时，就看到刘文华的管家老发从山上走下来。老发说："哼子，刨洋芋哩？"哼子说："嗯。"老发说："你刨洋芋还不如抬长年，抬长年去不去呀？"哼子说："抬长年就抬长年！"老发说："那你回去收拾收拾，下午跟我到刘文华家抬长年去!"就来了。

"只要有一口饭,抬长年就抬长年!"哼子想。

骡子又突突地喷一下响鼻,之后,牲口房渐渐安静下来。牲口身上散发出浓浓的气息弥漫在哼子的小土炕周围,哼子紧偎着这种气息晕晕乎乎迷迷瞪瞪。忽儿,遥远的地方游来两只黑黑的蝌蚪,一晃,又一晃,划动微微的亮光。那亮光还未消失,哼子就恍然望到那张很白很白的脸,心里有些兴奋。那白脸似乎又绽开一个诱人的笑,哼子便想近前去说几句话,他沉重地挪动他的腿,却看到白脸悠悠地从他面前飘开。哼子焦急地扯腿去赶,双腿像陷进了泥坑,拔不出来。哼子喊了一声,感觉声音又被堵回到胸膛。哼子失望地摇摇头,却撞到冰凉的硬物上。哼子睁眼一看,茫然中看到月光里幽幽闪光的墙壁,哼子的豹眼莫名其妙地眨了一眨。

"日他家的,梦着的这!"哼子喃喃地说。

这时候,哼子听到一个奇怪的声音。他坐起身子,静静地去听,声音像来自遥远的地方,像哭,又像呻吟,一声紧似一声,强烈地吸引着哼子。哼子突然又想到梦中那张白脸和两只黑黑的蝌蚪。他听那叫声很像她的声音,便悄悄地溜出门。

月光一片惨白,哼子猫下腰,轻手轻脚地出了那道小土门。月光将他的影子投到地上,像一条狗在趴,直爬到正堂屋檐下,他停住了脚。他听到那个娇嫩的声音是从里面传出的,便诧异地盯住那两扇神秘的窗户。

窗户紧绷着两扇黑色的面孔。那个声音就从窗户的缝隙里扯出来,像绵绵不断的丝缕,紧缠了哼子的心。仔细一听,那娇柔而凄惨的呻吟里,还极不和谐地夹杂了一个苍老而亢奋的声音,哼子顿时僵立成一截木桩。他努力想象着窗后的情景,恍然又望到那张很白很白的脸。僵立了片刻,哼子感觉有股力量从他身底蹿腾上来,逼得他来回倒腾起脚步。这时候,哼子真想狂吼几声。

第二天,哼子从炕上拾起身,就闷闷地去担水了。水担回了,他就闷闷地开始劈柴，可夜晚那个声音不时纠缠着他。哼子抬起硕大的头颅，又去望那两扇神秘的窗户，正好望到正堂门里出来的她。她两只黑黑的蝌蚪对着哼子游动一下，就捧着一只黄铜尿壶走向小土门内的牲口棚。哼子的目光一直跟踪着她扭扭闪闪的背影儿，直到那身影儿变成白点。

哼子高举利斧，对着面前散发松油气息的松木棒子狠劲劈下去，然后骂一声："狗日的！"这时老发走进了院子。

"哼子，把柴放下，吆上骡子到张家湾里驮基子去！"老发吩咐。

哼子冷冷地抛了斧子，起身去牵骡子。哼子架好鞍子牵着骡子走过院子时，又望了那窗户一眼。窗户依然紧闭着，那个枯朽的身躯在窗户后沉重地咳了一声，又咳了声，然后，将一口浓痰响亮地啐落到地上。

"狗日的！"哼子又暗暗地骂了一声。

哼子将基子驮到大门口，老掌柜已经从炕上起身。哼子在大门外看到院里晃荡着他瘦弱的身影，立刻感觉额头上有股筋跳动几下。哼子将骡子猛拍了一把，喊道："快进，看他大吵！"骡子惊得一跳，慌忙夹紧尾巴往门内走。结果基子横卡在大门口上，进不去，急得骡子肛门里啪啪地排气。哼子就又喊："快来个人，把基子抬下，这门太碎了！"屋内奔出了管家老发。好不容易抬下了骡背的基子，骡子才得空奔进院内。

哼子就在门口解开绳索，往院内抬着基子。刘文华转过脸，一直冷冷地盯着他。哼子的豹眼瞪了刘文华一下，抬着基子在他面前走过。哼子的脚步很有力，刘文华感觉脚下的地皮都在发颤。

"驮了多少片？"哼子返回来，老掌柜突然开腔。

"你数！"哼子说。

"我数了二十四片呢！"刘文华说。

"咻就对的。"哼子说。

"对屁哩！我的骡子是好草好料喂下的，你不心疼我还心疼哩！"刘文华说。

"好好，下一回你再数！"哼子不耐烦了。

哼子又吆了骡子去。驮到大门口，哼子看到老掌柜的身影还在院子晃，就又高声喊："快抬来！快抬来！"老发又疾步奔出门。看见骡背上只架了四片基子，老发问："咋只驮了四片？"哼子说："掌柜的怕驮得多了，把牲口压着了。"老发说："掌柜的让你驮四片哩！"哼子说："你问掌柜的去！"老发就进门说给了刘文华。

听老发说完，刘文华尖瘦的下巴上那一绺稀稀拉拉的山羊胡须颤颤抖动几下。"欺负人哩嘛，欺负人哩嘛！"他连声说道。

哼子将基子抬进院，刘文华正狠狠地瞪着他。哼子没有回避他的目光，也用豹眼瞪着老掌柜。

"太不像话了！"老掌柜说。

"咋不像话！你说头一回多了，你的骡子受不住，这一回就少些嘛！"哼子没有好声气。

"简直不像话！"老掌柜又说。

"好好，不驮了不驮了！"哼子说，"把他大拴下，我背去！左也不是右也不是，抬长年的人就是不如人！"

哼子又将骡子拉进院里，三下两下拴在了梨树上，便提起一根牛皮绳出了院。

"不像话！"哼子听到老掌柜在他身后说，但再没有搭腔。

他走到了张家湾，将基子打背成一座小丘，又摇摇晃晃地背下来。初升的太阳映着他歪斜而臃肿的身影，他就像缓缓滚动的一块巨岩，背进刘家大门时，霞光已铺满了院子。刘文华在一片红光里扭转身望着他，蹲在墙角晒太阳的老掌柜那病恹恹的婆娘也对他不停地咂着瘪嘴。哼子身底蹿起一股劲，他快速迈了几步，一仰身，将那座小丘稳稳地安放到墙角。

"啊呀——他爷的肉！"哼子长出了一口气。

哼子站起了身，老发过来点着片数，眼里闪动奇异的亮光。

"二十五片，日他先人，你确实力重！"老发说。

老掌柜没有说话，他又缓缓扭转了身子，去看对面山顶那轮灿灿的太阳。他深陷的双目微微闭起来，浓稠的红光自如地流过他阴郁的脸颊。

　　雨下得真大，从黑下到明，一晚夕都没有停歇。天色亮堂起来时，哼子就爬起身，背靠着墙壁，在炕上看门外的雨景。柴劈好了，水缸担满了，天下着雨，地里没有活，他便披一件破棉袄，静静地望门外。

　　雨帘织得密密麻麻，雨点在坑坑洼洼的地上砸出无数水泡儿，圆了，破了，又圆，又破。门槛挡不住溅起的水花，门内湿了一片，闪出油亮的明光。对面山头罩着一团雾，活活地像天塌了下来，捂住山窝子，疯天疯地抽着细丝。

　　夜晚的雨声并未淹没那个呻吟声，那声音忽高忽低，漂游不定，哼子心内火烧火燎。他恍惚记得等他从炕上爬起身，疾步钻出门外时，声音却倏忽而去无影无踪了。他只有静静地泡在雨中，听那密集的雨脚在满山满洼里奔奔窜窜。

　　这时，哼子听到门外响起踏着泥泞的脚步声，才抬起头，就看到门口晃进那张惨白的脸。惊喜之中，哼子慌慌地起身。女人的两只黑蝌蚪在哼子身上溜了一圈，就捧着那只精致的黄铜尿壶走进了牲口棚。

　　哼子就跟进了牲口棚。他望着女人露在外边的那半截雪白的脖颈，嗅着她的身子散发出的温香味，双腿间竟然硬起来。女人走进牲口槽，倾斜着尿壶将尿倒进槽里去，随着一串唰唰的声音，一股尿骚味散溢开来。

　　"我给拌一拌！"哼子说。

　　女人吃了一惊，回头瞪着手提拌草棍的哼子。哼子的目光在那两只黑亮的蝌蚪上停留了片刻，又顺她惨白的面庞滑下去。就在她脖颈和胸脯的相接处，哼子望到了几块瘀青的斑块，还有几道划破了皮肤的血痕，向胸脯上那幽深的地方延伸下去，哼子的眼红得快要滴血。

　　"咋哩？老杂种糟践你哩？"哼子说。

　　"过去！"

　　女人惊恐地瞪着哼子，口气有些强硬。

"我问你哩，你晚晚夕呻唤哩，老杂种把你咋哩?"哼子说。

"过去!"女人又说。她想从哼子身边走过去，哼子没有让路，她又抬眼瞪哼子。

"蛾儿——"

正堂里传出老掌柜的呼唤，女人柔声答应一声，抽身走出去。哼子手里的拌草棍扫到她手里的尿壶上，黄铜尿壶当地响了一声。哼子的目光有些阴冷。

哼子又坐到小土炕上，土炕的余热早已散尽，炕席、墙壁摸上去冷冷清清的，他的心里也感觉冰凉了许多。他又无聊地望望门外，渐渐稀疏的雨帘中，对面山头那团浓雾开始飘移，天空显得明朗宽阔起来，门外树木枝条和褐黑的房屋也渐来渐清晰。哼子嗅到荡进门内的那股潮湿的气息。他神情阴郁地抽了抽鼻子。

这时，门口又闪入蛾儿柔柔的身影。哼子诧异之间，就听她轻声细语地吩咐："老爷叫你哩。"

哼子莫名其妙地瞪着她，蛾儿等着他起身。哼子却没有动，仍然瞪着她。

"老爷叫你哩!"蛾儿又说。

"天下雨着哩，又做啥去?"哼子的声音有些生硬。

"叫你一搭坐一阵哩。"蛾儿转身出了门。

"咦? 日头打西头出来了!"

哼子疑惑地跟着蛾儿走进正堂，一进门，就感觉出一股暖气，比牲口棚里热活了许多。炕上，那只灿黄的铜火盆里，黑色的木炭中蹦跳着耀眼的火星;火盆后乌亮的雕木小饭几上，已整齐地摆好几碟小菜和一壶烧酒，香气丝丝缕缕地飘了过来。哼子更加莫名其妙。

炕上的老掌柜和管家都招呼哼子上炕去，老发还跳下炕拉了拉哼子。哼子满腹狐疑地脱了鞋，慢慢腾腾地坐上炕。一股脚臭味散开来，哼子望望自己乌黑的脚片，赶紧盘起来压到大腿下面。

"吃菜。"老发递筷子给他。

"喝酒。"刘文华斟满了酒。

哼子脸上布满了疑云，嘴张了张，欲言又止，他接过筷子，瞪着又圆又大的双眼，望着老掌柜神秘的脸。

"今个下雨哩，没活。老爷叫你来坐一阵哩。"老发说。

"一直心不闲，打你来，还没顾上坐一坐哩，吭吭吭吭……"老掌柜一阵猛咳。

哼子看到老掌柜咳嗽时佝腰弯背，像一条老狗，就想到晚晚夕从这屋里传出的声音。哼子这时恍然望到他臆想中的情景，拿着筷子的手臂恼怒地摔动了几下。"老畜生！"他暗暗骂道，然后夹起一块腊肉塞进嘴里，嚼得满唇流油，也嚼得肉里的筋骨咯巴咯巴响。

蛾儿又端着一碟炒豆腐进了门，哼子看到她露出衣袖的肌肤就像那豆腐一样白嫩。哼子又望望老掌柜，老掌柜苍老的目光这时正落在散发热气的豆腐上，从他古板的表情和滞呆的眼神中，丝毫看不出夜晚发生的事。"假装正经！"哼子又暗暗地骂一句。就在这时，蛾儿将豆腐端到他面前，哼子接住碟子，没有立刻端过去，他又看看伸过脸前的豆腐一样白嫩的臂，被那肌肤和肌肤下蜿蜒的血管弄得心慌意乱起来。只听脑里嗡地响了一声，哼子的两个指头就轻轻伸出去，紧紧捏住那白嫩的地方。那臂不安地跳动了一下，碟儿边便洒出一丝汤汁来，点点滴滴，洒到哼子的腿上，哼子松了手，那臂急忙抖抖地缩回去。哼子抬眼一看，蛾儿那黑黑的蝌蚪惊慌地对他闪了闪，又对炕中央的老掌柜闪了闪，便惶惶地出了门。哼子望望老发，老发正在斟酒；又望老掌柜，老掌柜筷子指指那碟豆腐，示意他快吃。哼子就夹起一块喂到嘴里，舌头狠狠地一卷，豆腐化得稀烂。

"吃他娘的！"哼子想道。

"喝点！"

老发端酒过去，哼子一饮而尽，老发又斟，哼子又喝。

"这一回，你忙出忙进的，屋里大碎的事，全靠了你……"老掌柜说。

哼子冷冷地瞪着老掌柜，没有说话。

"听人说，城里头来了共产党，闹啥……翻身解放着哩，你知道啊不?"老掌柜问。

"不知道。"哼子冷冷地说。

"还传说，穷人都分富人家的地和房着哩，你知道啊不?"

"不知道。"哼子说，"穷汉……还敢抢富汉?"

"世道要变了，你……真的不知道?"

"哼，再变我也是抬长年的!"

哼子的言语硬邦邦的，极不耐烦。哼子脸前时时出现那白嫩的臂。"哼，还是叫我给掐了，狗日的! 你老杂毛动弹得我就不能动弹?"哼子想。老发又递来几杯酒，哼子连连饮下。渐渐地，哼子脸前的臂变成了两只，又变成了四只，绕来晃去，绕得他极不安然。他伸手去抓，好像又将那臂捏到了手里，他的豹眼里光彩闪闪。

"哈哈，掐上了掐上了……"哼子突然说。

"哈哈，我哼子没有白活……你动弹得我就动弹得!"哼子说。

"哈哈，我日他先人哩……"他说。

老发惶恐地望着哼子骤然变形的面孔，望着哼子眼里的那两汪血红，不知所措。

"他醉了!"老发对老掌柜说。

老掌柜没有说话，哼子的面孔在他眼里变成一块酱紫色的猪肝。他还看到，那宽阔的胸脯上，暴鼓的腱子肉跳动不已，两串亮闪闪的汗，从那里蜿蜒而下，直挂到深如黑穴的肚脐处。老掌柜下巴的山羊胡须便又急速地抖了抖。

哼子背着一大捆豌豆穿越夕阳的酱紫色走进刘家大院时，老掌柜刘文华又在看那将落未落的夕阳和那猪血似的晚霞。这段日子，老掌柜最喜欢面对夕阳和晚霞沉思默想了。当哼子连同那捆豌豆像滚动的小山一样摇摇晃晃滚过他身旁时，他都没有回头。哼子望了老掌柜一眼，看到他泡在夕阳的身子犹如一张弓，下巴颏上，一绺山羊胡须静静地悬垂到胸前，尖削的脸颊被晚霞涂成了酱紫色，平静庄重之中，透出几分难以掩饰的忧郁。

哼子径直走进后院卸去背上的豌豆，直起腰来，却嗅到一股秋天傍晚里特有的气息。他长长地吁了口气，立刻感觉从头到脚都涌动着舒畅的热流。这时候，屋后崖头上落下一串串红嘴鸦儿悠闲的鸣叫声，他就踩着那鸣叫轻快地走向小屋。

屋里光线已经黯淡下来，骡子的项铃在一片模糊中叮叮当当，响得杂乱无章。哼子刚一进门，就看见槽边晃动着一个暗白的身子，他诧异地走进牲口棚，那个身子回头来望，哼子就清晰地看到那张白脸。那白脸晃了一下，又去清扫槽里骡子吃剩的草渣，哼子就站在门口望着她。哼子看到她的上身探进槽里去，撅起一个圆圆的臀，便又想起夜晚从正堂飘出的那个声音来。猛地，哼子又听到脑里轰地响了一声，掐过蛾儿嫩臂的两个指头顿时又烧又痒。"日他娘的，我再动一动！"哼子的那两个指头终于又伸出去，狠狠地拧住了那高撅的圆臀。

"哎哟——"蛾儿尖声呻吟起来。

哼子终于听到正堂窗后那个声音，他眼里的光彩闪烁起来。哼子没有松手，他一只手拧住那肉肉的地方，另一只手伸出去，粗鲁地摩挲着蛾儿的胸脯。"老杂毛动得，我也就动得！"他喘喘地说。蛾儿先是一怔，接着，她的软身子就像蛇一般挣扎扭动起来。哼子看她扭得很欢，越发兴致大增，脖子一伸，就将短髭丛生的大嘴探过去，挨到蛾儿粉嫩的腮帮上。"哎哟——"蛾儿又尖声呻吟一声，身子强烈地狂扭起来，哼子的豹眼里恍然闪出绿色的火苗，身子硬似栽进地里的木桩。

"做啥哩？"蛾儿说。

"让开！"蛾儿厉声地说。

哼子双臂紧箍蛾儿细腰，蛾儿扳了扳，没有扳开。哼子的大嘴不停地咂舔蛾儿的腮帮和脖颈，蛾儿被他嘴里臭烘烘的热气刺激得头晕目眩。哼子感到娥儿的肌肤很滑，如冬天河面的青冰，就想嗿到嘴里去啃，他的牙齿动了动，蛾儿又尖声叫起来，脖子斜扭到一侧，躲避着哼子的利牙。哼子大嘴又伸过去，蛾儿着急地胡抓乱挠。哼子的脸上和胸脯上出现了红红的几道，却越发紧抱蛾儿不放。蛾儿便抡圆了臂，在哼子脸上响亮地一掌。

哼子一愣，松开了蛾儿。俩人各站到一边，哼子张大了嘴喘气，蛾儿面如紫茄，斜眼瞪着哼子，哼子也看着娥儿。

"咋哩？还看不上我？"哼子说。

"你到牛蹄子窝窝里尿泡尿，照一照你的影子去。"蛾儿说。

"我的影子咋哩？再照也比老牲口强！"哼子说。

"哼！"蛾儿提着背篓出了门。

蛾儿那一声冷冷的声音，使哼子胸内已经悬起的东西又咯噔一声沉重地落下，哼子便站在骡子身旁，默默地望着她走出门。

哼子到正堂去吃饭时，老掌柜还在院里望着那个地方。这时候，夕阳已消失到山后，西天上仅剩了微弱的亮光。夜色浓浓地铺到院子里，哼子仅能看清老掌柜佝偻的身影。"哼，老不死的！"哼子暗骂了一声。

蛾儿端来饭就低头出了门，灯火太暗，哼子只看到她绷紧的嘴唇，碗里的苞谷面搅团还冒着腾腾的热气，昏暗的清油灯下，搅团表面泛着淡黄的光晕。哼子搛了一筷子，在浇到搅团上的浆水中蘸蘸，刚想喂进嘴里，却看到扯起一根白亮的面条。哼子顿了顿，放下碗，将那根面条高高地提到空中。

"怪道了，这还有根寻错门面的货哩！"哼子说。

"你到我碗里做啥来了？做啥来了？"哼子用筷子敲打那根晃晃悠悠的面条。

刘文华的婆娘正病恹恹地坐在炕上暖着，她的眼睛不好，没有看清哼子手里的东西，听到哼子在说啥，不停地呷动枯瘪的腮帮。

"哼子，你说碗里有啥哩？"那婆娘问。

"你看哩，这根白面饭把眼瞎透了，摸到我碗里来了！"哼子话中有话地说。

老婆娘气恼地摆摆头，不言语了。哼子抛了那根面条，又端起饭碗。老掌柜脚步沉重地进了门，坐到桌旁太师椅上，望着哼子吃饭。哼子心内愤愤，故意吃得吧唧吧唧响。小饭桌上摆着一碟萝卜泡菜，哼子满满地搛了一筷子，咯吱咯吱吃下去，又满满搛一筷子，又咯吱咯吱地吃。

"你看你，菜碟子，看碟子，只是引食之物，你一口吃了顶啥哩？"老掌柜慢腾腾地说。

哼子看一眼老掌柜，没有言喘。哼子低头又从菜碟里搛起一小根萝卜条，然后，放到嘴里吱吱地吮了吮，便重新放回到菜碟里去。接着，他抬起头，目光盯住了模糊之中的老掌柜。

"你看你，气人哩不气，一天蔫不叽叽的，屁都不放一个，净干咻气人的事！"老掌柜又说。

哼子一听这话，放下了碗。他清了清喉咙，将一口浓痰响亮地吐到地上，又用手抹了抹嘴，而后，扯长脖子唱起来："哎——（早就咻）苦苣的叶子（着）馇酸菜，小哥哥你把（哟）良心（啊）坏……"

"对了对了！屋里哩，你唱山歌像啥话？你看你、你、你……"老掌柜愤愤地说。

"你说我蔫不叽叽的，屁都没放一个，我欢哩，你又骂我着做啥哩？"哼子说。

"好好，你欢你欢，反正穷汉家快翻身了，听说工作队都快进庄了，早晚你都要欢哩，你欢你欢！"

老掌柜无可奈何地摆摆手，又上了炕。桌上的清油灯快速摇晃着昏黄的灯焰，墙上的人影子也在摇摇晃晃。

哼子吧唧吧唧地眨动着豹眼，思量着老掌柜的话。

对哼子来说，翻身只是一夜之间的事。

这天，哼子又早早地起身去担水，出了小土门，却诧异地看到院里徘徊的老掌柜。老掌柜往日起得迟，经常要到日头离山顶一竿子高时才起身。哼子满腹狐疑地走进厨房去取水桶，忽然想起好几晚夕没有听到正堂里的呻吟声了。他扫了一眼老掌柜，看到那张嶙峋的面孔上这时正缓缓流淌着两道柔弱的霞光，凹陷的眼眶周围，醒目地罩着两圈青紫，那撮花白的山羊胡须，也正在胸前痛苦地战栗。哼子惑然地担着水桶走出院去。

哼子担水回来，院里已站了好几个人，有老发，有跟哼子同庄的木匠杨骡子，还有几个哼子不认得，他们齐围了老掌柜说话。见哼子进门，老发捣了捣杨骡子的肩。杨骡子抬眼看到了哼子，然后，笑吟吟地迎上来，拉住他粗大的手掌摇了摇。"担水去咧，杨哼子同志?"杨骡子说。

哼子愣愣地看着杨骡子白净的笑脸，半晌，不自然地缩回了手。他咚一声放下水桶，眨巴眨巴多皱的眼皮，对杨骡子说：

"啥? 碎的时候天天价一搭放牛哩，你天天价哼子哥长哼子哥短地叫我编蚂蚱笼儿哩，刚才你把我叫了个啥? 叫桶子?"

杨骡子嘿嘿地笑了笑，没有说话。老发胆怯地望望杨骡子的脸，也跟着笑了笑。

"他就是土改工作队的杨队长!"跟前的一个人对哼子说。

一听工作队，哼子恍然记起老掌柜的话，他又眨巴着眼去望眼前的"杨队长"。他忽然想起杨骡子这多少年都不在杨河庄里闪面了，有人说他出门揽"长年活"，又有人传说他入了共产党，看来他真入了共产党，要不咋当上队长哩。他看到杨骡子不仅仅又白又嫩，就连穿着打扮，也不是往常的杨骡子了。哼子眼里的杨骡子骤然又高又大起来，他就像仰望大山一样仰望着杨骡子。

"共产党把我们都解放了，哼子，你翻身了!"杨骡子说。

哼子又吧唧吧唧眨了眨深长的豹眼。

"穷人都翻身了，掌柜的房屋田地都要分了哩。"杨骡子说。

"真的?"哼子还眨着眼。

"真的!"杨骡子点点头。

"你是说，能……分?"

"当然能分!"

门口闪出蛾儿的白脸，她朝院里众人望了望，又胆怯地缩回了头去。杨骡子这时眼前豁然一亮，目光落到门口去，看到那个白影子一直晃动在门背后，迟迟不肯闪开，他的目光就久久地停留在那里。哼子望到那张白脸后，即刻想起一件牵肠挂肚的事来。

　　杨骡子又肯定地点点头，哼子的眼睛便贪婪地去望门后，半天门后那个白影一晃，终于不见了，杨骡子和哼子都从门后收回了留恋的目光。

　　"那个就是丫鬟？"杨骡子问老发。

　　"就是的，叫蛾儿。"老发怯怯地回答。

　　杨骡子"呃呃"两声，眼角闪过一丝不易察觉的亮光。杨骡子没有再问下去，沉吟了半响，他对哼子说：

　　"以往你是抬长年的，现今就是要当家做主哩，以往欺压剥削穷汉家的人，现今都要打倒哩！"

　　"……做主，当真？"哼子瞪圆了豹眼。

　　"对！"杨骡子笑盈盈地说，"有共产党给穷汉撑腰哩。"

　　哼子顿时被杨骡子的话感动得心旌摇荡毛发悚颤起来。他骤然听到体内有个部位亢奋地响了一声，之后，他的目光就如两把利刃直刺老掌柜。刘文华面如死灰，那撮山羊胡须离他干瘪的胸脯越挨越近，终于，像一把猪毛刷一样刷响了胸前的衣服。刷了一阵，哼子看到他脖颈上暴突的青筋疾速地跳了跳，接着，身子歪扭了几下，就一屁股重重地坐倒在地上。

　　这一夜炕很热，哼子觉得很舒坦。这炕是蛾儿点的。美美地吸了几大瓷碗长面后，日头已钻到山背后，哼子响亮地打了几个饱嗝，就喊："蛾儿，给我点炕！"蛾儿听到哼子这口气，只是望望平躺在炕上的老掌柜，并没动弹。老掌柜缓缓地对蛾儿扬扬手，蛾儿才慢腾腾站起身，极不情愿地扭着腰去点炕。哼子跟着她进了牲口棚，看到她跪到炕眼前，用黑亮的长拐耙儿将一抱烂柴捣进炕眼去，又将炉子里掏出的火引子倒到那烂柴上，便手持簸箕煽风点火。她手里的簸箕一起一伏，炕眼里浓烟滚滚。她的腰身随那簸箕闪闪悠悠，哼子就像看到一条扭晃不已的活蛇。"蛾儿，你知道不？"这时候，哼子说，"穷汉家翻身了，你知道哩不？"蛾儿没有说话。"工作队都来了，说要打倒老掌柜，把他的啥都要分了哩。"哼子又说。蛾儿还是没有说话，簸箕扬得更高，扇出的风声呼呼作响。"队长是杨骡子，我和他一搭长大的。他说我这抬长年的人，苦大仇深，说要给我分些刘文华的家产哩，你说，我要个啥？"哼子说。蛾儿手里的簸箕一下一下碰到炕眼门上，发出啪嗒啪嗒的声音。烂柴呼的一声燃起了火苗，淡黄的火又从炕眼里喷出来，燎烧着那乌黑的墙壁。哼子感觉身上这时也蹿了一把火，他不安然起来。终于，哼子捏过蛾儿的那两个指头又伸出去，在蛾儿扭闪的圆臀上掐了一把。哼子的身子也跟着缠上去，裹住了蛾儿。"蛾儿，我要你哩，你答应不？"哼子说。扇炕声停住了，簸箕啪地掉到了地上。蛾儿的软身子又狂扭起来。"你扎挣啥哩？"哼子说，"我翻身了，想咋就咋，你不答应我，我就把你跟老掌柜一搭打倒哩，你信哩不？"蛾儿的身子才渐渐安静下来。哼子的大手就开始粗鲁地在那身上爬动。"我就要你哩！我就要你哩！"哼子嘴里臭烘烘的气息在蛾儿耳旁散发了出来，蛾儿喉咙里翻滚出一阵恶心。"快放开，哼子，人来了！"蛾儿忽然柔声地说。哼子慌忙松开了蛾儿，蛾儿立即抽身溜出牲口棚。

刚才这一幕情景使哼子的心情很愉快。深秋夜晚，小河沟里的灰色小蛙们停止了欢唱，麦地里崖畔里的小蟋蟀们也停止了欢唱，但就在屋子的另一头，骡子的项铃却叮叮当当奏响一支和谐的夜曲。牲口棚的气息熟悉而温馨，甚至连骡子的一声声响鼻也充满了美妙与祥和。哼子在这种氛围里产生了一种飘起来的感觉。

"把他价的，又叫我给揣了！"哼子想。

"这翻了身就是不一样，连蛾儿也不敢动弹了，定定地叫我揣哩。"哼子又想。

之后，哼子就飘飘悠悠到了一个地方。他看到蛾儿在那里，对他招了招手，他便撒腿奔过去，奔了半天，蛾儿还是离他很远。这时，他看到蛾儿对着他咧开嘴嘻嘻地笑，他又心急似火地往前赶。久之，他飘到了虚空里，越飘越高，好长时间才落到蛾儿跟前。他对蛾儿说："蛾儿，我要你哩，你跟我不跟？"蛾儿露出好看的虎牙笑着点点头。他又说："快跟我走！我们把刘文华的地占了，房占了，骡子也占了，我翻身了，想占啥就占啥，快跟我走！"蛾儿还是原地不动，哼子就去拉蛾儿，不料脚下磕绊了一下，便跌倒在地……哼子惊醒过来，原来是个梦！

"我就不信蛾儿不跟我。刘文华牙都磨成了光板板，家产分了，人又倒了，蛾儿再图他的啥哩？"哼子想道。

这一夜哼子睡得很香。往日，鸡儿一叫就要起身，这早眼看着亮光挤破了门缝，哼子就是不起来。蛾儿去倒尿，脚步声响到门口却停下来，半天，那脚步声又扑嗒扑嗒地响远了。哼子后悔没把蛾儿叫进门来。又半天，哼子听到水担的铁钩儿碰得桶沿当当地响了响，接着，蛾儿便担着水桶吱扭吱扭地响出大门。他看到一束粉红的光这时正照到墙角那张蛛网上，一只大如豌豆的蜘蛛被那光映得贼头贼脑妖里妖气，那粉红透亮的大肚子缓缓动了动，蛛网就晃晃悠悠地闪起来。哼子便感觉自己成了那只妖里妖气的蜘蛛，正随那网悠悠闪动。这时候，院里响起老掌柜苍老的咳嗽声。哼子听到那声音就像斧头砍到了大树桩上，沉闷干涩，便也想咳嗽几声。他先清清喉咙，暗暗运足了中气，然后响亮地咳了一声，那声音就从门缝缝里疾速地迸射出去。他听到老掌柜的声音被他高亢的咳嗽声淹没，便得意地抽抽鼻子，起身去看那院子里苦苦徘徊的老掌柜。

老掌柜这天披着一件褪了色的棉布长袍，他又灰又暗的脸色就同那破旧的长袍一样。看到哼子，他腮帮上的肌肉极不自然地抽搐一下，强挤出一丝笑意来。哼子只是扫一眼他，就扬起他那颗硕大的头颅。哼子看到刘文华这时萎缩成一堆极不起眼的粪堆，骤然觉得自己又高又大起来。

"天色还早着哩，又没啥活，你不歇着？"刘文华说。

"呃。"

哼子草草地应付一声，他的注意力没有停留在老掌柜身上。他看到仅仅一夜，天地就明朗生动了许多。往日天空总像罩着一层雾，太阳看上去灰不溜秋的，光线黯淡模糊，就连照出的人影子也虚晃晃歪斜斜。而这天，太阳似乎格外圆，格外大，天蓝得如同新出窑的瓦，太阳白辣辣地照下来，黄土崖头也照得灿黄灿黄。哼子张开双臂长长地打了一声呵欠，暖烘烘的阳光就舒坦地映上他的胸脯。他看到他的影子很像一只掠过山冈的老鹰，而老掌柜的影子，却如那佝腰缩背的瘦狗。他便又将胸脯抬高了许多。

"姐怀九月九（呀哈），收拾往回走（呀）……"哼子摇头晃脑地哼着一支小曲。

"恐怕在这个娘屋里，丢了咿奴的丑（呀）。"哼子哼道。老掌柜眨着枯瘪的小眼去望哼子的时候，杨骡子和两个土改队员从大门里走了进来，哼子的小曲儿便猛然煞了尾，他对杨骡子讨好般笑了笑，又瞪一眼老掌柜，便看到刘文华点头哈腰地迎上去，伸开胳膊，请杨骡子他们进屋。

"刘文华，要清你的账哩，你把地契、债约都搜寻一下，交出来！"杨骡子说。

"对对。"老掌柜连连点头。

"要老实些哩，有多少交多少，不准留黑账！"

"对对。"

"再往清楚里想一想，看你还做了些啥欺压穷汉的坏事情？"

"咿……没。"刘文华胆怯地望着杨骡子绷紧的脸。

"啥？没？你黑驴子打滚放高利贷着哩，能说没？往清楚哩想，后天的清账会上要交代哩！"杨骡子指着刘文华的鼻头，厉声地说。

刘文华诺诺地点着头，山羊胡须瑟瑟抖动着，脸上泛起瘆人的灰白。杨骡子抬眼在院子里溜了一圈，便进了正堂。刘文华婆娘的脸色病成了黄裱纸，蜷缩到炕角里，吃力地望着地下的杨骡子。杨骡子问："蛾儿哩？"那婆娘怯怯地回答："担水去了。"杨骡子就跨出门槛。这时候，蛾儿担着水从大门口走了进来。杨骡子看到她脸上粉红粉嫩，如三月的桃花，随她碎步的轻轻移动和柔腰的款款扭摆，那胸脯上高撅的两团软肉颤颤颠颠动着，杨骡子的目光就执着地跟着她走。蛾儿担水进了厨房，又放下水桶走了出来，杨骡子对蛾儿笑了笑，招了招手。"你过来！"杨骡子说。蛾儿诧异地走过去。杨骡子又对哼子招招手，然后，一起走进墙角的小土门。

"你俩都受刘文华的剥削着哩，"杨骡子对哼子和蛾儿说，"要把刘文华监视住防着他把贵重的啥藏了哩。还有，听着刘文华说了啥话，就赶紧给我说！"杨骡子吩咐。

"蛾儿跟刘文华一搭住着哩，看她听下啥哩没？"哼子说。

蛾儿的脸色骤然绯红起来。她低下头去，用小脚踢着墙角的一棵蒲公英。蒲公英的花茎摇摆了一下，那圆圆的花絮纷纷飘飞，墙角游动无数白色的小伞。蛾儿没有说话。

"要知道啥，你就说嘛！"杨骡子的目光柔柔地落到蛾儿的白脸上。

"我……听老阿婆问老掌柜哩，说他儿子啥时候带上人马打回来呀，老掌柜就说，国民党垮了，他儿子也不清楚是死嘛是活，要活在世上，也跟上一个姓蒋的人跑到叫啥啥的一个湾里避下了，再没听下啥！"蛾儿慢腾腾地说。"台湾！"杨骡子笑起来，他轻轻地拍了拍蛾儿软软的肩头，说："你去吧！"

蛾儿的身子在杨骡子手下微微抖了抖，她走出了小土门。

"后天就开清账会哩！"杨骡子又对哼子吩咐道，"你要把刘文华欺压穷汉的丑揭一揭哩。你这抬长年的人，知道得最清楚了，听下了没？"

哼子的豹眼又吧唧吧唧眨闪几下，点了点头。

开清账会的这天，杨骡子给了哼子一根麻绳，然后，看着站在院里的刘文华对他努努嘴。哼子问："绑了哩？"杨骡子点点头。哼子犹豫了一下，就抖抖麻绳朝刘文华走去。这时候，他感觉腿部爆发出一股力量。他瞪了老掌柜一眼，喊道："过来！"刘文华就颤颤地靠近他，并将双臂背到身后去。哼子将麻绳的一头搭到他的脖子上，便顺他单瘦的胳膊一道一道密密地缠下来。哼子认真地缠着刘文华的两道胳膊，而后，又将两股绳头死死地在他的瘦腰上绕了一圈，绕到背后，绾了个结结实实的死结。杨骡子又递来一杆装了红缨的长矛，哼子接了长矛，在刘文华那绑得密不透风的脊背上磕了一下，喊道："走！"刘文华的身子像根硬棍一样往前倾了倾，就被哼子押出院去。

哼子押着刘文华走过那条斜坡小路。这条小路正在阳光下伸展着灰白的身子，路上的浮土被刘文华东倒西歪的步子绊得斜飞横扬，哼子的矛尖紧抵他勒得胀痛不已的手掌。就在这条小路上，哼子担着水背着粪不知走过多少回，却做梦也没有想到能像今天这样走。哼子的心这时就像路边的蒿草一样欢快地摇晃，路上的羊屎蛋也被他踩得啪啪地炸裂开。哼子看到，斜坡下面那个平整光洁的场上已经聚集了黑压压的人群，麦场边上几张摆成一溜的条桌旁端端坐着几个干部，正在安静地等待着杨骡子他们，哼子便把腿扬得更高。

这天日光很暖和，簸箕湾里热气腾腾。这麦场处在簸箕湾的最低部，五六百人挤得密密麻麻，更显得蒸烤燠热。众人看到哼子押着刘文华走进麦场，麦场顿时鸦雀无声。杨骡子对哼子指指条桌前的那块空地，哼子便将面色惨白的刘文华搡到那里。刘文华的身子歪了半天，脚下才站稳当，他像一张弯弓一样勾着头戳在条桌前。哼子手持长矛虎虎地站在一旁，满脸威严地注视着众人。

杨骡子清清喉咙，宣布清账会开始。杨骡子说："老地主刘文华把簸箕湾里的穷汉家剥削得劲大了！你们说，簸箕湾里家家户户谁家没种他家的地？又有谁家没给他交过租？山前山后，都成了他刘文华家的地，簸箕湾里人还吃啥哩喝啥哩？只有把刘家的地租上，租上就要受刘文华的剥削哩。逢着个天灾，刘文华催租要粮，分文不少。穷汉家都揭不开锅了，端上簸箕破箩儿，到刘文华家借点面去，他连个好声气都没有，十足的黑心贼吸血鬼！簸箕湾里人人都有一肚子苦水哩！现今，穷汉家翻身了，要好好算算老地主刘文华的账哩。刘文华咋压榨的，大家该说的就说、该倒的就倒，共产党给大家撑腰着哩，都放心！"

场里忽地起了一片议论声，半响，又平静下来。

杨骡子扫视着密集的人群和那些木然的面孔，见仍没有动静，就用脚尖勾了勾桌前的哼子。哼子回头一看，杨骡子正对着他努嘴挤眼。

哼子心领神会地点了点头，便三步并作两步走到麦场正中间。

"我先说！"哼子声大如牛地吼了一句。

这时，哼子突然感觉场上大小的目光如刺一样扎满他全身。他极不自然地摇摇身子，之后，就去努力回忆夜晚里想好的那句开场词儿。他的头颅扬得很高很高，望着天空不停地翻着白眼仁。麦场旁那棵白杨树上，有只野雀嘎嘎地叫了两声。

"猫儿上墙，尾巴落地；枣核儿解板，没多的几锯（句）……"

哼子终于直着脖子吼出这几句开场白。话音刚落，场上就轰地腾起一股笑浪。满场的人齐笑得前颠后仰，就像那风中的麦子一样摇摆起伏。哼子得意地环视着众人。

"我杨哼子向来不嚼舌根！"半晌，哼子又说，"老实说，我杨哼子自打进了刘文华的家，就没过上一天顺心日子！他的骡子驮了二十四片基子，他嫌把骡子挣了，结果哩，我一回背了二十五片！大家说，到底我要紧，还是他的牲口要紧？刘文华这老牲口把白面饭吃了，给我清汤里头搅了两碗搅团。他经常把抬长年的人当下人看哩，你们说，这是不是欺负人？"

哼子的声音越来越高，满场的人都能看见他脖子鼓起的一根根青筋。说到这里，哼子将头扭向身旁的刘文华。

"我杨哼子翻身了，也成了人上人了，刘文华，你知道啊不？"哼子问道。

"我要把你剥削一下哩，我要叫你给我杨哼子抬长年哩，我要吃白面饭给你在清汤里搅搅团哩，刘文华，你信哩不？"哼子又吼道。

这时，哼子抬起长矛对刘文华晃了晃，面如白纸的刘文华斜着眼睛躲闪了一下。哼子又在他面前晃晃长矛，刘文华又躲。哼子便用矛尖抵住刘文华的腰部，抵得刘文华的身子瑟瑟发抖。

"你说！你晚晚夕半夜三更把蛾儿弄得呻唤哩，做啥着哩？"哼子突然问。

场上又轰地腾起一股笑浪，哼子依然紧盯抖动不已的刘文华。满场笑里，哼子听到他的心脏沉重地撞响胸腔的声音。

"你个老牲口，牙都光了还跳槽哩，你把蛾儿身上掐得青一块紫一块的，图了个啥？你说！"

哼子手里的长矛杆儿在刘文华枯瘦的臀部上愤怒地抽了一下，刘文华咧着嘴呻吟了一声，身子痛苦地扭动起来。

"我……没。"刘文华声轻气微地嗫嚅。

"还说没！"哼子吼道，"你老牛想吃嫩草哩，有咻牙板哩没？你七十岁的人了，还要把二十岁的丫鬟霸下要哩，我杨哼子三十好几了，连个妇人家的边边都没沾上，这不叫剥削叫啥哩？你个老牲口把几辈子的福享了，我杨哼子白活了一趟！……我原先的时候，要着吃着哩，住的又是茅草房，一年四季人不像人，鬼不像鬼，有时候连肚子都擦摩不饱，还能要下妇人？呜呜……呜呜……"

哼子涕泪俱下，场上众人噤若寒蝉，条桌后杨骡子和那几位面面相觑，皱起眉头不知如何是好。刘文华腰弯如弓，那顶瓜皮小帽快要挨到了地上，脸上全失了血色。哼子越哭越伤心，大嘴朝天洞开，像打折了腿的狗在号叫。忽然，众人看到哼子发了疯一般抢起长矛杆儿，眼里闪动着瘆人的亮光，随即，那杆儿就沉重地落到刘文华腰上，发出了拍打空面口袋的声音。

"叫你老牲口再剥削我！再剥削我！再剥削我……"

长矛杆儿一下一下落到刘文华腰上，刘文华吼出一串杀猪般的惨叫。那个滴血的声音只响了半截儿，便被什么东西紧紧地堵住，塞在刘文华的喉头。等杨骡子和其他干部赶上去制止时，刘文华那单瘦的身子已如一口袋粮食一样栽倒在光光的麦场上。

晚上回去，哼子搬出了牲口棚。

哼子抱着他又脏又破的铺盖卷，走出那圆顶的小土门，一脚踢开了偏房的门扇。之后，哼子就走进那散发着霉味的偏房。他看到刘文华儿子曾用过的被子叠得四方四正还放在炕角，就将他怀里的破烂铺盖顺手抛到屋檐下。一股灰尘扑起来，哼子站在那灰尘中懒懒地伸了伸腰。

"蛾儿，填这个炕来！"哼子喊。

蛾儿走出了正堂。哼子往蛾儿跟前凑了凑，蛾儿没有闪身。

"怕不中用了！"蛾儿低声说。

"谁？"哼子问。

"掌柜的婆娘，这几天来不吃也不喝，眼窝窝越跌越深了。绑走了老掌柜，她就连吐了几口血，拾都拾不起来了，这阵子睡到炕上翻白眼仁着哩！"

"莫管！咿些人，死上十个算五双！"

"你看你……人家又跟你无冤无仇。"蛾儿嘟哝道。

"咋哩，剥削我着哩还无冤无仇？快填你的炕！"哼子说。

蛾儿不言语了。她起身去抱烂柴，哼子就进门铺开被褥和羊毛毡，然后，舒坦地躺到上面，听蛾儿扇炕的簸箕碰得炕眼门啪嗒啪嗒响。随着簸箕声，干裂的炕缝里钻出了许多烟，缓缓爬上房屋的大梁、椽檩，又缓缓地往下落。渐渐地，哼子身下便腾出热气来。那热气顺着他的身子痒痒地往上浮，浮到了头顶，又浮到脚尖上去……这时，哼子听到簸箕声停下来，便一骨碌坐起了身。

"蛾儿，进来！"哼子喊道。

蛾儿惴惴地迈进门去，袅袅烟雾中，哼子宽大的身影像一堵墙，顿时扑向她小巧的身子。烟雾疾速地流动起来。俩人的步子在地上散乱地踏动着，踏得尘土纷纷飞扬。在哼子强劲的臂弯里，蛾儿无力地弹挣了几下，之后，就心跳得缓不过气来。哼子的胳膊箍紧了蛾儿，他短髭丛生的嘴唇匆匆地蹭着蛾儿粉嫩的腮帮和脖颈，蛾儿急促地喘着粗气。

"小心有……人哩！"蛾儿说。

"不害怕，我翻身了！"哼子说。

"大门，大门还……开着哩。"

"我老早就闩了！"

哼子的手急急地揎到蛾儿腰间，去解蛾儿的裤带。蛾儿惶恐地退缩着，挡挡哼子的胳膊，又扳扳哼子的手。

"胡弄……不得!"

"咋弄不得?我翻身了!"

"人家说……说闲话哩。"

"管屎他,我翻身了!"

"怕……出麻搭哩。"

"啥麻搭?"

"……怀上了,咋弄哩?"

"咿就是我的娃,反正你迟早都是我的人!"

"你……"

"咋哩?我翻身了,杨队长早就把你分给我了,你还嫌我哩?"

"把我……也分了?"

"咿当然,刘文华的啥都分了!"

哼子又开始剥蛾儿的衣服,蛾儿软成一根面条。哼子一手托着她的柔腰,一手解着他腋下的衣纽。蛾儿忽然感到鼻腔里有些发涩发酸。

"这门……开着哩。"蛾儿嗫嚅道。

"好的,没人敢来!"哼子喘喘地说。

哼子的脚尖勾了勾门扇,咣当一声,屋外的光线便被那些沉重的门扇隔到了外头。流动的烟雾中,蛾儿的身影更加模糊了。哼子剥掉她的上衣和淡蓝色的裹肚儿,又剥掉她宽大的长裤,将她粉嫩的软身子高高地托起来,又重重地放到热烘烘的羊毛毡上。窗缝里映入微弱的天光,蛾儿高低起伏的身子被映得白光闪闪楚楚生动。然后,哼子发了疯一般撕扯着她的上衣和坎肩,喘息声就像迅速扯响的风箱,伴随一股浓重的汗臭味,蛾儿看到哼子乌黑的身子一丝不挂地扑上了炕。哼子两窝茂密的腋毛下面,那两排垄沟一样的肋骨疾速跳荡着,绽裂的眼眶里闪动奇异的绿光。"老天爷!"蛾儿呻吟了一声,就感觉屋子旋转了起来,她赤裸如鱼的身子顿时如一根轻飘的小草,也随着房屋一同旋转起来……

"我……翻身了。"哼子说。

"翻身……了。"哼子又说。

"翻……身……"哼子的声音越来越含混。

这一夜，哼子将蛾儿颠来倒去，直到门缝窗缝里透了亮光。哼子粗鲁地揉搓着蛾儿，啃咬着蛾儿，将他三十余年来聚集在体内的焦灼懊恼挥发得淋漓尽致。他臂膀、胸脯和臀部的肌块始终如活泼的小鼠一样欢快地跳动，一刻也没有停歇，他的眼里也始终闪动着雄性勃发的绿光，刺得蛾儿泪光闪闪心内瑟瑟。蛾儿的呻吟彻夜未休，她双手死抠着身底那块毡，将毡上的羊毛撕下来一把又一把，她紧咬被角，竭力压抑着那个声音，声音却从喉管里溢出去，又从门缝里挤出来，划破秋夜的寂静。哼子得意地听着蛾儿那熟悉的声音，身子加重地夯击，在蛾儿身上奋力夯击。"我让你喊，你大声，喊！喊！"哼子浪言乱语地嘟噜道。蛾儿的呻吟又一次悠扬起来，哼子顷刻感到自己成了那威严庄重的老掌柜，而这时睡在正堂的，竟成劈柴担水的下人……

这一夜里，刘文华家的正堂中却悄无声息。黑黝黝的天幕下，那正堂就像一具巨大的棺材，默默展示着它阴森可怖的轮廓。天光渐渐明朗起来时，正堂才从黑暗中慢慢地褪出来，露出一张皱皱巴巴的森森面孔。凄清的寒风里，正堂紧闭的门窗上冷冷冰冰，笼罩着一层死亡的阴气。

还是蛾儿推开正堂看清里头情景的。那时日头已经从东面山嘴上的乱石丛中钻了出来，簸箕湾潮湿的地气正在徐徐上升，山窝子上头已浮动一层淡白的烟霭。蛾儿揉了揉浮肿的眼皮，从偏房里走出来，拖着慵懒的步子走到正堂门前。她侧耳听了听，里面没有声音，就用手推推门扇。哗啦一声，门扇向蛾儿张开了黑口。蛾儿抬腿迈进去，朝炕上望了望，模模糊糊望到空中悬垂着一个东西。她揉了揉眼睛，便看清垂在空中的老掌柜耷拉到下巴颏上的长舌和瘆人的眼白，还看清平摊到炕上木然不动的老婆娘。蛾儿从门槛翻滚了出去，惶惶地跑向偏房。

"啊！"蛾儿惶恐地尖叫道。

哼子从偏房里赶出去，莫名其妙地望着蛾儿惨白的脸和颤抖不已的嘴唇。

"咋哩?"哼子问。

"死、死了,都死了!"蛾儿指了指正堂。

"嗯?"哼子疑惑不解。

"老阿婆,死了,炕上哩。老掌柜,上吊……死了,都死了。"

"我当是啥事情,看把你吓得!"哼子趿着鞋朝正堂走去,蛾儿恐惧地望着他的背影。

用丈二麻布裹住那两个软身子后,杨骡子就安顿几个人将两具尸体抬出去。"抬哪搭去哩?"有人问。"抬到碾子沟里去!"杨骡子吩咐。碾子沟里是乱人坟,未成年的少儿和无子嗣的人都扔到那里。人缘好的,有人给挖个坑埋一埋;人缘不好又没有人管的,随便抛下一晚夕就被野物糟蹋得七零八落。年轻人下手抬那死人时,蛾儿嘟哝道:"随便刨个坑盖一盖有啥哩?人家也有后代哩嘛。"哼子说:"过去过去,你就管得多!"蛾儿怯怯地退到人后。小伙子将死人架到肩上,那两个软身子就在小伙子肩头晃晃悠悠起来。小伙子又有意地闪了闪,死人腰部和腿部顿时显得十分欢快。哼子说:"闪夯哩,你看,闪夯哩!"众人齐声地笑起来。蛾儿捣捣哼子的腰,"你听你,说得瘆人的!"蛾儿说。看到蛾儿眼里蓄满明汪汪的泪,哼子就推了蛾儿一把,说:"出去,丢人得很!"蛾儿便低头默默地出了屋,她的肩膀抽搐了一下。

抬走死人,杨骡子走进了偏房,蛾儿怅然若失地坐在炕沿边上。看到杨骡子,蛾儿露出两颗尖虎牙凄苦地笑了笑,杨骡子就坐在炕沿的另一头,瞅着蛾儿的虎牙。

"我也搬过来住哩,这里地方宽展!"杨骡子对蛾儿说。

"咑就搬过来,这里宽展!"蛾儿说。

"你苦大仇深的人,这房给你也分几间哩。"杨骡子笑了笑。

"杨队长住好房去,我是个下人,住牲口棚就对了!"蛾儿的脸红了。

"现今穷汉家当家做主了,你不要下人下人地,你有权住好房哩!"杨骡子说。

"再当家做主，我还是个我，命还是个苦……"蛾儿低下头去。

"咻不！"杨骠子往蛾儿跟前挪了挪，"往常家你是丫鬟，是下人，现今翻身了，像你这样的女子，寻个好男人，成个家，有福享哩！"

"唉！享啥福哩？你把我分给了哼子，能享啥福？"蛾儿的眼圈有些发红。

"你说啥？哼子跟你……咋了？"杨骠子很吃惊。

"哼子说，你把我……分给他了，硬要叫我答应他哩，我就给他……答应了。"

"啥时候哩？"

"……夜晚夕哩。"

杨骠子霍地站起身来，在地上匆匆地踱来踱去。蛾儿用诧异地目光望着他，看到他的双眉抖抖地跳了跳，眉间随即绾成了一个疙瘩。

"你看你，没咻事情嘛，你又不是刘文华的私人财产，我给他分啥哩？"杨骠子说。

"真的……没？"蛾儿疑惑地问。

"没！"杨骠子说。

"唉——我的命！"

蛾儿重重地叹息了一声。这时，哼子走进门来，杨骠子盯住了他。哼子抬头望着杨骠子异样的目光，身子不由惶然地抖了抖。

"你胡说啥哩？"杨骠子厉声责问哼子道。

"啥？"哼子莫名其妙地眨着眼。

"是你给蛾儿说，我把她分给你了？"

"……你不是说，刘文华的啥都要分哩？"

"我说财产，没说人！"杨骠子吼道。

"我不管啥产不产的，我看上的是蛾儿！"哼子拧着脖子说。

"你……"

杨骠子嘴唇颤颤地，没有说下去。他抬眼望着站在一边面色苍白的蛾儿，凄然的目光在那张生动而憔悴的脸上停留了片刻，怅然地向门外走去。

"唉——好好过吧!"

听着杨骡子冰凉的叹息声,蛾儿感到一颗期待的心重重地摔到了脚下,摔成了八瓣……

后来杨骡子调到乡政府去当乡长。杨骡子走时,蛾儿已撅起了大肚子,鼻翼周围出现了一片紫斑。有一天,她站在青杏儿树下抬头仰望,那枝头的绿杏儿正在微风里摇摇晃晃。蛾儿就去用手够,却够不着。这时,有人伸手摘下几颗来,递到蛾儿面前。蛾儿接了杏儿,对摘杏儿的杨骡子笑了笑。杨骡子说:"我走了!"蛾儿才看清杨骡子背上的铺盖捆儿。"你走啊!"蛾儿说道。杨骡子对她笑了笑,转身走了。转身的一瞬间,杨骡子似乎看见蛾儿细挑的眉梢在抖动。

蛾儿回了家,几天没吃下一碗饭。哼子这时有了她,有了地,也有那匹骡子,总爱哼哼唧唧地唱小曲。他骑着骡子去饮水,看到日头将他的影子映到地上,高头大骡,威风凛凛,就想起那戏台上的张飞张翼德。他折了一根树枝做丈八蛇矛,且舞且唱:"张翼德我战场是虎将,丈八蛇矛世无双。虎牢关前打一仗,吕布险些一命亡;我也曾三声喝当阳,八十万曹军大半伤……"仰头晃脑,怡然自乐。"哼子,跑马马,跑个马马看!"这时有人喊。哼子就提缰在手,斜拖充当丈八蛇矛的树枝,蹬一脚骡子,飞奔起来。骡子的蹄声清脆有力,路上灰尘被踏踩得斜飞横舞。从坡上奔到坡下,又从坡下奔进打麦场,哼子挥舞着树枝,惊天动地地吼一声:"杀——"喊声在山窝子里袅袅不绝。"翻——身——了!"哼子又吼。场边麻雀儿一齐向空中飞去。不知不觉中,山冈上浸过来一层浓稠的酱紫色,哼子才勒转马头,依依地往回赶。攀上那一道浮土横生的斜坡小路时,想起那年押着刘文华走下的情景,哼子得意地夹夹骡子的腹部,骡子三步两步奔下了斜坡,他这时的感觉就像是踩到了飘飘悠悠的云头上。

进了大门,哼子响亮地咳了几声,也未听到蛾儿的响动。哼子拴了骡子,诧异地走进正堂。屋内没有点灯,一片模模糊糊。他嗅出了一股血腥味。他手在炕上摸了摸,黏黏乎乎摸了一把血,凑近一看,血泊中躺着蛾儿裸露的身子。他推了推那身子，没有响声。他又去摸，摸到了夹在蛾儿两腿间的一个软乎乎的小头颅。哼子恍然明白了。

"蛾儿——"哼子喊了一声。

"蛾儿——"哼子又喊。

屋里回荡着哼子的声音。他骤然变得疯狂起来，从屋里跑出了院子，又从院子跑进了屋里。他吼声撕心裂肺，脚步踩得地上腾腾作响。直到屋里挤满了人，哼子还在疯狂地来回走动。他看到众人将蛾儿的血身子包裹起来，又轻轻抬放到地上，泪水便哗哗涌出那深陷的眼窝，又从他皱皱巴巴的脸颊上漫过……

以后的日子哼子过得浑浑噩噩淡然寡味。蛾儿死后，杨骡子来过一次，他悲戚地问起了蛾儿的死，哼子站在炕前向他讲述了发生的一切。"葬哪搭了？"杨骡子问。哼子说："圆坡子上哩！"哼子就将杨骡子带到房后的崖坎子上，对他指指蛾儿的坟墓。杨骡子望着那坟墓站了一会儿，就默默地离开了。之后，哼子就一个人住在那幽深的大院里。过了几年土地又收归集体所有，哼子又稀里糊涂地交了土地，也交了那匹骡子。从此，那森严的大院就成了社里的牲口圈，哼子就成了社里的饲养员。

几年以后的一个春天，簸箕湾里人疯狂起来，山山洼洼的大树小树全都被砍光，一齐拉到张家湾烧了钢铁。一时间，张家湾里浓烟滚滚烈焰冲天。紧接着，那段镌刻在历史中的饥饿岁月降临了。家家户户为了填肚子掏空了柜底倒空了面袋，眼又一起瞅到房前屋后的槐树、榆树上。仅仅一夜，榆树被剥光了皮，槐树被捋光了叶。又几天，簸箕湾里便有人拉一泡黑屎后就一跤跌倒咽了气。而后，圆坡子上新坟迭起，碾子沟里野狼成群，未死的人都面色浮肿，气息奄奄。

哼子的脸开始发肿时他还没有觉察到，有一天起来，他感到眼皮很沉重，睁一睁，仅有一条缝。他用手揉了揉，觉得眼皮很厚很厚。他看了看手背，粗大的骨节陷进了软肉中，他顿时瘫软无力了。想起几天前吃下的一碗牲口料面拌荠荠菜，还有他用细棍儿掏出的那几截干黑的大便，哼子喉咙里就涌出一股难以抑制的苦涩。

"日他的，咋弄着哩，受起这洋罪了！"哼子想。

牲口圈里响起牛儿们哞哞的呼唤，该添草饮水了，哼子却抬不起身来，无精打采地躺到炕上，感觉身上压了一座小山。日光从窗缝里斜映进来，他浮肿的面孔一片惨白。这时候，坡下刘二保家又传来刘二保婆娘撕心裂肺的哭声，她在哭刚死的二女儿。几天前，一只烂背篓刚将她的大女儿背到了碾子沟里。哼子躺不住了，他撑起身子想去看看，还未出门，就眼前一黑，一跤跌倒在地……哼子像来到一个缥缈的境地，不见山水草木也不见任何人影，云雾缭绕，空旷寂寥。一阵恐惧掠过哼子的心间，他拼命地奔跑起来……他奔跑了好久好久，云雾依然笼罩着他。他想喊叫一声，喉咙却憋得十分难受。他着急地跺跺脚……哼子又睁开了眼。"我还没死？"哼子想道，牲口棚又传来牲口饥渴的呼唤声，哼子头脑中豁然一亮。"杀牲口！"一个惊人的念头蹦跳到他的眼前。

"杀骡子！我的牲口，不杀白不杀！"哼子想道。

"翻身了，我想咋就咋，谁也把我管不着！日他的，杀！"哼子又想。哼子来了精神，直直地坐起身来。他感到头不晕了，眼不花了，便找出一把砍刀，霍霍地磨起来。

哼子劲头十足，胳膊上鼓起了青筋。他将砍刀磨得闪光，提起一根绳子，走向牲口棚。墙角那树大丽花挡住了他的腿，他手起刀落，嚓！大丽花躺到了一边。他走进了小土门。

骡子亲昵地嘶鸣一声，哼子悲哀地望望骡子，用绳缚住了它的四蹄。饥渴无力的骡子十分困难地踢弹了一下，就被哼子掀翻在地。哼子亮出了雪白的砍刀。骡子恐惧地望着砍刀，颤抖着哀号了几声。"日他的，杀！"哼子腮帮上那几道皱纹鼓了鼓，砍刀就奔向骡子的脖颈。哗，一股热血从骡子颈下喷涌出来，如一条小溪，在遍地骡粪中涌流。

哼子眼里喷出闪闪的火星。

不多久，哼子院子里就散发出一股炊烟。那烟连同陌生而喷鼻的肉香一起，袅袅地在簸箕湾上空缭绕了开来。煮了一阵，哼子就从锅里捞出一块，滴滴答答洒着油水，开始大嚼大咽。

"日他的，过瘾地吃过瘾地喝，这才是当家做主！"哼子边吃边想。

"翻身了，就要痛痛快快地活一场哩，现今，不给人抬长年了，怕啥哩？"哼子又想。

咚的一声，大门被一帮人撞开，社长带着众人走了进来。

哼子本能地扭了扭身，护住手中的骡肉。他虎视眈眈地望一眼社长他们，又开始埋头吞嚼，汤水油汁溢出了嘴角，淋漓地洒到脚下去。

"你吃肉着哩？"社长说。

"吃肉。"哼子说。

"荒年灾月的，哪搭来的肉哩？"

"骡子杀了。"哼子顾自狼吞虎咽着。

"人人都挨饿着哩，你还有肉吃哩？"

"有肉吃！"

"杀集体的牲口是犯罪，你知道啊不？"

"我杀的是我的骡子，别人管不着！"哼子睁大了眼。

"骡子收归公有了，你只是社里的饲养员，你知道啊不？"

"我翻身了，骡子是给我分下的，我想咋就咋，谁也把我没治！"

"你说把你没治？"社长说。

"没治！"哼子说。

几个人悄悄地走了上去，望着锅里香气喷喷的骡肉，伸过去几只手要捞。哼子一把抢过砍刀，横到眼前。

"谁敢！"哼子说。

"骡子是公家的，人人有份！"社长说。

"谁敢！"哼子又摆了摆砍刀，雪亮的刀刃逼花了人的眼。

"哼，我叫你好吃难消化哩！"社长愤愤地走了。

众人退了步，眼盯着骡肉咽了几口唾沫，才缓缓离开院子。哼子放了砍刀，坐下又吃。

下午光景，簸箕湾里出现了两个公家人，提着绳，背着枪，在簸箕湾众人的视野里走进哼子的大院内。满身油污的哼子正在剔牙缝，公家人的绳子就搭到他的肩头。

"你被逮捕了!"一个公家人说。

"咋哩?"哼子莫名其妙。

"你宰杀了集体的骡子!"

"是我家的骡子，我翻身了!"哼子说。

"不跟你拌嘴，去了你就清楚了!"

……

哼子还想说啥，就被来人稀里糊涂地搡出了院子。哼子被磕磕绊绊地搡下尘土横飞的斜坡，不由想起那年押着刘文华走下这斜坡的情景，于是，他心头浮出一串疑虑："这日他的，我翻身了，为啥要抓我哩？刘文华是地主，剥削下人着哩，我到底把谁剥削了？不是说翻身就当了主人嘛，我把分给我的骡子杀了，有啥不对的?"他诧异地望望身后的枪口，木然地朝坡下迈腿走去。"这人当真是三十年河东，四十年河西!"他长长地叹息了一声。这时候，浑浊的泪从他的眼眶涌出来，凄然地洗过那浮肿的脸面。

山窝子里的光晕暗淡迷茫起来。簸箕湾里人都密密匝匝地挤到坎沿上，望着哼子他们渐去渐远的身影。十年前默默出现在簸箕湾的哼子，就这样离开了簸箕湾。众人平静的视线中，那几个摇摇晃晃的人影越来越小，终于隐入到那片深邃辽远的酱紫色中。

山 恋

短篇小说 ── DUAN PIAN XIAO SHUO

洋芋之香

一

洋芋堆成山。洋芋漫成海。

驴驮马载的，拖拉机和架子车上拉的，烂茬子背篓背的，装到麻袋蹲到路边的，还有街边成堆成堆倒的，都是洋芋。洋芋的馨香满街道散溢，乡里人刚从洋芋地走出来的身影满集市晃悠。

正是洋芋出土上市的秋忙季节。

香香的身影也在这熙熙攘攘的集市上晃悠。自从洋芋上市以来，香香的身影就出现在集市上，她喜欢这集市上洋芋和乡里人身上带来的土地的气息。她记忆中永远摇曳着那片洋芋地的淡蓝色花朵。她小小的身子在花丛中隐现，追逐着花朵上的蝴蝶。她肉嘟嘟的小手刚一抚到那沾满花粉的蝶翼，那蝶就倏忽起飞，悠悠地舞到另一花朵上。她在洋芋丛间蹒跚，两只羊角小辫随那挪移的脚步在泛着油光的洋芋叶和散发清香的蓝色花朵间摇晃。偶尔间，正在挥锄锄草的她娘抬起头来，目光在洋芋丛间搜寻。当洋芋丛隐没她的小身子时，她娘就会锐声喊一声"香香——"。她听到娘的叫声，从洋芋丛间站直了身，娘看到她红扑扑的圆腮上沾满了花粉，就会对她舒心一笑。她毛茸茸的目光从洋芋叶子和花朵间望过去，看到她娘白底蓝花的衬衣正在随风飘动，就想那些蓝色的洋芋花，怎么会开满她娘的衣服呢……这是她最早与洋芋有关的记忆。当她在这集市上晃悠时，那些沉淀在她内心深处的记忆就会一幕幕闪现，使她充满疲惫和烦恼的心找到一块歇缓的地方，暂时忘却一切，归于平静。

从五十公里外的山里进城给她哥带孩子已经半年多了。这半年里，她像一只困于荆棘丛中的野兽，尽管左躲右闪，仍然刺扎树挂，浑身伤痕累累。她无法忍受嫂子凶狠的目光和哥哥躲避的眼神，更不能忍受嫂子刻薄的话语和哥哥无奈的沉默。嫂子时不时恶声恶气地说："这护肤霜咋一下没了哩？谁把这吃了？"有时说："这彬彬咋又感冒了？咋带的娃？""彬彬又拉肚子了，给喂的啥？"这声音使她心如刀割。白天她痛苦不已，晚上的睡梦里，有个披头散发、面目狰狞的恶妇指着她的鼻子斥责她，直逼得她的身子渐渐萎缩。猛然惊醒，她的双耳已灌满泪水，枕头上也湿漉漉一片。她曾想离开这个令她窒息的地方，但看到侄儿彬彬胖嘟嘟的小圆脸，听到彬彬把姑姑叫成"嘟嘟"的稚嫩声音，尤其是想到她娘中风偏瘫后蹒跚的脚步和永远无法伸展没法抱孙子的右臂，她暂时打消了那念头。她想等彬彬学会了走路，再摆脱嫂子凶神恶煞的脸和尖酸刻薄的话语，跟学校门口"艺剪坊"理发店的小兰姐去学理发，学成后她就要像小兰说的"选择一种自己的生存方式"，开一间理发店创业……

洋芋集上，香香的身影还在晃悠，路边的每颗洋芋都睁开浑身的小眼与她对视。她怀里，不足一岁的彬彬正在抚弄她的马尾辫儿，那胖乎乎的小手并没有牵走她的目光。香香看到，每堆洋芋旁，都蹲着满脸愁容的乡里人。他们一齐敞开紫红色的前胸，用破草帽急切地扇着凉风，阳光映得他们脖上的汗水明光闪闪，印满汗渍的前襟也摆动得焦躁不安。蹲一会，他们都抬起上身，脖上板筋绷得老长，齐望小街尽头的那个大门。香香随他们的目光望过去，看到了粉丝加工厂两扇紧闭的铁门和门口的那块木牌。阳光下，白色的牌子醒目而分明。

香香突然明白了，洋芋难以找到销路，乡里人五内如焚。

顷刻间，香香担心起她家那两亩斜坡地的洋芋来。那可是她大她娘的指望啊！春里刚下了子儿，她大就坐在那斜坡地头，披着那件她爷传下的褐衫，嘴里呷巴着烟锅子说："这二亩地的洋芋，到秋里就是几千元啊！有了钱，先给你娘请个先生，扎干针把胳膊看好，剩下的，给你哥攒哈，让他在城里买房去！"前几年，她娘的右胳膊还能挂住一只笼子，在种洋芋时点子儿。今年连个洋芋子都要叫人帮忙点。她哥结婚时，娘家在城里的嫂子就要求在城里买房。她大让她哥先应承了，说结婚后攒钱买。结果她哥结婚两年有余，房钱未有分文。为此她哥始终在媳妇跟前说不起话，每逢媳妇唠叨，本来就少言寡语的她哥就躲进里间，盯着书本不发一言。有一次，香香似乎看到他哥在媳妇的骂声中手指微微发抖，还摘下眼镜，揩着眼角明亮的泪水……"要是我家的洋芋没人要，那咋弄哩？"香香心里头随即悬起了一个沉重的秤砣，她的目光开始在集市上搜寻着她大的身影。每个乡里人脸上的汗痕和目光里闪烁的焦灼，像道道鞭子在抽着她的心。

"唉——"这一刻，香香发出一声重重的叹息。

二

不知过了多久，香香的目光扫到了一个熟悉的身影。倏忽间，那个身影一闪，又不见了。她快步上前，终于在一堆麻袋后，看到一个苍老的身子——是她大！此刻，他正蹲在麻袋后，一双深陷的眼睛正在麻袋缝隙间窥探。她喊了声"大"，那个佝偻的身子紧靠着麻袋畏畏缩缩地站起来。

"大，你啥时候来的？"香香问。

"咳咳咳——"她大还未开口，先猛咳了一阵。而后，她大声音沙哑地回答："都说这粉丝厂里大量收购洋芋着哩，我傍明子叫上你明理哥的三轮车，把洋芋捎进城了，在这搭一直等着哩。收哩不收，老板也没说个硬邦话，光说商量一下再看哩！"

"你咋不来学校里？我哥在哩！"香香又说。

"咳咳，洋芋没人经管，你哥也要给学生娃娃上课哩，我没打搅去！"香香大说。

"要不我先看洋芋着，你去学校里喝口水！"香香说。

"不去不去，我不渴！老板说收哩不收，等一阵子给声气哩。我一走，就耽搁哈了！"香香大说。她的目光转向香香怀里的小彬彬。望着孙子红扑扑的脸蛋儿，他呆滞的双目中骤然闪现慈爱的亮光，核桃皮一般的脸颊上跳跃出甜蜜的笑容。他伸手要抱小孙孙。

"让爷抱娃去！"香香把小彬彬接到她大怀里。

香香大把孙子抱在怀里，在那粉嘟嘟的圆腮上深深地吻了吻。而后，他揭起前襟，从贴身的裹肚兜里摸出个红布包，绽开红包，取出一元皱巴巴的票子。他朝街道左右望望，一拐一拐地走到一个烧饼摊子上，选了个油色鲜亮的烧饼，塞到孙子的小手里。

"大，你吃去，彬彬吃过奶子了！"香香赶上来说。

"我娃吃，我娃吃！爷还不饿，噢！"香香大笑眯眯地哄着孙孙。

这时候，时近正午了，太阳高悬头顶，阳光无遮无拦地洒下，香香大皱纹密布的脸膛被阳光烤得油光发亮。眼看着快到了中午放学时分，香香又催她大道："洋芋先让我明理哥看着，你到学校里吃点饭去！"

香香大摇着头说："我还不饿，你赶紧把娃抱回去，娃要按时吃奶子哩！"他把孙子交给了香香。

香香抱过彬彬，说："你傍明子到现今，没喝一口水，也没吃一口饭，还说不饿？"

香香大说："好的，三轮车上有饼子哩！我怕一走，老板要收洋芋，没人经管啊！"

香香鼻腔里不由得发酸了。在香香的记忆里，早先的她大曾是一位精壮的汉子，他那宽阔的肩膀和厚实的脊背，背上二百斤洋芋下坡，颠颠步儿地走，腿不打一点弯，汗瓣儿从他褐红色的脸上摔下，洋芋蛋儿在他的背篼里欢跳，他一口气走下长长的陡坡，大气不喘。有时候，她大挥锄锄一阵洋芋，还会舒展腰身，吼一曲山歌："哎，洋芋挖着背篼里，好的还在后头哩。"那一声"哎"拉得老长老长，在山窝子里打着旋旋。这几年，尤其是她娘中风偏瘫后，她大的肩膀渐来渐斜溜，脊背渐来渐佝偻，额上的皱纹也渐来渐深了。她半夜里时常被她大的咳嗽声惊醒。那咳嗽常常是一串声音，一声比一声吃力，好像有咳不尽的痰。她常见他大一边咳嗽，一边叼个旱烟锅吧嗒吧嗒地吸，在呛人的烟雾里，瞪着浑浊的双眼想着心事。一个刚过六十的人，硬是让岁月压垮了……这时候，香香眼里的泪打起了转转。

三

正午时分，粉丝厂大门上的小铁门开了，走出个年轻小伙子来。他将一块小黑牌子高挂到铁门上，大声吆喝道：

"快交洋芋来，收开了！收开了！"

声音像久旱的雷声，顿时牵动集市上所有人的心。他们霍地起身，齐齐涌集过去，将铁门围得水泄不通。

香香大随着众人紧跑过去，在人堆里仰起脖子，望着那木牌。香香也紧随其后，挤进人堆里，看着牌子上粉笔写的字。一个刺耳的声音在人群里响起：

"把她娘的，才二角五！"

香香仔细一看，牌子上真真切切地写着两行字："洋芋收购价，每斤二角五分！"她大以为自己听错了，又捣捣香香的胳膊问：

"多少？快看，到底多少钱一斤？"

香香回答道："就是二角五！"

香香大瞪圆眼睛吃惊地望着香香，半晌，他挤出人群，蔫搭搭地坐到街道边上，掏出旱烟锅子去吸。香香看到她大的脸色变得铁青，额头青筋突突在跳，久久沉默不语。良久，香香才听她大叹一口气，喃喃地说："哎！种啥地哩，还不如荒着去！价格一年不如一年么！"

粉丝厂铁门旁，交售洋芋的乡里人拥挤成一堆，众人捶胸顿足，怨声连连。有几个年轻气盛的还摇得铁门哗啦哗啦响，边摇边大声嚷道：

"去年都五角钱哩，今年咋才一半的价？"

"今年没见贩子来，你厂里趁机杀价，是不是？"

"老板都是黑心贼！"

"这就叫杀不了穷汉，当不了富汉！"

"还让不让乡里人活了？"

……

叫嚷声响成一片。香香大还蹲在街道边上，闷头抽烟，一言不发。他肩头的补丁脱了线，褐黑色的皮肤露出来，在阳光下隐隐泛出油光。香香的心里像刀扎一样难受。

就在这时，粉丝厂的小铁门又哗啦一声打开了，闪出一位戴着墨镜的年轻女人。那女人白霜盖面，长发披肩，眉梢画入了鬓角，胸脯束成两个小丘。所有人的目光都被她吸引。只见那女人向门口众人招手，大家便拥挤上前，只听她高声说道：

"今年没来一个洋芋贩子，洋芋粉都掉价了！我老板实在不敢多收啊，又怕压资金，又怕洋芋加工不完，朽了哩！我给好说歹说，他才答应先收购些。二角五一斤，大家交不交？"

"交屁哩！二角五能交成？"有人愤愤地嚷道。

年轻女人望望牌子，又说：

"我看是这，三角钱，高哩低哩，我把今天来的全收下！先过磅记账，下来算账付款，交不交？"

"五角钱，跟上去年的价走，成不成？"有人讨价还价。

"那肯定不成！去年是去年，今年是今年。你没看今年一个外地贩子都没来么？就三角钱！"那女人说。

众人嗡嗡地议论起来，交头接耳商量了半天，又有人试探着问：

"四角钱！老板看能成吗？就是价比去年低些，也不能一下低上二角钱去！"

那女人不耐烦了，脸上明显露出不悦的神情，连连摇着头说：

"算了算了！三角钱不愿意交，我干脆不收了！老板怕担风险哩，不打算收。我给动员了半天，才答应收些哩。我看都心重着收不成啊！"

那女人说完要走，这时一个花白胡子的老汉抢先一步，上前拦住她说：

"他姐姐，你莫走了！我的少，牲口驮了二百斤么，七八十里路哩，总不能再驮回去，反正是自家地里长下的，我干脆交了算了！"

那女人又停住了脚步，观察着大家的动静。人群里又起了嗡嗡的议论声。半晌，又有人说："我也交了算了，不多嘛！"随即，有好几个人都围拢过来，一齐说："交了算了，把屎咧，拉来拉去地划不来！"年轻女人便让大家打开铁门，把洋芋拉进大院，排队过磅。

香香大看着这情形，坐着仍没有动。那边拉着洋芋排队的声音嚷嚷地传来，不时又有人牵着牲口或推着架子车或捎着麻袋走过去，嘴里都骂骂咧咧的。这时，香香大身旁一位中年人在路边石头上磕了磕烟锅子，对香香大说道：

"走，他爸！交走，交了早一点回屎子！"

香香大无可奈何地叹口气，缓缓地起了身。他回头对香香说了声："你赶紧把娃抱回！"就径直走到了麻袋跟前。

香香抱着娃往学校走。她感到双腿很沉很重。走了几步，她转过身来，远远地看到她大躬起腰身，俯伏在"兰驼"三轮车旁。站在车上的明理子挪过一麻袋洋芋，慢慢移到她大背上。只见她大的身子向下俯爬了一下，才双腿颤颤地站起来，随即，一摇两晃地向那个铁大门走去。当她大走了一段路后，香香看见了那圆鼓鼓的麻袋，已遮掩了她大苍老的身子，只有两条弯腿，在麻袋下部颤巍巍地挪动着。那双腿的裤脚上，已扑满一层灰土，那脚上黄色的烂球鞋，依然在路上的灰土中扑腾着……

四

回到学校后，校园里已看不到几个学生的身影了。香香这才意识到早就放学了。远远地看见她嫂子凶神恶煞般站在宿舍门口，香香心里头惶惶跳动了几下。走到跟前，只听她嫂子恶声恶气地问：

"娃抱哪里去了？都十二点半了！"

香香望着她的脸，怯怯地回答："到洋芋集上转去哩！"

"洋芋集上转啥哩？把娃脸晒得通红，娃十二点的奶子都耽搁了！"她嫂子气呼呼地说。

香香说："碰上我明理哥了，他卖洋芋来了！"

香香没有把他大进城的事告诉嫂子。她嫂子从不把她大叫个啥，也从不正眼瞅着她大说话。她大秋里送洋芋来，腊月里送猪肉来，她大前脚一走，她嫂子就要把沙发扫了又扫，把地拖了又拖，说一屋里尽是土腥味。前几天她大又背洋芋来，香香给了块馍，他出门坐到房檐下的背篓上去吃，不敢坐沙发了。香香因此难过了好几天。

吃饭时，香香把今年洋芋的行情告诉了她哥，她哥惊奇的目光从眼镜片后掠过，望着香香，半天没有说话。这位师大数学系毕业的高才生，肯定知道这个价格与去年价格的差别，也知道这个价格对于农民来说意味着啥，更会按这个价格准确计算出他家两亩地近八千斤洋芋的价值。香香看到她哥的眼睛紧盯着办公桌上的墨水瓶，一动也没有动。

五

下午时分，等彬彬睡醒后，香香拿了两块饼，提了一杯茶，抱着彬彬，又去了粉丝厂。刚走进铁门，香香就看见她大端端地坐在麻袋上，排队等候过磅。他的前面，还有近十位乡里人，都蹲在地上，慢慢地往前挪动。太阳已经斜过头顶，却依然阳光肆虐。排队的农人都被无遮无拦的毒光暴晒，每人手里都拿块纸皮，呼啦呼啦地扇凉。香香大手里没有纸皮，他花白的短茬子头发里，有几道热汗流下，挂满他的下巴和脖颈。香香为他递过茶杯和饼子，他将饼子放在麻袋上，拧开茶杯盖，仰头咕咚咕咚地灌进了喉咙。

"饼子有哩，吃了几口，就是渴得很！"香香大说。

香香大又将半杯茶水递给了明理子。明理子也一仰头，一口气喝干了那杯水。香香接过那茶杯，想找个地方要杯开水去。她朝院子望了望，见院子很大，在院子一侧，还有排高大的厂房，里面正传出隆隆的机器声，震得她脚下微微颤动。她朝那厂房走去，到了厂房跟前，一条排水沟从厂房里伸出来，在门前绕过，直奔墙外。沟里正涌动着粉红色的浓稠的液体，一层暗白色泡沫浮在液体上，散发出一股刺鼻的腥味。见厂房门里没人出来，香香捂着彬彬的口和鼻子，快步离开了那里。

厂房旁边有一幢两层小楼，香香在小楼前徘徊，见门口都挂着门帘，不知道哪间屋里有人。她正看着门框上方的小牌，突然听到挂着"厂长室"牌子的房间里传出一串刺耳的笑声。她向厂长室走去。

门帘遮住了她的视线，房间里笑声不断，香香听出是一个女人的笑声，不敢贸然敲门。她朝窗口靠拢，看到窗帘半掩，斜射的阳光正从另一面未被窗帘遮掩的玻璃窗透进去，照到屋内一男一女俩人身上。香香斜着身子向屋内偷偷张望，首先看清那女人的白脸，正是粉丝厂门口吆喝大家交售洋芋的那个年轻女人。此刻，她将墨镜推到头顶上，正紧紧依在一个白衬衣男人的肩头。随即，那个男人转过脸来，用戴着大金戒指的手搂住那女人的肩，同时将厚厚的嘴唇伸到她的粉腮上。就在男人转脸的瞬间，香香突然看清他右耳旁那个熟悉的肉瘤儿，是他？香香大吃一惊！她心里很快出现学校门口"艺剪坊"理发店里那张色眯眯的脸。正在香香诧异时，窗帘后边又传来俩人嬉笑的声音——

"你真会空手套白狼啊！这五万多斤洋芋，你要抽两千多哩！"男人的声音说。

"还不是靠你罗哥，才做了个好梦嘛！"女人娇滴滴地说。

"你的计谋好嘛，把那几个外地贩子一灌翻，价格就由你定哩！"那姓罗的男人说。

"哼！那几个瞎屁舍不得给老娘出血嘛！谁给我给得多，我就给谁跑！"女人得意地说。

"想发财，我两个今后就联手弄！咋样？"男人说。

"好！我还有一个计谋哩。"听那个女人说。

"啥计谋？"男人急切地问。

"那几个瞎屄今晚夕才能酒醒。明天，你干脆寻几个大烟鬼，用些手段，把那几个撵走算了！"女人说。

"啊呀！对对，高明啊！"听罗老板拍得大腿啪啪响。

"把贩子撵走，这洋芋价就由你我定哩！你必须按今个这比例给我提成！"

"好好！哈哈哈……！"

香香恍然明白了内幕，急速地离开窗口。这一下，她的心里不得安宁了。老天爷！乡里人一年四季的血汗，就在这帮狗男女们见不得人的算计里，白白地打了水漂啊！她做梦也没有想到，这个"肉瘤儿"罗老板竟是这场阴谋里重要的策划者。当她在学校门口的"艺剪坊"理发店里第一次见到这位罗老板时，就记住他右耳旁的那个肉瘤儿。那罗老板似乎对她很有兴致，点名让她为自己洗头，店老板小兰就让香香帮忙。香香心内忐忑地为他洗头时，这位罗老板竟将淫邪的手伸向香香圆鼓鼓的胸，吓得香香高声叫着"小兰姐"。小兰进了里屋，香香一时不知所措。半晌，她面色绯红地问小兰洗头液在哪里。自那以后，香香每次在"艺剪坊"里见到罗老板，就被他色眯眯的眼睛盯得脸热心跳，抱着彬彬快速离开……这一刻，香香真想张大嘴巴吼几声。她痛苦万状地抬起头来，看到太阳异常惨白，排水沟泡沫激溅，如同在她的胸内涌动。

太阳快要接近西山山顶时，香香大终于卖了洋芋，拿到了钱。他蘸着口水数钱时，手指头微微发抖。数完了，他抽出两张十元的票子给香香，香香硬是不拿。他又要去给孙子买瓶罐头，香香硬是不让。香香让他在饭馆里吃碗臊子面再回，他却给香香扳着手指头算了笔账："这几百元，还要给你明理哥一百元运费哩，剩下的，想给你娘请个先生扎干针哩。"香香无话可说了。

临上三轮车时，香香大又吩咐说："屋里还有几千斤洋芋哩，这价钱卖不成！你打问着价格上去了，就给屋里捎话，我再往城里拉！"

香香答应了一声。她刚想把厂长室里听到的内幕告诉他大，却见他大躬身爬上了三轮车，突突地开走了。香香抱着彬彬，一动不动地站在原地，看着三轮车迎着落日驶去。渐渐地，那三轮车愈来愈小，她大坐在车厢的背影也愈来愈模糊。远远望去，就像驶进那圆圆的落日中。

六

学校里放了学，路上学生很多，有骑自行车的，有骑电动车的，有步行的，汇成一支汹涌的人潮。香香紧搂着小彬彬，心事重重地迎着学生往回走。她的身影淹没在川流不息的人潮中。她在拥挤的学生缝隙间左躲右闪，好不容易才走到学校门口。

"香香！香香！"香香突然听到一个熟悉的声音在喊。

香香抬头寻找那声音，看到"艺剪坊"理发店的牌子下，站着理发店老板小兰。见到她的知心朋友小兰姐，香香自然分外亲热，快速奔跑过去。

"这几天咋不见你哩?"小兰说道。

"哎！"香香叹一口气，反问小兰，"小兰姐，你今晚夕开门不开?"

小兰说："开哩，你想理发?"

香香说："我黑了寻你，有个要紧事情给你说哩！"

小兰说："好好，我等你！"

香香对小兰点了点头，就返身进了校园。远远地，香香又看到她嫂子那张凶神恶煞般的脸。香香神色怯怯地迎上前去，只等她嫂子鸡飞狗跳地吵嚷。

"干啥去了? 六点多才回来?"那声音果然满含愤怒。

"我……"香香望着嫂子的脸，欲言又止。

"我下午四点下课，房子里就没你的影子。一下午，你把彬彬抱啥地方去了?"她大声质问着香香。

香香不知说什么好，只是怯怯地站着。

她嫂子见状，从香香怀里一把抢走了彬彬，径直进了房间。香香站在原地，泪往心里默默地流。她多想找一个没人的地方，放声大哭一场啊！但是，她强忍住自己的情绪，悄悄地钻进厨房，擀起了面条。

香香悄无声息地做好了饭，等着她哥她嫂子吃完，才去收拾了碗筷。当她听到嫂子哄着彬彬上了小床，便溜出校园，去找小兰。

"艺剪坊"理发店里，没有客人理发。小兰正在接手机，见香香进来，对她摆摆手，说了声"西安我师傅的电话"，示意香香坐沙发上，又去接电话。

小兰接电话时，就像换了个人，完全是一口纯正的普通话，就如同学校老师讲课的腔调，香香听得入了迷。她听小兰给师傅说，最近就去西安学习文眉技术，她师傅的意思是越快越好。小兰说，这几天要帮忙卖了家里的洋芋。那边师傅说："好的好的，尽快！"说完就要挂手机，小兰又"哎哎"两声说："我这里还有个妹子，想来西安学理发哩，要不我也带过来？"那师傅说："太好了，我正缺帮手，她来学技术，吃住全包，不收学费，每月还可以发几百元零花钱。"说完挂了电话。

香香一直用羡慕的目光看着小兰，等小兰接完电话，香香说："你太攒劲了！"

小兰说："没办法嘛，生活所迫。几年前我从乡里走出来，也跟你现今一样，瓜兮兮的，糊里糊涂地跟人西安学理发，慢慢就闯出来了嘛！"

香香说："我可没你的本事大！"

小兰说："你好歹还把初中念出来了，我连个初中都没毕业啊！全凭硬闯，才闯出了自己的生活方式！"

香香扑哧一声笑了："你又说'自己的生活方式'，那我的'生活方式'咋闯哩？"

小兰语气严肃地问香香："我才打的电话你听到了？学理发的事我都给你问好了，就跟我一搭走！"

香香面色为难地望着小兰，问道："这么急啊？"

小兰劝她道："要走就赶紧走！你嫂子那吃人婆的架势，要我，一天都活不出来！"

"彬彬没人看咋办？"香香犹豫不决地说。

"你又说没人看彬彬？你嫂子娘家有几个闲人哩，又都在城里，咋不看哩？为啥都吃上喝上游手好闲地转哩？"小兰说。

香香沉默不语了。她低着头，手指头抠着衬衣的纽扣。那长长的刘海，遮住她天生的柳眉；紧锁的眉头，难掩她五官的生动和秀丽；那沙发旁随意伸展的双腿和胸腰之间的线条，更使她身上散发出无限活力。

这时候，小兰突然想起香香下午说的话，问她："放学那阵子，你说今晚说个要紧事，是啥事？"

香香蓦地抬起头来，紧盯着小兰的脸，半晌才说："那个'肉瘤儿'老板果然是个坏人！"

"咋呢？"小兰惊奇地问。

香香当即把白天的事一五一十地告诉了小兰。听完香香的讲述，小兰嘴角绷得紧而又紧，半天没有作声。过了一会，香香清晰地听到她嘴里蹦出了两个字："好事！"

"啥好事？"香香急切问。

"揭他老底，逼着他收洋芋，看他狗日的答应不答应！"小兰狠狠地说。

香香愣住了，疑惑地问小兰："咋揭老底哩？"

小兰说："我原来不知道他是粉丝厂的老板。我俩寻他去，你把看到的实情倒出来，逼他把我两家子的洋芋高价收了哩！"

香香顿时慌了神，声音怯怯地说："我……不敢去啊！"

"你看你！"小兰生气地指责香香道，"你就是个没出息！你一没偷人，二没哄人，三没抢人，怕啥哩？对付罗老板和那烂女人，不用这手段，还有啥手段？"

"那……"香香张了张嘴，没有说出来。

"你莫害怕！到时候你看我眼色行事就对了！"小兰说。

"卖了洋芋，我两个就远走高飞！跟上我，你先把技术学到手，回来要创造一种自己的生存方式哩！"香香听小兰又说。

这个晚上，香香失眠了，她又恍然看到那片养育她全家的洋芋地：春天的阳光下，她大挥动板锄，挖出一窝子洋芋。她娘残疾的右臂挂一只竹笼，左手从竹笼里掏出洋芋子儿，挨窝子点。她提一把圆头铁锨，逐窝子填粪……夏天的太阳炙热似火，淡蓝色洋芋花轻抚她的膝盖和腿窝，她的粉红色衬衣，随着手中的锄起锄落，在洋芋丛中飘忽。地那头的她大不时抬起头来，爱怜地瞅瞅她的身影……秋天枯萎的洋芋蔓间，她大佝偻着腰身，顺着土骨朵刨挖，不时将镢头下沾满黄土的洋芋蛋捡拾起来，丢到身后的堆子上。她背着洋芋，双腿颤颤地下坡，每往坡下走一步，洋芋就在背篼里抖动一下，她的心也随着洋芋抖动……倏忽间，她恍然看到洋芋集上乡里人的焦灼目光和满脸汗痕，看到粉面女人和那老板的满脸诡笑，不由得发出声声叹息……

七

当小兰和香香突然出现在粉丝厂罗老板面前时，他感到十分惊奇。他望着两位在理发店结识的妙龄美女，目光中充满了疑惑。小兰和香香身上的脂粉香气在强烈地刺激着他，他有些迷醉地问道："两位美女，有何贵干啊？"

小兰笑嘻嘻地回答："无事不登三宝殿啊！"

罗老板说："请说！"

小兰说："粉丝厂来，自然是为了洋芋嘛！"

罗老板问："你是想……交售洋芋？"

"对。自家地里出产的！"小兰回答。

"今年，还是不敢收啊！"罗老板慢腾腾地说。

"今天你都收着哩嘛！"小兰说。

"本来不敢收，乡里人都拉进城了，总不能让他们拉回去，就三角钱一斤收了些!"罗老板回答说。

"去年都五角哩,今年反倒跌了二角?"小兰笑着问。

"没人要嘛!今年没来一个贩子,没市场嘛,三角钱收都要担风险哩!"罗老板辩解道。

一旁的香香哼哼冷笑两声。她想要说啥,看到小兰对她暗暗摇着头,连忙闭了嘴。

小兰呵呵地笑起来。她对罗老板话中有话地说:"是贩子没来,还是跟上美女喝酒去了,让美女放翻了呢?"她说这话时,明显提高了音量,加重了语气。

"你的意思是……"罗老板嘴里含混地问。

"哈哈……"小兰突然仰头大笑起来,那笑声使罗老板有些心惊肉跳。小兰笑完,安慰罗老板道:"你莫害怕,我和香香天聋地哑,啥都不知道,也给谁都不说啥话!你放心!"

刚才还是一头雾水的罗老板渐渐明白了什么。看来对方不仅知道是他主使人灌醉外地的贩子,还知道是他主使人雇请大烟鬼撵走了贩子。这究竟是谁走漏了风声哩?他将每个知情人分析了一遍,很快想到最有可能走漏风声的就是那几个大烟鬼。那些人可是谁给钱就跟上谁跑的主啊!如果有人揭开了内幕,惹起众怒,那就会引火烧身……他有些胆怯了。小兰和香香看到他脸上的颜色由白变红,又由红变黄,额头上也渗出了细密的汗珠。

"你俩想咋哩?"罗老板的语气明显缓和下来。他连声招呼小兰和香香坐下,又起身为俩人倒水泡茶。

"想麻烦老板按去年的行情,把我们两家的洋芋收下哩!"小兰笑着说。

"有多少?"罗老板问。

小兰与香香对视了一眼,说:"大概一万斤左右吧!"

"好说!好说!"罗老板端了两杯水,放到小兰和香香面前,强挤出笑容说,"这忙我一定帮!就凭两个美女的面子,粉丝厂资金再紧张,也要把你两家子的洋芋收了哩!"

香香一直悬着的心，顿时间落了下来。她做梦都没有想到事情解决得这么容易，打心眼里佩服起小兰来。比她仅大了几岁的小兰，把整个过程设计得天衣无缝，也表演得天衣无缝。她感觉小兰简直是她心中的神，成了她人生中的贵人！她想尽快把话捎给她大，明天就把洋芋拉到粉丝厂来。

出了粉丝厂，小兰问香香："今天的事，你有啥感想？"

香香竖起大拇指，由衷地夸赞小兰道："小兰姐，你太伟大了！"

小兰咯咯地笑起来，笑得浑身乱颤，香香跟着她笑起来。而后，香香扯了扯小兰的衣袖说："小兰姐，那事情，我想好了！"

"啥事情？"小兰问。

"卖了洋芋，我就跟上你去西安学理发！"香香说。

小兰瞪大眼睛望着香香，像望着一个陌生人。

八

第二天正好是星期天。香香她哥随她嫂子带着彬彬去了娘家。香香一大早就去洋芋集市上等她大。刚到集市上，明理子的"兰驼"三轮车就载着她大和满满一车洋芋赶到。由于有罗老板帮忙，很快，拉来的几千斤洋芋就卸货过磅，变成了票子。香香大数着票子，喃喃地说："这下好了！这下把我的愁帽抹了！一山洋芋倒屋里，我愁着睡不着啊！"

香香大数完票子，疑惑地向香香："一斤按五角钱算着哩，这行情又涨了？"

香香捣捣她大的胳膊，示意他声音小些，随即轻声告诉他："小兰认得这罗老板，有关系哩！"

她大"哦"了一声，揣了钱，想带香香买件衣服去。香香说："我不要衣裳，你给我借二百元就对了！"

他大掏出两张百元的票子给了香香，问道："你想买个啥？"

香香神秘地一笑："你莫问了！"

香香大知道香香不会乱花钱，就叮嘱她把钱装好，莫撂了。随后，她大爬上明理子的"兰驼"三轮车。

香香见她大上了车，忙叫了声："大！"她大回头来望她。她嘴唇颤颤的，似乎有话要说，却没有说出来。

"咋哩？香香！"她大在三轮车上直起身子问。

"……你和我娘都把身体当事些！"香香的声音里带着哭腔。她大愣了一下，才对香香点点头。"兰驼"车扬起一阵灰尘，带着突突声开远了。

望着远去的三轮车，香香心里突然涌出一种万箭穿心的感觉。她怕自己哭出声来，忙用手捂了嘴，坐到了路边，抽泣起来。就在刚才，她想把西安学理发的事告诉她大，但又犹豫了。她不知道这一别，啥时候又能见到父母，再见到父母，他俩会老成啥样呢！她也不知道这一去，会有啥风险和磕绊。万一遇到了，她又去向谁诉说呢……告别亲人的痛楚，使她的眼泪不断线线地滚了出来。半晌，她才稳定情绪，缓缓起身，向超市走去。

就在县城那个最大的超市里，香香精心选购了一款漂亮的童车。那童车上带着伸缩式遮阳棚，左右扶手位置各安了一串红色塑料小球，下端还设置了一双脚踏板。香香想，今后彬彬上街，不会再晒伤了皮肤；稍大一些后，还能踩着脚踏板走。这是她送给彬彬的礼物。

香香把童车推回学校后，先把彬彬换下的脏衣服洗了，又打开衣柜，为彬彬整理衣物。她按照不同季节，把彬彬的衣服码成了四沓，再把小帽子、小袜子清理出来，另放了一沓。做完这些，她长长地出了一口气，提起笔来，为哥哥写了一张留言条：

> 哥，我走了，跟小兰姐去西安学理发。学会回来，我想选择一种自己的生存方式。我给彬彬买了一辆车，他快要学着走路了，就让嫂子娘家人帮忙带吧，今后我感谢他们。你要多回家看望父母，也要照顾好自己！

当香香哥看到妹子这张留言条时，香香已随小兰坐上了开往西安的夜班车，在蜿蜒的山路上穿行。家乡田野的气息，正随着凉凉的深秋夜风，从车窗外飘进来。香香嗅着那浓浓的洋芋混合着土地的气息，顷刻间，仿佛又回到那个熟悉的记忆中，心里突然泛上一种说不清的感觉……

剥蕃麦

那天晚上，看不见月亮，也看不见星星，天上黑乎乎一片。严家大山三面合围，起伏的梁梁儿、垭豁儿模模糊糊，若隐若现。这时候，社员们都刚吃完晚饭，家家户户都才点上灯盏，生产队副队长土生子的声音就在山窝子里响起来："都来剥蕃麦来——哎！今晚夕剥蕃麦哩！"土生子站在生产队的麦场边上，面朝堡子背后喊道。他的声音传得很远，加上山窝子的回声，听得很亮。那年头，每年秋天蕃麦一掰，连皮儿背到麦场院里，就要叫社员来剥皮、打串儿，再搭到麦场边的蕃麦架上，过上一冬一春，风一吹，日头一晒，水分完全干了，再叫社员授成蕃麦粒儿。由于活儿太多，像剥蕃麦、授蕃麦这样的活计，一般都在晚上或雨天来干。这几天忙，白天要赶时赶节地收蕃麦，只有晚上才能剥皮。

土生子在麦场边上吆喝时，队长严维才正坐在离他不远的碌碡上，嘴里叼个烟锅子，吧嗒吧嗒地吸着。他从不吆喝人出工，每次上工，都是给土生子安顿一番，再由土生子吆喝。听到土生子的吆喝后，家家户户响起了关门声。随即，社员们都出了门，三三两两聚到一起，往生产队的麦场里走。

生产队叫堡子背生产队，三十几户人家，齐摆摆窝在那长满蒿草的堡子墙后面。而那墙皮斑驳、垛口颓毁的老堡子，与围拢过来的严家大山连接，好似个胳膊弯，把几十户人紧紧搂住。土生子吆喝毕，不久就听到麦场底下有了叽叽咕咕的说话声,他就去安顿人挂马灯。

社员们进了麦场,见场里碌碡上蹴着个黑墩,就知道是队长严维才。此刻,严维才一言不发,正咂着烟锅子,看得见手上的火星一闪一闪。忽而,听他咳嗽一声,吐一口痰,又去咂烟锅。麦场上飘散着呛人的旱烟味。仓库房檐下,土生子正按着梯子,让保管员爬上去挂马灯。土生子喊:"再往高哩点,灯高自亮哩!"保管员又往上爬两步问:"好了?"土生子说:"好,好!"保管员下了梯子。忽闪忽闪的灯光映照到房檐下的蕃麦上。

蕃麦是社员白天从滩子地里背来的,十亩地的蕃麦,倒了老大一山。昏暗的灯光下,看得见白生生的蕃麦皮和蕃麦棒上那撮深红色的缨子,也闻得见蕃麦堆子散发的那股特有的腥甜味。陆续走进麦场的社员,都上了那蕃麦堆,开始剥蕃麦。大家剥好一个,啪的一声,撂到堆前的空地上。眼看着蕃麦堆前垒起一山黄灿灿的蕃麦棒儿,土生子就喊:"都手底下麻利些!喂娃婆娘不许一回一回地往回走!二改子、高平子,你两个下来整蕃麦!解放子、引生子,还有仓儿、金娃、补子、牛儿子,下来辫蕃麦串来!"被叫的几个就从蕃麦堆子上下来寻草绳。保管员骨碌碌地从库房里滚出两捆草绳来,他们就开始用草绳辫着蕃麦串儿。辫好一串,那几人就捎的捎,抬的抬,将蕃麦串搭到麦场边的架上去。灯光微弱,仅照得见几个辫蕃麦的社员。堆子上的社员都凭着手感剥蕃麦皮,互相之间,都看不清表情。蕃麦堆前的那个碌碡,也在马灯映照之外,只能看到一言不发的队长严维才蹴在碌碡上。

慢慢地,在杂乱的撕扯蕃麦皮声和蕃麦棒的落地声中,隐隐地夹杂了一些细碎的谈笑声。社员们偶尔抬头看看严维才,还是只能看见黑乎乎的一疙瘩。有时候,看到他手里的烟锅子闪着火星子,就知道他又点了一锅烟,场里又飘起那呛人的旱烟味。

突然响起的一个声音,把麦场上的气氛搅活了。听麦场对面的堡子背后有人扯长了嗓子喊:"——牡丹子噢,给娃喂奶来!娃饿着睡不着!"蕃麦堆子上的人都听见了高平子娘叫儿媳妇牡丹子的声音,就对牡丹子说："你阿家叫你哩!"牡丹子气咻咻地说："这个饿死鬼超生的娃,走的时候喂了奶的,又叫唤哩!"跟前的人又说:"赶紧喂去么,娃饿不得!"牡丹子说:"给娃没啥擦尻子了,我抖些蕃麦缨子抱上!"就借着暗暗的灯光,把身下的蕃麦缨子往一起收拾。她跟前的女人银花子、巧叶子、秀秀、荷包儿一听这话都说:"我也给娃弄点擦尻子的!"就都把屁股底下的蕃麦缨子往一起卷。

高平子娘叫媳妇子不久,堡子背后接二连三响起叫媳妇子喂娃的声音:"——银花子噢,给娃喂来!""——巧叶子噢,给娃喂来!""——秀秀,给娃喂来!""——荷包儿,给娃喂来!"几个被叫的都手脚麻利地收拾着蕃麦缨子,说:"来了,来了!"她们把散乱的缨子卷到一起,再把蕃麦皮撕成条条,捆着蕃麦缨子,急忙往家赶。土生子开始催了,高声喊道:"喂娃的都麻利点,早些去早些来,今晚要把这一山蕃麦剥完哩!"

黑暗中,几个人还在低头卷那蕃麦缨子,却迟迟不见谁起身。其中一个想知道谁先起身离开,就抬头去偷看,正抬头张望着,却见有人也抬头偷看。匆忙中两人目光碰到一起,又慌慌地低了头。再偷看一眼碌碡上的严维才,那黑乎乎的一堆还那样瓷瓷地蹾着。几个人的手底下就一直噌噌啦啦地响,始终没人起身。突然间,一个看见另一个揭开衣裳前襟,在裤腰里别下一个长长的蕃麦棒,动作很轻很快。随即,又掀起后襟,在后腰里接连别下几个。那人便也偷偷往裤腰里别了几个,还绽开蕃麦缨子,在里面卷了几个。卷完她见其他几人也都在卷,都动作又轻又快地往腰里别,她咚咚的心跳便慢慢地平静下来。半晌,几个媳妇都又抬头去张望,都盼望着有个人带头扯身离开蕃麦堆子,好跟在后头离开。

堆子这边的几个正在张望,那边却有人开了腔:"凉得很!回去披件衣裳!"这边几个一听声音,知道说话的是月娥子,就见月娥子模糊的身影从蕃麦堆上摇下。等月娥子走到灯影下面,她们见月娥子身材比平常臃肿了些,怀里也抱着一疙瘩蕃麦缨子,几个媳妇就想拾起身,跟到月娥子身后一起离开。刚要起身,有个人说了声"等着"!虽然声音很轻，几个人却都听清了。她们几个就又原地未动，观察着麦场上的动静。

月娥子走下蕃麦堆子，从辫蕃麦串的几个人跟前经过，径直走到严维才蹴着的碌碡跟前。严维才坐着未动。月娥子又往前走了几步，走到灯光照不到的地方时，严维才却喊了声："候着！"严维才的声音虽然低沉，却很有力量，麦场里的社员们都听得清清楚楚。月娥子停了脚步，原地站住，望着黑暗中走过来的队长严维才。社员们也将目光投到碌碡后面那两个黑影上，听严维才脚步扑嗒扑嗒地走了过去，又听他说："我检查！"就见两个黑影挨到了一起。

严维才开始检查月娥子，月娥子一声不哼，定定站着让他检查。其实她脸上还带了笑，只是光线太暗，严维才没有看到。她也看不到严维才的表情，只是感觉严维才嘴里喘气很急，浓浓的旱烟味，吹到她的下巴和脖颈上。她没有回避那喘气，甚至抬起抱着蕃麦缨子的胳膊，挨近了严维才，让他检查。严维才先将手伸进她领口里，又向下摸去，想要捏她胸前那两疙瘩软肉。她微微躬了躬腰，将领口斜对着严维才，想让他摸得顺手，自己也不憋气。严维才顺顺当当捏住她的软肉，又咕地咽了口唾沫。抽出来后，他的手又如蛇一般缠住月娥子的裤腰。这时候，他在月娥子的布条裤带后头，触到了硬硬的蕃麦棒。他的手没有停，从月娥子前腰摸到后腰，想把手插进她的裤腰，结果整整一圈别满了蕃麦，没处插手。严维才急促喘气，手还在她腰里摸。月娥子却微微侧了侧身，为那只游走在腰间的手让出了一个豁口，就在她肚脐眼下少别了一个蕃麦，恰好让严维才的手能伸进去。严维才顺势将胳膊从那个豁口里插下去，嘴里喘喘地说："这咋……这么多的……蕃麦缨子啊？"月娥子暗暗捣捣他的胳膊，抬高声音说："擦尻子里！"随即嘴对着严维才的耳朵轻声说："今晚上，我把门留下。掌柜的看他舅去了，不回来，后半夜娃睡着了，你来！"这声音小得像蚊子飞，只有他俩听见。严维才轻轻"嗯"一声，慢腾腾地从她裤腰里抽出了手。月娥子转身离开时，他说："披件衣裳，麻利来！"这个声音场子里都听见了。

看着队长正检查着月娥子，几个想回家喂娃的媳妇都定定蹴在蕃麦堆上，没有动弹。胆小的牡丹子和秀秀趁人不注意，悄悄抽了腰里和缨子里头卷的蕃麦，丢到堆子上。其他的几个也想抽，手都在腰里蕃麦上捏着，但还是没有抽。正犹豫时，银花子却霍地站起身说："走!"几个媳妇就聚了一帮，齐刷刷下了蕃麦堆子。那一刻，队长的手正往月娥子裤腰里戳。那几个媳妇就快步走下蕃麦堆，远远地绕开那碌碡，出了麦场。

刚出麦场，几个媳妇就轻轻出了一口气，刚才还在打鼓的心跳也慢慢平稳下来。银花子说："这严维才还真检查哩!"巧叶子说："黑乎乎，看不清!"荷包儿说："我扫了一眼，好像他手往月娥子身上摸哩。"银花子嘻嘻地笑着说："咿怕是……"又不往下说了。巧叶子轻轻说："好像……两个人有啥，时间长了!"几个媳妇就嘻嘻地一起笑了。笑声里，银花子、巧叶子、荷包儿暗暗摸了摸腰里的蕃麦，又捏捏蕃麦缨子卷着的硬疙瘩，都在，就说："快走快走，娃饿了!"几个人脚底下就像跳着绳一样的走着。牡丹子和秀秀听那几个又说又笑，就知道她们身上都别着蕃麦，俩人后悔得直叹气。

夜渐来渐深。有股凉气从严家大山梁梁上漫下来，慢慢地，把整个堡子背后都漫到里头。房檐下，那盏马灯的光焰忽闪忽闪地跳，灯影子也跟着忽闪忽闪地摇晃。社员们坐在渐渐变小的蕃麦堆子上，脊背里越来越凉。有人开始扯长喉咙打哈欠，其他人听了，也开始打哈欠。蕃麦堆子上，一声接一声地哈欠连天。夹不住尿水的社员也开始一个接一个地离开蕃麦堆子，去麦场边浇尿，唰唰的尿声就响个不断。见大家又冷又瞌睡，土生子就扯长声气喊："都麻利点，眼看着半夜了，咋那么多的尿咧?"社员也都说："麻利麻利，剥毕了回去睡觉!"又坐到堆子上剥。

这时候，牛儿子的妇人金盏子拾起身来，拖着她的"拐拐腿"，从蕃麦堆上往下走。她的双膝上，各长一个拐子，走路总是一拧一拐。在蕃麦堆里走，身材摇摇晃晃，差点跌倒。土生子说："咋价咋价?"金盏子摇晃着说："冷得很，回去穿衣裳!"土生子强硬地说："坚持着，一顿两下就把这点剥了，剥了歇！"金盏子声音颤颤地说："冷得很么！"土生子说："冷了能受住，你又不喂娃去！"金盏子说："咦，受不了么！"土生子就生气地说："你尽是事情，麻利麻利！"金盏子就抖抖索索从灯影下经过。当她靠近那碌碡时，严维才忽地从碌碡上站起，对她威严地说："候着！"她似乎没听见队长的声音，还在一拧一拐地走，严维才又抬高声音说："候着！"她终于慢腾腾地站下了。严维才近前去说："检查哩！"她扬扬手里那捆蓿麦缨子，怯怯地说："没啥么！"说完又往前挪着脚步。严维才一把拉住她的衣裳后襟，往后一扯，她连连后退了两步。她强打精神说："检查就检查么！"浑身却抖动不已。严维才拉住她的胳膊说："你抖啥哩？"她声音颤颤地说："……冷哩么！"严维才就隔衣裳摸摸她的腰，好像有硬硬的蓿麦棒。严维才厉声喝道："衣裳揭起！"她颤巍巍地揭起了衣襟。严维才一把一个，把她腰里的蓿麦抽出来，又摸出她裹到缨子里头的蓿麦，撂到堆子上。撂完，他抖抖肩头的褐衫，重又坐回那碌碡上。金盏子拖着"拐拐腿"，啪嗒啪嗒地走出麦场。

　　山窝子里夜色更浓，夜露也渐来渐重，伸手在空气中抓一把，似乎抓到了满手潮气。蓿麦堆子上淋了夜露，摸上去，满手冷凉。回去的几个媳妇都换上厚衣裳，陆续回到了麦场上。这时候，堆子上又有一个媳妇站起来，二话不说往回走。正和引生子一起辫蓿麦串的土生子抬眼瞅了瞅，见是引生子的女人陈玉梅，低下了头，没有说话。陈玉梅晃悠着脑后的马尾辫，从灯影下走过时，双手摆得很欢。蓿麦堆子上的好多目光都被她的身影吸引。

　　严维才这时也看到走下蓿麦堆子的陈玉梅。他原本不打算检查陈玉梅，只要陈玉梅绕过碌碡从房檐下直走，他就不再起身拦挡她。但陈玉梅直直地走到碌碡跟前，从他的面前经过。他犹豫了一下，又从碌碡上站起，对陈玉梅说："你候着！"陈玉梅慢慢地站下了。严维才赶上前去说："检查！"陈玉梅用眼睛瞪着他，半天不语。严维才又说："检查！"陈玉梅愣了一下问："检查啥？"严维才说："检查卷蓿麦了没！"陈玉梅摊开双手说："我没卷蓿麦缨子！"严维才说：

"卷没卷都要检查哩！"他一下提高了声音。陈玉梅又不喘了。半晌，严维才又催促她："快点！"陈玉梅突然硬邦邦地说："我不让你检查！"这个硬邦邦的声音，麦场里的社员都听到了。大家都停了手里活计，往碌碡后头瞅，只能看见那两个黑影僵硬地站立着。这会儿又是严维才半天不说话。他鼻孔里长扯着粗气，手把个烟锅子攥得生紧。这时候不知道庄里谁家的狗，汪汪地叫起来，随即，有几只狗都跟着汪汪地叫。狗叫声刚一停下，就听到严维才说："你为啥不让检查？"声音似乎更有了力量。陈玉梅的喘气声明显急促了，当即又硬邦邦地回应一句："我身上没装荞麦！"社员们听那回应声抬得很高。

这时候，房檐下的马灯又轻轻摇晃了，灯芯忽闪忽闪的，人影子也忽闪忽闪，如鬼火一般瘆人。麦场外的荞麦地里，荞麦秆儿唰啦啦地响，几只黑蚜儿刺耳地尖叫着。严家大山下那条幽深的碾子沟里，偶尔传来一两声吼吼鸟叫，像一个老汉的哀号声，听得人浑身起鸡皮疙瘩。

严维才和陈玉梅还在黑暗中对视。严维才拿着烟锅，伸进烟包包里挖烟叶子，挖满了，竟然不往外取，一直在里头挖。挖了一阵，他终于又开了腔，说："装了没装，检查了才知道。"陈玉梅这时又提高声调说："我偏不让你检查！"声音如同锥子一样扎人。严维才随即冷冷地"哼哼"两声。

这是他当了几十年生产队长，第一次听到社员用这口气给他说话！这陈玉梅是个才嫁到庄里一年的小媳妇，娘家在麦川坝里。麦川坝里出门不爬山，种庄稼不用脊背背，本来没人把女子往山窝子里嫁。没想到一场大病，把娘家她大给撂翻了，眼瞅着她大只有出的气，没有进的气，有人就说把女子出嫁了，收上几个礼银钱，把她大搭救下，媒人就去了她家。她娘一听引生子屋里挖出过老元，刚见了一面嘴唇外翻的引生子，就把事情应承下了。结果收了引生子家的彩礼钱，陈玉梅她大也没搭救下，却把个前川的女子嫁到这后山里来了。现如今，庄里人都不知道陈玉梅的小名，只知道她叫个陈玉梅。庄里媳妇都是短发，唯有她是后脑上一个马尾辫。她也不跟庄里媳妇一搭走，常常一个人低头走路，低头做活，收了工回家做饭，吃了饭从不串门子。就是这样一个陈玉梅，今晚上把他严维才架到了火上烤。就在他右手的生产队仓库里，常常要开个社员会，他在会上给谁喊一声"站起"，没人敢坐下不动弹。他说个"出去"，没人敢不出去。堡子背后这百十口子人，除了两户姓李、一户姓杨的外，其余都姓严，往上数几辈子，都是一个先人。年轻些的谁见了他，不叫个爷，也要叫个人大哩。无论谁家有事情，他不到场，上杠子没人敢坐。今晚上这事情，实际上已经不是检查不检查的事了。严维才觉得陈玉梅把话说成这样，他的人没处摞！他烟锅子还在烟包包里掏，脸上一阵一阵地发烧，心上一下一下剜人，不知道说啥着好。

见场上两人起了犟，引生子的心一下悬到了半空中。他正辫着荞麦串儿的手，紧紧揪住草绳，再没有动弹，眼睛却盯住那两个黑影子，乜着耳朵听。越听越不对劲，好像话说着僵住了，就觉得出了麻搭，引生子一下坐不住了。就在这个时候，严维才看见引生子快步赶到了场子上。引生子边走边叫："哎，大大！大大！"他叫着严维才，赶到了俩人跟前。严维才与他未出五服，又高他一辈的，正与陈玉梅僵持，他想叫几声"大大"，缓和那气氛。黑暗中，严维才扭头看着他，他忙一把拉住陈玉梅的胳膊说："你就让我大大检查么！"陈玉梅浑身都在发抖，猛地甩开他说："我身上没装荞麦么！"引生子又拉住她的胳膊说："装没装，让我大大检查么，有啥哩？"陈玉梅用力甩开他的胳膊，突然哇的一声哭开了。见她抽抽噎噎，哭着不停，引生子赶紧搂了她的肩膀劝道："莫哭了，莫哭了！"陈玉梅却还在哭。半晌，她抽泣着说："我穷死都不当贼！"这声音场里社员听得一清二楚。黑影地里就有人喊："算了，去！去！"接着几个人都跟着喊："对了，回去算了！"严维才这时候默默地转身离开了。他抖抖快要溜下肩头的褐衫，又慢腾腾地坐到那碌碡上。引生子就搂着陈玉梅的肩膀，往麦场外走。引生子边走边说："对了对了，莫哭了！"陈玉梅还在伤心地抽泣说："……我陈玉梅行得正，走得端，祖祖辈辈没当过贼。你再大的势，都莫把我当贼娃子着……"渐渐地，哭声越来越远了。

陈玉梅的话，就像一块大石头，重重地压在每个社员的心上。大家暗暗地叹着气，而后埋下头，只是剥蓖麦。引生子把陈玉梅送回家，返身又回到麦场，也只是埋头辫蓖麦串儿，场子上没有说话声。这时候，山窝子里起了风，麦场外的蓖麦秆哗啦啦地响起来。房檐下的马灯火苗快速摇晃，灯影也随之摇晃不定。碾子沟里的吼吼鸟，叫得一声接一声，真切地随那风声传来。也许是由于刚才的事，也许是天气变冷，社员们都不再作声，手底下都加快了速度。随着摺蓖麦棒的啪啪声，屁股下那堆蓖麦山越来越小了。隐隐约约中，看得见蓖麦架上搭满的蓖麦串儿，在昏暗的灯亮下微微发黄，正散发着鲜嫩的腥甜味。碌碡上的严维才突然响亮地咳嗽几声。土生子抬头望望那个黑影，对大家吆喝："麻利些，不多了！夜深了冷得很！"那摺蓖麦的啪啪声就一下更稠更密。

夜风还在游荡，风里头这时传来一个急切的声音："——引生子噢，麻利来，你妇人喝药了！"突然响起的声音如刀子一般剜着社员的耳朵。随即，那声音又响起："——引生子哦，快些，你媳妇不中用了！"这回大家听得真切，是引生子她娘的声音。引生子参着耳朵听，似乎不相信那声音是真的。直到喊第二遍时，他耳朵跟前就响了个炸雷，头里面随之嗡嗡地响起来，他摺下手里的蓖麦串儿，转身朝麦场外奔跑。紧接着，他身后跟来一串脚步。只听那杂七杂八的声音说："麻利！麻利！"声音就一直跟到了堡子背后，跟进他家黑咕隆咚的大门。

引生子家的耳房亮窗上，闪着暗暗的煤油灯光。引生子娘正在房里喊着儿媳妇的名字："陈玉梅！陈玉梅！"声音里带了哭腔。引生子带着一股风，扑进耳房门，灯光忽闪了半天。他看到他娘正拉着妇人的胳膊在摇。仰躺在炕上的陈玉梅双目紧闭，脸色惨白，一只胳膊无力地横搭在胸前，另一只顺势斜摆在炕上。有两股子眼泪从她的眼角流下，灯光里亮晶晶的，进了她鬓角的乱发间。引生子娘指着炕沿下给儿子说："吐了一摊水！"引生子低头去看，果然炕沿下有摊黄水，正散发着腥臭味。引生子紧步上前，摇着陈玉梅的身子急切地问："陈玉梅，你把啥喝上了？啊？"陈玉梅毫无动静。引生子捶胸顿足地呻唤开了，说："老天爷，这咋弄咻？"一帮人脚步杂乱地进了院，引生子娘颠颠步儿出了耳房，那帮人就闹烘烘地进了房，在地上挤得满满当当。进门的都齐齐地盯着炕上，七嘴八舌地问："喝了啥，喝啥了？"引生子嘴唇颤抖着说："不知道么，地下吐了一摊黄水！"大家就又问："陈玉梅，你喝了啥？"陈玉梅还是没有回应。引生子摇着她的身子，连连说："你说么，你说么！"眼泪就滚蛋蛋下来。

当一阵杂乱的脚步又响起时，大门口又拥进一帮人来。听进来的人喊："让过，让过！"门口的人都让了路，那帮人径直到了房檐下。引生子娘正清鼻一把泪一把地给跟前的人说啥，就见到带人进来的严维才。引生子娘一下像见到靠山，扯长声音吆喝一声："他大大啊！"严维才急切地问："咋哩，喝啥药了？"引生子娘说："喝了啥药问不喘啊！我院里往茅子里走哩，咋看着不好，媳妇子炕沿上爬下，呃呃地吐哩。我问着咋哩，好歹跟我不搭言么！我一问，她只是淌眼泪哩！"严维才拨开众人说："我看去！"抬腿往耳房里走。见门口挤满了人，紧跟在严维才身后的土生子吆喝道："让开些，让开些！"门口的人回头见是严维才，就都为他让了路。严维才抖着肩上的褐衫，咳嗽一声，进了耳房。

进门后，严维才一步上了炕，问引生子："到底把啥喝上了？"引生子说："问不喘么！"就又眼泪兮兮的。严维才看着陈玉梅惨白的脸。引生子又摇着陈玉梅的肩说："我大大来了，问你喝了啥了？"陈玉梅还是没有动静。严维才说："把灯盏端过来！"就去翻陈玉梅的眼皮。引生子从窗台上取下灯盏，凑近陈玉梅的脸。严维才借着灯光看了看陈玉梅的眼睛，又握住她的手腕开始号脉。

严维才把完脉，放下陈玉梅的手，当即给炕沿下的月明子吩咐："去，舀一勺稀粪来！"月明子答应一声，去了茅厕里。引生子紧随着他，也跟去了茅子里。严维才又给土生子说："你上来搭个手！"土生子就上了炕。引生子和月明子呼哧呼哧地端来了一勺稀粪，屎尿味便满房子散开，惹得几个脏腑浅的悄悄溜到了院子里。严维才给跟前几个安顿说："我跟土生子把人压住，引生子把嘴掰开，月明子灌！"就要动手去压陈玉梅，陈玉梅的身子突然扭动起来。严维才大声吼道："我先把这个阿公的身份撂过！"就一下压住陈玉梅的左胳膊，土生子压住了陈玉梅的右胳膊，引生子就去掰陈玉梅的嘴。陈玉梅的头开始左拧右扭，不让引生子掰嘴。严维才又腾出一只手来帮着压头。陈玉梅急速地喘气，月明子就把稀粪勺凑到她的嘴边。见她死活不张嘴，严维才急切地喊："捏鼻子，捏鼻子！"引生子又去捏她的鼻子。刚一捏住，陈玉梅张了嘴，月明子抬起胳膊就要往她嘴里灌稀粪，却看见陈玉梅"呃呃"地呕起来。随即，有股东西便从她嘴里喷出来，喷到她的胸脯和跟前几个人的胳膊上。紧接着，她又吐了几口，那几个人才松了手。引生子跑去扯蕃麦缨子，给那几个人擦着脏物，却听到陈玉梅"哇哇"地哭起来。

见陈玉梅给了声气，严维才跳下炕，到正房里对引生子娘吩咐道："赶紧寻香和裱纸来！"引生子娘立马从团桌上的灯壁子后，摸出了一炷香、三张裱纸。严维才掏出火柴，点了香，插到团桌的香炉上，又点了裱纸，转身到门口，在门槛上咚咚踢了两脚，高声喊道："严门殿上的家神爷，你老人家是保佑子孙平安无事的灵神！你看，这引生子的妇人陈玉梅，为一点小事情着想不通，喝了药。你看，年轻人辨不来个世事，一时糊涂啊。你老人家要保佑她平安无事，把这娃搭救到世上哩！你看，这引生子有情有义地给你老人家答应了一只高头凤凰、鸣鸡生灵，等娃好了，就给你老人家宰杀还愿！"随即，他又在门槛上踢了两脚。他在门口吩咐时，引生子娘跪在团桌前，头磕得地面咚咚响。

耳房屋里，引生子还在问陈玉梅："你到底把啥药喝了？不说了还给你灌稀粪！"陈玉梅哇哇地号哭不止。半晌，她抽泣道："……窗台子上哩！"引生子就端了灯盏在窗子窝窝里寻，终于看到一块核桃大的"敌百虫"。几个人拿到灯下去看，那白色的"敌百虫"上，留下几道清晰的牙印儿。

引生子当即把"敌百虫"拿到正房里，让严维才看。看着那药上白生生的牙印儿，几个人都认为这陈玉梅肯定吃了"敌百虫"，虽然吃得不多，又吐出来了些，但还是要连夜到县医院里洗胃去哩。严维才就安顿引生子、月明子、金娃、补子赶紧去准备架子车。

这时候，耳房子里突然响起陈玉梅撕心裂肺的哭喊："啊啊……我不是贼娃子，你不信我，我就放死来证明！啊啊……"这声音像一把锯子，锯得每个人的心里淌血。大家都低着头，吸溜着鼻腔的热流，不再作声。严维才身子靠在炕沿上，褐衫外套也从肩头滑落到炕沿，双臂紧抱在胸前，低头沉思，不发一言。门外起了风，院子里的梨树叶在风中哗啦啦作响。陈玉梅的哭喊声传出了耳房，随着深秋的冷风，满院子乱窜……

当山窝子里响起第一声鸡鸣的时候，架子车出了门。架子车从堡子背后顺着坡路咯吱咯吱地走到河坝里，又顺着河坝里高低不平的路往城里走。刚走到河坝路上，堡子背后就响起副队长土生子喊工的声音："——都起来了，滩子地里掰蕃麦走！"

堡子背生产队的一天又开始了。

红 夏

"那年夏天至今想来真真切切却又模模糊糊。"我父亲说，"那年，整个夏天我都是在清水沟的那汪绿潭里泡出来的。"当时他才九岁，正上初小二年级，那所山村小学从来不打学生板子的李老师不知犯了啥王法，被王保长用一根绳子绑了去，学生娃娃一哄而散，一天只知满山窝子里"疯"。他还说，那个夏天的太阳真红，以至于后来只要想起夏天的事，就会先想起那个跟他疯跑的火红太阳。他说，当时他并不懂得什么，而后来发生的一些稀奇古怪的事，现在觉得跟那个夏天的太阳似乎有些牵连。太阳红得跟火炭儿一样，把一个夏天都烤得焦煳煳的。"现在想来，那正是要出事的征兆。"他说道。说这些时，他花白的头颅在我面前轻轻晃动着，晃乱了我的视线。我面前便出现那个红光艳艳的夏天。

九岁的铁头正撒腿欢奔。苞谷林挤瘦一条灰白的地埂，铁头的小脚板踩上去，沙沙作响，指缝间腾起缕缕黄尘。太阳疯疯狂狂，苞谷林里，光像斜刺下无数利剑，铁头腾起的尘土在利剑间逍遥游荡，光将它们夸张地照成许多红色颗粒，弥漫在苞谷缝隙间。清瘦的苞谷直直挺立，没有风，苞谷们纹丝不动。苞谷头顶那撮天花穗正黄得动人，腰间红缨红得灿烂，退了绿的叶子失了神韵，蔫搭搭地耷拉褐红的大耳入定。山窝子里，苞谷林如晃荡的海洋。

　　铁头抬头望望天空，淡蓝的天被褐红的苞谷叶切割成无数碎片，太阳的圆眼正在碎片间瞅他，他不敢与那圆眼对视。在紧闭的眼睛后，他模糊地感觉到一个红红的圆晕。山坡的林子上头，若即若离地浮一层红霭，深灰色山岩不时从那烟霭中耸出，更显得超拔挺峻。没有一只飞鸟。空气中流动着干燥的苞谷叶和坡上松林子散发的气息。铁头抽着鼻子嗅了嗅，又撒腿欢奔起来。

　　铁头一丝不挂，颅顶一撮头发不停地轻拍他的头皮，剃光的头盖青光闪闪，肩胛骨耸动得节奏分明，跳荡的肋骨，像正奏曲的琴键。苞谷叶子频繁地抚摸他精瘦的身子，黧黑的肌肤上划出道道暗白的痕迹，他像只精瘦的猴子，在红色的苞谷林穿行。苞谷林身底的光斑蹦蹦跳跳，纷纷蹿到他光滑如鱼的背上，耳边苞谷叶子唰啦唰啦的响声始终伴随着他。

　　"铁头娃——回来吃饭哩！"

　　"铁头——回来吃饭哩——你死哪搭去了！"

　　铁头娘的声音刺耳地传来，铁头感觉苞谷叶被声音震得颤抖不已。他没有答应，双脚加快了速度，声音赶得他如撒欢的马驹。他想远远抛开声音的纠缠，一头扑入那汪诱人的绿色。这如火的夏天里，那汪绿色强烈吸引着他，苞谷叶子揉搓出的声音燥热地跟在他身后响。

　　父亲当时做梦也没有想到会出现那样的情景，那个情景不仅使他惊奇不已，而且让他在整个夏天陷入一种迷惘的困惑。父亲说，就是现在，那个情景在他心目中也笼罩一层迷迷蒙蒙的雾，而且愈想得廓清，便愈加难以辨识。那个情景的出现改变了清水沟在他心中的地位。他觉得他的现在以及他以后的所有日子，都跟那个神秘的情景相关。从此，清水沟对他来说不仅是水鸣溅溅、绿韵轻摇的去处，还是一块金光闪闪的圣地。所以，在后来那个"砸烂一切"的岁月，一帮子胳膊上箍红袖圈的年轻人整死了他在清水沟见到的那两个人时，他就常去那个圣地逗留。然而面对潺潺溪流，曾经发生的一幕幕总使他困扰，使他捉摸不透。

苞谷林一直蔓延到清水沟沟口，红浪抛出赤条条的铁头。钻出苞谷林的铁头像钻出了苦海，头也不回地奔跑。阳光在他鳖黑的背上跳跳闪闪，小脚丫踩飞地上的黄尘。沟中隐隐传出溪水的声音，他耳旁淙淙生凉。他攀上横卧沟口的巨岩，巨岩像座小山包，暗青色岩身上结满晒红的绿苔，铁头踩上去，感觉扎满刺一般的发烫。他咧了咧嘴，用他婆婆走路的姿势走上去，眼睛顿时被出现在眼前的情景惊得愣圆。这是铁头没有想象到的一幕。他看到巨岩下面，有三颗黑色的头颅紧紧凑在一起，神秘地叽叽喳喳议论着什么。就在他们身后，那汪绿潭盈盈漾动，波光闪闪，弹跳着美妙而和谐的旋律。铁头还未抬头，就感觉柔和的轻风伴随那韵律拂面而来。铁头真想跳动身子，画一个优美的弧线一头扎进那汪有人的绿潭。然而，就在他抬头的瞬间，那三颗头颅突然又散开来，继而扯出开怀的笑声。铁头的耳膜像被一串绯红的鸟鸣声刺了一下，坡上松林子的震颤还未在他眼前消失，那三个熟悉的面孔就深深嵌入他的脑子里。

　　这一幕注定要成为铁头终生的怀想。铁头只觉得隐隐约约闪过一道黑光，之后，那顶黑色瓜皮小帽下圆砣儿茶色眼镜就晃动在他眼底下。他最惧怕王保长瘦脸上的那副圆砣儿茶色眼镜，感觉那眼镜后射出的威严黑光时常扫视着他的脸，他胆怯的目光不敢与那黑光对视。他记得李老师被抓走的那天，这副凶狠的圆砣儿就在学校的小院子晃动过后，两个保丁像两条饿狼从他身后钻出来，用一根绳子将李老师紧缚了带出院去。一群学生娃娃扑嗒扑嗒远远地跟在他们身后，绑在绳套里的李老师被勒得泪眼蒙眬神情凄然。终究，还是那副凶狠的圆砣儿后的黑光阻止了娃娃们依依不舍的脚步。就在王保长身旁，铁头竟然意外地望到另外那张熟悉的面孔，使他更加大惑不解，茫然如坠雾中——他望见留着分头的李老师和短发盖顶的他大跟王保长同时咧开大嘴，轻快而欢欣地笑着，古铜色阳光在他们的腮帮和脖颈上跳跳闪闪，潭边的水蒿子也摆动长腰款款地应和。铁头就感觉沉寂的山窝子里缓缓流动一支红色的歌。

巨岩下持续了片刻的笑声感染得铁头也咧开了嘴，但他终究没有吐出那个欢快的应和声。他暗自庆幸巨岩下的人没有发现他，于是收了收那过多探出巨岩外的身体，就势悄悄地匍匐到岩身上。在光滑平坦的暗青色岩石上，他的身子就像摊开的一条黧黑的大泥鳅。晒黑的岩石灼灼逼人，快要爆炒了他。他痛苦地挪挪身，然后屏声静气，去专注地捕捉从巨岩下传出的声音。

"——王保长这一招棋确实下得高啊！既哄过了县党部，又瞒过了乡里的那些耳目。"铁头听到李老师在说。

李老师平静而坦然的话语使铁头惊诧不已。虽然铁头对他话里的意思懵然无知，但铁头从他的语调中感觉到他的处境已经有了改变。铁头又挪身，静静地等待下一个声音的出现。

"——还是旺才的功夫好，三捶两膀子就把保丁治服了，救下了你！"

"——不不，计策好！计策好！"

接着，三个人欢欣的笑又缓缓从巨岩下腾起来。王保长说起铁头大的名字时，铁头感觉胸腔在炙热的石头上不安分地跳了跳，他忙在他大的答复声里悄悄地抽身坐起。笑声如一团红色的云雾，一阵阵地涌到铁头眼前。

"事情就这样定下！"李老师的声音又在巨岩下响起，铁头赶紧支起了耳朵。"七月初七'乞巧节'上在二壮家给庄里人讲明。王保长打发人把大家传齐，旺才你负责敲锣，用劲敲，把锣敲得响响的，几个山庄上人就都能听见！"铁头听到李老师的声音突然变得急促而有力。他又向巨岩下微微地探探头，看到几张熟悉的面孔上都充满了陌生的神秘意味，听到王保长和他大用低沉的声音答应了一声，然后一齐抬起头用一种他从未见过的神秘的目光去望李老师。他赶紧又缩回身子去。

"铁头——铁头——狼把你叼走了！"

铁头娘的喊声又悠悠地传进山沟来。铁头烦躁地回头向沟外看了看，山窝子里那一排排破败的灰色房屋早已不见踪影，他看到一层紫红色烟霭静静地悬在沟外那片褐红的苞谷林顶梢，与望不到边际的苞谷林构成一个浑然的天地。

"——我的那碎杂种又不知道野哪里去了，自打关了学校门，就野疯了，屋里一天也不想蹲。我回去要收拾收拾哩！"

"——一解放，就有了新学堂，到时候，把娃娃送去也不迟！"

铁头听到他大在跟李老师说话。惶然中，他匆匆地溜下巨岩，然后，轻手轻脚窜出了山沟，又一头扎入深邃博大的苞谷林。苞谷林的燠热烘得他晕晕乎乎，他成了一只深陷草丛左冲右突的蚂蚁。他精瘦的身子顺着苞谷缝隙慌慌地窜动，浓稠的红霭将唰啦唰啦的声音死死地罩进他耳内，让他感到迷茫与焦躁。

父亲说，当时他是既疑惑又惊奇，然而，他没有想到更令他疑惑惊奇的还在后头。后来的情景出现时，他不仅疑虑重重，而且感到了新奇和诱惑。他就带着这种新奇而神秘的感觉走出那个红色的夏天。他隐隐觉得那个夏天发生的一切事似乎有某些内在的联系，却又不明白那一切是何以联系起来的。之后的几十年，他一直在苦苦地思索，而结果终是一片茫然。

梨树过滤了阳光，树下落满碎碎的光斑。青色的鸭梨压弯了枝，或隐身于阔圆而浓密的树叶后，看上去一片凄迷；或暴露在如火的太阳下，映出冥冥青光。铁头坐在树下一只矮矮的小凳上，光斑使他变成了虎虎的小豹。

这是铁头家院子的一角。

一本边角揉破的褐色课本摆在铁头膝上，他的目光却痴迷地紧盯头顶那片幽深的树荫。那天从清水沟逃回来，他娘就挑动他大在他屁股上狠揍了几笤帚疙瘩。幸亏他婆及时赶出来，才没打烂他的屁股。之后，他娘厉声骂他："一天不知道念书，死哪搭野去了？兵荒马乱的时候，学校关门了，没老师教课，就不知道自己好好念？李老师福大命壮，有老天爷保佑哩，你当谁能把他咋了，他就回不来了？你不好好念书，我就到他跟前告你去，看你还敢野去哩不？"铁头当时想起了清水沟见到的情景，扑闪着顽皮而生动的大眼睛，欲言又止。他怕他大知道他的行踪又将他一顿饱打。这时，树荫里涌出一股清凉意味，他感觉脖间拂过阵阵凉风，头皮上随即泛起丝丝缕缕的快活。

"——看啥哩？眼睛不往书上瞅，老鸹胡瞅啥死狗着哩？"

铁头娘的一声断喝使铁头收回了目光。娘的声音是手里的簸箕扇过来的。娘平坐到阳光下的光地上簸麦，簸箕在她双臂间上下自如地翻，麦粒被翻起来时，像挂起一道红色的麦帘，一些灰尘和麦衣从簸箕里飞出，在阳光下逍遥地游动。铁头胆怯的目光从飞动的东西和那道红色麦帘穿过，望到他娘威严的面孔。

"——我娃坐到大日头底下，能念成个书？人都晒蔫了。去，到屋里念去！"铁头婆踮着小脚从屋里出来，手里还拿着针线活。她心疼地招呼铁头道。

"不准到屋里念去！"铁头娘依然阴沉着脸说，"念书娃娃不吃苦念不下书！我娘家的你太爷念成了秀才，就是老师的板子打出来的！在院里念，不准进去！"铁头娘又开始簸。

"秀才都是坟里出下的！"铁头婆撇了撇嘴，不服气地嘟哝道，"你把娃再逼迫，还不如命里该下！国民党的江山坐了几十年，咋说垮了就垮了哩？都是气数，命里该下的，强挣扎也不中用！把娃逼啥哩逼？"铁头婆边说边颠颠地进了屋。

"就你会说得很！"铁头娘也边簸边轻声嘟哝，"都是你惯坏的！"她又扭头瞪了瞪铁头，吼道："念！"

铁头立刻埋头于书本，咿咿呀呀地吟诵起来：

"学、校、门儿——大——大——开，

念书的娃、娃——上——学——来。

开——学——了，开——学——了，

学、校、门、前——国——旗——飘。"

"飘屁哩！铁头娘打断铁头的诵读。眼看着人家快打过来了，城一攻下，都成了人家的天下，还国旗飘哩，飘屁哩！"铁头娘将一簸箕麦粒哗地倒到光地上。"念别的！李老师又没给你们教过这些屁话！"铁头娘不耐烦地说。

铁头顿了顿，手指头蘸着口水又翻了一页，扯着脖子重新唱诵道：

"一——去——二——三——里，

沿——途——四——五——家；

青——菜——六——七——颗，

八——九——十——枝——花。"

"对了对了！"铁头娘又不耐烦地说，"啥花哩菜哩，李老师给你们教的是《三字经》和《百家姓》，你咋不念哩？古书千年不朽万年不烂，啥朝代都用得着，孔夫子门前出来的都要念哩，花哩菜哩的有啥用处哩？"铁头娘身旁的麦子堆成一座红色的小丘。"还是好好把李老师教的念！"铁头娘边簸边念叨着。

铁头翻开另一本褐色的课本，薄薄的书页间散发一种熟悉而亲切的气息。铁头嗅着这气息，恍然又望到李老师那熟悉而亲切的脸，望到李老师上唇的那条醒目的短髭，望到他胖胖的圆脸上挂着和蔼的笑。李老师从不用板子打学生娃娃的手掌，也从不高声训斥学生；学生娃娃也都很尊敬他，没有一个不听他的话。但铁头不知道王保长为啥要突然抓走了他。铁头只记得李老师常常微笑着给他们说马上要"解放"了，"新社会"快要来了，让学生娃娃好好地念书，将来在"新社会"里出去干大事情。他不知道啥叫"解放"，啥叫"新社会"，也不知道王保长抓了李老师，李老师是咋脱身的，李老师又为啥要跟王保长和他大钻进清水沟里。他只觉得李老师是好人，不应该抓走。所以，王保长抓走李老师后，他就恨死了那个戴着圆砣儿眼镜的保长。那保长抓了好多人，有交不起税钱的王四，还有打死了人的李庭堂等，就是不该抓李老师。他想不明白就去问他大，他大只说李老师是"啥党"，说完就神秘地叮咛他一个碎娃娃莫胡乱打问。他终究也没有弄清李老师是啥"党"，也没弄清啥"党"到底有啥不对；只是想李老师说的"解放"和"新社会"咋还不来哩，是啥样儿的，想李老师和王保长究竟是啥往来，然而都没有答案。想着，铁头心里就如浓荫的树林子一样凄迷。

　　"人——之——初，性——本——善。

　　性——相——近，习——相——远……

　　赵——钱——孙——李，周——吴——郑——王——"

铁头胡乱翻动黄色书页，漫不经心地吟诵道。

　　浑圆的天日下骤然荡起一阵锣鸣，铁头惊奇地夸起了小耳朵。锣声紧密而激越，震得空气中红色的灰尘颗粒急速流窜。铁头一想到在清水沟偷听的李老师对王保长和他大吩咐的事情就心猿意马起来。他急切地直了直身子，用探询的目光望着他娘。

　　"——想做啥去？乞巧的娃娃送'巧娘娘'哩，你想做啥去？快念你的书！"铁头娘威严地说。

　　铁头还是直起身子倾听。锣鸣终于扇起他的顽劣，俄顷，他嗖地蹦起，向院外箭一般射去。红色的灰尘紧跟着他的身子疾迅流动，他娘的叫骂声愤愤地追赶上去，也被阳光浸染得血红。

　　再往下出现的一幕幕情景，至今还清晰而真切地印在父亲的脑海，每一个过程，甚至每一个细节。父亲讲到那些情景的时候，格外专注，也格外动情，唯恐漏掉其中一些细节。因为在他看来，那些情景里任何一个细节都可能包蕴相当丰富的内涵，不过都是极微妙，并且具有一定神秘色彩的。当那些情景出现时，他看到别人并没有惊诧，似乎一切全在众人意料之中，也似乎一切全都是众人盼望期待的事。他就更加猜测不透个中的缘由了。于是，他对我无可奈何地说："咻里面肯定有啥名堂哩，不过我说不清。究竟有啥名堂，我大和王保长、李老师他们清楚，我大他过世得早，王保长和李老师叫一帮子胳膊上箍红袖圈的红卫兵给整死了。他们说他俩是'伪保长'和'大叛徒'，唉！咻些年头，乱七八糟的事情多得很！依我说，咻两个都不该整，都是好人！"父亲说这些话时，深陷的眼眶里竟然泪光闪闪了。

　　锣声从二壮家飞出来时，显得焦躁不安。它爬过最初一段歪歪扭扭的路后，红色的苞谷林已使它悠扬而逍遥起来。锣声在苞谷林上面飘，在山窝子里飘，将一方狭窄的天地搅得浓浓稠稠，红光艳艳。铁头听从锣声的召唤，奔跑的身材拂动了流溢的红光，紧随密集的人群，挤进二壮家已经十分狭小的院落。

二壮家院里人山人海。铁头望到无数的腿子在他面前密集地耸立，互相交叠密不透风，锣声像一只红色的苍蝇在他双耳里嗡嗡地钻进去，直钻得他心急耳鸣热汗淋漓。他抬起头，看到了一张张熟悉的和陌生的面孔。每一个脖里绷起的板筋上，都蜿蜒爬动几条青色的蚯蚓。铁头喘了口气，瞅准腿子间的一个缝隙一头扎进去，沉寂的人群顿时荡漾起来。铁头以他精瘦小巧的身子，伶俐地游弋在茂盛稠密的"人林"里，顺利地抵靠到门前。

屋里挤得满满当当，铁头的视线流动得艰难而滞涩。他看到他大穿着暗白色衬衣的背影在人堆里晃了晃，又上了炕。他大手里拿面大铜锣在炕沿上沉重地磕了磕，屋里即刻回响一个悠长的声音。铁头又往里头探探头，看到了在大炕正中坐的王保长。王保长的黑色瓜皮小帽下，那副圆砣儿茶色眼镜又在熠熠闪动威严的光。铁头感觉那光射向了自己，头皮上不禁轻轻掠过一丝儿麻。他将目光投向正堂。

正堂桌上站着一个跟他差不多一般高风姿绰约的"巧娘娘"。那"巧娘娘"绿衣红裙，发髻高绾，腮间停留着迷人的笑，竟像是他家那尊蜡制的菩萨。铁头记起了那尊菩萨，那是他爷花了三个银圆从城里"德盛昌"的方掌柜手里买来的。他婆每天晚上都要在那菩萨跟前磕头作揖，口中念念有词。他婆说那是求菩萨保佑他念书心灵，平安如意。他于是经常望着菩萨腮间迷人的笑出神。而眼前"巧娘娘"腮间的笑，竟使他一时忘了那是纸做的，直到听见王保长喊了声"开始"，他才注意到地上已经站了好几个打扮如"巧娘娘"一般的女子。

那几个女子排成两列，面对"巧娘娘"开始踩动碎步摇晃身子，地上被踩得腾腾响，尘土随着脚步袅袅地腾起来。长长的衣袖舒卷出阵阵轻风，吹拂得烛火摇摇晃晃，铁头看了看领头的女子，竟是他姐！铁头正欲望望其他几位，却听到他姐扯开嗓子唱出一个亮亮的声音：

七月七，搭红台，

我把巧娘娘请下来——

随即，众女子齐声唱道——

冰豆芽儿一尺长，

巧娘娘穿的红衣裳。

脚踩祥云往下看，

立马就要天下变。

旧的去，新的来，

穷人有命发横财。

穷人的江山穷人坐，

穷人的轿子穷人抬。

石榴子开花叶叶红，

下苦的百姓要翻身。

翻身要跟共产党，

个家的天下个家闯。

河里走的顺水船，

一杆红旗飘万年……

铁头被《乞巧调》感染得神情亢奋起来。他感觉今年的《乞巧调》与往年的不同。往年不是唱"手把莲花上灯台，巧娘娘穿的大红鞋"，就是唱"竹杆竹杆搭成桥，我把巧娘娘接过河，上河里来下河里走，巧娘娘长的绣花手"，唱得绵绵软软。今年不仅调子响亮刚劲，而且唱词新鲜耐听，他不知道是谁编的。铁头抬头望着。人群里这时起了窃窃的议论声：

"——你听，这《乞巧调》唱得多好听！"

"——就是，世道要变了，连词儿也改过来了！"

"——该变了，百姓早就没法活了！"

"——非变不可，他国民党咋弹挣都没办法了！"

"——对的，咻是人意，也是天意！"

铁头听着，身后的人群突然沸腾起来。他刚回转头，就看到纷纷后退的人群让出了一条路，胖脸圆圆的留一撇小胡子的李老师笑眯眯地走进门来！

铁头看到众人并没有圆瞪吃惊的眼睛去望李老师，同时他看到炕上几个人纷纷站起身，招呼李老师上炕。李老师神色平静，对大家朗声笑笑，跨步上炕，坐到王保长挪给他的一块空席子上。铁头的眼珠不住地在王保长和李老师之间滚动。他看到王保长若无其事地抚弄腿下光滑的席篾，漫不经心地打量自己倒映在席篾上的焦黄身影，没有说话。

"父老乡亲们，我今个算又出世了！"铁头突然听到李老师和善的声音在说，"其实，这些天，我有时还来山窝子里逛一趟哩。我一来就住在王保长家屋里，吃哩喝哩。"李老师轻轻地拍拍王保长的肩，"王保长待我很好，他并没有把我送交县党部，他是好人！"李老师宽厚地笑了笑。

"——我就估摸着没人把李老师咋了，他不会出事情！"

"——他是好人，神保着哩！"

"——对的。现今，人心都向着他哩！"

铁头听到众人在悄悄地议论着。他莫名其妙地望着一张张神秘的面孔，心头浮动深深的疑云。

"我今个来，是想告诉大家一个好消息！"李老师上唇那撇小胡子跳动得欢欣而轻松，"我们穷人的部队就要来了，我们穷人要翻身掌权了！"

李老师的话像林子间刮过一阵狂风，人群轰地荡漾起来。铁头看到一张张脸上都溢出冲动的红光，所有嘴唇一齐欣喜地张开，黑黑的齿缝间，喷发出发自肺腑的笑。铁头也不禁欲醉欲狂了。

"我们的部队过几天就要攻打县城了！"李老师神情严肃起来，语调骤然庄重而有力。"部队为我们的好光景而流血，我们咋也不能坐着不管！到时候，我们庄要出二十副担架到城里去抬伤员；各家各户还要烙一笼子饼子，给攻城的部队送去，能成不？"李老师高声问道。

"能成！"众人的回答整齐而响亮。

大家都听王保长细细安顿！李老师又吩咐。

王保长抬起头。茶色眼镜片上依然闪动着寒光。"都听着！"他用低沉的语调威严地喊了一声，"担架两家子一副，自愿搭配，都要绑结实些，垫上被儿！饼子一家子烙一书笼子，要放新麦的头道面烙，听下了没有？"王保长问道。

"听下了！"众人的回答声震得铁头双耳发麻。

李老师和王保长相视一笑。铁头看到，李老师转过脸后，那难以抑制的笑还挂在他微翘的嘴角上，悠长而舒心。

李老师那最后一笑竟像长天的星光在父亲心内闪耀了几十年。父亲说，他当时并不能完全理解那笑中的意味，只觉得那笑笑得惬意，笑得感人。现在想来，那笑意味深长，似乎还包涵更丰富的内容。几天以后出现的事使父亲更感到疑惑，这些疑惑更加强化了父亲终生的悬念，这就注定在后来的几十年他跟李老师的命运纠结到一起，不可开交。

那太阳似乎一直紧随着铁头。从早晨到中午，太阳始终悬在他的头顶，照得他浑身像扎满了针一般。铁头骑在驴背上，头顶着火辣辣的太阳，顺山间小路叮咣叮咣走，好不容易才"叮咣"地进县城。

小街道上，人头稠密拥挤。铁头在毛驴身上只看见无数个头颅晃动着，有包头帕的，有戴礼帽的，有梳分头的，各种各样。他感觉像坐在马车上一样悠悠地走，本来灰暗破败的小街在太阳下豁然亮堂起来了。铁头看到所有人的脸上都跳荡着欢欣，如同无忧无虑的婴孩。空气中也似乎活蹦乱跳着一群绯红的小人儿。铁头便慢慢琢磨出这些日子对每个人来说都很重要。他听说就在昨天，头戴五星的部队未放一枪一炮便开进城内，城内国民党士兵大开城门，纷纷向"五星"部队缴枪投诚，于是隐隐感觉发生了什么重大的变故。而今天，他大带他进城，这种感觉更加明显且更加强烈。铁头大宽厚的背紧抵毛驴温柔的长颈，随着人流缓缓移向钟鼓楼的方向。远远地，钟鼓楼的影子随着一片红艳闪闪烁烁，铁头的目光就被那片红艳牢牢地牵去。

钟鼓楼前人山人海。好多人手里都举着一面红色的小纸旗，纸旗于是汇成了红色的潭。钟鼓楼上也插着一杆鲜艳的大红旗，光彩灼灼，晃得铁头的眼睛不敢直视。铁头伸长脖颈，向钟鼓楼下边望望，看到了一支排得整整齐齐的队伍。他们都身着黄色的军装，头上顶着一颗醒目的五角星。铁头立刻想到李老师说过的"穷人的队伍"。他感觉颅顶的头发被一种自豪感激得乱窜。

这时，钟鼓楼上出现一个黄色的身影。一个头顶五星的汉子从楼里噔噔地走出来，走到钟鼓楼的台阁上，然后，操着外乡口音向楼下高声喊道：

"乡亲们，安静了！现在请人民政府的李县长讲话！"

铁头这时感觉他大搞了搞他的腰，又对他说了句什么，但他一时没有回过神来。就在他凝神发愣的时候，楼内走出一个精壮的汉子，是李老师！铁头老远就认出那个熟悉的身影。顿时，他感觉眼前晃过一道红光，耳际似乎扯响了绿色的蚂蚱声。他惊得说不出话来。

"乡亲们！"铁头看到李老师亲切地朝楼下挥了挥手。"我们县解放了！从现在起，我们共产党的县人民政府宣告成立，国民党的反动统治结束了！"铁头听到李老师的声音宏亮而有力，一字一句重重地落到楼下来，砸得他的心房突突乱跳。

那个洪亮而有力的声音还在钟鼓楼上悠扬，铁头就完全沉浸到一种亢奋中去。骤然间，他感觉天阔地朗，水秀山明，青青的草、葱茏的树与太阳的艳艳红光相映成趣，显得和谐而美妙；翩翩的蝶和摇晃的花在淙淙溪流旁尽情地妖艳；柔曼而舒缓的山歌声袅袅地飘来……铁头的注意力突然被一阵潮水般的拍掌声打断，他觉得耳旁掀起一股狂风。抬眼望出去，他看到人潮中纸旗飘飘，如同翻滚的红浪；人人脸上都映得灿灿亮亮，容光焕发。他又抬起头，看到李老师的目光烁烁闪动。倏忽间，那个熟悉的身子竟然连同钟鼓楼一起渐高渐长，直到与天相接，那轮又圆又大的太阳恰成了他的背景。就在这个时候，他分明地看到了李老师和蔼的目光停留到他的身上，久久不动。铁头即刻锐声呼出一个发自内心的声音。之后，那轮又圆又大的太阳永远停留在他的记忆深处。

李老师看我父亲的最后一眼鼓舞了父亲许多年。直到现在，他说起那个情景连同那轮太阳时都很激动。就在那一天，他终于理解了懵懂中结识的那个词——解放。他终于理解"解放"也就意味着"新的一天"的到来，而这"新的一天"的到来则是一种必然、一种定数、一种民心所向大势所趋。然而，许多疑惑依然纠结在他心头。尤其在以后的岁月里出现了许多稀奇古怪的事，譬如李老师和王保长的被整等，他就更加疑惑不解，更迷茫了。

"说不清！"父亲说道，"那年夏天的事情说不清！太阳格外的红，事情也格外的怪！而以后的许多事情，更加怪！更说不清！"他说这话时疑虑重重。

"世道也许就是这样，人一辈子也许就是一个谜，解不开，也理不清！"父亲轻轻摇动他花白的头颅归结道。

情　仇

一

白脸晃了晃，如太阳下圆镜闪出的白光。他心内即刻摇动了一面旗。他的胳膊不由自主地缓缓举起，如风中蒿草一般向白光晃了晃，白光就像云朵从破墙间飘过来。他朝那云朵慢慢靠拢，感觉像踩到棉堆上一样……

"汪汪，汪汪汪汪——"

狗叫声陡然在大贯儿耳边炸响。他从梦中惶然惊醒，身子挺出被窝，欠到枕头上去听。

狗叫声好惨好烈。大贯儿听到了腾挪撕扑时落地的腾腾声。他掀开窗户，深秋的寒气从窗纸破洞里钻进，逼得他猛一哆嗦。大贯儿探寻的目光从破洞处钻出去，他看到大门外滚动着一团黑色，那团黑色疾速腾跃，叫声凄惨恐怖。他惊得心战肉跳，就扯开嗓子呐喊助威：

"咬咬！咬啊——咬！"

喊声在山窝子里疯狂地回响。那团黑色终于滚到大门外的坎子下面，黄狗的扑咬变成"呜呜"的低吼。大贯儿从窗前缩回身子时，突然记起那年黄狗咬死一只豺狗救了他的命的情景，他下意识摸了摸腮边的伤疤。

大贯儿缩回被窝，骤然想起梦中那张白脸，心内便惶惶起来。他暗暗惊奇，咋做了那样的梦！他实在搞不清楚，只知道几天来常在墙头缺口处看到一张白脸晃动。山下张麻子曾给他歪嘴挤眼说过一句令他心惊肉跳的话："大贯儿，我看把两家揽一搭，你凑合不成，二贯儿媳妇也凑合不成，叫她侍奉你算了！"之后，他就寝食不安，茶饭不思。三十多年来，他还是第一次体味这种感觉……

第二天早上，大贯儿开门看到了横卧在门口披红挂彩的黄狗，它高耸的耳朵有一只已经缺了半块。大贯儿惊圆了小眼。

坎子下的情景更使大贯儿惊诧：草丛里，静伏着一只灰色的大狼，全身皮毛零乱，血迹斑斑。灰狼颈下，分明排列着一圈血眼，鲜血依然在浸染它身下的蒿草。大贯儿诧异地望着它额头那撮白毛，即刻想起黑鹰崖上另一只孤单的母狼。

昏暗阴凉的石穴里，荧荧闪动着公狼的眼，它静卧浮土上，紧盯着穴口的那线天光。它尖削的双耳高高耸起，像遥远的梦幻，它期待母狼从那梦幻深处走来。

穴口的天光渐渐暗淡下去，公狼就在浮土上焦急地刨着前爪。终于，一个臃肿的身子堵了穴口的那线光芒。

母狼带着一股凉风挤进石穴，长尾巴拖动了身后的浮土。公狼迎上去，亲昵地嗅嗅它的鼻尖，母狼温驯地伏到它爪前。

母狼撑圆的肚皮紧贴浮土，公狼的头颅在上面轻轻摩挲。它分明感到了里面崽儿的欢跳，便得意地拱拱母狼的身子。

"嗷儿——"母狼低号一声。

公狼停止摩挲，注视着母狼。它从母狼低号声里听出了饥饿的意味，便轻轻嗅了嗅母狼的嘴头。

"嗷儿——"母狼又低号一声。

公狼突然朝穴口走去，颅顶的那撮白毛迎着穴外的黑暗，它扑嗒扑嗒迈动爪子的声音悠长地在穴内回响。

二

大贯儿在出粪。

猪圈墙太高，墙外望不见大贯儿。他要抡圆胳膊才能把粪甩过墙，一棵高大的榆树罩住了猪圈，花花的影子落满他的身。

突然，一个奇妙的声音使大贯儿停止动作。墙那边，二贯儿家猪圈里唰唰的尿声牵了他的心。他望望墙角的榆树，只要爬上去，就可以见到他从未见过的情景，然而……他胸内猛又跳出个小人儿，指着他鼻尖骂道："你大贯儿不是人！她是二贯儿的妇人你能打主意？虽则说你是二贯儿大抱养的儿子，虽则说二贯儿使了坏要赶你走独占家产哩，但毕竟一个锅里搅过稀粥；再说二贯儿也只是瘫痪了，还没咽气哩，你咋能打人家妇人的主意哩？你大贯儿不是人！"大贯儿脸上像挨了重重的一巴掌，他的双腿无力地蜷曲下蹲，将身子交给粪堆，双臂抱住脑袋。

"咋能弄咻活哩嘛！"大贯儿喃喃地说。

午后，大贯儿去担水，西斜的太阳拖长了他的身影。他听到水桶吱扭吱扭响得十分烦躁，对面却传来扑嗒扑嗒的脚步。他抬起头，心内便咯噔响了一声：那张雪白的圆脸正迎他而来。他像被人逮住的小偷，慌乱地避开对面灼人的目光，斜着身子等她走过。二贯儿媳妇晃晃闪闪走到他跟前，却放下了水桶。

"大哥！"她的声音凄凄楚楚。

"咋？……担水哩？"大贯儿招呼的声音含含混混。

"这个家，我……撑不住了！"女人嘤嘤地哭起来。

大贯儿一惊，放下水桶。看到女人的大眼睛肿成一对烂桃儿似的，泪水潸潸而下，他鼻翼间不禁也有些发酸发胀。

"咋哩？二贯儿从崖上下去能摔个多重嘛！你莫害怕，能看好！"大贯儿轻声说。

"看好啥哩！齐腰以下都麻透了，不得动弹了，一回水都要我担哩，还有地哩、牛哩、柴火哩，咋弄……"女人响亮地吸了吸清涕，

"就是能看好，我一个女人家，上哪里抓钱去哩?"

"莫急，慢慢想办法。来，我给你把水担回去!"

大贯儿放下空桶，接过女人的扁担，二贯儿媳妇没有阻拦，让大贯儿担起了水桶。

女人缓缓收了泪水，跟在大贯儿身后，突然女人对大贯儿说:

"大哥，前几天张麻子到我屋里来咧!"

大贯儿惊慌地转过头，肩上的水桶不自然地摇了摇，一股水从桶边上溢了出来。

"做、做啥哩?"他结结巴巴地问。

"就说……说咻话哩，让把两家合一家，还说他……给你也说了!"

"二贯儿……咋说哩?"

"他没说啥，他也知道他……不顶事了，不揽到一搭，屋里没人顾，也怕……断香火哩!"

女人雪白的圆脸上突然烧起两把火，烧得她声促语急。

"噢……有啥活我暂顾上，先看人要紧!"

"我知道，二贯儿得罪下你着哩，你莫生气!"女人怯怯地说。

"不说咻话! 不说咻话!"

到二贯儿家门口，大贯儿慌慌地放下水桶走了。女人孤独的身影留在原地，远看像一棵瘦小的野白杨。

夜晚，大贯儿躺在炕上，被白天的事搅得难以入睡。女人的话语、女人的身影都纠缠着他，他感觉女人实在可怜。"女人是好人!"他想道。突然，豁耳子黄狗又吼起来，接着便是惨烈地扑腾撕咬。之后，撕咬声没有了，大贯儿听到一连串细柔而冲动的哒哒声。他爬上窗口惊奇地望见了黄狗正爬在另一只动物后臀上的轻狂举动。

从狭窄的穴口望出，正好望到那轮昏黄的圆月。圆月斜隐在对面山脊的树梢后头，就像帘内的孤灯。母狼呆呆地伏在石穴里，下巴紧贴着冰凉的地面。多日来，它匍匐爬在石穴里，望穴口的日落日出，一动未动。

那晚，公狼离了它，一去不返。它拖着沉重的身子屹立山头，声声呼唤，却总不见公狼回归的影子。它焦急地在林间穿行，树枝茅草急速抚摸它臃肿的身体。它奔窜的声音响满山冈。猛然，它听到一个刺耳的声音，之后，撕裂般的剧痛从它体内传出……好长时间，清凉的山风吹开它沉重的眼皮，它朝身后望了望，绿草间已开出一片灿然的红花，妖冶鲜艳，腥气冲天。它用僵硬的四肢撑起空空荡荡的身子，向林子深处哀号一声，缓缓挪回石穴。

穴口灌进一股凉风，母狼不由猛一哆嗦，它朝空荡荡的洞后挪了挪身。

圆月纵身跳出穴口，母狼眼里一片凄迷。它恍惚间进入一个多彩的天地，青山秀水，彩蝶翩翩。一只灰狼迎它奔出，爪下飘飞几朵柔柔的白云……

圆月移到中天。母狼望望那月，像望到一只透着杀气的仇人的眼。猛然，它躬身跃起，朝外迈开复仇的碎步，向那仅有两户人家的山庄急速地奔去。

母狼围绕月下的院落转圈。突然，耳边旋起一阵森森冷风。它吃惊地抬头，看到一个高大的身子伴随狂吼卷过来。它仅看到对方一高一低两只耳朵的轮廓，便被旋风卷倒在地。

母狼在豁耳子身下无力地挣扎，痛苦地哀号。豁耳子用刚劲的利爪击打着软弱的敌手，发现对方毫无抵挡之力时，它停止粗暴的进攻，只嗅着怯懦的敌手。

母狼慢慢停止号叫，它蜷伏在地长长地喘息。豁耳子嗅着它身上散发的陌生而充满诱惑的气息。它突然嗅出一股浓烈的腥味。它用鼻尖轻轻拱开对方下垂的长尾，猛然看到一个神秘而真实的世界。母狼还未完全反应过来，就看到对方的前爪从它背后高高地腾空……

三

大贯儿扛犁吆牛走出沟来。女人看到大贯儿望她的目光里透出了惊慌。

"大哥，哪搭耕地去哩？"女人招呼道。

"把你们家山后头的二亩地划了，眼看着要种麦哩！"大贯儿回答道。

女人的目中即刻闪现出亮色。"连你的活都做不过来，还要接二连三地顾这一头子，太吃力了！"她说。

"说到底，都是一个先人的后代，分啥你我哩？"大贯儿道。

"大哥，二贯儿不是人！"女人说，"他做的咻事情对不住你，他不是人！"

"不说了！过去了的事情，风吹雨化了，不说了！"大贯儿说。

二贯儿媳妇说不下去了，只是久久地仰望着大贯儿，像仰望一座大山。

"大哥，夜晚夕对面桦木林里啥叫唤哩？闹了半晚夕，吓得人不敢出门。"女人突然问道。

大贯儿不自在地笑了笑，高翘的犁把儿在他肩头突突地抖动着。"是狼，一只母狼！有啥吓的哩？"

"怕不对！狼的声音拖得长长的，有高有低哩。这声音直拐拐的，像接不上气，怕是鬼！"女人又说。

大贯儿又笑笑："上一个月黄狗咬死了黑鹰崖上的公狼，就留下那母狼。它伤心，哭哩！"

女人望着大贯儿，睫毛长长的大眼睛扑闪扑闪。他们一起走出沟。山溪的声音被远远抛开，他们的脚步踩得小草吱吱响。他们急促的呼吸使各自都感到不安。

夜晚，天空漫卷出一片黑色云块，顿时，大山里起风了。林子发了疯般起伏摇摆，树枝树叶伴随风的怒号横空飞舞。那片桦木林又摇出个阴惨惨的声音，似哭似吼，亦怒亦悲，声音起处，两团绿火荧荧晃动，忽而被隐没，忽而在树梢上飘移。

大贯儿跪缩在炕角，静听着窗外大山的怒吼。

"大哥！大哥！"

门外突然响起两声急促的呼唤，大贯儿侧耳去听。

"大哥，啥叫唤哩？"又一声问话。

大贯儿想起了圆圆的白脸，骤然感觉胸内踏响凌乱的脚步，使他呼吸急促难以成喘。他对着门外答道：

"没啥！是狼，还有夜鸽子鸟（猫头鹰），没啥！"

大贯儿慌慌地下炕站到门边，他摸着门闩的手微微发抖，想拉开门闩，却毫无气力。

"狗哩？大哥，狗哩？"门外声音颤颤地问。

大贯儿抖动的手指摇得门闩当当作响，门闩却扭扭捏捏不肯退出去。大贯儿伸长脖颈咽一口唾沫，感觉紧憋的力量缓缓移到手臂。猛地，他拉开门闩，门哗啦一声张开，门外一个身子腾地倒进来，倒到大贯儿火辣辣的怀里。

"大哥，狗哩？"

"不……知道。"

怀中的圆脸使大贯儿感到慌乱而迷茫，他像一头烈日下艰难翻越陡坡的老牛，气喘得快要虚脱过去……

"大哥，狗……哩？"

……

话语在大贯儿喉头无力地滚了滚。他张开因紧张而微闭的眼睛，看到昏暗的白脸上隐约闪动着两行清冷的泪，本来空白的大脑里即刻刺入一道晃目的闪电。他惶然地抬起头，眼前清晰地映出二贯儿瘫软在炕的影子，顿时感觉胸内被犁铧深深划了一道。他痛苦地抽搐着，抬臂轻轻推开了怀里那软软的身子。

"胡弄……不得！"大贯儿轻声说。

女人望望他阴沉而凄苦的脸，埋头抽泣起来。

桦木林里，母狼的身影幽灵一般游荡。

母狼永远忘不了那晚从它背后高高腾起的前爪。那双前爪使它来不及反抗甚至来不及躲避，它的身子就疲软无力了，因为对方身上散发出的雄性气息深深地刺激着它。销魂的那一刻来到时，它依稀望到了额头有撮白毛的公狼的影子。于是它温柔地耷拉着大耳，亲昵地摆动身躯，吐出一串细柔冲动的呭呭声音……

天色阴暗下来，桦木林像幽深的梦幻，母狼热烈的情感为那梦幻平添一层玫瑰色，急切地呼唤一种希望的到来。

"嗷——啊!"

"嗷——啊!"

静谧的山窝被这个声音填满。母狼头顶上响起桦林树叶子下落的声音，它伸长脖颈，又向对面朦胧中的两点灯光发出呼唤：

"嗷——啊!"

"嗷——啊!"

隐隐的灯光猝然惊灭，母狼听到了茅草的响声。随即，它望见桦木林间穿行的一个暗白色影子，即刻想起那双前爪从它背后高高腾起的情景。

四

秋阳如火。铁铧在灰白色地上犁出一条深黄的壕沟。大贯儿默然紧盯铁铧两侧翻卷的土浪，长鞭不时在黑牛背上摔一道白痕。

大贯儿在帮二贯儿家耕地。

犁到地边，大贯儿抽出犁铧，如释重负一般喊了一声。大贯儿的目光伴随一串心跳停留到地畔下的小路上——那里晃出一张圆脸。

二贯儿女人挎笼提罐走进吊脚地，她的圆脸上泛出可人的粉红色，双眼怯怯地望着大贯儿。

"大哥，饿了?"

大贯儿感觉女人声音像块海绵，吸干了他身上所有的水分。他又想起那个天色暝迷风声凄厉的夜晚，他慌乱地避开她的目光，声音含混低弱：

"还……不饿！"

大贯儿接过罐子，埋头吃得吧唧吧唧响。女人蹲在一旁望对面的松树林子，他听得清她的微喘。

大贯儿吃完了，点燃一锅旱烟抽。烟雾在他的头顶缭绕，他吧嗒吧嗒吐着烟圈儿。

"大哥，那晚夕的事，怨……怨我！"女人突然说。

大贯儿的胳膊猛然一抖，像烟锅烧了手，立忙用两臂抱住了脑袋。

"不不，不怨你不怨你！你没做啥，我也……没做啥，对得起当兄弟的！"他说。

女人抬头望望大贯儿脖颈上鼓鼓的青筋，面红如三月的桃花。

"张麻子夜晚夕又来哩，你……没见？"女人突然又问。

"哦，我没见。他……说啥哩？"

大贯儿从两臂间抬起头，感觉腮上伤疤的部位如火一般发烫。

"又说……咻话哩。"女人轻轻地说。

"二贯儿咋说哩？"

"他说再没啥治了，就看你的意思是啥。"

"嗯？"

大贯儿瞪圆了惊奇的眼睛。

"弄不成弄不成！我大贯儿是人，不是畜生，在兄弟跟前，做不得伤天害理辱没祖宗的事！"大贯儿拨浪鼓一般摇动着头颅。"看病！"他说，"给二贯儿看病！"

"哪搭能看好哩？人家都说没治了。"女人说。

"进城看！不成就去天水、兰州，非看好不可！"大贯儿又吐一口烟雾。

"钱哩？拿啥看哩！"女人问。

大贯儿低头咬住烟嘴儿，沉吟不语。良久，他在鞋底上磕磕烟锅子，站起了身。

"想办法！"他说道。

豁耳子抬头望望那弯如钩的月，向对面桦树林子撒腿奔去。月光映得雪地闪闪烁烁，它的利爪踩到上面，积雪咯吱咯吱呻吟起来。

它嗅到那股气息，那股来自桦林深处的气息。它望见高大挺拔的桦树下，斜倚着一个笨重的身子，积雪衬得那褐灰色身子十分醒目。豁耳子带着一阵风奔到它身旁。

母狼亲昵地唤一声，豁耳子对它晃动长尾并靠上前去。轻轻摩挲中，两个身子都感到不可抑制的快意。突然，豁耳子受某种力量的支使，冲动地将头伸向母狼肚下拱动。母狼被这剧烈拱动弄得咝咝怪叫，立刻躲开。豁耳子似乎悟到什么，长久注视着母狼微隆的肚皮。渐渐地，豁耳子双目中深深流动出慈祥的光来。

林子突然摇晃起来，无形的巨手横空掠过，发出尖厉的嗯哨声。嗯哨声惊动了静卧在树枝上的雪花，雪花纷纷飘飞，林子顷刻间浑浊暗淡迷迷蒙蒙。母狼身子抖出一个无法抑制的寒噤。

豁耳子紧靠母狼微颤的身躯，母狼蜷缩在豁耳子身旁，冰冷的尖嘴在豁耳子面颊上温柔地滑动。而后，两个身影在厚厚的积雪上缓缓地矮了，桦树下即刻响起甜美的鼾声。

母狼在公鸡打鸣声里从豁耳子暖暖的前腿间抽出嘴头，用惺忪的眼望望树梢间渐渐生动的天空，从雪地上站起。豁耳子也从悠长的美梦里走出，撑立四肢，向树梢躬起黄色的脊梁。

又是一阵亲昵地摩挲后，母狼拖着沉沉的身子向林子深处缓缓走去。它绕过桦树灰白的躯干，又扭头望望豁耳子，才迈开碎步。

"汪！"

痴痴遥望的豁耳子狂吠了一声，它的眼眶里流出两行浑浊的泪水。突然，它朝母狼消失的地方匆匆赶去。它身后，扬起一团疯狂的雪浪。

五

大贯儿躲在黑鹰崖的酸刺丛后，双眼紧盯着那个窄斜的洞口，瞳仁里闪动着焦躁的光。这种姿势保持了多久他记不清了，他只记得救过他的豁耳子黄狗离他而去后又多次出现在他梦中。还记得张麻子说他看见了豁耳子跟那只身底晃两排乳头的母狼走在一起。张麻子说现今政策好啥都能卖钱，包括猫儿狗儿雀儿。张麻子还说这窝狼儿子可是正宗狼狗，每只他愿付一百元的价钱。大贯儿想到炕上哼哼唧唧的二贯儿，想到他对二贯儿媳妇的许诺，就手提拐耙儿来到这丛酸刺后。

洞口终于斜出一道黄黄的影子，随即又斜出一道灰灰的影子，两道影子颤颤地从大贯儿面前颠过，消失在起伏摇曳的茅草丛里。于是，大贯儿拨开酸刺，幽灵一般荡到洞口。他嗅到一股扑鼻的腥膻，便将头探向幽幽的洞口，腥膻味更加强烈地刺激着他。这时，他听到一串吱吱的叫声。

大贯儿向洞里轻轻地探进拐耙儿，当那被烟熏火燎得乌亮的长杆儿触到洞里几个软软的小身子时，他便轻轻地拨动着。随着吱吱声缓缓滚出洞口，大贯儿看到三只胖胖的灰黄的小身子。

大贯儿解下系在腰间的尼龙袋子，将三只小家伙轻轻放入。小狼崽在明亮的天光里眯住小眼紧挤一团，随着一阵晃晃荡荡离开了洞口。

豁耳子正追赶着一只逃命的兔子，那只兔子像一个灰色的小球，贴着山脊灵巧而疾迅地滚动。母狼看准一条迎头夹击的小路，一头钻入葛条丛里，又越过山谷，攀入山坡的松林，一口气奔到了山脊。

豁耳子追着兔子钻进一片野艾丛。母狼正要撒腿，突然听到一串熟悉的吱吱声。它警觉地夯起耳朵谛听半晌，便顺着山脊疯狂地奔跑起来。

顺风而来的那股气息像无形的绳子扯住了母狼，它朝那个方向凄伤地唤一声，身底掀起一股狂风。

像一只自天而降的精怪，母狼猛然出现在一个手持拐耙儿肩搭尼龙袋的汉子面前。

那汉子正洋洋得意地微微闭目而行，抬头看到一只面目狰狞龇牙咧嘴的母狼，汉子骤然失神变态！他在惊恐中对那母狼讨好般笑了笑，身子就如筛糠一样微微地抖起来。

母狼步步紧逼，它透露杀机的目光在那只尼龙袋子和汉子肌肉抽搐的脸上来回地扫视，汉了极不自然地往后倒腾着脚步。

母狼威胁般低吼了一声。面对它凶悍的利齿和鲜红的长舌，那汉子腮帮子上的伤疤突突地跳动几下，之后，那只尼龙袋无声地落到了茅草上。

袋子在母狼眼里放射金光，它焦急地往前一扑，去夺那只袋子，眼前却横起一根乌亮的长杆。

汉子脸色泛白，双手紧握长杆儿，他紧盯母狼的目光里游动出惊恐，脚下颤颤地后退。母狼又威胁般咆哮一声。这时，它听到身后响起茅草摇动的声音。它回转头颅，看见满嘴血迹的豁耳子从草丛里钻了出来。

豁耳子做梦也没有想到它要面对这样的情形：一旁是手持长杆面色灰白的老主人大贯儿，一旁是张牙舞爪怒不可遏的母狼，他们对峙着，伺机进攻，眼看一场撕扑搏斗就要爆发……豁耳子先是一愣，接着稳住了步子，站在双方的一侧。

"畜生!"

豁耳子听到主人冲它吼了一句什么。它连忙奔过去，嗅了嗅草地上的尼龙袋子，又嗅嗅大贯儿绷得僵直的腿，长尾疾速地摇晃着。

"背叛家门的畜生，还不快咬!"主人又朝豁耳子吼道。

他又记起豁耳子咬死豺狗救了他的情景。豁耳子绕着大贯儿缓缓地转了一圈，又转了一圈，然后轻轻跑到母狼身边，它舔舔母狼乍然耸起的颈毛。

母狼还是保持一副进攻的姿势。它又看了看那只尼龙袋子，突然袋子在草地上翻腾了一下。接着，一连串的吱吱声从袋子的蠕动中响起。母狼又龇牙怒号了一声，爪子有力地击打着坚硬的岩石。对面的汉子这时却骤然挺直了身子，无所畏惧地挥舞一下长杆，在草地上狠狠地跺了跺脚。

"日的你来，看我不把你的命要了！"那汉子说。

这声怒骂对于母狼无疑火上浇油，只见它像一道灰色的闪电，呼地扑了过去。豁耳子只觉身旁掀起一股狂风，还没有完全反应过来，就看到母狼的身子迅疾地蹿了出去。豁耳子赶紧撒腿去阻拦，未及赶上，就见母狼和老主人纠缠到一起。两个身子先是撕扯了一阵，然后倒在地上翻滚。豁耳子在一旁焦急地倒腾步子，无从援救。半晌，它看到两个身子滚到悬崖边上，一块巨石被推下了悬崖。两个身子在悬崖边犹豫了几番，终于没有稳住，紧跟那块巨石沉重地跌落下去。旋即，豁耳子听到山崖下飘起一个长长的喊声：

"啊——"

"嗷——"

豁耳子急忙赶到悬崖边上。它望了望怪石嶙峋的山崖，没有望到主人和母狼的影子；它又望了望深不可测的谷底，依然没有望到他们。它恍然明白了什么。探视片刻，它突然扯出一阵凄然的哀号。几只小狼崽这时拱开了尼龙袋子，爬到茅草丛中瑟瑟发抖，眯缝着眼睛尖叫。豁耳子没有顾它们，只在悬崖边上发疯地奔走，前爪悲痛地撕扯着野蒿，哀号声回荡在幽深的峡谷……

茫茫风雪路

一

清康熙年间的一个冬天，鹅毛大雪搓棉扯絮般下着。西和知县董贞正躺在他卧室的太师椅上闭目养神，两道剑眉钻进了黑缎瓜皮帽里，眼圈乌黑，显得那么疲惫。

来西和就职已经三个冬天了，但他记忆中永远印着家乡海宁那片蔚蓝色的大海。初到这个远离大海的西北山城时，那满目残破颓败的城垣房舍，曾引起董贞多么殷切的乡思啊！但是，皇恩难负，庶民待安，他只能公而忘私，勤勉任事。

为了防御贼寇，保境安民，他修补扩建了残破而狭小的城垣，将原为南关的那片地方，圈到了城内；将原为一片荒滩的曹家河坝，不仅铺土加高圈入城内，而且还在那里修建了孔庙和学宫……

为了清理冤狱，解救无辜，他认真查阅了积年的重大案卷，以惩治豪强，整饬吏治，驱除了衙门中帮虎吃食、为鬼作伥的一伙为非作歹之徒……

为了发展生产，改进农耕，他抑制豪强兼并，整顿粮食集市，并在县城南北近郊开辟了南北两个"先农坛"，亲自扶犁躬耕，与富有经验的老农一起研究……

为了振兴教育、培养人才，他节衣缩食，捐出自己的俸禄，资助家境贫寒但好学的学子，并挤出时间亲自去督导他们课读……

近三年了，为了这个偏僻闭塞的山乡小县，他没有睡过一个好觉！

他太需要休息了。几十年风风雨雨，备受熬煎。现在，政绩卓著，百姓称颂，就让他好好地歇缓吧……

"董大人！"

衙役的一声呼喊惊醒了董贞。巩昌府来了紧急公文，董贞启开封口，阅毕公文，只觉眼前一片模糊，天地在急速旋转——

"这是真的？巩昌府竟会将我免职！"

董贞的肩头抖动出一阵寒战，额头的青筋在毕剥地跳动。他猛然又记起临来西和前恩师朱子文那番意味深长的话语。他当时瞪着将信将疑的眼睛，谁料恩师一语成谶，宦海浮沉，险恶难测。对个中缘由，他隐隐孕出一种判断来。

"恩师先见之明啊！"他发出一声深深的叹息。

深深的怅惘死死啃啮着董贞的心。岁月的皱纹已经爬上他的额头，稀疏的白发也已钻入他的鬓角。当他进入壮年时，厄运骤然降临。他知道自己命运的绳索握在别人手中，预感到自己一旦倒下，败局将无法挽回。他唯一牵挂的是他的小海儿，这延续他生命的血脉，才仅仅三岁啊！然而……

酸楚的泪涌出眼眶，顺着他瘦削的脸颊流，寒风使泪水变得冰凉冰凉，闪现道道凄惨的光。

"爸爸！爸爸！"

小海儿稚嫩的叫唤声传进屋内，他急忙抹去泪痕。

小海儿蹦蹦跳跳进屋，两只胖乎乎的小手一前一后急摆，气喘吁吁地说：

"妈妈说，门外有个老汉，要见你哩！"

"哦？有人要见我？叫他进来吧！"董贞俯身捏住小海儿的冰凉小手暖了暖，吩咐道。

小海儿又蹦蹦跳跳出门。

半晌，掀动的门帘下钻进一位老者，他戴一顶陈旧的毡帽，形容枯槁。

"董大人！"

一位老者低唤一声，他多皱的脸上难以掩饰焦虑和忧郁。

"噢？是你，快坐下！"

来人是南关的小商人张铁牛，年前曾击鼓喊冤，是董贞了结了他的官司。

"董大人，你……是不是被革了职？"张铁牛稀疏的胡须微微抖动，急切地问董贞道。

董贞浓黑的眉毛紧皱一处，对张铁牛沉重地点了点头。

"张老汉，公文才下来，你如何知道呢？"

"我北关里有亲戚哩。他说刘二旦和陈智仁告了你，说你修筑城墙是想反抗朝廷哩。你不知道，刘二旦有通天的本事哩，他跟知府老爷是亲戚，消息老早就传下来了。"

张铁牛眼角泪光闪闪，气愤使他改变了腔调。

"噢？"董贞脑内急速掠过恩师朱子文的教诲，他先前的判断，如黎明的山恋，渐次显出清晰的影子。

"董大人，你……这番祸端，是我老汉惹出来的哇！"张铁牛哽咽着说道。

董贞摇摇头，轻抚老汉的肩，扶他坐到太师椅上，转过身去，将目光投向窗外风雪迷茫的观山……

二

踱出县衙朱红的大门，寒气扑面逼来，董贞不禁一阵哆嗦。

风停止了撒野，处处留下它骚扰的痕迹。高高的城墙下面，窝风将积雪旋成一个个雪涡，好似朵朵白花。街上行人稀少，狂风掠走钟鼓楼顶的积雪，裸露出灰黑的瓦楞。瓦楞间的蒿草，可怜兮兮地颤抖着……

董贞迈出东门，信步走去。

城东门外，一片荒滩，董贞不知不觉来到这满目萧瑟的地方。干枯的蒿草被积雪压得七倒八歪，土坎子在雪中躬起褐色的脊梁，处处裸露弃置死婴的背篓。董贞抬首前望，突然一脚踩空，坠入深深的雪涡，顿时，软软的积雪拥抱了他。他下半截身子栽进雪地，脚底腾起一股凉意。他爬出雪涡，棉袍下身已沾满厚厚的雪沫。儿时，那滨海的小村里见得最多的是海浪的飞沫、暴雨的水泡和杨柳的白絮，偶有雪花飘洒，顽皮的孩童就把大地当成温床，在上面翻滚嬉戏，那惬意的感觉永留在他记忆深处。然而，此刻他难以领略儿时的感受，胸臆间漾出一股痛苦的抽搐，并在眉宇间长久地汇聚。

董贞脑内萦回着那场械斗——那个血肉横飞的场面：

元宵之夜，县城人群熙攘，各路社火齐在县署衙门云集。有颇有名声的老庄"老虎"、北关"雄狮"和南关"巨龙"，也有西峪的"旱船"、王磨的"走马"，花灯如一片海洋，乱人眼目。舞到酣畅之时，忽然北关"雄狮"与南关"巨龙"碰面。这两家社火素有积怨，曾多次冲突，互有伤亡，故此县衙约法，先下手者必将严加惩处。但北关人把县衙约法当作过耳秋风。这次相遇，喊一声"打"！北关的精壮汉子就操起备好的棍棒劈头盖脸朝南关社火队乱打。一时之间，棍棒飞舞，喊声大作，南关人未及防备就被冲散打倒。结果，南关小商人张铁牛之子张大龙被打得七窍流血，当场死亡。另有数十名南关人也满身伤痕，不能行动。于是，张铁牛呈递了诉状。

他接到诉状，升堂裁决。他暗暗察觉到来自北关头人身后的力量，他也明白这次械斗是北关与自己权力的较量，但他还是断然回绝北关头人刘二旦和陈智仁的重礼贿赂，惩办了凶犯。虽则在提笔批示的一刹那，他脑中闪出恩师朱子文的谆谆教诲之言，但另一股强大的力量促使他落了笔。平静下来后，他觉得自己干了一件冒险的事，却没有想到灾祸来得如此之快且如此之烈。现在，他只有寄希望于圣明君主，或许能够摒弃谗言，英明裁决，以匡扶正义。然而，这又有多大的可能性呢？他茫然了。

董贞长叹一口气。白色的气流扑向阴惨的寒空，他拂袖抹去短髭上凝结的水珠，对曲折而来的漾水河投去忧郁的目光。

昔日浩兮荡兮的漾水河成了一条冷冷的冰带，坚冰严实地镇锁住它的神采，冰下的漾水河却流出一串汩汩的清韵。

三

狂风裹挟雪花横扫迷茫的夜空，山城陷入混沌之中。狂风的呼啸凄厉而刺耳，小城之夜变成阴森的饿鬼。

屋内，烛光荧荧，墙上摇晃出令人恐怖的影子。董贞斜躺在太师椅上，惺忪的眼睛紧盯墙上闪烁不定的灯影，好似紧盯着一座行将倾塌在自己头上的小山，惶然的悸动掠过心头。

董夫人陈氏毫无倦意，端坐炕头，望着熟睡的小海儿出神。小海儿正做着一个甜美的梦，脸蛋儿红扑扑的，小小鼻翼随呼吸而缓缓颤动，平稳的鼾声里透出温馨和宁静。然而，这一切难以平息陈氏纷乱的心绪。

她是一个名门望族的闺秀，自小，尊贵的门第养就她尊贵的气质。十八岁那年，父母为她选中秀才董贞，两年后她便出嫁。原想董贞功成名就后，即为他生子立嗣，承续功名，无奈董贞四处颠簸，十数年兀兀求学，无暇旁顾。后来他虽然一举成名，却韶华已逝。随董贞到这西北小城后，她才算如愿以偿。为寄托思乡之情，她将儿子唤作"小海儿"，希望早日见到故乡的大海。然而，一夜风云起，灾祸天外来，他们的前途究竟是怎样呢？剧痛撼动她的心肺，猛烈的抽搐从她胸臆间撞出来，撞出悲切的抽泣声。她惨白的脸上即刻现出两条闪光的泪痕。

"你……就想不出法子了？"她带着哭腔问丈夫。

久久凝然不动的董贞，缓缓动了动身子，发出一声重重的叹息。

"唉！有什么法子呢？朝廷是宁信其有，不信其无的。"

"这刘二旦和陈智仁究竟是什么人？他们咋有这么大的神通哩？"陈氏急切地问。

"你不知道！这两个人是北关里的恶霸，一文一武。他们长期勾结，在地方上作威作福，还与朝廷命官对抗。稍有不合他们心意之处，就造谣诬陷，非整倒你不可！其中刘二旦还是巩昌府知府的亲戚，有人说历任县官来西和上任都要先去拜访他。这次北关社火队打南关人，就是他跟陈智仁挑起的。本来县府有约法，他们却全然不管，这不是眼里就根本没我这个知县吗？"董贞轻轻地说。

"就你刚强！弯弯腰不就过去了！"陈氏责怪丈夫道。

"我咽不下那口气！我想起过朱老先生的忠告，他给我说'为官先得学会保护自己，不求有功，但求平稳'。可我又想自己不能为民做主，还算什么父母官？就下了铲除不平的决心！"董贞愤愤地说。

"那……往后，怎么办呢？"陈氏又问。

"自古清官都没有好下场！故此，造就出许多贪官和庸奴。我既已到这等地步，就想青史留名，以昭示后人。至于以后，听天由命吧！"

董贞站起身来，缓缓走动，屋子里回响着他激愤异常的脚步声。

烛火又一阵摇晃，串串烛泪潸然落下，洒到漆黑的团桌上。屋外风声愈烈，仿佛魔鬼的巨手撕裂大地的胸膛一般凄惨。哗啦一声，狂风猛然掀开紧掩的门扇，粗野地撞进屋来。摇晃的烛火一头扑进黑暗里，屋内骤然浸满死亡的色彩。董贞身子在瘆人肌骨的寒意里一抖，默不作声地上炕钻入了冰凉的被衾。

悲愤紧紧郁结在陈氏心头。她急促地呼吸着，热热的泪，宣泄无尽的悲戚。

"万一出事，小海儿怎么办？"俄顷，又传出陈氏颤抖的声音。

黑暗中，董贞痛苦地沉默着，半晌，喉头翻滚出两个字：

"送人！"

"啊！送给谁？"陈氏惊问。

"卢家阿婆，她给我们当了几年佣人，是个善良人，又无子无嗣，肯定会对小海儿好！"董贞低低地说道。

胸内憋闷的东西使他感到吃力异常，鼻腔里溢出一股酸意。他竭力抑止了满盈的泪水，喉间扯出一个深长的叹息，沉重而悲切。

屋内沉入一片死寂。

董贞感到一阵迷糊。恍惚间，他又觉得走进漫天大雪之中，密密的雪花团团包围了他。他仰起脸来，雪花劈头盖脸地砸下来，让他难以睁开眼睛。他不由自主地蹒跚着，终于，一头栽倒在厚厚的雪地上。又一阵风吹来，他被卷入飞旋的雪涡，身体轻轻地随雪花旋转，旋转，如风中的纸屑，而后，又被轻轻地抛到地上。旋转的雪花，便疯狂地吞没了他……

四

董贞注视着窗户里透进的月光，凄凉在心内泼洒。

爬进窗内的月亮，留在墙上，黑暗的屋子里，便现出朦胧而凄迷的光亮。一股强烈的霉味刺入鼻孔，令董贞阵阵作呕。

这是一间关押囚犯的屋子。

董贞背靠冰凉的墙壁而坐，身下铺一层薄薄的麦草。地上的潮气透过麦草，深深袭入他体内。如磐的夜气，也从窗孔扑进来，在屋内游荡。难以抑制的寒战，便在他心尖上欢跳。

又一道公文终于将他变成阶下囚。这间屋子，曾关过他亲自批示拘捕的许多囚犯，然而，今日却轮到了关他。他茫然地望望前方，但见一片迷蒙。他颓然了，急剧地喘息。"爸爸！爸爸！"似乎有微弱的呼唤声传来。"是小海儿！"他举目四望，混沌中不见小海儿的影子！他心焦如焚，想扯长嗓子呼唤："小海儿——"猛然，他从恍惚之中惊醒过来。

他泪水满面，喃喃地低语道：

"我的小海儿，你现在怎样呢？"

蒙眬中闪现出小海儿圆圆的小脸，他分明听到了离别时小海儿那声凄惨的呼喊……

"爸爸，你和妈妈到哪里去？"

小海儿胖胖的小手扯住董贞的衣襟问。他扑闪的大眼睛看不透爸爸妈妈脸上的凄婉，稚嫩的声音里流露几多好奇。

董贞咽下喉间的苦水，用白皙的大手轻抚着小海儿头上的瓜皮小帽，声音颤颤地说道：

"我和你妈去办一趟公事，过几天来接你，啊？"

"嗯。"

小海儿懂事地点头答应。

一旁的陈氏，手堵嘴强忍着呜咽。终于，她忍不住哭出声来，泪水潸然而下。

小海儿莫名其妙地望着痛哭的妈妈，慢慢红了眼圈。他又摇摇父亲的衣襟，说：

"爸爸，妈妈哭，妈妈不是好娃娃！啊？"

"嗯嗯！妈妈不是好娃娃。小海儿不哭，小海儿是好娃娃，对不对？"

董贞强挤出凄苦的笑，抚摸小海儿的脑袋说道。

旁边用袖子抹泪的卢家阿婆拉着小海儿，对董贞哽咽地说：

"董大人，你就安心去吧！我卢家没后，我就把小海儿当成亲养的。只要我老阿婆在，就一定把他拉扯成人哩！"

董贞还欲嘱咐，面前的一切却剧烈地摇晃起来。他眼中的小海儿分化成为两个，脚下的大地似乎要轰然一声炸开，然后涌出滚滚的波涛一般。他闭眼强力平息自己，半晌，对小海儿轻轻地说道：

"要听阿婆的话，啊？"

他朝卢家阿婆挥了挥手，卢家阿婆抱起小海儿缓缓离去。走不多远，小海儿回过头来，神色骤然大变，随之，哇地哭出了尖锐的声音，并张开小手高喊一声：

"爸爸——妈妈——"

喊声划破董贞的胸膛。他的心被撕裂，血在汩汩流淌。他的视线模糊成乌黑的一团在晃动……

窗外又起了风，树枝恐怖地呜呜怪叫。月光掺和寒风溜进窗口，向董贞粗暴地发泄淫威。小海儿那声凄惨的叫声不断回响，他又发出一声撕心裂肺的长叹：

"我的小海儿啊……"

五

两辆马拉的栅栏车一前一后出了大院,向城外缓缓滚动。栅栏车的木轮了发出吱呀呀的惨叫,雪地上留下两道歪歪斜斜的车辙。

栅栏车里,站着董贞和夫人陈氏,他们要被解往巩昌府去。

天低云垂,光色晦暗,寒气横空肆虐,令人窒息。董贞神情阴郁地望着路两旁的百姓,心内沉沉。

三年前,也是冬天,前来这座小城上任的董贞是何等踌躇满志啊!他乘坐轿子在这条小街缓缓前行时,有一种脚踏祥云的感觉。历经战乱的山城百姓夹道相迎这位父母官,他被一种氛围陶醉,熏风和暖而温馨,蓝天高阔而宁静。虽然颓废的城垣与面有菜色的饥民很快就给他内心筑上一层阴云,但毕竟他是满怀信心的。如今这样不光彩地告别小城,他又是何等痛心啊!

道路两旁,为董贞送行的百姓挤得满满当当。董贞脸白如雪,刺得众人眼里泪光闪闪。他们垂手而立,默默无语。囚车吱呀呀地转动,发出令人心烦的怪叫。

终于,人群里响起难以抑制的哭喊声。有人跌跌撞撞地扑出人群,冲向街道中央,迎着囚车,长跪不起:

"董大人啊,你冤枉啊!冤枉啊!"

董贞看清了那张苍老的面孔,是南关的小商人张铁牛。他朝长跪的张铁牛喊道:

"没有什么!张老汉,你起来,起来呀!"

张铁牛连连顿首,而后,起身牵住那匹套辕的黑马,掏出怀中的酒壶酒盅,斟满一杯,递到董贞唇边:

"董大人,你对我老汉恩重如山,你为我老汉而受了冤枉,今儿个,我老汉为你送行哩!"

董贞摇摇头说:

"张老汉，我不是为你受冤枉，我生性倔强，迟早要走这条路，你不要难过！"

接着，董贞连饮三杯，热泪长流。张铁牛涕泪俱下，摸出一沓纸钱在马前点燃。纸灰如黑色蝴蝶，在寒风里袅袅地飘浮。

囚车又开始吱呀呀地转动，道旁百姓猛然大放悲声。众人皆捶胸顿足，仰天长哭，声遏行云。又有人点燃纸钱，街道两旁，霎时一片火苗闪腾。纸灰翩翩起舞，缭绕上升，似乎是漫天黑雪，沸沸扬扬。

哭声渐去渐远。囚车出了北关，面前分明横着一条白水河，河冰悠悠地泛着青光。

马蹄在冰上打滑，车轱辘碾得河冰一片惨叫。河冰破碎处，流水汪汪地涌上来，向冰上漫淌开去，河冰顿时涂上一层油。两辆囚车颇费周折，终于驶过了白水河。

囚车就要离开西和城了，董贞艰难地扭转头，想最后看一眼这座身世艰辛的小城，城垣、鼓楼、民居……这熟悉的一切就要离他而去了。突然，城外李家山上有熟悉的身影攫住他的目光：茫茫白雪中，站着一高一矮两个人。在雪的映衬下，极为醒目。董贞似乎看清了他们凄苦的神情，似乎嗅到了那股熟悉的气息。董贞的视线骤然模糊了。

囚车的木轮碾穿人的心肺。

董贞想放开嗓子高喊几声。

这时，狂风骤起，朔风扬起雪花漫天抛洒。顷刻间，万象被搅成一塌糊涂。董贞眼里，身影消失了。他想投身狂风大雪，被埋进深深的雪涡里沉睡过去，像儿时那样无忧无虑。然而，他不能。

车辙在茫茫风雪路上长长地延伸，董贞却将走到生命的尽头。

次年春，董贞以谋反罪与其妻陈氏被杀于巩昌府。他蒙冤后，百姓大鸣不平。乾隆甲午年间，朝廷以"查无实据"为他昭雪。当时，西和县令邱某顺遂民心，为董贞捐资建祠于城隍庙后之凝禧寺内。人称董公祠，香火不绝。西和父老至今谈及董贞，犹悲叹不已。

龙 奠

"咦？咋弄着哩？又没响。"幽幽山洞里，探出一颗长发蓬乱的头，焦急地向梯田工地张望。坡上松枝错杂，枝尖上挂满鳞片状的松塔。他小眼里闪出焦躁的光，就从那松塔下穿过。他在期盼一股烟柱伴随震荡人心的声音高高腾空。

然而，深山哑然无语，只有谷中的清溪，不安分地喧闹。西山尖上，密密的林丛似高挑一颗猪心，淋漓鲜血浇透了山冈，山冈像熊熊燃烧起来一样。

"日他先人！看走，六指儿！"他胳膊一扬，烟头儿从他手里划一道弧线，落于芨芨草下。他跨出山洞，向梯田工地攀去，瘦矮的六指儿紧随着他。

山势极峻峭，岩石参差间生出些褐枝针叶的松树，援山而上，顶端是一个突兀的山岭。岭上寸草全无，远看像衫上破洞，红土的肌肤裸得极其醒目。那新来驻队的公社主任腆个大肚子遥望这山岭许久许久，脑中展现出一幅"人造小平原"的图画。他欲使这岭子生长出辉煌的政绩，于是，一队人马就打碎这深山野谷里亘古的沉寂。

工地正中间，一块巨石高高耸立。颜色暗白，形如兽嘴，昂然向天，森森骇人。这石头生性冥顽，大锤砸上去，响声铿然，竟纹丝不动，仅留一白痕；连点两炮，也都不见开花。导火索咝咝地吐尽白烟后，山窝子复又跌入沉寂。今日收工前，主任叫来他和六指儿，启动肥厚的嘴唇吩咐道："大队里正缺干部哩！年轻人好好干！这次就看你们的了，一定要炸掉！"他蓬乱的长发被一种赏识和信任激动得打战，眼前仿佛铺开一条闪光的路，而他也像主任一样四平八稳地迈步，也对着人挺起胸，拖起长腔说话。

导火索已燃成乌黑的枯枝，雷管却在粉白的炸药里安然酣睡，他掏出安睡的那物，随手抛开，引发雷霆的纸筒儿在红土上无声地打个滚。

"六指儿，掌钎！"

他瞪圆小眼，回头一声吼。沉沉铁锤，在他手里游荡，额头上有落日的影子跳跃。

吭！吭！铁锤携着风声，奏响一支威武的曲子。钢钎下，流星飞溅。他胳膊上的肌肤欢快得如一只活泼的小鼠。

吭，钢钎歪歪身子，铁锤没有稳住，猛一头撞上六指儿右手，那第六个指头即刻分了家，手缝里顿时有红的汩涌。

"日他先人！给你免费做了手术，算便宜你了！"

他将衣裳前襟撩起，哧的一声扯下衣兜，裹住六指儿的手。那红的还洒，暗白的衣兜顷刻间换了色调。

"你回吧！"他说。

"不！主任看重我，我回了，咋交代哩?"

六指儿瘦矮的身躯战栗不已，他上牙钻出，狠命地抠住下唇，五官痛苦地移位。

"好，装药！"

一背篓药被那兽嘴吞下，三条蛇噬噬地齐吐信子。一股怪味散溢开，他和六指儿迅疾地顺坡攀下，又奔向那幽幽的山洞。

洞内阴气逼人。他和六指儿侧了耳，专捕捉洞外的动静，心跳的速度骤然加快，如雷的声音在胸腔内轰然回响。

"唉！又闲了！"

半晌，他无可奈何地叹息一声，向六指儿递了个眼色。六指儿畏畏缩缩地爬出洞口，枯瘦的头颅小心翼翼探向工地的方向。

猛然，深山长啸一声，岭上腾起冲天的浪，骤雨铺天盖地，壮观地吞没那个身影。

"六指儿——"

落日倏地滑下山尖，在深山里，搅动一团红色的云雾。

那声长啸卷走巨石，工地上出现了一个红色的巨涡，涡内石牙交错，森森耸立。巨涡周围，躺满碎石裸白的身子，像在叙说一个流血的梦。

主任缓缓地走来，扫视着惊魂未定的人群。他肉肉的头颅猛地抬高，极威严地扯出一道命令：

"现在我宣布，任命田成贵同志为元滩子大队党支部副书记。田成贵和田六指两位同志炸掉了这块拦路石，立了一大功。他们这种'一不怕苦，二不怕死'的精神，应该成为大家的学习榜样！"

一旁的大队书记急忙凑近主任，灰黄色的帽檐紧紧贴住主任肥厚的大耳，向主任低语：

"不行，他还没入党哩！"

主任的眼珠转了转，沉吟不语。半晌，他粗声说道：

"有啥不行的？没入党，马上批嘛！像田成贵这样的同志不是党员谁该是党员？入党的事，我堂堂公社主任说了不算，谁说了算？"

大队书记张大了嘴巴，却说不出话，只得退到一边。

"还有田六指同志，他死得光荣，我们要追认他为共产党员，按烈士对待。队里下来商量商量，给他记一年的工分。他的老娘，队里'五保'起来，不能叫烈士的母亲受亏！好了，继续干！"

主任挥挥手，人们复又开始劳动。镢锨钢钎撞击石块的声音，响得杂乱而清脆。

田成贵的小眼里亮光闪闪，他沉浸在一种酣畅淋漓的情绪里。他疯狂地抡起铁锨，胳膊旋即刮起一阵风，耳边扯响呼呼的声音……

"咦，这不是一条龙吗？"

他憋圆小眼，惊疑的目光一动不动，张开嘴大喊大叫。

工地正中，炸剩的巨岩重又挺出土层。巨岩上，赫然定格着一条巨龙。龙的肋骨历历，脊椎森森，身底紫气氤氲，一副凌空欲飞的样儿，只是颈部以上仅剩一片空白，唯有石碴犬牙交错。

"啊呀呀，真的是神物！"

人们发出一片惊叹，脖颈伸得老长，目光一齐射到巨岩上。

"怪不得哩！我说六指儿咋就那么死咧！"

"把神物惹发了嘛！大锤没砸烂就算了，还硬要放炮哩！"

"这一下糟咧！龙脉切断了，往后咋过日子哩！"

田成贵周身像有刺扎，又像有火在烧。倏忽间，他仿佛跌入黑窟，那条闪光的路消隐得无影无踪，他感觉被一股潮水包围，潮水涌上他的胸，又涌上他的脖颈和长发蓬乱的头颅……

毒日如火。工地上，一队身影如幽灵晃动。他们踏着沉沉的步子，一律的表情冷峻，神态激愤。

白发飘拂的老专家，眼镜片后浮满惋惜，他无限遗憾地只管摇头。

"无知啊，简直是无知！"

老专家身后，身材高大的"县革委"主任扭转了头颅，目光直刺公社主任肥胖的脸。

"谁的责任？彻底追查！"

公社主任双腿发抖，抬眼去寻找田成贵。田成贵像抽掉筋骨的癞皮狗，颓然蹲到碎石上。公社主任对大队支书意味深长地眨了眨眼睛，大队支书心领神会，悄悄走近田成贵，低声吩咐道：

"你要把责任揽下，莫让公社主任吃亏。走，过去说去！"

田成贵畏畏缩缩地凑上前，被土染白的蓬乱长发，在众人冰冷的目光下瑟瑟乱颤。

"你身为大队副支书，怎么这样胡来！说，为什么炸了恐龙化石？"

公社主任肥胖的脸被愤怒烧得火红，肉肉的手指颤颤地指向田成贵，突如其来的声音使田成贵猛地一愣。

"我、我……是、是你……"

田成贵瞠目结舌,不知该如何作答,身后却捅来硬硬一拳,只见大队支书冲他古怪地努嘴。他若有所悟,恓恓惶惶地说:

"是我、我想挣光荣哩,我……我……认错!"

"撤了他的职,明天让他上专政队劳动去!"

"县革委"主任说罢,公社主任一跺脚,冲勾头弯腰的田成贵喊道:

"滚!"

田成贵怯怯地退到一边,毒日下,凝立如一截枯朽的木桩,汗如蛀虫,在木桩上爬动。他脑子里一片混沌,众人的议论声却冲击得他心弦直战:

"唉!罢了官是小事,断了全庄的气脉,只怕以后遭大劫哩!这可咋办?"

"还是想法儿禳解禳解!"

"对!家家先把龙骨供起来再说,只要天天烧纸点香,神物也许会宽恕的。"

"啊——"

田成贵胸腔内挤出一声怪叫,凄凄惨惨,山鸣谷应。

从山岭上回村时,人人都悄悄怀揣一块龙骨。田成贵自己也不例外。进得家门后,他将龙骨毕恭毕敬地供到神桌上。纸灰像黑蝶,在袅袅香烟里飞舞。田成贵双膝跪倒,面部浮满痛悔与虔诚。俄顷,他稽首于地,一对圆而大的深色补丁,在他的臀上耸起,拂动一道烟。一串浑浊的泪,潸潸而下,地上落满他无限的憾恨……

山里人

"丁零丁零"，那声音，从对面山脊传来。这时，曙色微露，山影朦胧，将落的星星放着明灿灿的冷光。清晨凉风中，那声音传得远极。山窝子里，拖出袅袅的余音。

山下麦场边，黑乎乎有人影子晃。从被儿里刚钻出的几个妇人，热烘烘的气息尚未散尽，皆脖子伸长，望模模糊糊的山脊。

有黑影一队从山脊的那边摇过来，于是摇出那串丁零丁零。黑影摇过山，大山怀里的阴影融化它，听得丁零丁零一路洒下。妇人们都说："起身得早！星星还没落就迎过山了。"忽一个又说："这'卷毛子'婆娘看来想安下心跟路娃过光景哩，不出一点响声就来了！"其他妇人便说："有屁响声哩！又不是女子娃出嫁，旧腿老胳膊的，哭啥哩？"又都扯起路娃说："路娃有命哩，年过三十还能攀一门好亲，又端的是现成的盅子，花销也不大，听说还是个高中生哩！"安安娘却道："她高中生能顶吃哩还是能顶喝哩？我说亏了路娃了。好歹路娃独身一人，事体不杂，家境也好着哩。"众人就说："安安他大做了一件好事情，到底是能人！"安安娘不言语了。

山路慢慢显出白乎乎的身子，弯弯曲曲，黑影也在阴影里钻出，蜿蜒于小路上。渐渐地，可辨出那黑影里有一高头大马，上骑一人，红布盖头，似彤云一朵。东面山脊微染红意时，人马涉过山脚下清亮如玉带的小溪，直往山湾而来。

山湾呈簸箕状，故名之簸箕湾，百十户人家齐齐整整顺湾而排。皆高墙深宅。后湾的一家，墙头蒿草拂拂，瓦上遍结绿苔，三间偏厦房似失了精神的老者，蹲坐于湾后。院里，红布搭一顶帐篷。大门框上，对联一片红艳。迎亲人马就奔那一片红艳走。

马上女子的腰身随马颤颤颠动。麦场边的几个妇人望了望，一个低声对另一个说："啧啧，你看人家那腰身，一个娃的人了，还跟女子家一样的。"另一个说："你不知道人家跟马成良享的啥福，汽车坐上走南闯北，样样见了。"另一个说："那是先前！现今路娃那没本事，缺心眼的，能再叫她走南闯北地耍人？"一旁的安安娘却撇撇嘴道："我说跟了路娃，有她的福享。看她能不能把'卷毛子'剪了，好好过光景。"

噼里啪啦，猛地，鞭炮子炒豆子般炸响。

日头从门里照进，墙下留下方方的影子。艾花端坐炕上，头发乱成鸡窝，眼肿成烂桃儿。怀儿里，一岁的娃睡了，圆脸蛋儿红扑扑的，洒满她的泪。一早起来，她就这样坐着，饿了，啃口干馍。接连几天，她都是这样，灶里未冒一丝烟。

又一颗泪挂在艾花好看的眼角，亮晶晶地摇晃。半天，那泪猝然坠下，又落在娃脸上。自掩埋了男人马成良以后，艾花心里头有一件事翻腾。那晚夕，艾花正伤心，同村的马黑旦叫开大门。进门坐下，磨蹭半天，才开口说成良子借了他的五百钱。艾花愣了。她清楚马成良活时跟马黑旦来往稠，更清楚马黑旦名声不好为人歹毒。她曾劝男人莫跟马黑旦来来往往，马成良却说买东西借钱就要把马黑旦对付好，结果马黑旦赌场失手一文不剩，钱终究未借。谁知马成良人一死，他竟中间插一杠子来打她的主意，还赌咒说他马黑旦男子汉刚巴硬正不做趁火打劫的事，要她以后慢慢地还。艾花只知道流泪。马成良活时说过他买车借的是簸箕湾田成子的钱。田成子跟马成良一起干过包工，马成良想买下别人处理的旧"东风"车，六千五，差一千五，田成子就借了。俩人说好利息一月一百五，谁知马成良一死，一下冒出个马黑旦。

日影子又移高一拃，院里有脚步咚咚地响。艾花忙擦泪，未及抬头，脚步咚地进了门，是田成子，又是来讨账的。艾花心下明白，泪紧跟上又下来。田成子进门默然无语，屁股担到炕沿上，半晌，劝艾花道："莫要太伤心哩，小心糟蹋了身子，以后的路还长着哩，娃娃也要靠你拉扯，你要想开哩！"艾花便止住哭泣，招呼田成子吃烟喝茶，又擤一把鼻涕，说："我的命苦！跟上马成良，还没过上好光景哩，车才买上，他就把我撂到半路上了！"田成子就说："前头不知道后头的事。事先知道石嘴子山上要翻车，他也就不买那烂车了！"艾花又眼泪汪汪，说："还有怪事哩，有人说成良子还借了他的五百钱。明明没借，我知道的。你说怪不？"田成子吃了一惊，问："谁？"艾花说："马黑旦。"田成子不禁双眉紧锁，说："人里头啥样的都有哩。成良子借钱的事，我清楚的，我能作证！"艾花便说："成哥，成良子说过有你的一千五，一月一百五的利息，我给你还！"说罢，艾花泪水长流。田成子也叹气不止，劝说艾花："慢慢还哩，莫急！你的身子是要紧的。"

劝了阵，艾花擦干泪，要给田成子做饭去。田成子硬是扯身出门。艾花抱娃送田成子，田成子就说："说实话，那一千五是我哄着借路娃的，又倒手借给成良子，为赚两个哩。现今，事情到了这一步，就不要利息了。你的难场也大，那利息，谁能要出口哩？"艾花瞅定田成子，不知说啥好。田成子走上半山腰，背影子越来越小，艾花还在原地仰望。靠近山脊的太阳，就把她的影子投到身后，拉得极长。

噼噼啪啪，鞭炮子炸响，一股黑烟飘散开，纸屑便似雪花落下。穿得新崭崭的娃们"噢"一声拥上，一窝蜂地抢拾哑炮。吹唢呐的父子俩，就把圆圆的唢呐口儿对住天，腮帮子鼓得如皮球，吹响一支《迎新娘》的曲子，山窝子里，立时闹腾起来。

路娃等候在大门口，笑脸盈盈。蓝森森一套涤卡制服，裹到身上，显得窄小。军帽顶在头顶顶上，肉肉的后脑露出来。二毛子坏，想出

他的丑，手就捏住他的脖子摇。路娃躲闪不及，大嘴咧到耳根，嘿嘿
笑不已。牛儿子一把摘走他的帽子，路娃便晃一颗光头，头皮乌青。
众人大笑中，田成子从马上背新娘过来。新娘爬上他的肩，躬住腰身，
高乎乎撅个屁股。牛儿子便猛揪路娃一把，砰的一声，路娃一头碰到
新娘高撅的地方。众人笑声又起。

麦场边上那几个妇人从大门挤进，安安娘一眼看到背新娘的是安
安大，头就扭到一边去。跟前一个妇人说："安安娘，那福你还没享
过吧？看人家！"安安娘撇撇嘴说："他就操的心多！说媒哩，背哩，
都承包下了！规矩上是娘家她哥背，这媳妇咋没人管哩？"旁边一个前
去结亲的说："娘家里有个她亲哥，不愿来，现正在元滩子跟马成良
亲哥争那五间房哩！"妇人们听了，都叹气道："死了的为财，活着的
也为财，人心咋就没个底哩？"

正堂处，黑旧的团桌上放一升苞谷，黄灿灿的颗儿里，插一先人
牌位，书"田门三代宗祖之神位"一行字。牌位前，烛光映照，香烟
缭绕。新娘面壁坐于炕上，有老婆子小脚咚咚地持一擀杖进门，忽地
挑起新娘的红盖头。众人看时，新娘满头卷发如木匠推刨推出，黑似
墨染，亮似牛犊舔过；发下，半截白颈微露，暗香袭人。地下妇人皆
不由手伸耳后，收拢云鬓。一妇人轻声说道："庄稼汉人留成这样的
头，地里做一天，又土又灰的，就成毡饼子了。"另一个说："你没留
洋头，咋也是毡饼子哩？"俩人就咯咯地笑起来。那老婆子又过来，要
给新娘解头发，见无从下手，便问："狗狗娃，你这头发从哪里解
哩？"新娘子未作声，地下妇人们齐说："张婆，人家那是烫发，满头
披的，没扎！"张家阿婆无奈，只好以手抚抚，算行过规矩。

院里，有人高喊："拜天地喽！"

田成子回来，连声说艾花可怜，命苦，没了男人，光景很不好过。
婆娘就说："有啥可怜的哩？现时，把以往的样样收拾起，安安稳稳
过光景，拉扯娃娃就对了嘛！"田成子说："说得轻松！一个妇道人
家，担担压到她肩上，她能担住？"婆娘又说："不吃苦还能行？人一

辈子嘛，有甜也有苦哩。她以前人要尽了，现时，吃些苦也没啥！"又问："你去要钱，她咋应承下了？"田成子说："我看她难过，不好意思开口，就没问。"婆娘就说一句："年轻美貌的寡妇勾人的魂哩，你要小心哩。"田成子一愣，骂道："你放屁哩！"婆娘便住了嘴。

黑饭吃毕，睡觉尚早，屋里坐着要点灯，费油，又太热，一家子便坐到当院苹果树下熬时间。田成子嘴叼烟锅吧嗒吧嗒地抽，婆娘怀抱安安，坐一旁，嘴里唠叨说："我说算了哩算了哩，你说高利息，划来挣。结果马成良车一翻，把啥都翻没了。本钱都危险，路娃也天天催着要婆娘哩。那没心眼子的性子，你清楚，'好人不发，发了丈八'。要他知道你把钱借给了马成良，不闹翻天才怪哩！"正说时，大门吱地开了，门外走进的正是路娃。一进门，他急急地就说："成爸，你把我哄了！"田成子惊问："你说啥？"路娃说："我说的钱！元滩子的马黑旦给我说，你把钱借给马成良买汽车了！"田成子半晌无语，愣怔一会儿，才道："对着哩！马成良需用钱，一时倒不开，我帮了他的忙。"路娃嘴喘粗气说："你，你日弄人哩！"田成子却口气轻松地道："啊呀！看俺娃说的！当爸的还能日弄你？无论咋，你的钱在哩！赶你的事办成，有马成良的女人还钱哩！"路娃就又问："起初你说的那个逃婚的咋办了？"田成子说："人家还没回话，你莫急，慢慢等音讯吧！我当爸的也不能眼瞅着俺娃打一辈子光棍儿。"路娃就默然不语了。

出了田成子家，月亮露了脸。月色很好，路娃正往前赶，迎面走来二毛子。"路娃，那逃婚的，田成子给你说成了？"路娃丧气地摇摇头。二毛子又说："赎身的钱都给了，咋不成？"路娃便说："成爸哄人哩！"二毛子就出主意道："他哄你，你就抱他的女人去！"路娃摸摸肉头，笑着走开了。

一左一右，两个年轻媳妇搀出新娘，红尖尖皮鞋轻轻前挪，银灰色套装不见纤尘，乌发光亮闪闪。大总管牛儿子大高喊一声："一拜天地——"路娃便咚地跪在当院小桌旁。新娘还未跪时，路娃头就磕下，抬起，额上沾满土，满院人哄笑起来。牛儿子大又喊一声："夫妻对拜——"路娃又转向新娘磕下一头，众人又笑。路娃便跟着咧开大嘴憨笑。

搀进新娘，牛儿子大一声喊："开席——"院里人便都坐到席位上，八菜一汤，大米饭，热气腾腾地端上。桌上一摆，有光头娃娃来不及取筷便以手去抓，尚未抓到，大人啪地一筷子打下。黑手缩回，另一只就捂住手背揉。未揉毕，一筷子肉片便塞住嘴。一个妇人嘴伸到另一个的耳边："是官席。"另一个轻声道："嗯。路娃在包工队里做了十年，积蓄都用上了。听说这米城里一斤一元哩。"牛儿子、二毛子等小伙坐在一桌，吃着，牛儿子说："没新郎新娘敬酒没意思，大家说对不？"二毛子和其他小伙都说："对。"路娃一听，嘴咧开，流着涎水去叫新娘，新娘未应。牛儿子便喊："不吃了不吃了！要新娘敬酒哩！"田成子过来劝说一阵，牛儿子等人才又拿起筷子。日落西山，帐篷里光亮暗下了。客人便都偷偷放松裤带，离开席位，鸭娃走路一般，出了大门。二毛子正欲离去，牛儿子对他挤挤眼："等着！媳妇的嫩肉还没掐哩。"二毛子就止了步。牛儿子大听见了，骂牛儿子道："你二杆子想做啥？事体和事体不同，咋摸不着高低哩？"牛儿子、二毛子就慢腾腾出门。

新房里，灯光荧荧，墙上人影子摇摇晃晃，张家阿婆手执笤帚说："都让开，我扫炕！"炕前众人便避身相让。张家阿婆笤帚扫得炕上一堆核桃一堆枣儿滚来滚去，瘪嘴里念叨着："一笤帚，两笤帚，这儿是养娃的旮旯子。双双笤帚双双对，养下的娃娃满炕跪。双双核桃双双枣，养下的娃娃满炕跑……"从炕前扫到炕角，炕下大妇小媳，皆掩嘴而笑。

田成子一脚跨进门槛，艾花正给娃喂奶。她前襟敞开，白生生的怀露出。田成子一眼瞅见，又扭过头，目光落到正堂挂幅"福禄寿三星"上。艾花说："成哥，你担到炕沿上，歇歇腿。"田成子坐下，眼望别处，问："马黑旦再没来捣蛋？"艾花一下红了眼圈。那天吃黑饭时，马黑旦摸进来。她问天黑了他要做啥哩，马黑旦说要钱哩。她说没该他的钱要的初一的还是十五的。马黑旦说该了。她说没钱。马黑旦就说没钱她有肉哩，还一把抱住她。她挣不脱就拿口咬，咬得马黑旦松了手。她顺手取过炕上的剪子说："你敢来我就敢戳。"马黑旦才说："不让吃就不吃了，你还钱。"脚下后退着，走了。田成子听完，半天无语，只觉喉头凝噎，呼吸不畅。稍稍轻松些，他劝艾花道："你莫害怕，他马黑旦再胡闹，有人民政府哩！"艾花含泪点头。两人相对默然，良久，艾花问："成哥，是不是路娃知道你借钱的实情，闹腾哩？"田成子面有难色，说："本来我瞒过了路娃，是马黑旦给他说的。"艾花就说："车跑开，二十多天，还挣了几百元哩，谁知一出事，都搅到里头了。这一下咋办哩？"又揩了一把眼泪。田成子不由眼角湿润，说："实在无法，我就拖下。你也莫急。"说罢要走。艾花放下怀里的娃，下炕相送。田成子却脚步迟迟，不肯出门，猛地又说："干脆，只还一千三。再的那两百元，算了！"艾花忙说："不！成哥。那钱是你借人家的。本来该算利息哩！"田成子说："算了！以后找个合适的，慢慢把那一千三还上就对了！"艾花泪如雨下，瞅定田成子。田成子又说："安心过光景，艾花！好好把娃娃拉扯大，要往娃娃脸上看哩！"艾花点点头。田成子正欲举步，艾花扯住他的衣襟，说："成哥，你等下！"田成子收住步子问："咋哩？"艾花从里屋拿出一篮鸡蛋："这些鸡蛋你拿上，成哥。你，心肠好！"田成子急忙拦挡，艾花硬塞，田成子便扯身出门，匆匆离去。大门口，艾花的身影久久伫立。

人走空，屋里安静下。路娃闭了门，嘿嘿笑着坐到炕前，对新娘的背影儿说："艾花，瞌睡了！"新娘面对炕角，端坐未动。路娃就一步上炕，三两下脱光衣裳，伸手拉新娘。一拉，新娘似木头人，顺顺倒下。路娃就疯了一般扑上，上衣纽扣也扯落两颗……路娃两只发光的小眼望见，新娘两行泪痕，亮闪闪的。

太阳当头，火烤一般。苹果树下，日影子花花点点。塑料布上坐了安安娘，双手持一簸箕，忽上忽下地簸麦。大门里进来了路娃，安安娘见路娃眼里阴沉沉的气色不好，便知道他为了那钱，要发愣劲。她边簸边哄路娃道："原先给你说过的，那逃婚的媳妇花了男方家一千五百元，又不跟男的了。男人逼她，她就逃出门，说有合适的拿出钱退给男方，就跟那合适的结哩。你莫急！心急吃不了热豆腐嘛。"路娃耳里没钻进她的话，只是看她簸粮食，胳膊一扬一扬，胸前两疙瘩肉如揣了两只鹁鸽般扑噜噜跳。路娃嘴里便有涎水冒出，咕地咽下，又冒出来，咽过几口，心不由猛跳，跳得他在树根上坐不安分了。猛地，他身子往前一扑，如饿虎叼羊，将安安娘一下扑倒。粮食泼洒一地。

安安娘未有提防，大吃一惊，等反应过来，路娃的手已在她怀里乱抓。她伸手抠去，路娃脸上就留下五道血印子。路娃以手抚脸，安安娘翻起身子，大喘粗气。半晌，她说："狗狗娃你咋敢哩？我还是你婶娘哩。"路娃摸着脸说："你才比我大两岁嘛！"安安娘又说："岁数不岁数，辈分在上哩，占上便宜了没？"路娃不语。安安娘便说："还不快去？你成爸回来看见，不把你的皮剥了才怪哩！"路娃快快离去。

晌午时，田成子回家，安安娘正扫院，田成子问："做饭了没？"安安娘不答。田成子声音提高又问："做饭了没？"安安娘仍不答。田成子见婆娘脸色不对，诧异地问："谁把你咋咧？"安安娘猛地大扫帚一撂，气呼呼地说："明早起给路娃说那'卷毛子'婆娘去！"田成子一听，吃惊不小，追问道："你说啥？"安安娘说："你做下的好事，屋里不得安宁！路娃一回一回地到屋里闹腾哩，你倒会落心闲。"田成子惨惨地说："路娃是啥人，能配过人家艾花？"安安娘瞪眼说道："咋配不过？她就算是花王皇后，该下人的了，也要掉架子哩！"田成子又说："再掉架子，也比他路娃高级！"安安娘就说："舍不得给路娃说是给你留着哩还是给谁留着哩？她是你的啥人，你怕牵着骨头扯着筋了？"田成子双眼圆睁，猛一跺脚："说去就说去，你放啥闲屁哩？"安安娘弯腰拾起扫帚。

三碗洋芋饺子下肚，路娃连打几个饱嗝，下身又连放几个响屁。

碗推给正收拾的艾花，他起身欲上炕。艾花说："今晚夕先不忙着睡，你转去，我想给你做双鞋哩。"路娃一听，心内欢喜，瞅瞅艾花嘴角的笑，抬了腿。艾花又递给他个锁说："从外头锁上大门，串门子的妇人来打搅哩。"路娃便悠悠出门。

月亮极圆，刚浮起，山脊似托了个黄气球，若即若离。山窝子里亦明亦暗，梦幻一般幽深。树下月迹斑斑，风摇树动，花斑便扑朔迷离，跃动不已。路娃一路行来，甚觉惬意，点头晃脑，一曲秦腔《拾玉镯》哼唱出口："幸喜得今日里婚姻签订，回家去差媒人前头说合。"余音婉转。正美时，暗地里钻出两个人，是二毛子和牛儿子。二毛子捏住他的脖子摇："这三天肉把你的肚子都吃伤了！味道咋样？"路娃嘿嘿地笑。二毛子指指牛儿子手里的一瓶酒说："走！一面喝酒，一面细细说去！"三个就到了二毛子家。

三个人喝着，二毛子问："美哩没美？"路娃笑眯眯说："美哩。"又问："咋美哩？"回答："就那样美哩。"牛儿子说："这家伙还不想细说，等着我和二毛子敬酒哩。来！敬一盅。"路娃仰头喝了，喝完后，他晕晕乎乎，如腾云中，所问皆答。三人笑得前仰后合，满炕辗转。二毛子又说："这家伙福享尽了，咱们都享享能行不？"路娃眼前天地皆旋，嘴里道："能行能行。"牛儿子就说："调调口味。今晚夕你我换换咋样？"路娃满口应承："能行能行。"又掏出钥匙说："今晚我把她锁到屋里了。给你！这是钥匙。"牛儿子伸手接了钥匙说："这家伙还管得严，出门都不放心。来！再敬一盅。"路娃又喝了两盅，渐渐地，舌头发硬，身子僵直。终于，他一头栽倒被子上，鼾声呼呼，嘴角涎水长长地挂出。牛儿子给二毛子说："走！吃肉肉去。"两个人醉醺醺出了门。

开了路娃家大门，房里亮着灯。牛儿子和二毛子走到窗前，捅破窗纸，见炕上无人，牛儿子就对二毛子说："没人。"二毛子说："走，进去看看。"牛儿子就让二毛子先进。二毛子说："谁先进谁先上！"牛儿子说："行。"二毛子猛地推开门，两个人闯进去，只见大梁上直直地悬垂着一人，舌从口出，正是艾花！两个人惊呼一声：

"啊!"抱头争相奔出门去。

门上的锁子拦住田成子,艾花不在。一光头娃娃告诉他,艾花到水泉去担水了。田成子就顺路去迎,半路里,迎上艾花。她一手抱娃,一手按扁担。田成子就担过水,说:"你这光景咋过哩?娃娃太小了。尽快找一个,你就少受些苦。"艾花叹口气说:"找啥哩?男人刚殁了。"田成子说:"先说个合适的,帮你做些力气活。"艾花说:"急忙也说不下一个。"田成子就说:"路娃就是一个,不过配不过你。"艾花便不言语了。

水担回,田成子接过娃,在院里哄。艾花去做饭,低头默想。田成子哄着娃说:"狗狗娃,再给你遇个好大大!"艾花却出了厨房,抬臂擦擦眼中的泪说:"路娃的事,我答应哩!"田成子一听,愕然瞠目,问:"你真答应哩?"艾花说:"真答应哩。"田成子只觉心内又涩又酸,便说:"你再好好想想,艾花,这是大事!"艾花说:"其实,打我知道钱是你借路娃的,我就想过这事。我的命不好,有啥办法哩?成良子刚买车进门,光景才开始红火哩,他就死了。你说我八字苦不苦?"田成子说:"不!艾花,你是为了把我赎出,才走这条路的。你要好好想想哩。"艾花却说:"不是不是!我的命不好,有啥办法哩?"田成子肝裂肠断,叹气不已,当时就要走,艾花硬留他吃饭。饭端上,田成子一搅,面条下埋着两颗荷包蛋。他要给娃喂,艾花不许。推来推去,田成子吃了一颗,给娃喂了一颗。

田成子吃完欲走,艾花叫住他。田成子止住脚步,艾花慢慢靠近他。猛地,艾花扑到他怀里,搂住他的腰,说:"成哥,你……莫嫌我身子脏,我今个……要把它给你哩!"田成子头中一下似有一把火烧,呼呼直响。他呆呆直立了半晌,以手轻推艾花说:"胡闹不得!艾花。青天大白日的,让人看着了。"艾花泪流满面,说:"反正我要跟路娃了,先跟你好一场,也算报答哩。"田成子便又说:"不敢!艾花,成良子刚过世,我又是有妻室的人。"艾花泪涌似泉:"不管!成哥,谁让他死哩?谁让他把我害到半路里哩?"艾花的脸凑到田成子脸旁，田成子凝立未动。良久，他贴上嘴唇，在艾花满面泪痕里留下一个深长的唇印。而后，他推开艾花，跨步出门。身后，跟出艾花的低泣声，悲悲切切。

窗外，鸡啼声声，椽缝间微光透进。屋里轮廓慢慢显出来，模糊间的大梁，模糊间的墙，还有立柜、门箱、炕墙上的四扇屏等。田成子仰躺下，眼盯屋顶，身子未动。身旁，唰唰地另一个身子在翻，伴着轻轻的叹气声。田成子问："咋？你没睡着？"翻身的答："嗯。"田成子又问："想啥哩？"又答："艾花，确实可怜！不过我想不通，她到底为啥要走那条路哩？"田成子说："她当时答应跟路娃，主要是想把我赎出来哩，好心肠！人家毕竟有文化嘛，心里头道道多，烦恼越来越大，就走了那路。自杀时还留下了纸条条，说一辈子这样下去，还不如死了。还说她算对得起路娃，要路娃把她留下的娃抓养大哩。"身旁的就说："念过几天书的人心眼子就是窄！糊里糊涂一辈子人，想那么多干啥哩？"田成子便说："人家艾花不是个简单人。"他说完又吩咐婆娘说，"娃暂时在艾花她哥家寄养着哩。以后，路娃抱来，就算田家的根苗。你闲时常过去看看，给娃淘洗淘洗，缝缝补补，亏不得娃！"回答说："嗯。"田成子又说："一月一百五的利息当时我给艾花免了，还让她少还二百钱哩。你说，你那时要知道了，闹腾我不？"跟前的回答："那有啥闹腾的哩？人对人安啥心，就在紧要处看哩。"

窗外，又一声鸡啼，婆娘问男人："鸡叫几遍了？"男人说："三遍了。"一时间，两个人皆无话，一片沉默。

苦 蝉

凄然的蝉声又叫起来，噁儿噁儿的。这山一响，那山便跟着响，幽深的林子霎时间单调地燥热起来。山谷里像在下一场骤雨，密集的雨脚正在树枝树叶上蹦蹦跳跳，于是，山谷更显得凄清寂寥了。

"人都死绝了，这么冷清！"顺子想。

顺子坐在树枝茅草搭苫的庵棚里，迟钝的小眼睛瞅着外头浓密的林子。林子上头罩着一层若即若离的红霭，太阳的光照下来，林子迷蒙而恍惚。顺子的目光和燥热的蝉声显得凄迷起来。

"这天太热了！"顺子想。

"要不是这堆矿，在这鬼不下蛋的地方可真待不住！"他又想。

庵棚前，铅灰色的矿石堆成了一座山，在阳光下散发着阴冷的光泽。那是从庵棚后那个幽深的矿洞里背出来的。洞里的矿石全部采完，民工都搬到别处去了。为了这堆矿，有两个民工在洞子里被掉下来的巨岩砸出了脑浆。矿主人仁义当然为他们血糊糊的尸体付出了一笔命价。顺子猛然想起那两个民工血肉模糊的身子和他们死不瞑目时瘆人的眼白，顿时不寒而栗。"贴本了，这一下贴本了！"那次事故后，顺子经常听留一撇小胡子的仁义在民工跟前这样念叨。"这一堆矿石全部卖了，也收不回我的投资，这一下贴本了！"仁义经常这样说。顺子不清楚这堆矿石究竟能卖多少钱，只知道仁义把这堆矿石积压下来，是要等待矿石价格上涨后再卖。顺子还听人说仁义开了好几个坑道，手头有好多钱，究竟有多少，他也不清楚。顺子掏出一支香烟点燃，吸了一口，眼前悠悠地飘出几缕烟雾。顺子恍然望到仁义那张亲切而和蔼的笑脸。

"仁义待我好，为了仁义，就是再急人，我也要把这堆矿守住哩！"顺子想。

顺子想起有一回，他搬抬矿石时砸了手指，鲜血汹涌地流了出来。一旁的仁义看见后，赶紧上前，掏出一块雪白的手绢包住了他的手，还连声责怪他大意不小心。顺子顿时被仁义的关怀感动得声音颤颤。那天，有一股力量始终伴随着他，鼓舞他拼死拼活直干到日落天黑。而后，顺子一直为糟蹋了主人一块手绢而不安。终于，他到镇上又买回一块来，拿给仁义时，仁义微笑着推开了他的手。顺子从此便记住了那块手绢，也记住了随着仁义微笑而跳动的那撇和蔼的短髭。还有一回，顺子到仁义跟前去领工钱，仁义的屋里挤满了领钱的民工。仁义给民工们发了钱，打发了他们，然后把顺子留了下来。仁义数出一沓票子交给顺子，说："给！你做活扎实，我给你一天按四元五发。其他人一律一天四元，你拿上！"顺子骤然间喉头哽咽，说不出话来。民工撤走时，仁义又对顺子说："你是老实人，民工里头我最相信你，你就留下给我看矿算了！"顺子就被一种赏识和信任感动得热泪盈眶，他诺诺地答应下来。几天前，仁义带着一条烟进山来看他。仁义围绕矿堆转了一圈，那撇短髭又对他欢欣地跳了跳，说："你守得好着哩，矿价涨了，过几天我就要卖出去。卖得好，我给你一天按三元钱开！"顺子清楚守矿比打矿背矿轻松，竟然一天还能挣到三元钱，顺子眼角立即出现微微的潮润。

"仁义就是不给钱，我也要好好守哩！我不图他的钱！"

庵棚上突然扯响一只蝉儿的锐叫，那个凄然的声音圆滑而悠长。顺子面前像出现一道又一道迷乱的弧线，渐渐地，弧线密密麻麻编织交错起来，结成一张斑斓纷乱的网。顺子的视线又一次浑浊而凄迷了。蓦地，顺子感觉一种自责伴随一个凄厉的声音在他胸内深深地划了一道。他觉得对不住仁义。

那天傍晚，顺子躺在石板炕上，瞅着庵棚里点点滴滴漏进的月斑，突然被庵棚房外一阵奇异的响动惊得耸起耳朵。顺子急忙起身，手提木棒赶出去，轻轻绕到矿堆后面，看到了一个朦胧的人影。见那人匆匆地搬抬起矿石，然后又走下矿堆旁的那个小坎，顺子猛喊一声，挥动木棒迅疾地冲过去。那个人影即刻抛下矿石，撒腿奔跑。顺子像只灵巧的野兔一样赶过去，将那个小巧的身影赶得气喘吁吁连爬带滚。终于，那个身影摇摇晃晃起来，顺子就一下蹿上前，对那个身影举起木棒。木棒伴随一阵风声刚刚抬起，顺子就听到一个女人发出一声恐惧的惊叫，顺子手里的木棒顷刻间停在空中。这时，他看到那女人转脸望了望他，然后，扑通一声跪到他面前的乱石间，紧接着，发出了嘤嘤的哭声。

"大哥，饶了我啊！"那女人哭着说。

"做啥哩嘛！"顺子说。

"你起来说，我不打你！"他又说。

女人还是跪着没有动，她的哭声却愈来愈悲切。

"大哥，我再也不敢偷了！"女人又说。

"不像话嘛，你这样不像话嘛！"顺子说。

"大哥，我男人病重得很，大夫说，不快点看就要耽搁了，因没钱，就来……"女人说。

女人的声音凄凄惨惨，顺子胸内颤颤地抖了抖，扬起的木棒在他手里无力地落下，挺直的脖颈也缓缓松软下来。

"大哥，我就这一回，为救男人的命哩，我男人吐了一脸盆血。我再也不敢偷了，饶了我吵！"女人说。

顺子说不出话来。他的眼前像打过一个晃目的闪亮，之后，他的身子就疲软委顿下去。他手里的木棒当啷一声落在乱石间，他无力地抬臂，朝那女子轻轻挥了挥手。

"走，抬上些赶紧走！"顺子缓缓地说。

然后，顺子就看着女人踩着薄暮，一脚高一脚低地从矿堆旁离开。顺子感觉那个沉沉的脚步踩到了他的心上，他的身子泡在渐渐浓重的夜色里，久久凝然不动。

"对不起仁义了，我不应该送了他的矿！"这个时候，顺子突感内疚。

有一只鹰在太阳下悲壮地盘旋，树梢上掠过它孤单的影子。蝉鸣声照样凄然而浓密，使顺子的心绪愈来愈纷乱。

他的记忆中有个饥饿的秋天。那时他才七岁，他大他娘挣扎着从炕上坐起，给他喂过几口榆树叶熬出的汤汁后，两人在炕边拉出一堆黑色的稀屎，然后，一个紧跟一个闭了眼睛。以后的岁月，顺子都是在一种迷迷糊糊的状态下度过的。他记得他的肚皮整天咕咕作响，他不得不翻了东家的门槛，又去翻西家的门槛，一直孑然一身苦熬时日。仁义在早时曾拍着他的肩膀说："好好地跟上我干，顺子！以后我给你说个媳妇儿，帮你成个家！"当时顺子就感觉胸臆间窜出一股热热乎乎的东西。仁义在他眼里慢慢化成一座高耸的大山，顺子开始用仰望大山的目光仰望仁义。从那时起，他就发誓要跟仁义干到底，就凭仁义对他的这句话。虽然仁义以后像忘记了自己的许诺，再没有对顺子提起找媳妇的事，但顺子已经感到够了，知足了。

"以后谁再偷矿，我顺子决不答应！"顺子又想。

顺子想等仁义再来时，他一定要把丢了几疙瘩矿的事告诉仁义。顺子想仁义肯定不会责怪他，肯定的！仁义可能会夸他老实不哄人，说不定，还会给他再提找媳妇的事。顺子有些神思飘飘恍恍惚惚了。纷乱的蝉鸣渐渐隐到一个遥远的境界去，顺子似乎步入了多彩的天地。花朵摇摇，蝶舞翩翩，顺子的脚步轻轻悠悠的，像踩上了棉花堆。野花草丛轻拂着他，他随着朦胧的醉意缓缓飘动起来。突然，一个身影倏忽一闪，又不见了，随即，又隐隐显现出来。顺子定睛一看，那身影是仁义！仁义正微笑着注视着他，那撇短髭还是欢欣地跳动着。他着急地朝那个身影靠拢过去，却总也靠不到跟前。这时，他听到什么地方发出一连串刺耳的声音……顺子骤然从睡梦中惊醒过来。他环顾了一阵，正在诧异，突然听到朝庵棚走来了一串脚步声。顺子警惕地站起身来。

庵棚门口闪进了一高一低两个身影。顺子仔细一看，原来是长生和壮娃。长生和壮娃过去跟顺子一起给仁义背过矿，后来，他们又离开了。顺子听人说他们当了矿贩子。现今他们的突然到来，使顺子感到困惑不解。顺子冲着他们古怪地笑了笑，然后，眨巴着小眼睛疑惑地望着他们。

"我们买你的矿石哩！"

顺子听个头高大的长生说。顺子觉得长生是在跟他说笑话，小眼睛又眨了几下，呆望着长生。

"你买矿寻掌柜的仁义去，我做不了主！"顺子说。

"不！我们就寻你哩。"长生跟小个子的壮娃相视一笑，说，"你能做主，我们就寻你哩。"

"你是说，叫我……偷着卖？"顺子圆瞪着小眼睛。

长生笑着点点头，说："一车这个数，咋样？你要答应我们，就晚上来拉哩，一手交钱，一手交货！"他竖起一根白胖的手指在顺子面前晃了晃。

"不，我不！"顺子惊恐地注视着那根白胖的手指说道，"虽然我们都能占上便宜，但咻伤天害理的事情我不做！"

"啥伤天害理！现今的人，捞到自己腰包里才算实在！"壮娃说。

"我不！你们知道，仁义对我好，我顺子不当无情无义的小人！"顺子说。

"都是假的！你说仁义对你好，那他一天给你开多少工钱？"壮娃问。

"三元钱哩。"顺子说。

长生和壮娃哈哈大笑起来，顺子莫名其妙地望着他们跳动不定的腮帮，连连眨动着困惑不解的小眼。

"这堆矿最少要卖五六十万哩，他一天才给你三元钱！"长生说。

"他一天给你开十元也不算多，他剥削你着哩，你太老实了！"壮娃说。

"不！洞子里出了事，仁义说弄不好就要贴本哩，一天给我三元钱也多得很！"顺子说。

"看你！仁义嘴里啥时候说过真话，矿石卖几十万哩，能贴本？"长生说。

"就是，我们都上过仁义的当，所以我们就不干了，不吃他的亏。你也要把他认清哩！"壮娃说。

"我不信！仁义不骗我，他啥都向着我哩，给别人一天发四元，给我发四元五，给我吃偏食着哩！"顺子说。

"哼！四元五就多？你还不知道，给我一天按五元付着哩。仁义经常搞当面一套背后一套的事！"长生说。

"就是，给我也在背地里按五元付了，你还不信！"壮娃说。

"我不信！仁义对我就是偏心。他还说要给我……介绍一个对象，帮我成家哩！"顺子声轻语缓。

长生和壮娃又哈哈大笑起来。笑完，长生说："那不过是仁义给你使的手段罢了。"

"反正我不！我顺子还算个人哩，不想做那亏心事！"顺子说。

"你们赶紧走，莫到这里胡打啥主意了，我不！"他又说。

顺子最后的声音是吼出来的。两个矿贩子失望地离开了庵棚，垂头丧气地走了。顺子感到经受住了一场严峻的考验。他因丢失了几块矿石而自责不已的心理终于重归于平衡。这时候，凄然而燥热的蝉声如雨大作，他感觉那如雨的蝉声在痛痛快快地淘洗着他的身心。

"仁义，我没有日弄你！我顺子没有日弄你！"顺子想。

午后，阳光慵懒而燥热，林中树叶儿上反弹出黯淡的光。这时，天上鹰的影子悄然地消失了，燥热的蝉声中，更透出几分凄苦和疲倦。

顺子望了望没有一朵云彩的天空，嗅着掺和在干燥空气中的浓郁的铁腥味，围绕矿堆懒洋洋地走了一圈。这时候，他听到肠胃里咕噜咕噜叫了几声。他便向他的庵棚走去。他想烧点开水，再泡一碗干硬的饼子填填肚子。

顺子在庵棚里的小土灶前蹲下来，刨了刨炉膛里干燥的柴灰，然后，抓一把柴草放了进去。就在顺子低头划动火柴时，感觉庵棚里的光线骤然一暗，顺子吃惊地抬起头。还没等他回过神来，他就看到庵棚门口扑进两个高大的身子。顺子慌忙起身，连连后退了几步，还未站稳，两把闪着寒光的匕首抵到他的胸口上。

"不准动弹，一动弹就戳了你！"一个说。

"借一车矿，反正不是你家的，你莫拦挡就对了！"另一个说。

顺子的小眼睛颤颤地眨动几下。即刻，他意识到了事情的严重性，他的胸膛内便惶惶地跳了跳。他又下意识后退了一步，他胸口的匕首便又立刻紧逼过来。

另一个提着匕首走出庵棚，顺子跟前的那个转回头去焦急地目送他的同伴。就在这时，顺子的体内不可思议地生出一股巨大的力量。顺子还没能来得及怀疑这股力量爆发的地方，就在这股力量的驱使下推开了紧抵他胸口的匕首。而后，顺子顺手操起身后的木棒，向对方狠狠地挥了过去。伴随一道凄厉的风声，木棒有力地在空中绕出一圈白光，拿刀的便急速后退了几步，一直退到庵棚外边。

"日的，我叫你抢！"

顺子怒吼了一声。他感觉庵棚微微震颤了一下。突然，仁义那撇和蔼的短髭又出现在他眼前，他顿时爆发出更大的力量，连连挥动着木棒，冲出庵棚。

顺子挺着长棒站在庵棚口的石块中，小眼睛里的光直逼面前的那位。拿刀子的也恶狠狠地瞪着顺子，脚底不停地倒腾慌张而急躁的碎步，伺机反扑。顺子看看对方五官扭曲涨红如猪肝的面孔，又看看对方手中那把寒光闪闪的利刃，直直站立，凝然不动。

突然，一块巨石从顺子身后呼地飞出来，准确地击中了顺子的头部。顺子的身子痛苦地歪了歪，就感觉脸前有股红潮漫卷过来。在红潮淹没了他的同时，他听到耳边隐隐响起一口袋粮食栽倒在地的声音。

这时，庵棚后闪出另一个执刀人的身影，他和顺子面前的那位执刀人一起，看了看满面开花地静卧在乱石间的顺子，然后，像两个幽灵一样从庵棚前消失。

顺子又恍然走入那个多彩的梦中，看到烂漫的山花在他眼前悠然地晃过去，又晃过去，让他产生了一种无限的幸福感。在幸福的冲动里，顺子真想放开嗓子吼叫几声。然而，无论如何努力，他也喊不出那个舒畅的声音。焦急中，他沉重的小眼睛模模糊糊看到了一堆巨大的红晕，他骤然想起那山堆一样的矿石和和蔼的矿主人仁义。他使出所有的力量硬撑起自己瘫软的身子，之后，艰难地用目光去触摸那堆矿石，终于看到矿石在一片红晕里安然地散发着腥苦而阴冷的光泽。突然，他又恍恍惚惚看到仁义向他微笑着走来。他连忙像一朵云一样飘了过去，就在仁义的脚下，他喊出一个发自肺腑的声音："仁义，你的矿石没丢！"接着，他又喊："仁义，我顺子没有干对不住你的事！"他又看到仁义的短髭对他欢欣地跳了跳。他还想说什么，仁义的身影倏忽消失了。他茫然地抬起头来，看到天空中又朦朦胧胧出现了那只鹰的影子，骤然感觉自己成了那只悲壮的鹰。他想他活着的时候没有悲壮过一次，而现在，他就要像那鹰一样了，他顺子总算没有白活！他觉得为了仁义的矿，为了跟仁义的情分，他值！于是他咧嘴宽慰地笑了笑，而后，就在超然的感觉中轻轻地飘了起来。渐渐地，那些凄苦的蝉鸣远他而去了。

大山哟，大山

雨稍微小了些，但还在淅淅沥沥地下着。天空像蒙了一块无边的黑布，没有一丝亮光。四周也是黑乎乎的，只有凝神注目，才能模模糊糊地辨出大山的脊梁。脚底下，滑得如同鱼儿脊背，稍不注意，就会摔个鼻青脸肿。杨鹏程一只胳膊护着衣裳底下的收音机子，正小心地摸索着往前走。

这一带叫蒸馍馍梁。听人说，早先这里都是大林，常有老虎狗熊、野猪豺狼出没伤人。后来，树林砍败了，只剩下膝盖深的茅草和稀稀落落的小树，野物没有藏身之地，再没听说过伤人的事。所以，他才敢选择这条路。至于鬼，学过《辩证唯物主义常识》的杨鹏程全然不信。他现在考虑的问题，一是别滑倒摔坏收音机子，二就是认准方向，尽快回到家里。

雨水从杨鹏程的"小分头"上流下，灌进脖子，他的衣裳几乎全湿透了。他摸了摸衣裳下帆布挎包里的收音机子，还好！没有泡着，这才轻轻松了一口气，继续深一脚浅一脚地往前走。走了多长时间，他记不清了，只记得早上天麻麻亮，他娘就端来一碗面，让他赶紧趁热吃了，再拿些馍，早些上路，早些回来。吃完了，他大从箱子里摸出个布包，打开取出一把零零碎碎的票子，有二十五元三角，交给他并叮咛他装好，莫往人多处走，买上机子赶紧回来。他嘴里答应着，出了门。他还记得走完五十里路，进县城已经是中午时分，那时天还没变，太阳火辣辣的。他先到商店里买上早已看好的机子，又转到自由市场。几个戴墨镜的小伙捅了捅他的背，问要不要电子表，他想有表就好安排学习时间，便问了问价，对方要六块，他出四块，磨了一阵嘴皮子，他才挑出一块，以五块的价钱成了交。他怕那些"贼打鬼"的哄了自己，又到修表铺去鉴定，修表的要他掏出五角钱手续费，他一摸口袋，仅剩八角七分钱，便离开修表铺。就在这时，空中响起几声炸雷，紧接着，落下雨点子来。刚走到县招待所门口，大雨如注，他忙进了招待所。他坐到接待室的沙发上，掏出干饼子啃着，一个细腰长腿洋头发的女服务员过来问他住不住，他说不住，服务员瞅了瞅他，让他到别处去避雨。他生气了，但没有声张，只是从挎包里掏出收音机，故意拧大音量，跷起二郎腿听着。细腰长腿的女子瞪了他一眼，无可奈何地走了。他瞅着细腰长腿的背影，脸上露出胜利的微笑。又过了半小时，雨还是没有停的意思，他就打起住店的主意。到登记处问了问价，最便宜的房间一晚一块五，他不由得皱紧了眉头。咋办？找同学？县中毕业几年了，家在县城的同学，考上学校的上学了，没考上学校的，或招干，或招工，都参加了工作，很少见过面，不好意思冒冒失失跑到人家屋里去。这时，雨稍微小了些，他想着干脆回家算了，便出了招待所大门。他记得出城刚走了二十里，暴涨的西汉水就横在眼前，原先的独木桥早已不见踪影，急得他原地打转转。最后，他猛然记起有条不过河的山路可以走到他的庄里杨河庄，可他从没走过。他想，反正活人不能让尿憋死，实在没办法就试一试，或许还能走到捷路上哩！就走到这条路上来了。那时候是几点，他忘记看表，反正起初天还亮着，走着走着，路越来越模糊了，山也越来越模糊了。

　　杨鹏程觉得脑子里迷迷糊糊的。是乏了？他确实很乏了。生到世上二十二年，他从没背过一背篓土。他是杨家的独苗子，他大到三十五岁才得了他，自然十分疼爱，发誓一辈子不让他摸镰头把儿，要他改换杨家的门面哩！他领会大人的心意，自打进了学校门，就日夜用功，加之脑子灵活，学业大进，上完庄里的小学，又考到乡上的初级中学。初中三年后，他打败众多的竞争对手，以学区第二名的成绩进入县重点中学。县中学习时，他把名字由"杨有富"改为"杨鹏程"，希望一飞冲天，鹏程万里。没想到高中毕业连考三年，年年落榜，而且每年仅差那么十几分，难免懊恼起来。有些比他学习还差的同学，凭户口本子招为国家正式干部后，一个个志得意满，使他十分苦闷，时常莫名其妙地发火。大人见娃整天愁眉苦脸，不思饮食，急得围着娃团团转。这天娃说学外语吃力，要买个十几元的收音机子，准备下死决心扎扎实实地学哩，两个大人连声赞成。为了娃能鱼跃龙门，大人有再大的难处也没啥！

杨鹏程迷迷糊糊的，高一脚低一脚地走着，肚子咕咕响了几声，才想起好长时间没吃东西，肚里空了。他联想到高中语文老师讲过的一段孟子的话："故天将降大任于斯人也，必先苦其心志，劳其筋骨，饿其体肤，空乏其身，行拂乱其所为，所以动心忍性，增益其所不能。"其中说到的一切似乎他都经受过，那么，他是否会成为受大任的"斯人"呢？黑暗之中，杨鹏程咧嘴笑了笑。

好不容易拐过一个大弯，杨鹏程走到一座山的豁口处。雨似乎小了些，山豁口的风，凉丝丝的，又带有点点雨滴，吹到他水淋淋的身上，他不禁打了个寒战，头脑中稍微清醒了些。眼前，是个很大的山洼，黑咕隆咚的，像口无底洞，又像个神秘莫测的湖，更像个巨大的怪物张开的黑乎乎的大口，让他一阵心慌。这一带山大沟深，加之晚上，连方向都没法辨，谁知道这是啥鬼地方。想到这里，杨鹏程心上一酸，眼中一热，有眼泪涌出，在眼角打着旋旋。他牙齿一咬，没让泪流出。走，干脆闯到底！他迈开步子，走下山坡。

走到坡底，一团雾气迎面扑来，本来很难辨认的道路，越发模糊不清。大山的脊梁也看不见了，四周浑然一色，他心中不禁一阵凄然，呆呆地站在大雾之中，好像在听候上帝的发落。

突然，浓雾深处，传来汪汪几声狗叫，不太清楚，却紧紧攫住杨鹏程的心。他朝狗叫的方向走了几步，又听不到了，干脆放开嗓子，对着山谷喊了声："欧——嗬嗬！"狗又叫了，他一阵兴奋，朝狗叫声快步走去。

狗叫声就在跟前。他似乎还听到有人叽叽咕咕说话的声音，紧接着，传出问话声："谁个？"听声音是个老汉。

杨鹏程喜出望外，高声回答："是我，老爸！"

"做啥哩？"对方又问。

"我迷路了，想到你老人家屋里站一晚夕哩！"

"几个人？"

"我一个人，老爸！"杨鹏程走近前去。

走近了，杨鹏程仔细一看，那老汉披着件衣裳，他打量了一番杨鹏程，才说："走，少年！本来没处睡，看来你是从远路上来的。"

屋里，点着一盏菜油灯。灯光摇摇晃晃，映照在被烟熏得乌黑的山墙上，显得十分昏暗。刚一进屋，就有一股骚臭味迎面扑来，杨鹏程强忍住了恶心。

炕上坐着四个女子，见有生人进来，一个接一个下了炕，坐到堆放满地的粮食口袋上，只有炕角坐的一个婆娘未动。这婆娘估计五十左右，头发蓬乱，脑后绾着个发髻，大概是个"风眼子"，眼角发烂，沾满眼屎，不住地流泪。她的衣裳上襟敞开着，亮出干瘪的胸脯和松弛下垂的乳房。见杨鹏程进来，她努力地睁开眼睛，瞅着站在地下浑身水淋淋的人出神。

男主人招呼杨鹏程脱了湿衣裳暖到热炕上，又安顿女子去做饭。杨鹏程边脱衣裳，边借灯光打量那老汉：只见他约有六十岁，留着光头，脸上的肉皱皱巴巴的，像老松树皮；没有门牙，一说话，露出黑洞；身上披一件薄袄，领口处被昏暗的灯光映得发光。

杨鹏程上了炕，将衣裳暖到热炕处。老汉笑嘻嘻地瞅着他，并给他装了锅旱烟，杨鹏程赶忙说不会吸。他望着老汉对他笑时露出的"黑洞"，心里不禁想：这老汉是个好心肠的人！

坐在炕角暗处的婆娘没说话，只是微微扬起头眯缝着眼睛瞅着杨鹏程，神情木然。杨鹏程对她礼貌地一笑，她才抿了抿嘴。

老汉点上旱烟，叼到嘴里，歪着头瞅着杨鹏程，问："他哥，你屋里在哪搭哩？是咋到这搭来的?"

　　杨鹏程把自己家住何处以及进城遇雨和回家迷路的事简单说了一遍。老汉听完，"哦"了一声，说："那你就走错路了，这搭离杨河庄足足五十里路哩！"

　　杨鹏程问老汉这里是啥地方，老汉吧嗒吧嗒吸着旱烟告诉他这里的情况。原来，这里叫山庄上，只有他一家了住，离县城有近七十里路哩！他还告诉杨鹏程，他家的先人本来住在离这里二十里路远的元滩子，因为元滩子只有他一家子姓万的，受人欺负，先人就搬到这个周围二十里路上没有人烟的山窝窝里，那还是康熙爷手里的事情。没想到万家祖祖辈辈命脉浅薄，世代单传，人丁不旺，到他当家还是孤零零一面房，婆娘女子六口人，下一辈里没有一个儿子，眼看着要断了万家的香火哩！万家老汉叙说着，脸上现出伤感的神色来。

　　杨鹏程听到这里，心里微微一颤。万家祖祖辈辈在这大山深处生活，山外头最近几年的变化，他们清楚吗？自打政策改变，山外头的农人都屁股发痒，屋里蹲不住了，纷纷涌到外头去，想尽一切办法捞钱，而且心里头都想趁这个机会看看大世面哩！万家老汉这样想过吗？杨鹏程家也在山里头，但比这里要开阔得多，一条刚能走过一辆汽车的公路，弯来绕去出了庄，像带子一般，最后接到进城的大路上。还常见到同庄一个在外当乡长的，开着汽车顺着带子一般弯弯绕绕的公路绕进庄来。就这样，庄里人也不愿意死死地蹲到屋里，都想办法往外奔，有吃国家饭的门路都去吃国家饭哩，万家老汉难道就只知道种着二亩薄田，守着妇人娃娃打转转吗？杨鹏程想着，顿时感到自己虽然比上不足，但和万家老汉比起来，简直是天上地下了。

　　这时，窗外一个女子高声问道："大！饭做好了，下不下?"

　　万家老汉对着窗子吩咐道："赶紧下上，这哥饿得劲大了!"

　　窗外的女子"哦"了一声要走，万家老汉又叫住了她说："四女子，饭下好了让你大姐端来，黑灯瞎火的，莫把碗撂了!"四女子又答应一声，走了。

　　半天，一个二十来岁的女子端着浆水面低头走进来。她长着一双大大的眼睛，脸上胖乎乎的，有红红的两团，胸脯上如同扣着两只大大的碗，随着走路还一耸一耸的，臀部也高高隆起。杨鹏程一见她，就想起上高中时县城同学称乡里女子为"红二团"的事。因为乡里女子脸上都有两团红色，城里同学就将"红二团"作为乡里女子的代称。那时他还为此和同学进行过争辩，并专门写了一首诗称颂"红二团"是"朝霞给勤劳添上的色彩"，是"青春与健康的交相辉映"，但争辩归争辩，写诗归写诗，他心里确实也感到"红二团"不如城里女子的"桃花色"美。所以，见到眼前的"红二团"女子，他不由一阵好笑。

"红二团"女子把饭递给杨鹏程，并大胆地看了他一眼。杨鹏程看到"红二团"火辣辣的眼光后，心中一热，低头接过饭碗。

杨鹏程确实饿了，他一连吃了三大碗，才放下碗筷。万家老汉让"红二团"女子再去捞点，杨鹏程赶忙阻挡，嘴里一连串"不吃了"。"红二团"女子过来收拾了碗筷。

吃完饭，万家老汉让杨鹏程拧开"戏匣子"听听，杨鹏程打开收音机收到秦腔《三滴血》，老汉叼上旱烟锅饶有兴致地听着。半天，他说："大戏还是碎的时候跟上大人到山外头赶会时看过，五十几年了，一听这唱的，心上就好过半截子哩！"他笑了笑。

杨鹏程劝他也去买个收音机子，不贵，才十几元钱。老汉摇摇头，说："农人家只图个有吃有喝，买那有啥用处哩！"

杨鹏程说："听哩！这几年政策变了，山外头手头宽展些的农人，家家都有这哩！有的人家还买了电视机。"

老汉不解地问："啥'电死机'？"

杨鹏程扑哧一声笑，说："不是'电死机'，是电视机！演出来像个碎电影一样！"

万家老汉鼻子里"哼"了一声，表示知道了。其实，他还是没弄清楚，不过不愿意再问下去了。他瞧不起山外头的农人，山外头的人给他磕头下话让他搬到大庄里住他都不去哩！住到这山里头，从没人让他交公粮，领导人总是忘记了他家。只是前几年，讲啥"姐姐斗争"，山外头大队里突然派来一个人，叫他去开会哩。会上，有个城里来的干部指着他的鼻子骂他是"山大王",不走社会主义的路,要他搬回大庄里住,他吓了一头冷汗。后头听说,什么"帮"倒了,政策又变了,再没人命他搬家,他就在这里扎下了。他想,这没人烟的地方,随便挖块地撒几颗籽,到时候就能驴驮马载地往回搬粮食。住到山外头,政策没变时,粮食倒到总堆子上才摊哩,一家子摊一点;政策变了,划到户了,又是一家子只守一小块地,天打了连吃的都不够,可可怜怜收一点,缴过公粮也就剩不了多少。最可怕的是还天天要提防公家人来剿妇人,不管有儿子没儿子,两个以上娃娃的都要剿。而他,死活共养了九个娃也没人管。总之,山外的农人再富裕,再好都超不过他。他瞧不起他们。

万家的几个女子洗完锅进门来,又坐到粮食口袋上。"红二团"女子睁着一双扑闪扑闪的大眼睛,定定地瞅着杨鹏程。瞅着瞅着,她的心不由得咚咚地跳起来。

她在这山大沟深的地方长了二十年,城里头是啥样样想都想不出来,最远她只走过几回元滩子大庄上。到元滩子去供销社称盐买针线时,她听人说,城里头有像山一样高的洋楼,有像蚂蚁一样多的汽车,城里人身上都擦得香喷喷的,据说那是为了啥……保护皮肤!不像她,三九寒天手冻裂得如同娃娃张开的嘴,只能烧点羊油滴上,疼得钻心!还听说城里人没男没女地挤到一搭说说笑笑,真使她脸红……年前,她给她大说想进城去,她大瞪着眼睛骂了她几句。后来,还是她娘求情,她大才算答应了,但让她把粮食也捎带上粜了。她吆上驮着粮食的驴,天麻麻亮就从山庄上走开,到城里已是晌午时分,一看,啊呀,这么多人连城框框都要憋破了!她好不容易挤到粮食集上,粜完粮食,只转着买了盒"雪花膏"和一条红纱巾,就赶紧转身回了。回到山庄上已是月光大照,她脖子上系一条新买的红纱巾,一路上回味着城里见到的楼房、汽车、商店里的货物和到处涌动的人流,觉得自己白活了二十年。每当想到城里女人挽着男人的胳膊生怕丢掉了似的的情景,她就脸上发烫,心跳得快要出了胸膛。

杨鹏程见"红二团"女子定定地瞅着自己,浑身都感到不自在。

杨鹏程记得，自己长了这么大，被一个女子这么瞅，还是头一回。上高中时，他同桌是个女生，叫王敏，是县委组织部长的女儿，长着一张谁都爱看的鹅蛋形脸，因此成了同学们倾慕的对象。大家都喜欢偷偷地看她，跟她接触。而她呢？谁跟她搭话，她都要翘起小嘴付以淡淡一笑，尤其是同班文教局长的儿子跟她说话时，她总会用好看的眼睛瞅着他，抛出一串银铃般的笑声。唯有杨鹏程跟她说话她总是阴沉着脸，不爱搭理，还常常捂住好看的鼻子皱起好看的眉头说座位附近有股子酸臭味，说完还故意地往杨鹏程这边瞟瞟。杨鹏程感到自己受了侮辱，便主动调换了座位。他心里想着，自己总有超过王敏和文教局长儿子的一天，到时候，他对他们同样不屑一顾。

万家老汉这时打了声长长的呵欠，接着回头一看，"风眼子"婆娘头靠墙壁已经睡着了。他招呼道："睡吧！今晚夕夜深了。"四个女子一听，起身上了炕。

灯灭了，屋里黑得如同锅底。炕很烫，是"红二团"填的。一家子挤到一个大炕上，再加上杨鹏程，连身都翻不过。被子臭烘烘的，熏得杨鹏程一阵阵恶心。他睡在最靠里的炕边，挨着他睡的万家老汉已经呼呼扯响了风箱，他还没睡着。他想尽量早些睡着，第二天一早起身还要赶路哩，但越急越清醒，脑子里胡思乱想。他想到家。大人现今可能要急疯了，他娘肯定又磕头又烧纸又许愿，他大肯定四处央人顺西汉河寻他哩！他心里一阵难过。

睡在脚底最靠窗子一边的"红二团"女子长长地出了一口气，打断了杨鹏程的幻想。听得出，那女子也没睡着。这个女子的命运，杨鹏程猜想得出来，大山窝窝里长大的。只有大山窝窝里长大的女子，才能用那种目光盯住一个闯进山里的小伙。大山无情阻隔了"红二团"通往山外的路，也阻隔了她的情，阻隔了她的爱。杨鹏程不禁为她暗暗叹息着。

杨鹏程突然觉得肚子上痒酥酥的，有个东西在爬。一摸，原来是个荞麦皮大的虱，软乎乎的，赶紧用指甲掐死了。刚掐死一个，又觉得胳膊上、腿上到处都痒酥酥的，他的手不停地摸着、掐着，一连掐死了十几个。看来，光虱子都对付不了，觉是睡不成了！

"风眼子"婆娘摸索着下了炕，蹲到一只猪槽上唰唰地尿起来。一股臊尿味马上散发到整个屋子里，杨鹏程又一阵恶心。他听到"风眼子"婆娘尿完后摸索着上了炕，啪地打了一把，大概打到"红二团"女子的屁股上，嘴里还骂道："往过！这么大的女子了，一个人占一眼子炕哩，咋越睡越往过来了？"骂完睡下了。

杨鹏程还是睡不着。他记得高中毕业那年，他没考上大学，便从学生宿舍卷起铺盖回了家。回家后，他一头扎到炕上，一声也没喘。他大他娘还有亲房邻居家的人都来问消息，他躲到炕上，脸上阴沉，一个字也不说。问他的人从脸色上看出他心情不好，知道他没考上，都劝说道："这娃，没考上就没考上，愁啥哩？心上万莫装啥心病。天下的农人一层哩！当农人还是能活人。回来了好，回来了给你大还能帮上力。"他听着听着，一骨碌拾起身，向众人宣告："都别说了！我杨有富，不，杨鹏程绝对不是无志的小人，我非考上不可！"他拳头一挥，跑出门去……

睡在脚底的"红二团"又出了一口长气，她心上憋着些事情，身子不断地翻来覆去，也还没睡着。前年她发现，自己胸脯的两疙瘩肉越来越大了，隐约地感到已到寻男人的时候了。见到鸡公追鸡婆，她脸红；见到一只猪爬到另一只背上，她心跳，但还是想多看几眼。那次她从城里回来后，一想起男人女人挽着胳膊的情形，她就心跳脸红，也巴不得有个男人挽着他，说说悄悄话，再手拖手儿走进苞谷地里……完了，再带她离开这个山窝窝里，一辈子也不回来了。可是这里山大沟深，不到山外头去，一年四季见不上一个年轻小伙，没人知道这里有个她等着哩。她大想给她招个男人，传出了口话，山外头的小伙一听这个地方，都摇头，连个瘸子也不愿意来这里住一辈子。没有办法，她是万家的大女子，万家没后，还指望她给万家开门哩！她偷偷地哭过，哭完了，一擦眼泪，谁也不知道。她只有把那些事情埋到心里头，天不明就起身做活，天黑了上炕一滚，话也很少说一句，这样混着等着……终于一天，一个小伙慢悠悠地摸进山里来了。他戴着个白顶顶的帽子，还戴一副黑玻璃片的眼镜，上嘴唇长着一圈黑乎乎的胡子，肩挎帆布包，手持小铁锤，在这块石头上敲敲，那块石头上打打，像个没事人一样。她正在寻猪草哩，看了小伙一眼，唰地红了脸。小伙子对她咧嘴一笑，就搭上话了。小伙子说他是啥啥地质队的，住在城里，进山寻矿哩！又说这个深山野岭，几十里路上没有人烟，太荒凉了，要与她交朋友哩！她一听，心咚咚地跳起来，竟稀里糊涂地点了点头。小伙子掏出一块花手绢给她，说以后要接她进城，吃供应粮。她便稀里糊涂地收下了，又稀里糊涂地跟他进了苞谷地，稀里糊涂地解开裤带子的布条，稀里糊涂地由他随意作弄了一番。她只觉得浑身麻酥酥的，软软得如同散了骨架，心咚咚地跳个不停……打那以后，她时常想起苞谷地里的事情，天天偷偷地拿出手绢看，等着地质队的小伙来接她，三等两等，不见音信。慢慢地，她才想起自己受了骗，那小伙只想在她身上占占便宜，并没有接她去的意思。她恨起那小伙来，但对苞谷地里的那事情，还是常常记在心上，每每想起就不由一阵心跳脸热。她天天想着要是再遇到个好小伙，再带她到苞谷林里去，她不会推辞。完了，她一定要跟他走。杨鹏程终于来了！他如同一只迷失了方向又想歇一下翅膀的碎鸟鸟，扑啦啦一声飞到她的窝里，她巴不得杨鹏程能陪她一辈子哩！

夜更深了，山里悠悠传来一声狼嚎，狗叫着跑出院去。"红二团"越发清醒了，她又翻了翻身。杨鹏程刚来时，她以为还是个地质队的，心想着又来了个骗子，细细一听，不是！这个小伙看来老实，长得也展脱，比那个地质队的要受看些。她想到，假如哪天苞谷地里能跟他……一想起这些，她的心上又躁动不安起来，好像里面有一头野兽搅腾不已，使她睡不安稳。她早就想爬过去，跟那小伙睡到一起，但害怕两个大人察觉。又过了半天，她心里搅腾得厉害，使她无法忍受。听到两个大人确已睡熟，便轻手轻脚向杨鹏程脚下挪去。

杨鹏程也还没有睡熟，迷迷糊糊中他听到一连串窸窸窣窣的响声，细细一听，好像谁往他身边挪动着。半天，那人口喘粗气已靠近了他，啊？是"红二团"女子！显然是从几个身子上翻过来的。杨鹏程顿时紧张起来，不由脸孔发烧，心跳加快，闭上眼睛一动不动地睡着。

"红二团"果然靠近了杨鹏程。她口里急促地喘着粗气，把软绵绵的小腹紧紧地挨到杨鹏程腰里。杨鹏程感到身子如同一下悬到半空里，忍不住浑身瑟瑟发抖起来。过了一阵，"红二团"又把一条肉乎乎的腿搭到了杨鹏程身上。杨鹏程脑子里轰的一声，顿时血液上涌了！他猛一把抓住搭到自己身上的那条胖腿，紧紧地抓住，久久没有松开。两个身子都在瑟瑟发抖，两个年轻人的心里都像点上一盆大火，而且越烧越旺，烧得脸上发烫，烧得心就像要跳出胸脯……

"红二团"女子又像回到了苞谷地里的境界，不大像！感受有些不同。那次是稀里糊涂地由人家作弄，事后好像一场梦，模模糊糊的，只记得心跳、气喘、脸烧、身子发抖。而现今，虽然只和杨鹏程紧紧挨着，却能够细细地体味其中的滋味。她希望杨鹏程能主动一些，再主动一些，就是不带她出山，她也不会恨杨鹏程。因为杨鹏程真正使她得到了山窝子里永不能得到的，真正使她享有了作为人的快乐。而有这一回，也就够了。从此以后，她会觉得不枉为人一世。

杨鹏程紧抓"红二团"女子圆圆的腿，抓得出了汗。猛然，他脑子里闪现出另一个女子的形象，那是杨河庄李生才的大女子，跟他一块上过小学，又上过初中，长得皮肤白生生，水灵灵，是杨河庄里头数一数二的女子。他记得那是高中毕业的第二年，他还是没考上。他舅来劝他，说他娘年龄大了，做饭担水一个人，要他再莫考了，说上个媳妇给他娘帮力哩，物色好的人就是李生才的大女子。他舅说，那女子也看上他的人才，就等着他给话哩！他细细思量了两天，给了话：杨鹏程还要考三年，要是考不上，再提娶媳妇的事情。他舅摇着头走了。李生才的大女子一听这话，坐到椅子上半天没动弹，最后，他猛地站起来说："那就等上三年！"现今还等着他哩！今年是第二年，今年、明年考不上，他就要跟李生才的大女子成两口子；要是考上，他就可以找个细腰长腿洋头发的成两口子，而现今挨到身上的这个女子……如果一时冲动，把握不住自己，干出那种事情，就要在这女子身上欠一笔债。万一这女子反咬一口，纠缠不放，他杨鹏程就是跳到黄河里也洗不清。只有跟这女子结婚，才能了结。但是，跟"红二团"一结婚，他的前途，他的大学，他的一切的一切都会完全葬送到这大山窝窝里。他从万家老汉身上看到了大山的可怕……杨鹏程想到这里，慢慢松开紧抓"红二团"女子的手。

万家老汉突然咳嗽了几声，杨鹏程心一慌，赶紧拨开放在自己身上的那条腿，翻过身去。可心里头还有股子热浪在翻腾，他强忍着。

半天，杨鹏程听到睡在自己脚下的"红二团"女子抽抽噎噎哭起来。她的声音很小，却显得十分伤心。顿时，他感到一阵凄然。这女子的心思他是揣摸得出来的。她一年四季在这大山窝窝里熬着，熬着，慢腾腾地打发着日子，很少翻过山顶顶，到山外头去一趟。大山，死死地圈住了山庄上她的家，也死死地圈住了她的心。到了知道人间儿女私情的时候，她的心里，还是一片荒原，一遇种子播下，就会马上长出芽芽来。如今，她就像一堆干柴，碰到火星子咋能不起火哩？不过……杨鹏程觉得还有些顾虑，犹豫了一阵子，他硬是不能忍受住心头翻滚的热浪，又翻过身来，把"红二团"女子搂在怀里。

哭泣声停了，"红二团"也紧紧抱住了杨鹏程的身子……

"点灯盏！"万家老汉一声断喝，同时一骨碌拾起身来。

"凤眼子"婆娘惊醒了，她颤巍巍地点着了菜油灯盏。只见万家老汉正襟危坐，满脸怒容，瞅着已经吓呆的杨鹏程和"红二团"女子。

杨鹏程面无人色，浑身发抖，蜷缩在炕角。他感到一切都好像在梦里一般，怎么被万家老汉发现的他不知道，只低垂着头，听候发落。

"红二团"女子头发披散，衣裳零乱，蹲坐到一边。她的脸越显得红了。这时，她也低垂着头，不知所措。

"咋办哩？你说。"万家老汉瞅着面色灰白的杨鹏程问。

杨鹏程一动未动，也没有说话。

"你说吵！"万家老汉催促道。

杨鹏程还是一动未动，没有说话。他说啥哩？他知道自己做出的事情有口难辩，无论怎样解释，万家老汉都不会相信。说到哪里去，他杨鹏程都说不清楚。他后悔不该头脑发昏，应当忍一忍，压住自己的欲火，管她"红二团"哭不哭，哭得再凄惨，只要他不动手，他杨鹏程还是他杨鹏程，可是，现在……

"你个碎杂种还不张口，今晚夕你做下的事情把我的脸丢尽了！"万家老汉有些气急败坏，手指着杨鹏程的鼻子尖，"你往清楚里说！"

"红二团"抬头看了看蜷缩到炕角的杨鹏程，半天，唰地流出一串串眼泪。

万家老汉点上一锅旱烟，狠狠吸了一口，烟从鼻孔里冒出来："你把我的黄花女子给糟蹋了，咋嫁人哩？我的女子还没寻下男人，你个碎杂种要把她娶下哩！"

杨鹏程猛地抬起头，愣愣地瞅着万家老汉。

"娶不娶？你说！"万家老汉声色俱厉地追问。

"老爸，你……"杨鹏程声音颤颤地，"我……还要考大学哩！"

"我不管你考你娘的啥屁的学哩，"万家老汉破口大骂道，"你个碎杂种把人家的黄花女子糟蹋了，屁股一拍就溜？莫想！"

万家老汉其实早就看上了杨鹏程。他的下一辈子里没儿子，他又老了，没人帮力，他早就想给大女子招个女婿，开万家的门门哩！可是这个地方山大沟深，没人愿来，招女婿的事情就一年拖一年，拖到了现今。大女子年龄大了，到了寻男人的时候，他知道她一天到黑很少说话，只是埋头干活，其实是心上有事哩！杨鹏程刚一进万家门，他就见小伙子精神，心想着是个好女婿。不过他也清楚自己这里连瘸子都不愿意来的情况，不敢说出来，谁知道睡到半夜里，大女子摸过去和他睡一搭了。他想，这是个好机会，等生米做成了熟饭，再抓不迟。所以，他现在对杨鹏程步步紧逼，是早就想好了的。"娶不娶？说！"他继续追问。

"老爸……"杨鹏程眼中闪现出泪光，神情上带着苦苦哀求，一时之间，不知说啥才好。

"不娶，我不让你从这山庄上出去！"万家老汉威胁道。

杨鹏程被万家老汉逼迫过急，没有办法了。半天，他嘴唇哆嗦着挤出两个字："我……娶!"说完，眼泪成线线滚出来。

　　"红二团"看着泪流满面的杨鹏程，心如刀割。她做梦也没有想到事情会到这一步。她知道是自己的不是，与杨鹏程无关，不过不好说出来。现在，她看不能不说了，便抖了出来："大! 今晚夕的事情不怨他，是我的不是!"

　　万家老汉一听这话，气昏了，他啪的一巴掌抡过来，掴到"红二团"脸上。

　　一直没有说话的"风眼子"婆娘颤颤地摸过来，叫了声"大娃"! 抱住"红二团"女子，眼泪哗哗流。

　　"红二团"女子捂住挨打的脸，泪如雨下，说："其实，我身上……早就不干净了!"

　　万家老汉一听，眼睁得比牛眼还大："啥! 谁哩?"

　　"地质队的一个人……我身上有两个月没见红了。"

　　"啊? 野杂种! 我老脸没处放了，唉……"万家老汉双手抱头，号哭起来，"万家的先人啊，我把你们的门气败坏尽了，唉……"

　　"风眼子"婆娘一把鼻涕一把泪水，抚摸着伏在她怀里流泪的"红二团"说："她大，谁年轻的时候没做过几件错事哩? 你就饶了两个娃娃哕!"

　　"风眼子"婆娘记得清清楚楚。她十四岁时，家乡遭了一场水灾，人几乎死光了。她跟上瞎眼的大出门要饭，走到这个山窝窝里。那时，万家老汉才二十几岁，还没说上媳妇，一看到她，涎水就流了出来。晚上，在烂柴房里，他硬脱了她的裤子。几天后，瞎老汉被打发了，而她，却留了下来。她想跑走，有人又把她追回，锁到房子里，她天天想她大，想起就哭，哭啊哭，眼睛就哭成了"风眼子"。她还记得，她二十几岁时，认识了一个进山砍柴的柴客子，那柴客子给她偷偷地给过几次红头绳。有一天，林子里，柴客子跟她当了一回夫妻，莫想让他男人知道了，打折了她一条腿。这些事情，她都没忘。

　　万家老汉似乎也想起年轻时候的事情，慢慢止住了号叫，长叹一口气，说："万家的先人不知道把啥亏人的事情做下了，到如今要指望个野种开门门哩！"

"红二团"女子抬起头来，一袖子抹掉眼泪，对万家老汉哀求道："大，你把这个老哥放了吵，人家是干大事情的人，我就是一辈子不招男人，也不能害了这老哥的大事情。你把他放了吵！"

万家老汉没有再说话。

杨鹏程看着"红二团"女子，眼泪不由扑簌簌往外滚着。

这时候，窗子外边，鸡公喔喔地叫了一声。椽缝里，也透进了缕缕亮光。

天大亮时，杨鹏程上路了。

山窝窝里浮起一团团的雾气，滚动着，升腾着，像巨大的棉花堆，正好填平了山谷的空间。杨鹏程捎上收音机子，一晃一晃的，慢悠悠走上了山顶。回头一看，万家正被埋没到一团烟雾里，只露出几棵大树的树梢。太阳颤巍巍爬出来后，烟雾一点点飘飞、消散，大树才慢腾腾地从烟雾中钻出来，钻出来……哦，大树下面正是那个山窝人家。

天气晴了，仲夏初升的太阳暖暖的。山窝人家像个躺在阳光下的老人，显得那么平静、安然，他隐身在深深的大山里，日复一日，年复一年，熬着永远也没有尽头的岁月。

杨鹏程站到山顶顶上，默默地望着山窝人家，心里如同烧开的水一般翻腾着。在山窝窝里度过的这个夜晚，对他来说，是个不平凡的夜晚，这个夜晚遇到的几个人，万家老汉、"红二团"和"风眼子"婆娘以及发生的事情，将使他终生难忘。他知道，长此下去，"红二团"最好的命运不过糊里糊涂地跟一个她不认识的男人结婚，然后就是生孩子，一个接一个地生，在这个大山深处，顽强地延续着万家的香火，也延续着她的痛苦。杨鹏程还知道，如果不能冲出大山，他的命运就会同"红二团"一样苦，一样惨……他不由暗暗地一咬牙，一狠心，心中想道：一定要冲出大山的怀抱！

忽然，他的目光被对面山嘴嘴上的一个人吸引住了——只见"红二团"脖子上系一条红纱巾，红得耀眼，手里提一只猪草笼子，正定定地看着他哩！顿时，他感到有一股暖乎乎的东西涌上来，堵住了喉咙。他往前跑了几步，举起手臂，朝对面山顶晃了晃。对面的"红二团"女子先是一愣，接着解下脖子上的红纱巾在空中摇晃起来，远远望去，像一团燃烧的火。

杨鹏程定定地瞅着对面的山顶上"红二团"高高举起的红纱巾，瞅着她身后一眼望不到头的重重叠叠的山，心中在轻轻地呼唤："大山哟，大山……"

山窝窝里有个翠翠

　　中午时分，只是热。洋芋叶子，晒得蔫蔫地佝起身子；挂在蔓上的洋芋铃儿，蔫蔫地垂下头，不显一点精神。洋芋蔓有半人深，蹲到里头，只见个头顶。翠翠乌黑的长发在洋芋蔓上头飘，只觉地里热气闷人。脸上汗淌下，洋芋叶子一刷，麻辣辣地咬人。一抠，立时出现细细的红道子。

　　翠翠在挖半夏。

　　翠翠手拿铁铲，见半夏苗，一铲子下去，指头肚大的半夏就翻出来，两个指头使劲一捏，一颗白生生光溜溜的半夏子就噗地跳出，皮脱在手里。这块洋芋地里，半夏苗长得密密麻麻。土壅的洋芋堆上，裂开指头宽的缝子，土里的洋芋从缝子里睁眼看外头的世界。有时，缝子里一颗半夏，把它生命的幻想延伸到缝子外头，手指头一掏，它就出来，有颗洋芋儿子大。翠翠吃毕干粮来，树皮缝的圆盒里已装够一半，足有两斤。再挖几斤，淘净，晒干，她就去卖。她大半身不遂，好几年了，躺在炕上呻吟不止。地包到户，她跟她娘种地、伺候病人，日子苦焦，光景恓惶。半夏卖几个钱，给她大抓几服药。听人说，城里近日来了四川的贩子，半夏涨到一斤八元，不知是真是假。等下一集，她就到城里去……

　　想到城里，翠翠心里不由慌慌地跳了几下。她想起狗蛋子。狗蛋子跟她一起长大的，现今在城里头的高中上学，听说要考大学哩，天天抱个书本忙忙地学，很少回家。过十天半月，狗蛋子大就往城里学校背回吃的。回来人都问起狗蛋子，狗蛋子大就抿嘴一笑，说他的狗蛋子知道用功了，往教室里一坐，一学就是半夜子。狗蛋大说完又皱起眉，摇着头说他的狗蛋娃太用心，没吃上，没喝上，眼窝窝越跌越深，人瘦得一风能吹倒。翠翠听了，暗想念书的坐到凉房下就那么劳人？她想问，又不好意思开口。黑了睡下，一想狗蛋子念书的事，睡梦里她就见到狗蛋子，果然一风能吹倒。第二天醒来，记起梦，竟一天到黑忘不了。有时，狗蛋子回家，翠翠隔墙听到人都和他打招呼，就想看看狗蛋子是否真瘦了，便嘴里喊着去谁家借个东西便出了门，见到狗蛋子，果真又黑又瘦，就清楚念书真的劳人，心里感到难过。狗蛋子抬头见她，她就问一声："狗蛋哥回来了？"脚底里慢腾腾走开。狗蛋子背上吃的一走，翠翠心上就如同撂了啥东西，脾气也怪了，见鸡，不由骂几句，见猪，不由踢几脚；同庄的女子娃叫她去看电影，她也不想去；天黑就上炕，上炕又睡不着，只想看狗蛋子的黑眼窝窝……还记得有一天，她去城里给她大抓药，刚出门，碰上狗蛋子大。狗蛋子大说他忙，没空给狗蛋娃背吃的，要她捎上。她进城到了县中学，好不容易问到狗蛋子的宿舍。进去一看，啊呀！好热闹，屋里扎满学生，有好几百人哩！学生娃娃都正低头做饭，煤油炉摆了长长几溜，噗噗烧着，烟散出来，又熏又呛，她快要吐了。她看了半天，没看出狗蛋子，便问一个学生马狗蛋在哪里，那学生嘿嘿笑了笑，问马狗蛋是哪个庄的，她说马家湾的，那学生"噢"了一声，高叫道："马驰！"人堆里一个抬起头，她一看，正是狗蛋子……想起这些，翠翠不由笑了。叫啥名字不好，偏要改成"马吃"！那马吃啥？马吃草哩还是马吃料？难听死了！翠翠笑着摇摇头。

翠翠挖着，心里暗暗计算逢集的日子：今个初七，后天初九逢集，她就初九进城卖半夏，或许能碰见狗蛋子哩。想到这里，她不由脸上发烧。一个女子娃，急急地想见见狗蛋子，人家会咋想哩？又一想狗蛋子考上大学，飞出大山窝窝，想见也见不上了，所以管他咋想不咋想，只要他还没走，她就想见他。

太阳斜到山嘴嘴上头，翠翠抬头看看天，霞光将云彩烧得通红，似一匹匹的红绫，在西天上飘动，又低头看看没有挖满的树皮盒，心里一急，手底下就加快了动作。

一棵半夏苗端端地长在洋芋堆上，又壮又高，想必有颗大半夏在它下面。翠翠就一铲子扎下去，扎得深深的，再使劲一撬，翻起一大疙瘩土。翠翠就抓住土疙瘩，在手里捏，土疙瘩碎了，却捏出一颗拳头大的洋芋。翠翠心上一下咚咚地跳开了。她四面里慌慌地一看，没人！抓起洋芋刚想埋掉，手里却停下来，她想起半身不遂的大。她大卧床不起，一年也见不了几顿飘油花的饭。现今洋芋挂铃，正是吃新物的时候。城里人二角一斤买乡里的新洋芋，乡里人自家却舍不得，除非手头上确实紧的，大多不愿挖了没熟好的洋芋卖。前天，她大念叨吃新物哩，又怕洋芋没熟哩可惜，没让翠翠挖。这阵子，翠翠眼瞅挖出的洋芋，心里害怕，又一想已经挖出，埋掉不再长，不如装回让她大尝尝新物，就放进树皮盒。洋芋放进去，她心里却闹腾得不安然，不由抬头向四下里望。正好，地畔子里探出一颗头，翠翠大吃一惊。她看清了，是高高！

高高从地畔里钻出，直直地朝翠翠走来，腿绊得洋芋蔓哗哗响。翠翠一时木呆呆的，惊得不知说啥好。翠翠清楚，这高高心术不正，年近三十，还未娶媳妇哩。人懒得烧着吃，晚上睡觉，尿水子一涨，就往窗子外头浇，太阳出来，臊气难闻。年轻人农闲都出外挣钱，他手往袖子里一筒，到处转悠，口里还说："好出门不如薄家里坐。庄稼人嘛，有吃有喝，烤一盆大火，挣得做啥的钱？"屋里精腿子打得光炕响，没个女的愿跟他。黑了睡下，高高却心跳胸闷，难合上眼。于是，他就去钻到场子里挤，挤到翠翠身上，粗气大喘，浑身摇晃不已。翠翠回头看见，气呼呼走开，心里也就暗骂高高货色不正。这时，见高高直直走近，只是定定瞅着，一动不动。

高高走近翠翠，伸手从树皮盒里取出洋芋，冷笑一声，说："翠翠，这是做啥哩？洋芋又没长腿，它咋能一下钻进你的树皮盒哩？"翠翠就软软地瘫到地里，脸上红一阵白一阵，跟着眼泪唰地流下来。翠翠说：“高高哥，就一颗，是挖半夏子带出来的。我大屋里病着哩，想吃颗新洋芋。让了我哕，高高哥！”高高说：“让了？说得容易。我的洋芋常有人偷哩，我等了几天抓不住人。你究竟挖半夏哩还是挖洋芋哩？”翠翠一听，就说：“就这一回，再没偷过。你让了啊，高高哥！”高高又说：“一回也好两回也好，反正我逮住的是你。你说让，没那么便宜的。”翠翠就哭着说：“高高哥，我再也不做这事了，洋芋给你，你放了我，高高哥！”高高说：“放的话好说，你要答应我一件事哩。应了，我放你，还保证不给别人说你偷人的事！”翠翠说：“啥事情你说！”高高却不说了，眼睛直直地瞅住翠翠的脸。翠翠又问他啥事情，他还是定定瞅住翠翠的脸，直瞅得翠翠避开他的眼光。高高却猛一把抓住翠翠的胳膊，连声说：“答应不答应？翠翠你说。不答应我就把你做的事情抖开哩。”翠翠眼泪又下来了，挣挣被高高抓紧的胳膊，说：“不答应！高高哥，胡闹不得！这事情我不答应！”高高硬硬地说：“有啥闹不得的？你不答应我就抖哩，看你顾惜名声不顾惜？”说着抱住翠翠，手在她身上乱摸。翠翠大声说：“不敢！高高哥，你放开我，不放我就喊人了！”高高嘴里喘喘地说：“你喊你喊！我不怕丢人，看你怕丢人不怕？”高高死死地抱住翠翠不放，翠翠用劲挣扎着，俩人便在洋芋地里翻滚，滚来滚去，洋芋蔓被扯得乱糟糟的。到底还是高高力气大，硬把翠翠压到身底，洋芋苗子哗哗地摇晃起来，翠翠的眼泪就唰唰地淌到土壅的洋芋堆上。

初九逢集。翠翠一晚夕没睡着，天傍明时迷迷糊糊刚有了睡意，她娘却叫开了。她娘一叫，翠翠便起身，梳洗打扮整齐，手绢包一块苞谷面酸菜饼，提上半夏出了门。刚出大门，墙旮旯里钻出高高。翠翠一见高高，就不由得一股子黑血涌上头顶。她没说话，直直往前走着，高高拦住她，说：“翠翠，打扮得新新的，走亲戚还是去城里？”翠翠不搭言，径直往前走。高高又说：“要到城里去，我俩就搭个伴，我也去哩。”翠翠一听，就气呼呼地说：“青天大白日的，有狼哩还是有啥哩，谁把城里头摸不着？你走你的，我走我的。”高高嘿嘿笑笑说："我借了辆车子，我带你哩！"翠翠便骂开了："谁稀罕你带哩？我腿没折没断，我会走。"她说罢走了，身后的高高还在嘿嘿笑。

这马家湾正在山窝窝里，进城要翻一架大山，才能走到汽车走的大路上。这架山大，太阳刚刚出来，她看到东面的山嘴上如同架了颗红红的火球。大山沟沟的烟雾飘啊飘的，化到空中，绿的苞谷、洋芋和由青转黄的麦子便都亮出来。她不由觉得有股热乎乎的东西上涌，整个胸脯都暖暖的。她忘了几天来搅乱人心的事，脚步急急地往城里赶。赶到城里，已是天大亮时候。

城里人很多，快到割麦时节，乡里人都来赶忙集，簸箕、筛子、木杈、连枷到处都是，绳子、扫帚、镰刀、磨刀石随处可见。翠翠到了药材市场，街道两边齐排排坐满收半夏的，嘴里都喊着"半夏子快来"。翠翠先不急卖，她一个转身，问明价钱：一等八元，二等七元五，三等七元。问完，她就走到了收购"半夏子"的中年人跟前。翠翠的半夏又大又匀，该定一等。中年人摸摸半夏，却说："娃娃，半夏是好半夏，只是没晒干，按二等算！"翠翠说："晒了几天太阳哩，都干干的了，咋地不干？"中年人又说："干的不沾手。你看，一捏，都沾到手心里了。"他抓一把半夏，再撒开，果然手心里沾了几颗。翠翠一试，也沾上几颗。中年人就说："你看，试一试就知道干不干了，二等咋样？"翠翠摇摇头，说："天气热，手心里有汗，当然就沾上了，这样试不合理！"中年人说："都这样试，不信你问问其他人，二等卖不卖？"翠翠又摇头，提上半夏子要走，中年人却又叫："来来来，一等一等，要了算了！"翠翠就让他称。秤杆高高地翘起来，中年人说："五斤整！"翠翠不信，她说："屋里称过，明明五斤三两哩，咋就少了三两？"中年人说："你看秤啊，我哄你，秤也哄你？"翠翠一看，果然压在五斤的点点上。翠翠怀疑他的秤有鬼，只听一个外乡人高声大喊："收半夏收半夏！八元五一斤，有多少要多少！"所有提半夏的一听喊声，都围上去。翠翠见外地贩子来了，就对中年人说："五斤三两半夏子，咋就称成五斤哩？你秤上有鬼哩，我不卖了！"中年人赶紧说："娃娃，泼出去的水收不回，说成的生意咋能后悔哩？"

翠翠说："谁要你秤上日鬼人哩？明明我的半夏子五斤三两哩。"中年人发火了，大声说："你说十斤我就给你开十斤的钱？我凭秤说话哩，能哄人？秤上哄人瞎眼哩，娃娃！"翠翠见他发火，不由心里咚咚跳跳几下，半晌，她心一横，也大声说："我的半夏子称过，你就是哄人哩。拿来，我不卖了！"说罢，秤盘上去取半夏，中年人便死死扯住不松手。两下里一时嚷开，一个说："你把拉出的屎吃掉！"一个说："你秤上有鬼我不卖了！"药材集上众人见状，齐齐拥过来，把翠翠和那中年人围到当中，像看耍猴的一般。

正吵时，人群里钻出一人。翠翠一看，是高高！翠翠便不说话了。高高急急地奔到中年人跟前，一把抓过秤盘上的半夏，大声说："拿来！买卖自由哩，你男子汉，咋能欺负一个女的哩？"中年人见来个年轻人，人高马大，立刻矮了半截。他顿了顿，说："你是她的啥人？"高高说："男人，咋哩？"中年人一听，一下换上笑脸，口里说："重称哩，你拿来！"手里来取半夏。高高说："不卖了！"他将半夏递给翠翠，翠翠却没接，沉了脸，气呼呼地说："我不图钱多少，你叫他重称！"中年人就又重称，秤杆又在五斤三两的点儿上高高翘起。翠翠接过钱，转身离开。

高高追上翠翠，高高说："翠翠，明明四川人收八元五哩，你咋不卖给四川人？"翠翠满脸不高兴，说："你嘴里不收拾紧些，胡嚼啥舌根哩？"高高嘿嘿笑笑说："是哩不是，先把那人唬住再说嘛！有谁知道哩？"翠翠就说："我走我的路，你莫跟我！"高高却死活缠住翠翠，一阵子叫翠翠下饭馆，一阵子又叫翠翠进百货大楼。翠翠站下了，狠狠瞪住高高说："下馆子你下去，进大楼你进去，谁想跟你去哩？"高高见翠翠果真生了气，就一人怏怏离去。

赶走高高，翠翠先到药店抓药。抓上药，她就一直朝南边小什字的一条街走。那里有狗蛋子念书的县中学。远远看到中学门口的大木牌，翠翠心里就咚咚打起鼓。校门里，学生娃娃出出进进，翠翠打着转转，不敢进去。她定定瞅住进出的学生，那些学生娃娃胸脯上别一块白牌牌，头都扬得高高的，还有的戴着眼镜哩。她心里就酸酸的了，心想着人家的娃娃他大他娘咋养哩，能到这里面念书，往那四层子高的白大楼里一坐，玻璃窗子里全城的啥都能望见，美气死了！狗蛋哥命好，也能到这里面念书。一想起狗蛋子，她就盼他这时能从门里出来。正想着，果然见远远走来的一个，像是狗蛋子。那人手提一本书，头也高高扬起着。她走近一看，真是狗蛋子。狗蛋子没看见翠翠，脚下走得快快的，嘴皮还动弹着，如和尚念经一般。翠翠暗暗笑了，心想这些念书娃娃连走路都一模一样，头高高扬起，骄傲得很，怕是他大他娘都看不见哩。狗蛋子快走过了，翠翠就喊一声："狗蛋哥！"狗蛋子头便唰地转过来，看见她，脸唰地红了。翠翠突然想到狗蛋子官名叫"马吃"，现在叫他乳名，他不好意思了。狗蛋子问翠翠："你进城了？"翠翠说："嗯。你干啥去哩？"狗蛋子说："想去外头背书哩！"翠翠就问："学校里好，为啥去外头？"狗蛋子又说："外头寻个僻静处，肯背得下。"翠翠便说："那你背去，我回了。"狗蛋子却叫住她："翠翠，到宿舍里喝口水去！"翠翠就跟他到了学生宿舍。

　　宿舍有几个学生，斜眼看着翠翠，狗蛋子便哄他们说："我妹子来了！"学生便都点点头，不看她。翠翠喝着水，掏出苞谷面酸菜饼吃着，心里头觉得扑簌簌的。她自己要真是狗蛋哥的妹子就好了。狗蛋子坐到铺板上，半天无话，只是抬头死死盯住上铺铺板底下贴的几张纸。翠翠见那纸上画满渠渠道道，看不出名堂，就偷眼看他。只见狗蛋的眼窝窝又下跌了，上唇和下巴都长出胡子，翠翠就说："有时间该把胡子刮刮，看长得像啥一样。"狗蛋子就手摸下巴笑了，笑完又盯住头顶的几张纸不语。翠翠见他时间紧，不想打搅，就两口喝光水，起身要走。狗蛋子手捏一本书，又送她出来。翠翠就边走边说："你要爱护身体哩，看你的脸色吓人。"狗蛋子"嗯"了一声。到学校大门口，狗蛋子停住脚步，说："翠翠，我不送了。再进城就到学校里来，一见你，不知咋搞的，我心上就多了一股子劲，想着非考上不可。"翠翠便收住对脚，望着他，想这话里的意思。狗蛋子又说："你走吧，翠翠！"翠翠才慢腾腾离去。

翠翠回来，时时想着狗蛋子，心里头装着事情，一天到黑只知低下头做活，黑了上炕，眼睛一闭，狗蛋子就到她眼前了。她就给狗蛋子说："看你瘦的！念书要紧，身体更要紧，没个好身体，干啥都不成！"狗蛋子就瞅住她嘿嘿笑，她又说："狗蛋哥你是有福的，念一辈子书哩。考上了，还上大城市念去哩。你看我，没进一天书房门，出门连个厕所都摸不着，只知道一天到黑在地里干活，有啥活头哩？"狗蛋子便一把抓住她的手说："走！跟我到大城市里逛一趟走，坐火车，看'西湖景儿'去！"她高兴了，正要跟狗蛋子走，却见高高急急奔来，扯住她的另一只胳膊不放。她想挣，高高硬扯，她胳膊生疼，就大喊："狗蛋哥狗蛋哥！"一喊，醒了，原来是个梦。醒来，她的胳膊正在身下，果真又麻又疼。她就眼睁下想，想睡梦里头的意思，想狗蛋子心狠，这么长时间也不知回来一回，只知道个念书也不知有人想他。要是狗蛋子知道她想他会咋样哩？不管他狗蛋子咋样，她还是要想他，她翠翠心里就只有个狗蛋子，不管狗蛋子心里有没有她。山里的野狗嗷嗷地吼，深更半夜回声长长的。翠翠就不由头发竖起，心跳不已，直到东方既白，曙光初照。

　　高高如影子一般围着翠翠转。翠翠一见高高，就气上来，不跟他搭言。高高却嬉皮笑脸，瞅住翠翠不放，见面就问："翠翠，做啥去哩？"翠翠就头转一边不看他。地里，翠翠寻猪草哩，高高不知从哪里冒出来，也装模作样地寻猪草，眼睛却不离翠翠。翠翠就唾几口，换个地方寻。山窝窝里马家买了台电影机子，晚晚卖票演电影哩，喇叭高挂到树梢梢上，声音传得远远的。翠翠不想去看，却听到喇叭里丁零当啷一阵乱打，心就飞到电影场子里。有时进去看一场，高高却挤到她跟前摇晃着身子。翠翠一回头，就看到高高那张丑里吧唧的长脸，嘴角挂着长长的涎水，翠翠便暗暗狠捣他几肘子。回来，翠翠就伤心地哭一场。

　　终于有一天，狗蛋子来了。那阵子正是傍晚，雾气慢慢在山窝窝里浮着，癞蛤蟆呱哇呱哇扯长喉咙叫得欢欢的。山窝窝里人吃罢饭，都聚到翠翠家门前的槐树下谝闲传。忽有一个喊："那是谁来了？"众人抬头去看，就见狗蛋子身背铺盖卷，从山路上脚步重重地下来。众人都上去问候。翠翠隔墙听见，便喊一声："我到毛娃家借个锥子去！"出了大门，见众人围住狗蛋子，问他试考得咋样，她就站到跟前听。狗蛋子满脸乏气，摇着头说："一般，估计分数不高。"众人便都说些宽心的话，狗蛋子就笑笑走了。翠翠看到狗蛋子走时望了她一眼，脸色蜡黄蜡黄，她心里就难受了半天。

狗蛋子回来几天不闪面，翠翠就到他家叫他妹子去寻猪草。翠翠见狗蛋子刚睡起眼睛红红的，就问："你咋不知道出门转转哩？光是睡觉有啥意思？"狗蛋子便说："试考毕，屋里等着分数，心上乱糟糟的，就懒得出门。"翠翠又问："等多长时间哩？"狗蛋子说："等二十多天。"翠翠就知道狗蛋子的心情。虽说狗蛋子在屋里她也见不上几面，但见狗蛋子一回，她心里总觉得舒展了些。

转眼麦子黄了。今年麦子长势好，黄得也齐整。翠翠正割麦哩，回头一看，山山岭岭、沟沟渠渠里铺了黄灿灿的一层。没刮风倒还罢了，一有风，黄的便都齐齐地翻卷，涌来涌去，涌得人心里都开了花。翠翠就想，庄稼人一年押下这一宝，提心吊胆地瞅着，刮风下雨，连着人的心，现今麦子一黄，齐刷刷往场里一放才算把心放下来。唉，庄稼人啊！

翠翠割着，忽觉嗓子里干巴巴的。麦地跟前有眼水泉，一眼望得见泉底的沙石，有许多小虾米欢快地游。翠翠一连喝了三回，只觉不解渴，嗓子还是干。她就想起自家厕所前的一树杏儿，一想，涎水便冒出。割麦回来，她就抱住树摇，黄澄澄的杏儿就吧嗒嗒落一地。翠翠吃了一颗又一颗。而一天割麦，她只是想那杏儿，回去又吃。她娘就骂开了："还指望那杏儿卖几个钱哩，你给吃光了！把你嘴馋的，害娃哩不是？"翠翠就停下不吃了，心想着她娘的话，一句话不说。吃毕饭，她闷闷地睡下。第二天又割麦，她娘提饭到地里，她接过一看，就不想吃，只觉肠胃翻腾，一口酸水冒出。她忍住，硬吃下一碗饭。可刚放下碗，还想那杏儿，回来她便偷着摘。几天过去，一树杏儿吃光，她又到别家要，别家也没了，她还想吃酸的，就往饭碗里搛酸菜。

一月又过，她记起身上的多日没来，掐指一算，心下明白，五脏六腑便如刀割般疼痛不已，泪水哗啦啦地下来。

翠翠怀孕了。从此，她言语更少了，一双大眼睛红红的，没了光彩。有时瞅住啥，就木呆呆地盯住不放。原来寻猪草爱搭个伴，现今却不，笼子提上，她一个人出去。蹲到苞谷地里，先淌一阵子眼泪。苞谷叶子密密的，秆子高高的，把翠翠隐到里头，把翠翠的难场也就隐到里头。这天，狗蛋子妹子叫她去寻猪草，她就跟狗蛋妹子搭了伴。地里寻着，狗蛋妹子就说："我哥考上了，兰州的大学给我哥来了信哩。"翠翠就问："真的？"狗蛋妹子就说："真的。"翠翠便不说话了，默默地寻着，好几次把半夏苗子寻到猪草里，还是狗蛋妹子提醒的。黑了睡下，夜深人静，窗外野物又吼开，翠翠睡不着，就想：这肚里的物件要是狗蛋哥的，她翠翠让人指破脊背也不怕。养下长大，让他像他狗蛋大一样念书，往城里的四层子大楼里一坐，要多威风有多威风。考上大学，火车坐上就呜地到了兰州……想着，眼泪就下来。麦割毕了，往地里背粪，翠翠故意背个大背篓，装二百斤哩，小伙子一见都咧嘴。有人说："翠翠，挣嫁妆哩？小心把人挣着！"翠翠不想搭言，泪水往肚里流去，汗水却顺脸、脖子、脊背往下流。粪倒到地里，那肚里的跳腾了几下，翠翠就以为要出来了。谁知跳腾了几天也不见出，还吹了气一般往大长。翠翠就去了乡卫生院，一个戴白帽帽的大夫斜眼看着她问："头胎还是二胎？"她撒谎道："二胎。"大夫又说："几个月了？"她说："四个多月。"大夫就说："要引产，你男人来了没？"翠翠就无话可说，大夫打发了她。翠翠便走一路，哭一路地回了家。回去后，翠翠就翻出她奶奶留下的长裹脚缠到腰里。

又过些天，狗蛋子上大学去，山窝窝里大人娃娃便都来送。翠翠站到大门前槐树底下，见狗蛋子过来，身后跟了一帮人。狗蛋子穿得新新的，远远地看见人满脸就挂上笑。翠翠就问："狗蛋哥你走哩？"狗蛋子就说："走哩。"翠翠又说："你是有福的。"狗蛋子就笑笑。翠翠掏出煮熟的几颗鸡蛋给他，狗蛋子便说着"多哩多哩"用手拦拦。翠翠说："没啥给你，拿着路上吃去！"狗蛋子就接下了。走到又一家门口，那家子又送，狗蛋子只好又接下。挨家挨户门前经过，狗蛋子的提包就装得满满的。山窝窝里人都说着：“你是这山里出的头一名状元，莫要忘了山里人哩!”狗蛋子便热泪唰唰地流出，流着泪，一步三回头地走上山顶。翠翠见他走了，一下没了精神，身上软软的，扶住大槐树喘了半天气。狗蛋子的影子在山顶顶上一晃，消失了，她的心也就跟了去。

狗蛋子一走，转眼到了秋后。收苞谷，挖洋芋，割荞，庄稼汉人一口气做下来，没歇过一天。庄稼收整齐，又急忙往麦地里播种下希望。家家地里牛吆着耕地，山窝窝里，就响起“噢——回来!”“呔——啾!”的声音，互相应和。有时，这面坡上牛一歇，耕地的就烟锅子包包里使劲掏着，朝对面坡上喊一声：“他爸，歇下缓口气!光景要慢慢挣哩。”对面坡上便也歇下。俩人隔一条沟面对面一坐，烟锅叼到嘴上，开始打起嘴仗。一个说：“莫把籽撒光了，黑了还要给妇人二亩半荒地里撒哩!”另一个说：“你给他阿姨的荒地里留了几升籽?”对面坡上女人跟着，一听，就声音尖尖地应答：“留得多，还留下给你做饭的哩!”说罢一阵大笑，山窝窝里便回声不绝。

翠翠家在山畔子下种麦。翠翠和她娘打胡基，高高吆牛耕。高高是寻上门帮翠翠家的。翠翠家没牛，年年种麦用锄头刨。高高家有一头大黄牛，跟别的一家合牲耕种。两家子都种上了，就来帮翠翠家。翠翠她娘感激不尽，就领他到这山畔子下来。这阵子，翠翠头也不抬，拖着笨笨的身子，吃力地打胡基，头一上一下的。高高却耕一阵，就抬眼望望翠翠，一望，犁铧就耕到一面去。翠翠娘见有空耕的地方，就骂高高：“吃屎的高高没安好心！咋能把地空下呢?”骂完用镢头挖掉。晌午时候，山畔子下种完。翠翠娘说：“山湾湾里还有二分地哩，一口气种上再回，咋样?”高高牛吆上要走，翠翠却坐下不动。翠翠说：“回去算了，我肚子疼哩。”她娘见她脸色惨白，也就回了。

半路里，翠翠肚疼难忍，好几回坐下不动。她娘就说：“怕是肠子拧住了，回去喝口醋就好了，赶紧回!”便扶她慢腾腾回家。回去，翠翠已疼得汗水满面，一头扎到炕上，大声呻吟。她娘半盅子醋端来，灌到翠翠嘴里。翠翠咕地咽下，还是疼。她娘就取纸点蜡，跪到门口，面朝门外，嘴里喃喃说了几句，连连磕头。磕下去，额头上便沾满灰尘，鼻子尖尖上也便沾满灰尘。

翠翠呻吟半天，忽觉身下不对。一骨碌坐起身，歪歪扭扭，往厕所里跑去。翠翠娘觉得奇怪，一想也不对，便也往厕所里跑。一进去，只见翠翠身下血流一摊，她大吃一惊。翠翠有气无力地给她娘说："快……快！"翠翠娘一下明白，就神色大变，连声追问："是谁哩！是谁哩？"翠翠闭口不答。翠翠娘就急急地说："娘家屋里养不得，快说哟！"翠翠就记起山窝窝里的风俗，女子把娃生到娘家，要请阴阳师解禳，还要套上黄牛院里耕三回哩。没结婚的女子把娃生到娘家，就更不光彩，翠翠便说："……高高哩！"说完大哭不止。翠翠娘听清，赶紧跑进屋给翠翠大说了。翠翠大一听，急忙便道："快往高高家抬！快！"翠翠娘又奔出来，喊来四个女人。那四个女人刚到厕所外头，只听里面叭的一声，都说："快快，胎泡破了！胎泡破了！"四个女人进去，已见胎儿娩出头盖，便齐齐下手去抬。一个说："小心夹死小心夹死！"另一个说："抬腿抬腿！"四人八只手下去，两个抬肩，两个扯住腿，将翠翠抬到空中，架土飞机一般，架出院子。

高高和他大已觉来风声，大门开下，人溜之大吉。四个女人抬翠翠进门，不敢到正房去，正房是高高大睡的。一个女人说："到耳房子里去！"就抬到耳房。耳房里有个土炕，盘下几年了，准备高高结婚用，炕上却没铺席子。四个女人抬得腰酸臂痛，只得放到土炕上。翠翠一躺，胎儿便娩出。四个女人一看，是个儿子，便齐声道："是个主儿家，夹鸡娃着哩！"翠翠娘一把接住，却觉羞愧万分，顺手一抛，八个月的胎儿便扑棱棱贴炕面滚至墙角，沾成个土蛋。半天，才扯开嗓子喊出一声："哇——"翠翠也便哇地哭出声。翠翠娘一听，也就哇地哭开了。四个女人就两下里来劝，对翠翠说："你莫要伤心哩。月子里落下病就是一辈子的。怕啥哩？女人家就是生娃娃的！你一过来，就跟高高过光景哩，啥手续都减免了，还不麻烦人！"对翠翠娘说："你也万莫伤心。人一辈子，得贵子是大喜事。现今计划生育政策紧，一个儿子还不容易得哩！翠翠是个命大人，你当娘的，也该高高兴兴的！"哭声也就慢慢小了。

第二天，高高进城去买席子，碰见的人都给他说："听说你得贵子了？"高高笑眯眯地点点头，碰着的人就又问："几时结婚的？咋不知道哩？"高高便脸红下哄人说："结婚证扯得早哩，只是没行啥规程。"那人便把一声"哦"拉得长长的，言外满含不尽之意。

月子里，翠翠的眼泪一天也没干过。她娘常来看她，翠翠一流泪，她娘就跟着流，嘴里却劝翠翠说："我娃莫伤心了！命咋样，老天爷定下的，哪个凡人有啥办法哩？快莫哭，以后身体垮了咋办哩？"翠翠就慢慢住一阵。住下了，翠翠就想起狗蛋子。想起狗蛋子走的一天，山窝窝里填满人，都说："山窝窝里飞出金凤凰哩，果真就出了狗蛋子。"也有的说："这娃面相上就不一般，头大额宽，人吃啥五谷命上带着哩。"又想狗蛋子在大学里的情景：考上大学，怕不再天天黑了熬眼窝窝了吧？顿顿吃的怕是油饼腊肉，晚晚睡的怕是钢丝床子哩。她掐指算出狗蛋子走了快五个月，转眼就进了腊月，该回来了。一想到狗蛋子回来，翠翠就眼泪止不住又下来。

高高得了翠翠，未花一分一文，整天嘴里没正经过。人家收音机子里"怀抱婴儿小沉香"一唱开，高高"怀抱婴儿小沉香"的声音就压过它。翠翠听见，便学了那刘彦昌，哭得眼睛水汪汪的。有时翠翠气上来，张口便骂高高，高高就不得进门。高高端去鸡蛋长面，翠翠就一把掀翻，大哭不止。高高凑过去劝说，翠翠就一巴掌上到他脸上，打得高高悻悻离去。高高再进去，就瞅翠翠的脸色，生怕挨打。

月子坐到四十四天上，翠翠忽听墙外两个声音，一个问："狗蛋子回来了？"只听另一个声音说："回来了。"那人又问："几时回来的？"那个声音又说："昨天来的。"翠翠就知道狗蛋子来了。当下，心上咚咚跳开，不由下炕，头上包块顶巾进了厕所。翠翠知道老规矩，没出月的月婆子不得出大门，她就爬到厕所墙的豁口处去偷看。头才抬起，就看见狗蛋子，他的头发埋住耳朵，鼻梁上架一副眼镜，一抬头，就闪出光。看脸色，比原先白了些，但还是瘦。他正跟一个小伙说话。翠翠怕狗蛋子看见她，头想缩回，狗蛋子却偏偏看见她。翠翠便问一声："狗蛋哥你回来了？"狗蛋子给她笑眯眯地点点头，又跟人说话，顾不上看她。翠翠爬到豁口处看了阵，只觉凉风嗖嗖吹来，赶紧缩回头，暗想：狗蛋子要没考上大学，现今不知咋样的，一考上，看洋气的！光那副眼镜子一戴，人都洋气半截子哩。啧啧！

　　第二天，翠翠出月。她抱娃过去转娘家，正逢过年做豆腐。山窝窝里人把豆腐锅支到翠翠家里，一帮人正给狗蛋子家推豆腐。石磨子上安一长拐，推磨的握住磨拐子拐动时，石磨子便轰隆隆发出轰响。豆浆从磨扇间流出，啪嗒嗒掉到磨下的大桶里。狗蛋子手持一牛角勺子，从盆里舀出泡好的豆瓣，一勺勺正往磨眼里灌。见翠翠抱娃进来，他只抬眼望了下，手没停，却没提防磨拐子拐来，一下碰到牛角勺子上，豆瓣碰飞了，溅了周围的人一脸，众人哈哈大笑。翠翠把娃给了她娘，就来替狗蛋子灌。翠翠灌着，众人就话里带话地说："到底还是翠翠灌得好，稳稳的，准准的，一下就落到眼眼里了。"说完就又大笑。翠翠未解其意，瞅瞅狗蛋子，就说："狗蛋子人家是大城市里念书的命，不会灌就不会灌！"众人便把话头又转到大城市上，一个问："听说大城市里女的在街上敢挽住男人的胳膊，是真的？"另一个问："听说男的女的抱到一起跳舞哩，还扭着屁股，叫跳啥啥科的舞，你见过没？"狗蛋子就回答："都是真的，我见过哩。大城市里人生活好，文化高，讲究个精神享受。就说跳舞，一晚上丁零当啷跳到天亮哩。屁股蛋子扭上，音乐一放，人就迷了醉了。"众人听了都问："有那么凶？狗蛋子你跳了吗？"狗蛋子又说："跳哩，一开始还不好意思，到后头，晚晚都跳去哩。"有人就问："跟女的跳不？"狗蛋子说："就跟女的，不跟女的跳没意思。"有人就又问："那女的都长得咋样？"狗蛋子说："当然好！那女的都长得腿长长的腰细细的，头发齐肩膀一披，打你跟前走过，香气就喷得你不由醉了。"众人听罢，都啧啧地惊叹不已。惊叹之下，便又有一个发问："那些女的都那么胆大？让

个男的抱住，面对面的，也不脸红?"狗蛋子就又说："脸红啥哩，大
城市里有的女的比男的还开放！我们系上有一个男生，写诗写出了点
名气，到外地实习时，跟一个女教师发生了关系。结果，让那女教师
的丈夫发现，告到学校，要处分他哩。这个诗人就写了篇很长很长的
文章为自己辩解，还到大饭厅里演讲。好多女生听了，都支持他。这
样的事情在我们山窝子里有没?"说完还看了看翠翠。众人听得瞪大眼
睛，张着嘴，说不出一句话。翠翠却羞得满脸通红，头低下暗想：这
狗蛋子大城市里几个月，咋变得话多了，脸皮子也厚了，跟原先的狗
蛋子大不相同。她想问问狗蛋子吃的是不是油饼腊肉，睡的是不是钢
丝床子，但一听狗蛋子刚才说的，就没敢再开口。

　　豆腐做下，粉条挂下，猪杀了，肉高高吊起，白面馍馍一锅又一
锅蒸出。山窝窝里人在腊月底做完这些事，便长出一口气，轻轻松松
进入新年。正月初一开始，大人娃娃全身新崭崭，提笼子的提笼子，
背书包的背书包，走门串户地拜年。直到正月初五，拜年的一整齐，
社火就开始闹腾。初五的晚上，山窝窝里人都拥到一个大场里，锣鼓
打得如煮，牛角号吹得震天，打手灯的便从各处拥了来。一阵子，各
色手灯几十把，凑到一起，看花人的眼。有绑萝卜型的，有绑桃儿型
的，有绑花轿型的。还有个最引人的，叫"羊抵角"。棍上挑两只纸糊
的羊羔，拴上绳子，一头牵到挑灯人手里，一扯绳子，两只羊羔便
"哐"将头抵到一起，看的人便哈哈大笑。翠翠这天早早吃罢，打扮整
齐，娃抱给她娘，就跑到社火场里。往年她也是打手灯的，今年结了
婚，就再没绑。她便从人缝里钻来钻去，有时脚尖踮起，四下里望，
看狗蛋子来了没。场子里响起《十对花》，她就定定站下了。场子里站
两排打手灯的，一排男，一排女，女的问，男的对，都齐齐地踏着步
子摇，晃一晃，手灯上的纸花也就一晃。二十把手灯齐齐举起，纸花
便翻腾开来，煞是好看。一曲《十对花》唱完，又接上耍狮子。一只
卷毛狮子奔跳着上场，张开血盆大口狂翻乱舞。一阵子，狮子就地一
滚，翠翠看清，顶狮子尾巴的是高高。她便退出场外，站到黑影地里，

远远地看。场上纸花又翻腾起，又响起《怀胎曲》的调子。那曲子里怀胎的小姐儿尽是吃香的喝辣的。翠翠听了，就想起自己怀胎的恓惶，偷偷摸摸的，生怕人知道，想吃颗杏儿也没多的，心下就不由生出悲伤之情。

翠翠在悲伤，场子里《怀胎曲》在唱：小姐儿怀胎七月想吃的是娘家的大母鸡。翠翠却觉得身后有人暗暗一扯，回头一望，眼镜片闪出寒光，是狗蛋子。翠翠不由浑身一抖，只听狗蛋子低声说道："翠翠，跟我走！"翠翠心里就猛地跳起。她愣了愣，脚底里动弹了。退出社火场子，她跟狗蛋子七拐八拐，就来到一家房背后。房背后黑得看不清人脸，干枯的蒿草齐腰深。狗蛋子和翠翠走进去时，碰得干草哗啦啦一阵响，翠翠就站下不敢动了。狗蛋子便叫："过来呀，翠翠！"翠翠就说："我害怕哩，狗蛋哥！"狗蛋子就伸手来拉翠翠，翠翠手放到狗蛋手心里，狗蛋手心里汗涔涔的，很热，翠翠却浑身如泼凉水，战栗不已。翠翠问："那么多人，你咋敢叫我哩？狗蛋哥。"狗蛋子说："都看社火哩，没人注意。"翠翠就又问："你咋知道我会跟上你来这里？"狗蛋子说："我从你眼睛里看出来的，我知道你不会不答应。"翠翠就说："你确实变化大了。上中学时，你怕连个女的手都不敢摸。"狗蛋子说："有啥怕的哩？大学里跳舞，女的想跟哪个男的跳就都来请哩，我一个男的还不敢叫个女的？"翠翠说："那你说的是大学，这里是山窝窝，不是你的大学。"狗蛋子就说："大学里啥都开放，山窝窝里也要慢慢开化哩。"翠翠便不说话了，心想着狗蛋子的话。狗蛋子就用双臂搂住了她，翠翠只觉得憋得紧，便大口大口喘气。一喘气，她就浑身发抖，没一点力量。狗蛋子便把嘴唇贴到她嘴唇上，翠翠一下就觉出唇上火辣辣的，她转过脸去，连连说："脏得很，狗蛋哥。"狗蛋子却说："外国人都这样弄哩，你没看电影？"又把嘴唇贴过来。翠翠躲避不开，就说："外国人都坏得很！一个嘴咬另一个的嘴有啥意思哩？这还到电影上展览哩。"狗蛋子就轻轻笑了，说："外国人表达感情的方式多，中国人落后，啥都不知道。"翠翠就又不说话了，心想这狗蛋子经得多了，见得广了，心也就野了，出口便是人家外国如何如何，大城市如何如何，那一套子有啥好哩？翠翠想，原先的狗蛋子就不是这样的，只知道抱住书本念，啥都不往心上放。现今的狗蛋子跟原先比，咋就成两样哩？翠翠不由得又问："你上中学时咋不知道这些名堂哩？"狗蛋子说："上中学只知道复习考大学，就一心用在学习上，谁还敢想别的？再说，小县城闭塞，还是落后，这一套了一时还兴不来哩！"翠翠就又说："你上中学，我时常想你哩，你知道不？"狗蛋子说："不知道。我也不相信有谁能把一个穷学生放到心上。"翠翠问："那次进城，你说见到我，你心上就多了一股劲的话是啥意思？"狗蛋子想了想，记起来，说："一见到你，我就想，要不努力，我就跟你一样，一辈子在大山窝窝里混，没一点点出息，所以心底里就下了决心，非考上大学不可。就这意思。"翠翠便说："我心上有你哩，我知道你是干大事的，我不配你。但不知为啥，我就爱想你。"狗蛋子就说："你心肠好，翠翠。但你吃亏就吃在心肠好，人老实上。高高跟你有了那事，你要不嫁他就不嫁他，莫害怕名声不好听，娃生下，就抱给高高喂去。要在外国，像你一样出了事，就跟没出事的一样，好男人照样能寻上！你太老实了，咋就跟了高高哩？"翠翠听着，就觉出身上凉森森的，心里头一阵阵发抖。她听不进狗蛋子的话，也想不透狗蛋子心上没她为啥要叫她来。耳朵跟前急急地传出狗蛋子的喘气声时，翠翠就觉来狗蛋子一只早就冻得冰凉的手如蛇一般缠住她的腰。翠翠便压住狗蛋子的手说："狗蛋子，我……有高高哩！"翠翠的声音里带了哭腔。一阵老北风吹来社火场里的《玩灯曲》，唱的是"打扮姑娘梳油头"，翠翠眼里涌出汩汩的泪水，哗哗地流过她滚烫的脸面。

　　……

　　晚上睡下，翠翠想着刚才跟狗蛋子的事，眼睛大睁，瞅住山墙上瓦箍的"金钱眼"里透进的微光，心里头重重的。半夜里，高高耍狮子乏气缓过，上了她的身。翠翠就紧紧搂住高高的腰，搂得高高喘不过气。她还是头一次紧搂高高，搂着搂着，她的耳朵里就落满了泪水……

苦　夏

　　"噗"，一颗汗珠从她鼻尖滚下。于是，她面前，土壅的苞谷堆上，就摔开一朵好看的小花，转眼间，"嗞"地一下，焦渴的土地吸干它的水分，又有一颗晶莹的汗滴孕育着。

　　山窝子里，苞谷林成了海，绿莹莹的海。苞谷秆都伸长脖子，拼命向空旷的山谷延伸它生命的幻想。苞谷林很深，也密，夏日的太阳把它烤成一盆火，钻进去，如埋进热灰，闷热难耐。不多时，她胸部和背部，汗水浸透处，雪白的"的确良"衬衣颜色发暗，勾勒出高低起伏的轮廓。

　　苦苣草、灰灰菜，是猪们的美餐。铲子铲到处，草根齐茬茬断了，手一抓，一把，竹笼子里很快就乱七八糟地躺满了，猪草也就染绿了她纤纤的指头。

　　她铲着，走一步，苞谷秆就哗啦啦地摇晃着身子迎接她。苞谷叶子轻轻抚摸她的脸，有红印子留下，汗渗出，麻辣辣地痒。她抬臂擦擦，继续铲着。

　　对面山坡坡上有人用破锣嗓子撂下一阵山歌：

　　　　晴天云里响雷哩，
　　　　不想你着想谁哩。
　　　　想得紧，想得慢，

想得心烂肠子断。

山歌惹人的心。铲子一头扎进土里，不动了。苞谷秆子一阵身子乱摇，她起身，双腿踩住苞谷堆，从苞谷穗子的缝里，望。

山坡坡上，几十只羊挤成一朵白云。放羊的鞭子甩出一串炸响，吼几句话，赶。羊群如潮水涌动，终是不散。放羊的就发乱石掷打，他颜色发黑的白衬衣高高地向身后扬，显得宽大。

山坡上那朵白云，还在涌。山歌却牵住她的心，随空中悠悠的白云，去了。几十里外的水库工地上，有他。出门几月了，说是去"大会战"，几时回来还说不准。她呆呆地望。

夏日的太阳在头顶悬，毒光没遮没拦地往下泼。

"砰！"圆鼓鼓的羊肚皮迎住那块大大的石头。那羊一惊，后退两步，从另一羊肚子下抽出头，奔到一边，卧下。它黑圈围住的眼里，浸满痛苦。

"黑眼圈！"放羊的惊呼。他抛开羊鞭，奔过去，揽了羊头在怀里。他的指头在羊的黑眼圈上轻轻摸，像要擦去羊的泪。随后，把他瘦长的脸，贴上羊的长脸。

羊群还是挤作一团。众多的头，齐往另一个的肚下钻，只留个圆圆的臀给太阳，毒光烤出一片呼哧呼哧响。放羊的见驱赶半天，羊群终是不散，就蹲在一边，扯下头上的破草帽，扇。破草帽扇出一阵吱吱响，凉风鼓起衬衣，舒坦就向全身散开。他晒得通红的胸脯上，几排肋骨欢快地上下跳，腮帮子上亮晶晶挂着的汗水，立刻干成黑溜子。

他眼里，是坡下一片绿汪汪的苞谷林。绿海里，有隐隐一点白影子晃动。他瞅那白影，那影子是他熟悉的。太阳下，那白影子闪着光，刺人眼。他想，那是她的圣光。平时里，他见她，不敢正眼瞅，更不敢搭话。等她走过，偷看一下背影儿。黑了睡下，独身的他关门闭户，被儿蒙住头好好地想她。天明起身，他跟羊上坡，满山窝子里寻那身影子。寻着了，耐不住，破锣嗓子就吼几句。

"哎！她命苦，跟了个小白脸。那小白脸光是鬼点子多，不放心她，白天出门，晚上要拷问半天，有时还用拳脚逼她。她没怨言哩，还要天天提个笼子在毒日下晒。要是跟了我，我就把她供起，连门缝缝也不让她出！"他瞅住闪现的白影子，想。他摇摇脑袋，脑袋干瘦干瘦，大。巴掌又摸摸短硬的发茬，秃头上便有白屑纷纷飘下。

山窝子里，只有阳光肆虐。一片死寂。

汗如毛蛆，在脸上爬。爬进嘴里，咸的。"呸！"她吐一口。"这鬼天气！"她暗骂道。他单瘦的身影，在她眼前晃。汗，从他白白的圆脸上，往下流。架子车上，土堆成小山，他推着，轮胎慢腾腾碾过高低不平的路……她心里抖了抖。她想，在家时，他狠；但他走了，还是牵挂。嫁给他就是他的人。汗又流下，她又擦。

……他走时，她送他出门。见四处无人，他吩咐："要小心哩，我出门时间长，你要做出对不起我的事，我能验出来。听下了？"看他黑着脸，她脸红了，低头抿嘴笑笑，算是答应。她知道他的精明，看过些书，啥手段都有。不过，她重名望，不会有闪失。

铲子又一头扎进土里，一棵灰灰菜颓然倒下。

"黑眼圈"缓缓地前身支起，他收回目光，在它的后身帮了一把。"黑眼圈"站起了，尾巴摇摇，又极快地一头钻进羊群，留个圆圆的臀给他。

他眼里满满地塞了个圆圆的臀。他盯住那臀，盯着，喉头处有块东西上下动了动，咕的一声，一口口水咽下。就那里，尖尾巴下面的地方，令他多次销魂荡魄。二十来年他走过的路，很简单，记忆里未留下亲人的影子，生产队喂大他，以后，他就给队里放羊。长到五尺的身子，他时常感到体内有把火烧，烧起来，身子就胀，就烦躁。那年，胸中那把火又点燃，他耐不住，扑向那只"黑眼圈"……灼热中，他体内一切烦躁和困扰烟消云散。

顷刻间，在他眼里，那圆圆的臀又化为一张圆脸，红扑扑的圆脸。

他一愣，揉揉眼，圆脸消失了。他扭过头去，唯怕那圆圆的臀侮辱了她。

"她男人又单又瘦又难看，咋说都配不过她，她还是不嫌弃，跟了他。她真是个好人。"他望着苞谷林的白影子心里想。

坡上一片死寂，只有热。

哗啦啦，有声音响，由远而近，她警觉了。响过一阵，苞谷秆子摇晃出个人影子，绿色的。那绿影子闪到她跟前，头一抬，现出一张死灰色的脸。啊！她看清了，是护田员，大队书记的儿子！

她身子一颤，站起来。死灰脸凑上前来，闭口不言，两眼透出冷光，盯住她。她心里瑟瑟发抖。

苞谷林里，热得让人喘不过气。

死灰脸还是不说话，一把提过猪草笼子，翻。翻腾一阵，拣出两片发黄的黄豆叶，抛到地上。

"这是啥！说！"终于，死灰色脸的一声吼。

两片黄豆叶子慢悠悠飘下，落到她脚边。她的脸唰地由红变白。她嘴唇哆嗦，说不出话。

"哑了？说呀！"死灰脸的踢一脚猪草笼。猪草笼颠了颠，有几苗苦苣菜被颠出来。

"是……是落到地里，拾的。"她头低下，不敢瞅那张死灰色的脸。

"拾的？正长哩，还没到落的时候，你说咋落的？"他吼道。

"说不出咋落的，反正落下时间长了，都黄了。"她低声说。

"落下也不能拾！这是队里的财产！"

她无话可说。苞谷林里，又一阵死一般的沉寂。

毒日下，羊们还在挤，为争夺一片可怜的荫凉。放羊的还在坡上稳坐，望苞谷林白影子出现的地方。方才，他瞳仁里钻进一个绿影子，如绿蛇，游进绿海，向白影子靠拢。他知道那绿蛇歹毒，无恶不作。

他替那晃动的白影担忧。

"今个这驴日的想干啥？她碰上这驴日的，怕不会有好事。"

他盯住那白影闪动处，死死盯住，眼珠子一动不动。

苞谷林纹丝不动。她和他，也纹丝不动。沉寂如磨盘，压住她的心，沉甸甸。那死灰色的脸上，冒一股凶气，令她吃惊的凶气。半晌，他紧闭的嘴唇，发话了："咋办哩？你说！"

她怯怯地抬眼看看他，不知说什么好。

"想不想跟我到生产队里说去？"他问。

她抬了头，眼角闪着亮晶晶的东西："你饶了我吵……老哥！"声音在颤。

"饶？"死灰脸的眼睛一睁，"你说的比唱的还好听！"

"……老哥！"她眼里，亮晶晶的东西摇晃着。

猛地，死灰脸两眼死盯住她的脸，嘴角浮出一丝笑，一丝令她肉战的笑，又突然将那指头瘦长的手伸过来，捏住她的胳膊："要让也容易，答应哩不答应？答应了我就饶你。"

顿时，她身子筛糠一般，抖。她极快地摇摇头，眼里亮晶晶的泪一连串地滚落。

"哼！"死灰脸的冷笑，"不答应我就扬出去！贼娃子的名声，叫你一辈子抬不起头哩。我看你顾惜名声不顾惜！"

"当！"如有人持一大棒，迎面击来。她脑里，即刻陷入迷茫。毒日泼下的黑光，模糊了眼前的苞谷林。仰头，苞谷穗子在昏暗的天幕下，织出花斑点点的图案。

"快说！答应不？"捏她胳膊的那只手，摇了摇。

胳膊被捏得发麻。她挣挣，没挣脱。她站下不动，那又单又瘦的身影子，似在眼前晃。男人出门时说的话，如锥子，往她心里扎。"名声，一个女人，名声顶要紧。贼的名声不好背，不想背贼名声，答应他，让男人验出来，就更麻搭了。过来过去都难做人，咋办哩？唉！女人，就是命苦！"她想。泪水哗哗地涌，滚出两条路，亮闪闪的，到腮边，坠下。

那张死灰脸靠近她，气喷到她的脸，热辣辣的，臭。她抬起手臂，缓缓地抬起，想朝那死灰色的脸，狠狠扇，却没了力气。她觉出，那双手如蛇，缠住她的腰。她的骨头架子就散了，散到地里。她全身如发面团，软溜溜的。

如半截木头桩子，他蹲在坡上，一动不动。突然，那苞谷头晃动的地方，不见了白影子，只有苞谷秆哗哗摇摆。顿时，他眼里冒出火。他腮帮子处，绷起块硬硬的肉。捏在他手里的破草帽，卷成个筒，久久地没有松开。乌血进涌的拳头，微微发抖。

半晌，他一骨碌起身。腾地，踩在脚下的石头挪了窝，轰隆隆地往下滚。沿路，它又捎带上些土石，成一股浪，往下翻滚。

绿海淹没了白影。那地方，苞谷秆子发了疯，抖动不已。

他在坡上奔突几步，又停下。他呜啦啦吼几声，没有回应。回头，挤作一团的羊群边上，那只熟悉的臀，扑进他的瞳仁。轰地，他浑身热血涌上头顶。他站下了，卷成筒的破草帽飞向空中，又弹开，圆圆地往下落。

"我日你祖宗哩！"他吼一声。黑红色的脖颈上，青筋突跳。他发疯地扑上去，扑上那只圆圆的羊臀。顿时，一股灼热拥抱了他……

毒日无情，生命像要在她的怀抱融化。

又一日，夏阳如火。苞谷林里，叶子齐齐耷拉下来，似失了魂魄。整个山窝子，生气全无，沉寂而凝滞。

山坡坡上，羊群又挤成一朵云。放羊的如突兀的岩石，搂定双膝蹲坐。两臂间，鞭杆直直指向天空，红缨子在阳光下燃烧。

他还在向山坡坡下望。

他后背的衬衣开了口，有一块布向下搭，阳光在肉上舔，泛出油光。破草帽遮住半个脸，阴影里，一双小眼睛一眨不眨。

"苦苣叶子馇酸菜，小哥哥你莫把良心坏……"山歌声，酸楚，哀婉，放羊的浑身抖了抖，目光捕到那白影子。她肩头披开黑发，走着，手舞足蹈地唱。他的心碎了。

她疯了。从打苞谷地里出事后，她一见人就说："我没胡来！没胡来！"还抓住头发，撕扯。人一见她，就吓得躲开。

"我没——胡——来！"又是她，扯嗓子喊。山窝子里，有些回声嗡嗡地拖。

他心里，有只瓦罐碎了。瓦片扎人，生疼。扑嗒嗒，膝盖上落下一串泪，补丁湿了，往四下里渗。头一低，破草帽的阴影遮住前胸。

忽地，他站起，羊鞭高高地举过头顶，劈头盖脸，羊群里一阵猛抽，疾风暴雨一般抽打，即刻使羊群涌动不已。半天，羊群咩咩地散开，漫向山坡。

他想对她说几句话。

山窝子里，沉寂被打破了，夏阳像要把一切点燃。

团 圆

　　常家沟庄不大，顺沟稀稀拉拉摆着三四十户人家。当庄的一棵大槐树下，常常聚着端饭碗的人，议论庄里的奇闻轶事。这天晌午时，太阳暖烘烘的，几个人又端着饭，聚到槐树底下，只听一片咀嚼声里，亮开胸脯边晒太阳边吃饭的狗娃子爸抛出一条"新闻"：

　　"我耕地回来后，"他低头喝了一口玉米面糊糊，"回来后，我的狗娃子说，嗯！"他又咬了口夹根生葱的薄饼，"说他在西山沟里放羊时见了个死人。"他伸了伸脖子，咽下嘴里的食物。

　　"死人？"几个人都把低在碗边上的头抬了起来，睁着大大的眼睛。

　　狗娃子爸见众人都感兴趣，显得不急不缓不紧不慢："我的狗娃子说他吆着羊在西山沟里走哩，头一抬，看见崖底下挺着一个死人。"

　　"咦？那是个谁？"光头亮晃晃的常大娃赶紧问。

　　狗娃子爸又喝了口糊糊，咬了口薄饼，咀嚼着说："狗娃子说看来是个老阿婆，头朝下挺着，没看清脸。"

　　"咋死的？"没有一颗牙的常五爷舔了舔沾满糊汤的下唇，问道。

　　"这我就更加不清楚了，"狗娃子爸说，"可能是个要着吃的。把我的狗娃儿魂都吓飞了，今晚夕还要给娃叫魂哩！"

　　俩人再没追问。一来死人与己无关，二来连说的人自家也不大清楚，追问下去没结果。

太阳担到山顶顶上时，几个人又端上碗聚到大槐树下。这回常大娃又成了众人追问的对象。因为已经查明，死者是常牛儿娘，也就是常大娃的二娘。大晌午时候常牛儿还来叫他一起去抬死人哩！

"咋死的？你二娘。"狗娃子爸迫不及待地问，他想其中可能有些惊险的情节。

常大娃缓缓地回答："看来是从西山梁上滚下来摔死的。她的跟前有个山上刚滚下的大石头，可能是坐到石头上后，石头滚了，一齐滚下崖的。我知道，她是个直肠子人，不会寻无常。"

"啧啧，太惨了！"常五爷咂舌道，"那老阿婆一辈子苦命人。不过原先还有个老汉哩，老两口一辈子和和睦睦的，没红过一次脸。半年前老汉过世了，养下的牛儿子是个老好人，没本事，又取了个'猪婆'女人，老阿婆就不如人了！"

"对，我二娘养下的那宝贝儿子确实是个老好人，没多少心眼子，让个女人挑上耍哩！"常大娃附和着常五爷说。

狗娃子爸知道常牛儿的女人"恶"，对牛儿子娘不好，但他还有想不通的，又问："她不寻短见，到西山梁上干啥去了？"常大娃"唉"地叹了口气，回答："听牛儿子说，我二爸给我二娘托梦哩，要我二娘太阳落山时到西山梁上跟他见上一面，有话要给我二娘说哩！"

"咦，对了！"常五爷忽然记起一件事，恍然大悟地说，"那老阿婆夜里个早起还给我念叨过托梦的事情哩，我咋就没在意？这一下清楚了，老阿婆是跟老汉团圆去了！是老天爷安排下的。"

"对，团圆了！"狗娃子爸附和着说。

常五爷一下子变得饶有兴致："你说，老两口好了一辈子，一个能撂下一个不管嘛？我的老阿婆活的时候跟我搅嘴拌舌的，我也常梦着哩！你说对不对？"他问狗娃子爸。

狗娃子爸点点头："嗯，对！那老阿婆是跟上老汉团圆去了！"

"享福去了！"常五爷总结道。

常大娃也似乎悟出了这个道理，半晌，说："对着哩！我二娘也时常念叨起我二爸。今晚夕我要好好地给她老人家守灵去哩！他老人家是个福人哇!"

月亮挂上树梢时,常家沟好多人都拥到常牛儿家去守灵了。老阿婆活的时候没人牵挂过,死了,死得日怪!大家都认为跟上老汉享福去了,便自然成为众人景仰的对象。人人心里想着:"说不定,老阿婆驾鹤归西后,还能谋上个牌位。到时候,会给常家沟的人赐福赐禄,降吉降祥哩!"

隐约间沟里传来一阵悠长的呼唤声:"狗娃子——回来了!""狗娃子——回来了!"是狗娃子爸给娃叫魂哩!

人和魂也应该"团圆"嘛!

发生在山里的故事

一份高考成绩通知单，决定了我的命运。仅仅两分之差！我不得不重新回到挤在大山之间的小村庄，再度开始人生的拼搏。然而，母亲"隔山的金子不顶当时的铜"的理论，随着她那絮叨声不时地传进我的小书房来。望着她和父亲布满汗痕的脸，我不得不捆上铺盖卷，跟着当包工头子的表哥，辗转几百里，来到大山深处的这个世界里。于是，就发生了以下的故事。

一　被退回的雪花膏

这个地方叫祁家沟，沟深而狭，两面山势陡峭，树木葱郁。我们的工地，位于后沟半山腰。

半山腰有块空地，一人多高的树木被砍光了，我们民工队要在这里修出一个地盘，让勘探队安装钻机。听说修这种地盘赚头很大，一个工日能赚回六七元钱，这对长年累月土里刨食的农民来说是相当可观的。难怪乎他们能暂时脱离土地，来到这远离家乡的地方出大力，流大汗，如果能在这里咬牙顶上几个月，就意味着赚回了一房美满的妻室和一幢崭新的瓦房。而我的愿望，仅仅是为了减轻大人的负担，挣几十元学费，开学后去县中补习班补习。

时值七月，太阳正红，晒得树叶卷筒，草茎弯腰。工地上，我们二十几个人满脸挂汗水，口喘大气，舞动着锹镢。大家都热得懒于说话，只听见金属工具碰撞石块的单调的叮当声，如果突然清风吹来，都会高兴得跳将起来。虽然包工头子不来上工，领工员也还没来，无人催促，可以坐下凉一会，但是，对于头脑中具有"时间就是金钱"观念的民工们来说，只有硬撑着。大家不时地狠劲摇摇头，把挂在脸上像毛毛虫一样爬动的汗珠甩得老远。终于，有个人撑不住了，他大喊一声："我的娘娘！"把镢头扔到树下，一屁股坐到镢头把儿上，"他爷的胡子！先歇歇再说。"

这人叫王福元，我才认识的。他身材矮小，生就一双骨碌碌乱转的黑而明亮的老鼠眼睛，一看就知道是个工于心计的人物。这时，他正张着大嘴，露出被烟熏得发黄的大金牙招呼大家："莫挣钱不要命了！先歇上一阵子吧！"

听到招呼，好多人走进树林子荫凉处，有几个人还在挖着土，王福元冲一个干得最起劲的小伙子说："郭能娃，这里又没有'水萝卜'，你显啥能哩？"惹得大家齐声笑了。

那个叫郭能娃的小伙，长着一副结实的身躯，脸圆圆的，头发稀得能见着头皮，却学赶时髦梳起大大的分头，一双眯缝眼睛里显出老实厚道的神情。他上身穿着一件洗得发白补丁摞补丁的蓝学生服，扣子系得整整齐齐，胸前口袋里探出两支亮晶晶的钢笔帽。我不禁想："此人不可貌相，可能满腹经纶。"

这时，他停住镢头，抹了抹被汗水贴在头皮的大分头，走了过来。他咧开厚厚的嘴唇嘿嘿笑了一声，说："'水萝卜'人家现今在凉床子上躺着哩！"

我听到他们的玩笑，莫名其妙地问："'水萝卜'是谁？"

郭能娃又嘿嘿笑了笑，说"'三八'钻机的罗萍，人长得秀气，胳膊白刺刺的，一掐，能淌水，王福元就给人家起了个外号，叫'水萝卜'！"

王福元插嘴说："是郭能娃的心上人！"惹得大家又是一阵大笑。

工地上，气氛活跃起来。

郭能娃看着我，说："你万莫听这驴日的胡嚼舌根！嘿嘿嘿嘿！"他自己也忍不住笑了。

这时，坐在树林子里纳凉的一个名叫二狗的小伙喊道："郭能娃，'水萝卜'来了！"

郭能娃一听，霍地站起身，慌乱地抹了抹分头，假装抱起镢头，眼睛却向四下里搜寻着，仿佛在等待一位圣母降临。

"圣母"果然降临了。一位亭亭玉立女子便站在大家面前，因为刚刚爬过山，红扑扑的圆脸上挂满了汗渍，就像粉红花瓣上的露珠。她戴着一顶工作帽，帽下露出一绺乌黑的头发，一身浆洗得干干净净的工作服紧裹着她苗条的身子，工作服的袖子高挽上去，半截白胳膊确实容易使人想起鲜嫩的"水萝卜"，加之"水萝卜"似的胳膊上又套上一颗明灿灿的手表，愈发引人注目。她抬臂揩了揩脸上的汗水，向大家嫣然一笑，用铃子般清脆的声音问道："各位辛苦了！"

"咦？"王福元嬉皮笑脸，故作惊奇地说："你来干啥？不在凉床子上躺着。"

"水萝卜"露齿一笑，说："我来通知你们，我们队长让你们抓紧速度，六天后把钻机搬上来！"说完，她走到正在挖土的郭能娃身边。郭能娃抬起头对她笑了笑，她从口袋里掏出一个"雪花膏"盒，递给郭能娃，说："郭师傅，给你了！"然后对他礼貌地点了点头，一笑，像风摆杨柳似的走下山去。

郭能娃接过"雪花膏"盒，呆呆地站在那儿望着她的背影，直到看不见了，才一屁股蹲到地上，把个"雪花膏"盒摔得老远，长长地叹了一口气："唉——"

"雪花膏"被摔在一块石头上，盒子与盖子分了家，里面飞出一片小小的纸来。王福元一把把纸片抢到手里，大家都围了上去，只听有人催他："念！"王福元咳嗽一声，清清嗓子，拖长声调故意大声念道：

"见到你的信和物，

一片真心我全知。

退还你的雪花膏，

另找姑娘莫想我。"

郭能娃听到"另找姑娘莫想我"这一句，低下了脑袋。二狗子凑近他，笑嘻嘻地问："能娃，你认不得字，是谁给你写的那个，那个爱情信？"

郭能娃脸涨得通红，半天才回答："是王福元那驴日的写的。"

我看到郭能娃胸前的两支亮晶晶的钢笔，还以为他是失意的李太白、落拓的曹子建哩！没想到他原来是个以假乱真的冒牌货。

二狗子一心想出出郭能娃的丑，他故意大声问王福元："哎，你是咋给人家'心上人'写的？"

王福元看了看脸色通红的郭能娃，夸耀似的向大家公布道："我也写了一首诗：

送你一盒雪花膏，

只想跟你两相好。

日谋夜算成婚配，

请你回话搞不搞？"

大家轰一声大笑起来。

郭能娃摇晃着圆圆的脑壳，丧气地说："尽让王福元这驴日的日弄人哩！人家是金枝玉叶，正式工人，我，像个叫花子！唉——"他长出了一口气，眨了眨闪着泪光的眼睛。

这出喜剧的高潮过后，大家又开始干活。郭能娃站在地盘上，抱起镢头狠狠挖着，用的力气很大，好像把刚才的悔恨全要通过镢头发泄掉似的。

"大家都抓紧时间干，过几天就要把钻机搬上来了！"猛地，我们身后传来令人耳麻的声音。大家都吓了一跳。我从众人转身问候他的态度上猜出：来人是勘探队派来的领工员刘裕民。他生得身高体大，浓眉大眼，满眼络腮胡子，一看就使人想起《水浒》上鲁智深的形象来。我看他两眼死死盯住我，不由心中一颤。只听他操着浓重的关东口音问："这个娃儿是刚来的?"

"是。"我赶紧微笑着答应道。

"叫什么名字?"他的声音震得我耳朵嗡嗡作响。

"高攀，姓高名攀!"我回答他时尽量使自己的声音显得平静下来。

"'小盘子'，哈哈哈哈!"他突然放声大笑起来，显然他将表明我远大理想的名字理解错了。大家都陪他笑开了。

"好了好了，干活儿!"笑完了，他招呼大家说。

民工们又舞动着锹镢。大胡子到处巡视着。他盯住了站在最靠边上挖土的郭能娃。郭能娃以为领工员赏识自己的体力，干得更起劲了。没想到大胡子看了一会，突然破口大骂起来："郭能娃，你他妈的眼睛让狗掏掉吃了! 不愿干活就滚蛋! 妈拉个巴子，有力量用不到正经处，你瞧瞧脚底下是什么?"

郭能娃本来就伤心，被他这一骂，更觉羞愧难言。他一声未吭，低头一看，原来他只顾想着心事，竟然没有注意已挖过了规定的界限，把作为标志的木橛都挖了出来。紧挨着他的王福元看到领工员发火了，赶紧换了个地方。

大胡子领工员还在厉声训斥郭能娃。郭能娃低着头，拿起木橛想找到地方重栽好。一个年龄稍大的民工走过来，一边帮他栽橛，一边用"干啥都要细心"的话教训着他，大胡子才慢慢地消了火气。

我看到大胡子领工员的凶狠劲，不禁心中发怵，暗暗想道："千万莫撞到他的枪口上!"

二　郭能娃挨了一巴掌

这天下午，吃完晚饭已是夕阳衔山、晚霞如火时分，民工们饱餐一顿白开水泡馍之后，无心赏景，济济一堂，选择自己认为最适宜的方式进行一天劳累之余的娱乐了：有人打扑克，有人抽烟闲聊，有人划拳喝凉水，有人打赌，真是乌七八糟，五花八门！我想用这一天当中唯一的机会看看功课，便拿起一本参考资料躺到了床铺上复习。但是划拳声、打骂声、嬉笑声搅扰得我连一行字都看不进去，我不得不拿上书本，坐到院子里大树下去。

"砰！"大门被谁撞开了。我抬头一看，是大胡子领工员。他脸色阴沉地闯了进来，径直进了宿舍。我莫名其妙地跟了进去。

"老万！"大胡子急匆匆地招唤我表哥。我表哥答应一声，随他走出门外。

他们俩在院子里谈论着什么事，叽里咕噜我没听清。最后，才听到大胡子气呼呼地说道："他妈的，查出来罚款！"说完又与表哥一同进了屋。

进屋后，我表哥高声向大家宣布："安静了！我说一件事，刘师傅刚才说收工时有人拿走了一盒雷管，请趁早交出来，不交就搜查，搜出来按五倍的价钱罚款！"

原来有民工偷了雷管。大家一听我表哥宣布完，纷纷议论起来：

"哪个三只手的把雷管偷走了？手脚不干净，尽给大家脸上抹黑哩！"

"出门人心术不正，不得好死！"

"下苦力的人不干伤风败俗的事，查出来干脆把这个人撂了！"

王福元看到这个阵势，站起来大声喊道："各位莫胡吵了！我说句干脆话，偷雷管的人马上把雷管交出来，让众人落个清白的名声，不愿交，我们各拿出各的包包，现在就搜！"

"搜！搜！"众人嚷道。大家说着都起身去取自个儿的挎包。一时之间，房子里乱了套。混乱中，我看到王福元以别人不易察觉到的极快的动作，把一个小盒塞到挂在墙上的花布书包里，从另一个地方取下自己的蓝帆布挎包，扔到我表哥面前，说："搜！"

我表哥看到这种混乱的现象，赶紧制止："不要动！大家坐下，由我搜！"

好不容易才安静下来。我表哥从大家挎包里挨个摸着，摸到花布书包时，他伸手掏出一个小纸盒子，打开一看，正是满满一盒子雷管。

大胡子见雷管搜出来了，气得斜瞪圆眼，厉声喊道："这是谁的包儿？"

有人回答是郭能娃的包，大胡子又喊道："郭能娃给我出来！"

半天，没人出来。大胡子在人堆里没瞅到郭能娃，问："他上哪儿了？"

二狗子忍不住扑哧一声笑了，说："刚才划拳喝凉水，他喝多了，可能现今在茅厕里。"众人听到二狗的回答都笑起来。

大胡子见状，喊："大伙儿别笑了！谁能把郭能娃拽出来！"

郭能娃被叫了进来。他两手提着裤腰，莫名其妙地来到大胡子跟前，眯缝着小眼睛笑嘻嘻地瞅着紧盯他的大胡子。猛地，大胡子胳膊一抡，一巴掌啪地扇到郭能娃脸上。郭能娃裤袋还没系上，便腾出一只手捂住脸，一屁股蹲到地上。

大胡子凶神恶煞般责问他："郭能娃，你爷究竟是地主，还是贫下中农？偷雷管想炸掉什么？妈拉个巴子，揍死你这阶级敌人！"说完又要动手，两个年龄稍大的民工忙拉他的胳膊，说好话赔不是。

大胡子下手太重，一巴掌把郭能娃打愣了。郭能娃捂住腮帮子坐了半天，才意识到自己挨打的原因，大声申辩道："我没偷。你冤枉我了！"

大胡子听到郭能娃喊冤，肺都气炸了。他想挣脱两个民工的手，再去教训教训郭能娃，又上来几个民工，才把他拉开。他对郭能娃吼道："郭能娃，你让大伙儿说，雷管是从什么地方搜出来的，妈拉个巴子还不认账，十倍罚他！"

我表哥点头答应："好！十倍，十倍。"

拉着大胡子的民工又说了半天的好话，才把他拉出了屋子。他站在大门外边，瓮声瓮气地叫骂了半天，才走了。

院子里，我表哥训斥着郭能娃，郭能娃脸色铁青，一声未吭地蹲在大树下，听任我表哥训斥。半天，我见他的眼窝里流出两颗眼泪，最后，他终于控制不住自己，哇的一声哭起来。起先，他只是抱头哭，哭了一会，两只长满厚茧的拳头像打鼓一样在自己厚实的胸膛上擂打开了，擂得胸脯咚咚响，眼泪不断线地流着。等我表哥走开了，那两个年龄稍大的民工，上前一左一右拉住了他擂打胸脯的手，安慰他道："能娃，莫哭了！知错就好，咱庄稼汉人穷志不短，不干伤天害理的事！"

郭能娃慢慢停住哭声，对拉着他的两个民工说："张爸，李爸，我确实没偷哇！这是哪个驴日的作弄人哩！"说着，他的眼泪又流了下来。

两个民工心肠软了，眼圈有点发红地劝他说："能娃，莫多说了！我们对你的为人是清楚的！"

郭能娃无可奈何地摇了摇圆圆的脑袋，长长地叹了口气，默不作声了。听到这句话，他似乎认为自己已经洗清了蒙垢，要罚则罚。

晚上，一缕月光从椽缝里挤进来，照到烟熏得乌黑的墙上，民工们都脱得精光，钻到臭烘烘的被窝里，有的已打起呼噜，有的还磨得牙齿咯吱吱响。我表哥点着煤油灯，噼里啪啦打着算盘算账。我躺到被窝里，想起晚饭后发生的一幕幕情景，难以入梦。最后，我又爬出被窝，把表哥叫到了院子里，告诉了王福元的所作所为。我估计他会马上收拾王福元，没想到他听完后，沉思默想了半天，用极其神秘的语调对我轻声说："记住！给谁都说不得！"

我有点愤愤不平地问他："为啥?"

他苦笑了一下，说："有好些事你还不清楚，去睡吧，以后再说！"

我还想追问个究竟，他只是推脱，叮咛我莫乱说，说完进屋了。

这天晚上，我一直看椽缝里渗进的月光，思谋着表哥的话，很晚才迷迷糊糊地睡去。

三 对大胡子之再认识

这天，大胡子领工员给我调整了工作，他把我安排到地盘对面的山上去警戒。因为前一天清理地盘上的石头时，石头滚到山下路上砸伤了一个上班的工人，需要民工队专门派人到工地对面的山上放哨，有人路过，向地盘的人喊声"停"。没想到，这个工作轮到了我。

真是谢天谢地！连日苦干，我已疲惫不堪，现在，我坐到地盘工地对面山上的树林子里，可以尽情地享受自由自在、轻松舒畅的乐趣：热了，躺到树下纳凉；寂寞了，打着口哨模仿着树林子里的鸟叫；悠闲时，观赏对面山上气势如猛虎下山般的巨石；玩腻了，翻开书本记几个公式，背两段政治题解。只要在有人路过时像唱抒情歌般喊："人来了——哎！""人走了——哎！"别让石头砸伤人，就算恪尽职守了。真可谓优哉游哉，安哉闲哉！我打心眼里感激处处照顾着我的表哥。

大胡子领工员到我的"岗位"上来了。我怕他责怪我不干正事，想藏掉手中的书本，但没有来得及。他拿过我的书翻了翻，又递给了我，笑着拍了拍我的肩头，说："'小盘子'好好干！你的事儿我听老万说了，明年你一定能考上的。"

我惶恐地笑了笑。

他紧挨我坐下，对我语气平和地说："咱爷们儿唠唠，你今年多大了？"

"十九岁。"我说。

他点了点头："年龄还小，要趁早多读些书，争取考上。前几天，这儿来了几个地质学院的实习生，把我们分队长都训了一顿。有知识的人就是吃香！"

这时，山下路上走过几个上班的工人，他扯开嗓子替我向对面地盘上喊了喊，喊完继续说道："你也考地质学院，毕业后让我们总队把你要过来。当官儿的对我们老粗凶得很，可对你们知识分子不敢咋地，安排得很好。分来以后，还可以教教我那二小子，我一定要让他考个什么学校。"

我赶紧回答："一定！一定！"又问他道，"娃娃几年级了？"

"正上小学四年级，还算是班上的尖子生。"大胡子这时大概想起了他可爱的小儿子，变得慈眉善眼。他语调平和地回答我，说完，还笑了笑。

我又问他："老大就业了吗？"

问完这句话，见他的脸色一下子阴沉下来，我知道扯到了他伤心的事情上。只见他狠劲摇了摇头，嘴里喃喃吐出两个字："捕了！"

我心中一惊，没敢再问下去。过了半天，他才低声说了句："跟你同年生的。"我"哦"了一声。

猛地，我见他的眼角泪光一闪，紧接着，又马上低下头去，用手背揉了揉湿润的眼眶。他腮帮子上的肌肉绷得紧紧的，似在强力忍受着内心的苦痛。这位喊一声都能使人震慑的关东大汉，原来也有感情脆弱的时候。

晚上，我把这一切告诉了表哥。表哥对我说："刘师傅的大儿子刚刚被捕。本来刘师傅一心希望大儿子考上个大学，他也好在人面前抬起头，没想到他那宝贝在学校里不好好学习，跟社会上一帮子不三不四的流氓鬼混，拦路抢劫，强奸妇女。刘师傅一年四季都在工地，没时间管教他，他越变越坏，最后老婆子捎来话，说儿子被公安局的铐走了。他一听气得睡了两天。分队长劝他回家看看，他说没脸见人，就一直在工地上忙着。"原来如此！我的眼前仿佛再次闪现出他的泪眼，真是"可怜天下父母心"啊！

"你莫看他外貌上凶，"表哥又说，"实际上他是个好人，心肠干净着哩！最佩服知识分子。但为了住房，他跟一个知识分子闹翻了。他一家四口人，才住了一间半房，实在打不过转身来，他想求人解决一下。'文化大革命'时，他救过一个工程师，现今这个工程师当了总队副队长，刘师傅求他时，他说只有知识分子才能多给住房。他只上过三年小学，没有文凭，气得跟副队长吵了一架。打那以后，他发誓要让自家的娃娃考上大学，可是，唉！"表哥叹了口气，没有再说下去。顿了半天，表哥又说了一句："他的心肠好着哩！"

我想起他打郭能娃的事来，不禁问道："那他为啥对郭能娃那么凶，郭能娃也是老好人嘛！"

表哥嘿嘿一笑，说："郭能娃那个二杆子心上没鬼点子，少心眼着哩！要是像王福元一样奸猾，就不会撞他的'马头'，加上这一向他的心情不好，只怨郭能娃看不来风向！"

我心里为郭能娃感到不平，又说："把王福元给郭能娃栽赃的事给他说了，叫他把王福元收拾一顿。"

表哥一听，赶紧制止道："万说不得，王福元的身份你不清楚，把他一得罪，我们这个摊摊就保不住了！"

我想把王福元的身份追问清楚，表哥摆了摆手，又扯到其他事情上了。

这以后，大胡子领工员常到我的哨位上来同我"唠唠"。有时，他为了让我多看会书，还帮我粗声大气地喊上一阵子："人儿来了！""人儿走了！"要是以往，我一听这声音就会感到头皮发麻，现在却听得自然了。他还告诉我，以后要给我多安排些轻松活，让我抽时间多看会书。我十分感激地答应了他。人非草木，焉能无情呢？渐渐地，我感到他变得亲切起来。

我们成了一对忘年交。

四　王福元的底细

两天后，钻机抬到了工地，可地盘工程还没有彻底完成，暂时还不能安装钻机，晚上需要人看护。这个打着灯笼也找不到的好差事，自然又轮到我。

吃完晚饭，我和给我做伴的郭能娃到了工地。我们先把木板搭在机塔上，然后用塔衣包住塔身，一间带有"窗户"的小房子就这样收拾好了。

这时，夜幕已经笼罩下来，鸟雀归巢了，林子里异常静谧。晚间的微风，带点花草扑鼻的清香闯进机塔，使人为之一爽。我和郭能娃睡到机塔里，恰好从"窗户"看到紧挨山尖的一轮圆圆的明月，像一面大镜子，更像一个姑娘姣好白净的脸盘，撩逗人们无尽的遐想。

我点了根蜡烛，爬到床板上，翻开化学书用功。郭能娃把胳膊枕到脑后仰面躺着，高跷起二郎腿，一只乌黑的大脚不停地晃动，看着月亮出神。看着看着，他个人突然嘿嘿笑出声来。我抬头莫名其妙地望了望他随笑声抽动的腮帮。笑够了，他异常兴奋地说："'小盘子'，你信不信？'水萝卜'早先的时候还对我挺有意思哩！"

原来他在想心事。我问道："咋有意思的？"

他又嘿嘿笑了笑，才说："你给谁都莫胡说。有一天，中午休息时，我见她一个人向树林子里走去，我知道她是去干啥的。"说到这里，他停下来，眯缝眼睛眨了眨，看着我笑着说："我趁没人注意，偷偷地跟她进了林子，反正我只想去看看，看一下就对了，没有别的意思。我见她蹲下了，便心跳得如同打鼓，再没有往前头走。我吓得连大气都不敢出，爬到离她不远的草地里听那声音，声音还没响完，她'啊'一声吼开了。我见她提着裤腰站起身，腿子都吓得抖着，赶紧跑上去——'小盘子'，你猜她看到啥了？"他故意停下来卖起了关子。

"长虫！"我毫不犹豫地说出。

"对！"他继续说道，"我一看是条麻子蛇，头皮都发麻了——我小的时候被麻子蛇咬过——但我听到'水萝卜'喊道'郭能娃，快！快！'求我帮忙哩，咋能见死不救，赶紧掰断一根树枝，瞅准蛇头，闭上眼睛，'啪'一下就把它打死了。有这么粗。"他用手比画了一下。

"啧啧！"我表示惊叹。

"打那以后，"他说得有点激动，咽了一口唾沫，"打那以后，'水萝卜'对我很好，见面一脸笑，有一次还给了我一个她吃不上的馒头哩！那个馒头我舍不得吃，三天上才吃完了。嘿嘿嘿！"他又咧嘴笑了，眼睛眯成一条缝。

我想起"雪花膏"的事，问他："雪花膏是你给她买的？"

他停住笑声，说："狗日下的王福元日弄人哩！他硬让我买，还给我写了个纸条子，说一定能弄成，我就糊里糊涂地买上了，趁她不在意装到了她的口袋里。"

显然，王福元利用他求偶心切的弱点，戏弄了他。在他这样的人身上，王福元是占惯了便宜的。我想到了"雷管事件"，要不是表哥叮咛过我，我准会告诉他真相。表哥说王福元是有身份的人，我一直没搞清楚他的身份。王福元究竟有什么来头呢？想到这里，我问郭能娃："你知道王福元的底细吗？"

郭能娃将嘴一撇，头一摆，不屑地说："清楚得很！乡长兄弟么，高中毕业几年了，农活上没啥尿本事，你表哥求乡长办事时，他哥就把他塞到这里。要是没你，放哨跟今个晚上这活早就轮到他了！"

我这才明白表哥一提起王福元就吞吞吐吐的原因，不禁说："噢，王福元来头大着哩！"

"屁哩！"郭能娃不服气地骂了一句，"'死人棒'害得他啥本事都没学上点，考了几年大学连门门都没摸着，干啥都凭他哥的面子，听说他哥还准备把他往县办的矿山上弄哩！"他把"四人帮"说成"死人棒"，惹得我嘻嘻笑了。

"好好念书吧，'小盘子'！"他鼓励我，显然是一副深谙世故的口气，"考上大学比他十个王福元都强，把他驴日的算老几哩。唉！"他叹了一口气，又说："我的大人都是庄稼汉，没让我进一天学校门，我要念几天书，出来再混点啥名堂，比'水萝卜'好的女人都抢着跟我哩！我这人命不好。"他得出了这样的结论。我看着他因为悔恨而变得凄苦的神情，真不知说什么话才好。

"男子二十五，破衣无人补。我已经二十八了，还没摸过女人的手哩！驴日的王福元说他摸过几个女人的手了。啧啧！"他摇了摇肉嘟嘟的脑袋，深有感触地说，"天不怨，地不怨，只怨大人没当官，再怨本人没挣钱。"说完，他又瞅着月亮呆想开了，黑乎乎的脚片子在空中有节奏地晃动着。半天，他转过脸对我神秘地说："哎，'小盘子'，我和你好，给你说实话哩，我已攒了二百八十三元钱，再挣上二三百就够了。"他小小的眼睛高兴得眯成一条小缝缝,言语中也透露出压抑不住的兴奋。

看着他的高兴劲,我劝他说:"好好干,两三个月就能挣下二三百元。"

他嘿嘿一笑,似乎吃下了"定心丸",翻过身仰面躺着,闭上了眼睛。我刚看了几行书,就听见响起如雷的鼾声。一看,他大嘴洞开,一打呼噜,喉结都在颤动。书是注定看不成了,我收起书本,紧挨着他——我刚结识的知底之交郭能娃躺下了。

月行中天。机塔外面,浓密的树叶阻隔了月光,树林子里呈现出一片阴森恐怖的阴影。

五 打赌的悲剧

地盘工程进行到最后阶段。"三八"钻的十来个姑娘已经爬上钻机进安装起来。大胡子领工员的嚷嚷声不时响起,民工们不得不加快速度。加之"三八"钻的姑娘们给予他们以精神上的鼓舞,民工们发挥出了巨大的潜力。几天来,工程进展突飞猛进。

我被大胡子派去给"三八"钻姑娘们当下手打杂,没有紧迫感。看见郭能娃他们手忙脚乱地干,简直没有喘气的工夫,不禁暗暗咂舌。我又看见他们那边的小伙子不时扭头瞅瞅爬在钻机上和钻机下忙乎的姑娘们,看一眼,就干劲倍增,劲头十足。

罗萍管着一台柴油机,她拿扳手到这里拧拧那里拧拧。只忙了一会儿,她的脸上就出现了桃花色,并滚下露珠般的汗滴,显得楚楚动人。王福元见郭能娃不时拿斜眼去瞟罗萍,就故意大声说:"郭能娃,你是不是想吃'水萝卜'了?"惹得大家一阵哈哈大笑。郭能娃红了脸,嘿嘿一笑,回敬道:"'水萝卜'你吃嘛!"

罗萍当然不理解"水萝卜"的含义了,任他们在一边调笑,未动声色。她干着干着,干脆脱掉了厚帆布工作服,高挽起碎花布衬衣的袖子,把水萝卜一样的胳膊露得更多了。郭能娃瞅着瞅着,呆了。立时，又传来"你去啃一口"，"我知道你想啃了"之类的调笑声。

工地上要放炮了。民工们给打好的炮眼里装上炸药，让"三八"钻的姑娘把容易打坏的东西收拾好，大家一起跑进树林子和山嘴背后去躲炮。郭能娃主动要求留下点炮，他向别人要过半截纸烟，叼在嘴上猛吸了两口，然后，用烟头点着导火索，再跟在大家后面跑到了山嘴背后。过了一会儿，听见炮轰的一声响了，郭能娃得意地把烟屁股一抛，看了看众人，显得十分干练地说："走！"说完，他向工地走去。想稍歇一下的民工骂着他，他连头都不回。

地盘上，炮轰下来的土石堆得到处都是，又得清理一阵了。郭能娃脱掉上衣，露出壮实的膀子，手提一根钢钎，把斗大的石头撬得翻滚，一使劲，胳膊上立刻出现一疙瘩一疙瘩的大块肌肉。他好像毫不费劲，一边撬，一边还瞅着钻塔那边，脸上笑嘻嘻的，不时腾出手抹抹紧贴在头皮上的"分头"。

王福元手持铁锨，在一旁不慌不忙地干着，看到郭能娃干得非常卖力，便想出一出他的丑。他和二狗子挤眉弄眼地说了几声悄悄话，然后转身对正撬石头的郭能娃说："能娃，你有本事一钢钎把那堆撬下来！"他手指着刚刚放过炮的地方。那里，离地面一丈高的崖上悬着几堆混杂石块的土。王福元以诱惑的口气说："一钢钎，我们打赌。"

郭能娃看了看不时往下掉碎土的土堆，蛮有把握地问："真的？"

王福元给众人挤了挤"老鼠眼"，故作惊奇地说："咦？这狗日的今个劲大得很，真的就真的，一包'兰州烟'！"

一个年龄稍大的民工看了看悬在空中的土，劝说道："算了，娃娃，危险得很！"

王福元不相信，瞅了半天，不以为然地说："屁！你莫看往下掉土哩，根基稳着哩！我看再有十钎都撬不下来。不过郭能娃今个有人壮胆哩，再热的油锅都敢下手捞一把！"

郭能娃看了正瞅这边的"水萝卜"一眼，往手心里吐了两口唾沫，提着钢钎威风凛凛地向崖旁那悬在空中的土堆走去，嘴里还念叨着："哼！一包'兰州烟'又挣下了！"

他靠近崖旁，瞅着土堆，选择了一个可以下钢钎的地方，双手把钢钎高高举过头顶，准备以竭尽全力的一撬，赢来一包"兰州烟"。这时，一个彪形大汉旋风一般卷将过来，像狮子般吼了一声："走开！"随即，推了郭能娃一把，但是已经迟了，在旁观者的惊叫声中，悬在空中的土和石块轰的一声垮了下来，吞没了两个人的身躯。

来者是大胡子领工员刘裕民！

这时，所有的人一齐一拥而上，用手，用鞋，用柴油机皮带，发疯似的在埋没两个人的土堆上扒起来。突然，奇迹出现了，只见大胡子霍地从土中站了起来。他本来就有着健壮的体魄，加上埋掉前就已经做好了应付的准备，身上的土又比较少。只见他顶着一身的土，脸色铁青，像个铁塔一样站着，人们惊诧地望着他直立的身躯。他狂怒地跺了跺脚，喊道："快扒！"说着，他脱掉鞋狠命地在土堆上刨开了。

罗萍先是用手扒着，手上流出了血，她又脱下一只胶鞋，只扒了几下，石块就把鞋帮子磨成了几块，她全然不顾。扒着扒着，她扒出了郭能娃还紧握钢钎的一只胳膊。见那胳膊被砸得到处流血，她忍不住哇的一声哭了。"三八"钻的其他姑娘也都流出了眼泪。等郭能娃整个身子被扒出来时，只见他双目紧闭，脸色发紫，呼吸急促，衣服好多地方被砸破，肉被砸烂，流着鲜血。人们摇晃着他的身子叫喊了半天，才见他睁开眯缝的眼睛，声音微弱地答应了一声，并望着众人的脸，微微咧嘴笑了笑。躺了一阵，他扶住大胡子的肩还想站起身来，刚起到半蹲状态，又无力地倒在地上，双手抱住了砸得流血的右腿。显然，他的右腿已经被砸断了。

王福元汗流满面，神情沮丧地蹲到郭能娃身边。看到这种情景，他终于哇的一声哭了。他用还流着血的手摸着郭能娃的肩膀，说："能娃，这事情怨我哇！"

大胡子领工员粗声大气地骂了一声："他妈的！"抬起一脚，狠狠把王福元踹翻在地，回头对二狗子喊道，"背走！"二狗子背着郭能娃，和几个年轻小伙一起走了。王福元爬起身，追了上去。

打赌造成的悲剧结束了，郭能娃洪福齐天，算是保全了性命，但砸坏了一条腿，留下终生残疾。

给郭能娃治伤的钱当然是民工们抬了，大家分摊，一人一份。听说，王福元给郭能娃的一包"兰州烟"也买了，因为赌打输了嘛！不过，郭能娃收了没收，不得而知。

这段难忘的生活插曲结束了。人生一世，道路曲折。对这段插曲，我却难以忘怀，一是因为这时遇到的几个人物时常在我脑际萦回；二是因为这个时期是我命途多舛之时。后来，我离开了包工队，进了县中办的"高补班"。再后来，经过一番拼搏，我竟然考上了。但是，没有像大胡子领工员希望的那样考上地质学院，却步入农学院的校门。至于在他面前许下的诺言，显然，我很难兑现了，恐怕今生此世，已难以与他谋面。但是我与知底之交郭能娃，后来却有幸再遇。他变了，显得苍老了许多，拖着一条永远也无法治好的瘸腿。我特意问了他的婚事，他还像往常一样咧嘴嘿嘿一笑，才说："我三十出头的人了，图个啥哩？只图个心眼端正就对了。我们庄的一个比我大三岁的寡妇跟我凑合到一搭了。还好着哩！"说完又咧嘴嘿嘿地笑了。他还告诉我，王福元从包工队出来就进了县办的矿山，如今抖起来了，开着一辆"解放牌"汽车，经常走南闯北，还娶了城里的一个待业青年做媳妇，但他们俩从来都没见过面。临分手时，他招呼我到他家里去做客，看看他养的几十只鸡，我笑着答应了他。

山 劫

女人瞌睡浅。狗叫，惊碎了山谷的沉寂，也惊碎了她的梦。竖耳静听，怵然。身旁有光脊梁，墙一般，发震耳呼噜声。她用胳膊肘子捣捣那脊梁，说：

"哎！你听，狗咬啥哩？"

大雪封山，兽迹隐匿。这山庄，才入悠闲梦乡。是夜，狗叫，牵女人的心。

呼噜声煞住。男人翻身，侧耳听。半晌，枕头里荞麦皮响一阵，又摆好头。粗糙大手，探进女人怀，于两疙瘩软肉处，停住。

"没啥。"他声音含混。

呼噜声又起。

狗叫愈烈。似撕咬，声极凄惨。女人心内瑟瑟，猛推一把，怀里那手于空中画一半圈。

"死猪！把你睡不醒！你听有啥哩！"

呼噜又住。男人又侧耳，俄顷，起身。黑暗中，扯上身盖的棉衣，套上。又摸来棉裤，蹬上腿，顺手摘下墙上猎枪。

"我看去。"

门缝，有雪光映入。地上，模糊地显出些坑洼。男人摸索到门前，举手，探门闩，狗声顿止。

吱的一声，门开，雪光扑入。门内的身躯，成一幅剪影。他巡视。

院内铺了雪，纯然一色。黑狗低头引颈，顾自嚼一物，有吞咽声响。

屋门正对山坡，坡上树丛，顶部皆披雪。其下，阴黑阴黑，森然可怖。那不长树处，是石。狰狞嘴脸，已为大雪覆盖，泛幽幽冷光。山极高，俯视似不可及。山冈，直入悠悠青暝。观其状，大有倾覆压顶之势。

男人不免怵然。山庄独户，远离村子，多有不测，只有细心提防才是。他欲看看大门。

雪于他脚底呻吟。院里，留一串足迹。他到大门前。

闩门杠完好。冰冷无语却道明壁垒森严。他放下心。困意泛上，催他伸腰张嘴。气流长长，随一声"啊"自洞开处扑向迷蒙夜空。

转身，腾腾两声响，似重物坠地。困惑惊疑，骤然驱开睡意。目圆睁，四下搜寻。

"少动弹！"

随低沉的一声，院墙下，闪出两条黑影。一矮瘦，一高壮，皆手持利刃，抵住他胸口。

他大惊，欲反抗。猎枪早被高壮汉夺过。

棉衣扣未系，胸前披散。两把利刃，紧抵前胸，冰凉。他后退，刀又抵近。他胸口一阵发麻。

"三娃子，把他胳膊架住！"

高壮的一声低吼。矮瘦的收了刀，到他身后，架了他的臂。战栗，于他反扭的臂，传递给矮瘦的三娃子。两个身子，一齐抖。

"你听着！"高壮的利刃点点他的胸，吩咐："我和三娃子做生意，让'贼打鬼'打劫了。几千元哩，抢得一干二净。你知道，现在的世道，一物降一物哩。我们只得对你打主意了。有多少，老老实实交出来，我们留你的命。要是前辈子你该了我和三娃子的，就算两清了。要是没该下，就算我们借你的，下辈子我和三娃子变成鸡儿给你下蛋，你听着了没？"

"没……我屋里，穷干的！"

他颤抖的嘴唇，挤出一句。话语轻弱，似无半分力量。

"放屁的话!"利刃在他胸口,粗野地爬上一道。"听说你打了几只熊哩,做了啥了?"

"咝——"他牙缝里,猛地钻进一丝气。他的胸脯上,爬出一道热的。"妇人病得……花销了。"

吸气声,使三娃子膝盖跳了跳。

"再寻!"

高壮的手中,利刃又粗野地走。那男人咿咿呀呀,哼一串。三娃子怀里,那身子扭曲不已。三娃子膝盖,欢跳不已,跳得他身子发软,站立不稳。

"驴娃哥……"

三娃子低唤一声。高壮的住手。那男人胸脯,爬出道道热的,喘息。

"这伤天害理的事,你们做不得!打劫贼又不是我,咋能在我身上出气哩?我屋里,本来也穷干净的!"片刻,喘息稍定。那男人似有恼怒,申辩。

"狗日的!牙还硬得很!寻不寻?不寻就给你开膛!"

高壮的执利刃,刀尖对准那胸,高抬起。

"驴娃哥……"

三娃子腿软了,又低唤。

"叫啥哩?人家能下手,就我们下不了手?谁同情咱哩?"

驴娃气汹汹地吼,声音似哭。雪光映上他的脸,惨白。他的胳膊又抬起,刀尖上,闪出寒光。

"好!你戳。伤天害理的事天谴哩,遭报应哩,你戳!"那男人前胸迎上,声音里倾浑身气力。

"哼哼。"

驴娃鼻孔喷一声冷笑。三娃子身子骤然一抖,那利刃又抬高了些。

"老天爷!你来报应我吧!"

驴娃一个怪声在喊。随之,"噗",刀尖轻快地钻入胸脯,好洒脱。刀柄,于他手里舒畅地旋一圈,复又退出。随即,一股东西,壮观地涌，又壮观地装点雪地。白底上，铺大朵黑花，极醒目。

雪地里，散开一股腥味。

三娃子松手。软身子一个抽搐，颓然卧倒。

三娃子亦似抽了筋骨，膝盖一软，瘦矮的身子蹲坐于地，喘息急促，透悲怆与惊悸。

"还耽搁啥哩？快进！"

衣领上的大手，提矮瘦的身影离地。他回头，见驴娃眼中，闪令人战栗的光。

高矮两身影，闪进屋的黑暗。炕上有响动，窸窸窣窣。驴娃打火机跳一股火苗，将窗台煤油灯，点燃。光荧荧，豆然。墙上，钉熊皮几张，黑影映上，参差作舞状，似魔，舞出恐怖。

炕上一物，隆然若坟。花被子覆盖。被上破洞，伸串串黑棉花，正似风中枯枝，跳得生动。

红红刀尖，从驴娃手里探出，一头钻入破洞，又挑起。被下，现一个蜷缩的身子。

那身子，罩蓝布棉袄，瑟瑟不已。蓬乱的头抬起，一张惨白圆脸，即入了驴娃的眼。那圆脸以下，脖颈亦惨白。怀裹一睡儿，前胸外袒，动人之处可望。驴娃皮帽下，一双小眼，骤然有神采漾出。灯下火苗，于那眼中闪。

"啊！"她惊叫。

她惨白的圆脸上，现出惊恐和悲戚。

"快说！钱哩？"

驴娃低吼。刀尖前伸，紧抵女人胸。软软雪白处，抵出个酒窝。圆，极诱人。

"没……没……"

女人的白唇，抖出含混的两个字，摇头如拨浪鼓。

"老实说，不说我戳了你！"

刀尖下，酒窝愈深，深陷下去，似神秘之穴，漾一股阴暗气息。

"就……就几十颗鸡蛋，立柜子……里头哩。还有……墙上那几张熊皮……再没了。"

女人的臂，颤颤地指。

"不信！还有哩，说！"

随驴娃的吼，殷红的一道，似蚯蚓，爬出那神秘之穴，从白胸上，蜿蜒而下。

"啊——"

痛楚，恐怖，将女人的喉，撕裂。寂然雪夜里，传出阴惨。三娃子心内，摇动一阵惶然。

"算了！驴娃哥。"三娃子颤颤的声音。

"算了？'贼打鬼'抢我俩时，咋能狠下心哩？去！先把鸡蛋收拾上再说！"

驴娃扭头吩咐，脖里一根筋，绷直，凛凛威势，逼三娃子动身。三娃子开柜。

驴娃又盯住那"酒窝"。倏忽间，女人的白胸，点燃他眼内的火苗。他脑顶，蹿上一股潮。

"把娃放下！脱衣裳！"

威严的一声。炕下的三娃子，震惊。随之，有脱衣声。三娃子手探进立柜，粮食里掏出个蛋捏住，不动，面颊渐觉燃起火。一个声音，耳边奇怪地响，还伴驴娃的急喘。"嚓"，他手里，鸡蛋开花，黏黏的液体，冰凉，心却热得慌。粮食里搓搓手，不由扭头，一张臀，入他的眼。

驴娃硕大的臀，异常兴奋，半晌，方才颓然。驴娃起身，喘喘地说：

"三娃子，你来！你个碎驴日的还没尝过这味道哩。今个也让你尝尝，算没白来！"

轰，三娃子头里，燃一把火。整个身子，亦如火中辗转，极不安然。他似入了梦中，眩晕，迷迷糊糊上炕。"哇"，小孩哭声大作。顿然，那雪白脸上，流两条小河，刺醒他的神经，他脑中裂帛一般，响一声，而后，清亮许多。小河亮闪闪的，还涌。痛苦，酸楚，在那白唇间抽搐。他如猛陷冰窟，熄了那火。他身子僵直，下炕。女人把小孩抱紧，哭声顿止。

"咋哩？你个碎杂种不想弄？装好人哩，是不？"

驴娃声音愤愤。三娃子垂头，默然。

煤油灯火苗摆摆身子。墙上，两个凝立的黑影，叠上一张张熊皮摇晃。摇得变形，似狰狞的魔鬼，舞动。阴暗之中，荡一股杀气，令人战栗。

"去！把那妇人杀了，免得留下后患，报公安局就麻搭了！"

半晌，有驴娃的声音。三娃子面前，横过一柄利刃。三娃子蓦地抬头，未接。

"驴娃哥，弄不成，犯人命的事太残忍了！"

三娃子眼角，莹莹地有泪花闪，声音里颤出惊恐。

"啥？残忍？你娘的肉！'贼打鬼的刀架到你脖子上咋不说残忍哩？去！已经拾掇一个了，反正手洗不干净。快去！"

利刃触了三娃子手，冰。他凝立，又未接。

"要杀你杀，我不想再做伤天害理的事了！"

三娃子摆过手，声音有了力量，眼睛透出扎人的刺。

"碎杂种！来的时候咋说的？到了这一步，还想装好人，哼！"

驴娃横过一只大脚。腾地，三娃子轰然倒地。

驴娃上炕，胳膊抡出风，高举。妇人慌乱间，把孩子移到身侧。利刃颤颤，似毒蛇的头，对准那雪白身子，欲疯狂一击。

"啊——"

绝望的锐叫，从那白胸挤出。利刃，一头钻入白胸，锐叫的后半句，噎住。

利刃抽出，有喷泉，高高地喷涌，于白胸，开一朵花，粲然无比。孩子哭声又起，惨极。

炕下单瘦的身子，战栗。面对一头野兽，心内，又有火燃。呼呼响，烈焰烤人，欲炸。俄顷，暴风骤起，单瘦的身子顿然炸开。腾地，蹦起，极潇洒，向欲吞噬那小儿的兽，扑去。长长利刃，轻松地入那兽背。兽猝不及防，大骇。急回头，四目相对，撞出火。片刻，两个身子扭结一处，翻滚。自炕上而地下。

撕扯。牙咬。脚踢。刀捅。

卷起风暴。

……

良久，归于沉寂。雪光无语，抚地上两人，一瘦矮，一高壮。

屋外，山风骤起，林涛如怒，压没屋中小孩的啼哭。

山中，那一片苞谷林

　　哐——哐，锄地的声音。沙石子地，扇形的锄刃子磕磕绊绊，颤颤巍巍往土里钻。沙土埋住锄脖子，长长的锄把一拉动，沙土就随锄刃子翻。齐人腰深的苞谷苗子，摇晃一下，沙土壅到它的根部，一个骨堆儿。如此这般，哐哐之声反复回响。山窝子里，就被这声音填满。

　　地畔子下，溪水摸着溜光溜光的圆石子，潺潺地流。小虾拂动长须，溪水里游动，好欢快！哐哐之声里，它压低汩汩的欢唱，只如银练子一般，抖。

　　"秀秀！"猛地，一声叫。哐哐之声单薄了些。溪边地里的一位，以手拉了锄柄，顶在下巴上，嘻嘻地笑。

　　隔着地界的苞谷林里，站着秀秀。扇子锄高举过头顶，哐，抡下，碰到一颗大沙石子，腾地，又弹到一边。听见叫声，那"大波浪"的头抬起，紧盯地界那边的他。山窝子里，溪水又放亮嗓子在唱。

　　"嘻嘻，嘻嘻……"他露出黑黑的牙，笑。埋住耳朵的长发，连同满是疙瘩肉的上身，不住地抖。他想说话，却忍不住笑。秀秀瞪他一眼，低了头。哐——沙石子地又一声响。

　　"秀秀！"终于，嘻嘻之声停下，又叫了一声，"你会跳扭屁股的舞不？"他问。

　　哐——哐，秀秀不答。苞谷苗子哗啦啦不住地摇晃。

　　"问你话哩，秀秀，会跳不？"

"不会。"说话的人阴着脸喷出冷冷的两个字,未抬头。

"唉——"一声叹息,"连个那也不会。那你见过没?秀秀。"

"没见过。"扇子锄又高举过头顶。

"我见过。"他身子站直,扇子锄也扬起,哐——沙石子地里一道白印。"民工队里干时,常偷看人家正式工人跳哩。录音机子一响,屁股蛋子扭上,叮咣当,叮咣当,一晚夕跳到天亮哩。"

秀秀不语,哐——哐——哐,很有力。

"还有女的哩!"他斜眼看秀秀,笑嘻嘻地露出黑牙。

"你见得多!"秀秀停住。她额头的"大波浪"里有汗滴爬出,她用手背擦擦,又挥起锄。

"看!就这样跳哩,你看!"锄刀子一头扎进土里,他松开锄把,双手随着身子的扭动在腰间绕。身下,苞谷苗子欢快地唱。

"狗狗!"秀秀抬头喊道,"你不锄地,做的啥?这里是你跳舞的地方?"她的眉间,倒竖两片柳叶。

苞谷苗子停住摇晃。狗狗望望秀秀,脸上烧起两把火。舌头从黑牙间钻出,摸摸下嘴唇,缩进去。锄把子又攥到手里。

哐——哐——哐,山窝子里,又被这声音填满。

正午,太阳从云缝里钻出,睁开圆眼睛,瞅山窝子。狗狗被瞅得受不住,口渴。溪水边咕咕灌一气,舒爽从心里涌起。锄把拉倒,坐上去,苞谷林恰好成了荫凉。

苞谷叶子缝隙里,狗狗的目光,鱼一般游动。秀秀的背影儿,是一条蛇。锄抬起,那腰身扭扭;挖下,又扭。哐——哐——哐,她扭,她扭。狗狗想到民工队里见的"迪斯科"。狗狗心里有面大旗呼啦啦地张开,迎风抖。狗狗想跳,想喊,想地里砸几拳,也想扭……啪,一片苞谷叶子在狗狗手里断了,如猪耳朵奔拉下。

这时,锄声停了。苞谷林里,锄把子直指天空。秀秀转身朝溪边走,苞谷秆子摇身让路。太阳在她脸上闪几道子光。一绺黑发,从她的额角倒泻下,爬到红扑扑的脸上,描出的一般,不动。

溪边,鼓起秀秀的圆臀,咕咕的咽水声响。狗狗脖上,筋扯得老长，下巴高扬起。扬着，喉结动了动，也咕地响一声。

"秀秀，歇缓一阵，慢慢锄吧！"秀秀过来，狗狗喊道。秀秀不答，锄把扳倒，坐下。苞谷叶子上头，秀秀的黑发飘动。狗狗透过苞谷叶子缝隙，看到黑发下的圆脸，红扑扑的。狗狗坐不安生了，身下挪动不已。苞谷叶子吵得人心烦。

"秀秀！"终于，溪边苞谷丛里又一声叫。秀秀黑发拂动，从苞谷叶子间扬起圆脸，一双忧郁的大眼，瞅了绿叶间冒出的那颗长发蓬乱的头。

"你要想开哩，我知道你为跟王鸿生的事儿，心上憋气着哩！"狗狗说。

哗啦一声，猛地，秀秀身子晃晃，苞谷秆子歪倒在地。秀秀一下喘气急促，粗重。她问狗狗："你……咋知道的?"

"听人说的，也能从你脸上看出来。"狗狗回答。

秀秀又不语。狗狗望得见她胸脯高乎乎的地方，高了，低了，起伏不已，眼里明汪汪的，映着两个太阳。

狗狗说："狗日的王鸿生不讲天良。你，一片真心。他上大学时，卖点半夏的钱都寄给他了，谁知他一毕业，就勾上个'洋式的'，变了心。他不得好死！"

秀秀眼里的太阳晃了晃，坠下。她脸上，又现两条闪光的路。眼前的苞谷林，隐约有牵她魂魄的往事。

——那年，农历七月，苞谷林高举起万把火。苞谷地里，仰头难见天日，如一个幽深的梦。秀秀和鸿生在这梦里沉浸，醉了。秀秀为回家度假的鸿生掰嫩苞谷，要煮吃新物。鸿生伸手去接秀秀怀里的苞谷，触了秀秀高高的胸。她软软的胸使鸿生软了。一抱青嫩的苞谷棒，撒落苞谷堆下，成了爱的温床。苞谷林垂下青色帷幔，笼罩了秀秀的迷茫和慌乱。青嫩的苞谷棒连同青嫩的爱，都被秀秀尝进嘴里。

"秀秀！"狗狗又喊，"王鸿生那种人，没啥了不起，知识再高也是个坏品行。你跟他是同学，又一搭长大的，该知他的底。依我说，你跟个农人，只要有本事，不识字也比他姓王的品行好！"

　　秀秀低了头，苞谷叶子上头，又有黑发飘。她脚下，晒干的土里，有几滴泪，四下里洇开。狗狗的话，跟她想的不同。她难过，不答。

　　狗狗又说："秀秀，我想说句大胆话。你看得上我不？要能看上，就点个头，要看不上，就算我白说了！"

　　唰啦，苞谷叶子一动，秀秀猛地一抬头，她心内撕裂一般，疼。老天！她秀秀堂堂高中生，终久，跟个狗狗？

　　"我知道你是高中生，"狗狗说，"我是抱放羊棍棍长大的，与你不般配，但我不会让你受亏。我想好了，要是事情成了，以后，就把这两块苞谷地连起来，修个鱼池，当养鱼专业户。你说哩？秀秀。"

　　秀秀脑里，如乱麻一团，不说话。山窝子里，念书人少，女的上学，更少。秀秀人俊，不想把她一辈子交给山窝子。高中毕业，自有图头。虽说王鸿生骗了她，终究，也不能跟上狗狗。

　　"种苞谷，这样的沙石子地，一亩能产多少斤？我有的是力气，却不懂技术。到时候，出力有我。喂养技术，由你出！"狗狗说。

　　秀秀头垂到胸前，苞谷叶子埋住她。狗狗见她不语，怅怅地坐下。

　　有风微微吹过，苞谷叶子摇摆，轻轻摸着狗狗和秀秀。山窝子里，只有苞谷叶子的低语。

　　"丁零零——"自行车铃子响。埋到苞谷丛的两颗头探出，齐望苞谷地坎子上头。一条小路，从那里爬出山外。

　　小路高低不平，自行车如船行浪尖，颠簸起伏不定。车子渐近，有女人尖细的笑传来。那笑，在山窝子里抖，好舒心！骑车的一位，是男的，随着笑声，额前的一绺黑发，跳得欢快。阳光下，眼镜片儿闪光，是王鸿生！

　　苞谷丛里，秀秀见状，身子抖动不已。那笑在她听来，是针！尖细的针，扎到她心上，淌血。秀秀眼里热乎乎的，涨满泪。山窝子在眼里摇晃。随即，唰地，摇晃着爬出那双好看的大眼。

　　"咯咯……"又一串浪笑，随披散肩头的卷发，扬洒开。自行车后座上，粉红色连衣裙裹着漂亮的腰身，两条粉嫩的胳膊，蛇一般，缠住鸿生的腰。两个身子，齐在笑声里抖。

自行车载着笑，渐颠渐远。到山口，车头猛拐向一旁，车子受惊一般，向崖边窜。但见鸿生抬臂后推，后座上女的落地。车子载了鸿生，飞下几丈高的石崖。

"啊——""咯咯"浪笑成一声细长惊叫，在山窝子里，久久回响。

顿时，苞谷林里，两个身子齐齐挺直，望着山口翻车处。长长的一声"啊"后，传来女人的哭喊，"鸿生！鸿生！啊——快来人啊！救人啊！快来人啊……"

回声悠长。风的手抚弄苞谷叶子，哗啦啦的，苞谷林一阵阵摇头晃脑。

狗狗扭头看看秀秀，秀秀屹立不动，呆望着石崖处，嘴唇紧闭。她适才的忧伤，被上挑的眉梢掩住，显得平静。

唰唰，苞谷叶子响。狗狗脚步往前挪动。

"狗狗！"一声断喝。秀秀的声音。

狗狗回头。狗狗看得出，秀秀脸上的神情告诉他："不准去！"

"救人要紧。先看王鸿生有没有危险！"狗狗说。

"一个负心贼！谁让你救哩？"秀秀说。

"秀秀！"狗狗说，"我也说王鸿生是负心贼！不要天良的负心贼！但见死不救的事情，情理上说不通！"

"屁！你讲情理，人家讲不？"秀秀问。

"他不讲情理他不是人，我狗狗还是个人，我狗狗不做不要天良的事！你秀秀也不能做不要天良的事！"狗狗喊道。

秀秀默然，转身。

苞谷地里，游出一条绿色长龙，哗哗地奔向山口。秀秀望着，这绿龙直游往山口。秀秀心里，抖然一热。"狗狗！狗狗！"她唤两声，又唤两声，拔腿赶上去。

又一条绿龙往前游。绿龙游出的地方，苞谷林成一片绿波荡漾的池塘。所过处，叶子翻卷。阳光下，绿光闪闪，似池面跃出的条条银鲤。

滑坡以后

县城西边的山上，一夜之间滑坡了！说来也怪，没有下雨，没有地震，好好的一个坡，事先连个裂缝也没看见，有几丈宽的地方就垮下来。垮下的崖约有丈把高，齐刷刷得如同木匠的平斧削过一般。

天刚放明，住在西山脚下的几个早起的婆娘和老汉就聚到一个能看清滑坡处的十字路口议论开了。

"啧啧，太惊险了！坡底下周大圣家这以后可要提心吊胆地过了。"脑后绾着发髻的王老太婆说着咂了咂枯瘪的嘴。

"啦——这坡垮得怪着哩！啦——本来一向好好的嘛！"卖醋的刘麻子吸溜着快要流出的涎水，惊奇地说。

"就是。咋没听着啥响声？垮了这么长一溜子哩！"头发蓬乱、眼角沾满眼屎的黑娃子妈一边系着扣子想掩住白生生肉乎乎的怀，一边附和着别人的话。

"哎？真的，咋没啥响声？"烙烧饼的张老大手拿擀烧饼的小棒，瞅了黑娃子妈白生生肉乎乎的地方一眼，接过她的话头。

"咋没啥响声？夜晚夕十二点左右，鬼就在街上闹腾哩！"一个高高的声音从大家背后传来。

众人回头一看，是退休的戏子鱼成龙。他将着长长的胡须，迈着武生的步子凑上前来，瞅瞅大家期待的神情，说："民国二十年，下了七天七夜的白雨，西山的坡——就在这次的原地方上——溜了十几丈宽，埋了两家子。先一天黑了，鬼就在街上耍社火哩！"鱼成龙唱戏卖嘴，耍了一辈子人，加之这里胡子数他的长，儿子又在县政府的办公室里当着主任，说话自然有分量。立时，有好几个人附和道："对呀，夜晚黑了，我也听着有点怪响声哩！"

民国二十年，鱼成龙还只是个十几岁的娃娃，滑坡的夜里他睡得死死的，啥也没听见，只是第二天才听大人们议论"闹鬼"的事情。如今他想起往事，故弄玄虚，见众人颇感兴趣，又总结道："鬼闹腾，就一定会出大危险，说不定，还出人命哩！"

"对着哩！对着哩！"几个人连连点头。

王老太婆又呷呷枯瘪的嘴，用胳膊肘子捣了捣黑娃子妈软乎乎的腰，问她："你没听着鬼叫唤？"

黑娃子妈顿了一下，说："听着了，吓得一晚夕连瞌睡都没睡好。"其实，她摆了一天酿皮摊摊，到晚上，乏得头往枕头上一放就睡着了，连个屁都没听见。这样回答，不过是怕人笑话她"猪瞌睡"。

"咳咳，还有个怪事哩！"鱼成龙干咳两声，又开言道，"前天，不！大前天，我到坡底的周大圣家去扯闲话，路过民国二十年滑坡的地方，清楚地听到土里头有只鸡公咕咕地叫了声——本来那两家的鸡公也埋到里头了，你说怪啊不怪？"

"咦——真个怪！真个怪！"众人睁大惊奇的眼睛，不住地点头。

鱼成龙抬头望望众人，半天又总结一句："不祥之兆！"

于是，滑坡后又出来了"闹鬼"和"鸡公叫鸣"的事，并且互相牵扯到一起。吃早饭时，人人都在传说着鱼家爸如何如何说或鱼家爷如何如何说一类的话。

中午时分，县长领着一行人到西山上滑坡处察看，又是测又是量，比比画画折腾了大半天。

吃过晚饭，月亮明晃晃的。那几个婆娘老汉又聚到十字路口。

鱼成龙戴了副圆片儿眼镜，架到半鼻梁上，饶有兴致地说起他知道的消息，山羊胡子一翘一翘："我后人说县长带人测量过了，是叫啥……断层！对，断层！还说政府会想办法，叫大家安下心哩。"

　　王老太婆拄着根"鸟头"拐杖，颤巍巍地凑上来问道："他鱼家爸，啥叫个'断层'？"

　　鱼成龙一愣，接着显得不耐烦地回答："断层……断层就是断层嘛，给你说了，你也不知道！"

　　张老大见王老太婆硬是摸不着头脑，给她解释说："'断层'是人家科学上的话，你不要管，反正，政府会想办法，叫你莫害怕了，安下心哩！"

　　鱼成龙点了点头："对着哩！"

　　鱼成龙将动长须，微微一笑，继续谈起他知道的事："中午县长下山时让周大圣给拦住了。干啥？问人民政府要搬迁费哩！老家伙生怕土里埋的那两家子把他背去哩。"

　　"给了没？"众人很感兴趣，追问道。

　　"没给。县长说，人民政府保障人民的生命安全哩，会采取措施的，要他莫急莫怕，安下心。这老家伙实际上是逼迫人民政府想办法哩，谁知道人家县长早就把这事情装到心上了，不用他催。不像国民党手里，民国二十年滑坡，出了人命，他不敢指望那时候的政府。他给国民党的马县长连个屁都不敢放，自家掏钱买了一只羊杀了，祭过五方五土，才慢慢安下心。后来，那马县长知道滑坡，只是给城隍爷唱了七天七夜大戏。"鱼成龙慢慢地说。

　　"喠——现时他咋不再杀只羊哩？"刘麻子吸溜着要流出的涎水。

　　"就是。现时政府的措施还没拿出来哩，他咋不再杀只羊哩？"张老大问，他不住地偷看黑娃子妈撩起的衣襟下面白白的肚皮。

　　鱼成龙眼珠两转，慢慢将着胡须，半天，沉吟道："狗日的周大圣那时候杀羊是没有靠山，不得已而为。他知道那时的政府不会为百姓着想。而现今，百姓的事情就是政府的事情，他只要往政府身上一推，就稳稳地等着政府拿主意哩。不过，政府的主意是政府的主意，迷信的事，不可全信，但还是不可不信呀！"

　　张老大一听，赶紧催鱼成龙说："你老人家还是劝劝周家爸，他生意做发了，底子厚着哩！让他想全面些，赶紧杀羊，要不是，再出个大危险咋办？"

其他人一听，也都劝鱼成龙："对对，周大圣有老底哩，杀一只羊就如同牛身上拔一根毛，你老人家去给说说咹！"

他们清楚，小滑坡，对自家没有威胁，如果是大滑坡，整个西山都溜下来，就难说了。搞迷信，说不定能起点作用，反正又没花自己的钱，他周大圣一杀羊，人心就都安稳了。

鱼成龙又微微一笑，说："周大圣的话难说呀，依我看，要是大家心上都不稳实，就凑钱买只羊算了！反正都在西山脚底住着哩，要再有大滑坡，都是一根线上拴的蚂蚱。"

一听凑钱，黑娃子妈稳不住了。她气呼呼地插言道："我看还要相信政府哩！县长说要马上采取措施哩，人家金口玉言，还能说假话？"她做酿皮生意，赚两个钱不容易。

"明明街上鬼唱戏哩，不管一下再有个万一咋办哩，县长说的是县长说的，迷信的事他能说得清？"鱼成龙的目光从眼镜片的上边掠过，直盯住黑娃子妈，说。他说话从来没有人顶撞过嘴，这会儿他有些生气了。

"就是的，就是的。"张老大、刘麻子连连点头。

黑娃子妈咬住下嘴唇，顿了顿，慢腾腾地说："其实，那鬼叫唤……是假的。我今早回家一提起，我的黑娃子就说，夜晚夕他和同学到老师家补习课程，回来时十二点半，娃娃害怕，胡喊了几句乱弹，不是鬼叫唤。还有，你说的埋到土里的鸡叫鸣的事，别人都没听见，谁知道是真的还是假的哩。依我看，就是要相信人家县长的科学哩！"

众人一听，如同尿脬掉到火里，蔫了！都齐齐盯住鱼成龙，不知道说啥话好。鱼成龙生平第一次遭人这般厉害的抢白，生平第一次下不了台。他一辈子卖嘴耍人，一辈子了，还没人揭破他的底。这一次，谁知道是为啥哩？鱼成龙用手顶顶架到半鼻梁的圆片儿眼镜，愣愣地站着，半天，终于不自然地笑笑，说："嘿嘿，听错了！噢，那鸡公叫鸣也可能是听错了。还是相信政府！相信政府！啊？"

"对着哩！对着哩！"其他人也是点头。

再没人扯起杀羊祭奠的事，又胡谄了一阵闲传，便各自回家睡觉了。人人还都睡得安安稳稳，踏踏实实。

西山坡再没滑。一个月后，西山坡下砌起一道又高又长的护坡。一色的大青石头，水泥勾缝子。

是政府组织人修的。

后　记

年轻的时候，是每个人思想最活跃、梦想最多的时候。

我年轻时，正逢文学狂热的年代。许多人都把作家奉若神明，狂热崇拜，如若追星，以圆自己的文学之梦。同大多数年轻人一样，我也做起了文学梦。

《丰羽集》《习飞集》《振翮集》《冲天集》……我将自己几十万字的练笔习作按阶段装订起来，希望能够循序渐进，不断提高，尽快实现从丑小鸭到白天鹅的蜕变。然而，到《冲天集》手稿成册之日，我的创作依然处于艰难跋涉阶段。

终于有一日，处女作《发生在山里的故事》在1995年的《红柳》上发表。欣喜之情，难以言表。此后，文学狂热趋势渐减，又掀起全民经商的汹涌大潮。我仍坚持数年，陆续有数十万字见诸刊物。然而，势头才起，我即弃觚投笔，另谋生路。此笔一搁，为时已近二十五载。二十五年后，当年那个热血沸腾的年轻创作者，已然满头华发，岁月磨平了棱角，生活磨钝了心志，沉吟往事，慷慨喟叹，青年夺志，老来决志行之……二十五年后的今天，我又想起了文学。

想起文学的第一件事，是将自己过去发表的旧作结集出版。感谢吾乡后生、青年才俊王文思先生上下奔走，为本书出版牵线搭桥，将它推向更多的读者朋友。

想起文学的第二件事，是将过去一起圆梦的文学朋友，加为微信好友。在和他们互致问候、互相激励、共叙友情时，突然觉得人生芳菲，情致无限，不如抒写。

想起文学的第三件事，是翻开期刊，悉心阅读，偶尔看到昔日文友的大作，激动不已。感喟之余，不由得重新执笔，重续往昔之梦。

接下来的人生之路上，让我重拾文学之梦，做一头反刍的老牛，用手中的笔，慢慢地咀嚼人生吧！